Von Andreas Franz sind im Knaur TB bereits erschienen:

Die Julia-Durant-Reihe:
Jung, blond, tot
Das achte Opfer
Letale Dosis
Der Jäger
Das Syndikat der Spinne
Kaltes Blut
Das Verlies
Teuflische Versprechen
Tödliches Lachen
Das Todeskreuz
Mörderische Tage

Die Peter-Brandt-Reihe:
Tod eines Lehrers
Mord auf Raten
Schrei der Nachtigall
Teufelsleib

Die Sören-Henning-Reihe:
Unsichtbare Spuren
Spiel der Teufel
Eisige Nähe

Andreas Franz / Daniel Holbe: Todesmelodie
Andreas Franz / Daniel Holbe: Tödlicher Absturz
Andreas Franz / Daniel Holbe: Teufelsbande
Andreas Franz / Daniel Holbe: Die Hyäne

Über die Autoren:
Andreas Franz' große Leidenschaft war von jeher das Schreiben. Bereits mit seinem ersten Erfolgsroman »Jung, blond, tot« gelang es ihm, unzählige Krimileser in seinen Bann zu ziehen. Seitdem folgte Bestseller auf Bestseller, die ihn zu Deutschlands erfolgreichstem Krimiautor machten. Seinen ausgezeichneten Kontakten zu Polizei und anderen Dienststellen ist die große Authentizität seiner Kriminalromane zu verdanken. Andreas Franz starb im März 2011. Er war verheiratet und Vater von fünf Kindern.
Daniel Holbe, Jahrgang 1976, lebt mit seiner Familie in der Wetterau unweit von Frankfurt. Insbesondere Krimis rund um Frankfurt und Hessen faszinieren den lesebegeisterten Daniel Holbe schon seit geraumer Zeit. So wurde er Andreas-Franz-Fan – und schließlich selbst Autor. *Todesmelodie, Tödlicher Absturz, Teufelsbande* und *Die Hyäne*, in denen er die Figuren des früh verstorbenen Andreas Franz weiterleben lässt, waren Bestseller.

Der Fänger

JULIA DURANTS NEUER FALL

Roman

Besuchen Sie uns im Internet:
www.knaur.de

Originalausgabe August 2016
Knaur Taschenbuch
© 2016 Knaur Taschenbuch.
Ein Imprint der Verlagsgruppe
Droemer Knaur GmbH & Co. KG, München
Alle Rechte vorbehalten. Das Werk darf – auch teilweise –
nur mit Genehmigung des Verlags wiedergegeben werden.
Redaktion: Regine Weisbrod
Umschlaggestaltung: ZERO Werbeagentur, München
Umschlagabbildung: plainpicture / Westend61
Satz: Adobe InDesign im Verlag
Druck und Bindung: CPI books GmbH, Leck
ISBN 978-3-426-51649-2

5 4 3 2 1

*Für meine Familie,
die um ein weiteres Mitglied trauert.
Danke, Papa, für deine Liebe und dein Vorbild.*

*Wir werden unschuldig geboren.
Erst unsere Entscheidungen machen uns zu guten
oder zu bösen Menschen.
Unsere größte Schwäche dabei ist unsere
Beeinflussbarkeit.*

*Die Sünden von anderen jedoch
rechtfertigen nicht die eigenen.*

PROLOG

Jakob Schneider. Der Name schrieb sich, als trüge er ihn schon zeit seines Lebens. Seinem Gegenüber fiel nichts auf, als er kurz zögerte und über das Geburtsjahr nachdachte. Er konnte ja schlecht um seinen Personalausweis bitten, um nachzusehen. Er fuhr sich durch das dunkelblonde Haar, welches an den Seiten kurz rasiert war und oben in Strähnen nach hinten fiel. SS-Schnitt nannte man es zuweilen, doch er hatte die Bezeichnung lange nicht mehr gehört.
»Wie lange bleiben Sie?« Die Stimme klang freundlich, wenn auch desinteressiert. Vermutlich war es nur ein Nebenjob. Nachtportier. Was man wohl dabei verdiente?
Schneider beäugte den jungen Mann mit den fein gezeichneten Gesichtszügen. Er wusste Perfektion zu schätzen, hatte einen Sinn für das Schöne. Makellose Menschen erregten ihn.
»Drei Nächte«, antwortete er gepresst, »vielleicht auch länger.«
Als müsse er die Buchungen checken, flogen die Hände seines Gegenübers durch den Kalender. Es waren keine Ferien, draußen standen kaum Autos.
»Das müsste gehen. Sagen Sie aber bitte so früh wie möglich Bescheid.«
»Erwarten Sie etwa eine Reisegruppe?«
»Man kann nie wissen«, kam es mit einem schlagfertigen Grinsen zurück.
Jakob Schneider griff seinen Zimmerschlüssel und seinen Rollkoffer. Viel führte er nicht mit sich.

Zwanzig Minuten später – er hatte sich den Oberkörper gewaschen, ein neues Hemd angezogen und auf die Haare reichlich Wachs aufgetragen – verließ er die Absteige und fuhr in Richtung Stadtgrenze. Er musterte die ausgemergelten Körper, die rauchend an den Laternen standen. Manche winkten, einige rangen sich ein kokettes Lächeln ab. Doch die Augen waren allesamt leer. Das Licht seiner Scheinwerfer brachte ihnen Sekunden des Glanzes, dann kehrte die Trostlosigkeit zerstörter Träume zurück. Makellosigkeit würde er hier nicht finden. Ungeduldig suchte Schneider, bis er es schließlich aufgab. Seine Lenden pochten heiß, er gierte danach, sich zu befriedigen. Als sein Fuß das Gaspedal gerade hinabdrücken wollte, taumelte ein hagerer Körper vor seine Stoßstange. Fluchend stieg er in die Eisen, sein Oberkörper ruckte nach vorn. Kein Aufprall, doch es konnten kaum mehr Millimeter sein.
»Hast du keine Augen im Kopf?«
Er bedauerte seinen Schrei sofort, als sich das Gesicht im Lichtkegel zeigte. Sie war keine Schönheit, doch sie war natürlich. Nicht überschminkt, kein Kussmund, keine Netzstrümpfe. Sie erregte ihn. Er stieß die Tür auf und reichte dem Mädchen den Arm, Schneider schätzte sie auf Anfang zwanzig.
In fast akzentfreiem Deutsch nuschelte sie eine Entschuldigung.
»Ist ja nichts passiert. Wie heißt du?«
»Lola.«
Sofort dachte Schneider an die Kinks. Er rechnete nach. Der Song war vierzig Jahre alt. Die Kleine kannte ihn vermutlich nicht einmal.
»Möchtest du mitkommen? Ich habe ein warmes Zimmer in der Nähe.«

Lola zog die Augen zu Schlitzen. »Ich mach's aber nicht umsonst.« Sie deutete in Richtung Motorhaube. »Ist ja nichts passiert.«
»Reifen und Bremsen haben schon was abgekriegt«, gab er zurück, »aber so ein Kleinkarierter bin ich nicht. Ich war hier draußen und habe jemanden gesucht. Nichts Perverses, keine kranken Phantasien.« Er kniff die Augen zusammen und wartete auf ihre Reaktion.
»Normalerweise mach ich's im Auto.«
Schneider nannte den Namen seiner Absteige und deutete hinter sich ins Nichts. »Du kennst sie doch garantiert. Noch nie dagewesen?«
Lola nickte murmelnd und stieg ein.

Der Sex war binnen Minuten abgehandelt. Schneider hatte die Wahrheit gesagt, doch das hatte sie nicht wissen können. Er hatte ihr nicht weh getan, kaum gesprochen, nur beinahe zärtlich mit ihren Brüsten und Schenkeln gespielt, bevor er in Missionarsstellung in sie eindrang. Selbst über das Benutzen eines Kondoms hatte er nicht diskutiert, als er es abzog, glaubte Lola ein leises Schluchzen zu hören.
Wortlos griff er nach seiner Hose.
»Habe ich was falsch gemacht?«
Er hielt für einen Augenblick inne. Betrachtete, wie sie ihren Körper räkelte. Er tat ihr leid, weshalb, hätte sie nicht zu sagen vermocht. Sie bot ihm eine Illusion, aber es kostete sie weniger Überwindung als sonst. Er hatte bezahlt, er würde auch ein weiteres Mal bezahlen. Doch er schüttelte nur den Kopf.
»Ich habe zu tun.«
»So eilig?«
Fast schon schnurrend klopfte sie neben sich auf die Matratze und hob die Augenbrauen.

Er knöpfte sein Hemd zu und steckte es in die Jeans.
»Sehr eilig.« Dann widmete er sich den Schuhen. Es waren Schnürstiefel aus Leder. Dann hielt er inne. »Du könntest auf mich warten«, schlug er vor.
»Wie lange?«
»So lange, bis ich zurück bin. Ein paar Stunden, höchstens. Aber du müsstest dich jetzt sofort entscheiden.«
Lolas Gedanken begannen zu rasen. Der innere Alarm schlug an, ihr waren genug Geschichten zu Ohren gekommen. Unauffällig schielte sie in Richtung Tür, vergewisserte sich, ob man sie von innen öffnen konnte, wenn sie verriegelt war. Dann zum Fenster.
»Hör mal, es drängt«, forderte Schneider mit einem Blick auf die Armbanduhr.
»Was, wenn ich es mir zwischenzeitlich anders überlege?«
Sie bereute die Frage in dem Moment, als sie ihr über die Lippen kam. Doch Schneider blieb gleichgültig.
»Entweder du bleibst, oder du gehst. Es ist mir nicht egal, denn ich würde nachher gern noch einmal mit dir schlafen. Doch es liegt bei dir. Wenn du mich für einen gestörten Sextäter hältst, dann sei dir gewiss, dass ich es schon längst hinter mich gebracht hätte.«
Sie schluckte und riss die Augen auf. Er fuhr unbeirrt fort:
»Und wenn ich ein Hurenkiller oder Ähnliches wäre, dann auch. Oder ich täte es spätestens jetzt. Diese Entscheidung würdest niemals *du* treffen, verstehst du das? Dein Job ist gefährlich, aber das ist nicht meine Schuld. Ich möchte von dir nur wissen, ob du bleibst. Die Minibar ist voll, das Zimmer sauber und warm. Auf dem Nachttisch liegen fünfhundert Euro, die gehören dir. Egal, wie du dich entscheidest.«
Er war zu schnell, seine Worte zu effizient, um zu merken, ob er sie manipulierte. Als Lola sich entspannte und das Laken

über sich zog, wussten beide, dass sie bleiben würde. Als sei es ihre Idee gewesen.
Kurz bevor Schneider das Zimmer verließ, deutete er auf eine schwarze Ledertasche.
»Du kannst machen, was du möchtest. Pay-TV auch, wenn's sein muss. Aber untersteh dich, diese Tasche auch nur anzufassen.«
»Lass mich raten«, scherzte sie, »du müsstest mich dann töten.«
Schneider schenkte ihr einen Blick, der sie schaudern ließ.

Es gab nur einen Grund, weshalb Jakob Schneider hierhergekommen war. Und das waren weder das unerträgliche Wetter noch die gekaufte Liebe. Ein beschissener Sommer. Der Regen zog Bindfäden. Der Sex hatte einen Trieb gestillt, aber mehr auch nicht. Frei sein konnte er erst, wenn er seinem wahren Bedürfnis nachgekommen war. Seiner Bestimmung.
Schneider parkte in einer schlecht ausgeleuchteten Seitenstraße. Um diese Uhrzeit achtete niemand mehr auf den Verkehr. Er eilte geduckt bis zum Vordach des Einfamilienhauses, welches sich unauffällig ins Design der Nachbarhäuser einfügte. Er prüfte die Hausnummer und den Namen an der Tür. Es bereitete ihm keinerlei Schwierigkeiten, das Schloss zu öffnen. Im Inneren war es warm, fast schon stickig. Schneider passierte einen Garderobenspiegel, seine Silhouette huschte im Dunkel vorbei. Auch wenn er sein Spiegelbild nicht sah, er wusste, wie er aussah. Wer er war. Er lächelte schmal, denn er war zufrieden mit sich und mit dem, was er tat. Das Töten selbst bereitete ihm keine besondere Freude, wohl aber Genugtuung.
Er fokussierte den Flur. Ein Katzenklo, vor dem sich Streukrümel wie Rollsplitt verteilten, deutete auf einen vierbeini-

gen Mitbewohner hin. An den Wänden hingen keine Fotos. Über die Familienverhältnisse war Schneider zwar informiert, aber nicht auf dem letzten Stand. Er tastete nach seiner Waffe. Tschechisches Modell, kleines Kaliber, Schalldämpfer. Sollte sich neben der Zielperson eine andere Person im Haus befinden, wäre das ein Kollateralschaden.

Langsam schlich er die Treppe nach oben, als er ein Geräusch vernahm. Dann sprang ihm auch schon ein graues Fellbüschel entgegen, mit gesträubten Schwanzhaaren, das ihn mehr an ein Eichhörnchen als an eine Katze denken ließ. Es polterte im entlegensten Teil des Erdgeschosses, dann kehrte wieder Ruhe ein. Schneider schritt weiter. Die Schlafzimmertür war zur Hälfte geöffnet, ein Keuchen war zu hören. Vermutlich dreht sich das fette Schwein gerade um, dachte er voller Ekel. Er würde die Visage niemals vergessen. Auch wenn das Gesicht gealtert sein musste und das Körpervolumen umfangreicher geworden war, es war derselbe Mann, der da vor ihm lag. Alleine, wie Schneider mit Erleichterung feststellte. Er tötete nicht gerne ohne Grund.

Lautlos näherte Schneider sich seinem Opfer. Dann ein leises Ploppen, es roch für einige Sekunden sauer. Als der Verschwitzte sich mit einem letzten Grunzen auf den Rücken drehte und sein Kinn hinabfiel, lächelte der Assassine mit bitterem Blick. Er hob die Decke, unter der es nach Urin und Schweiß roch. Das Opfer trug nichts am Leib bis auf eine weiße Unterhose. Die Brusthaare klebten auf dem aufgeschwemmten Gewebe.

»Junge, bist du fett geworden«, bemerkte er mit einem spöttischen Grinsen.

Er wiederholte diese Worte Minuten später. Diesmal gepresst und ohne eine Spur von Humor, als er den leblosen Körper die Treppe hinabzerrte. Prüfend vergewisserte er sich, ob Geräusche zu vernehmen waren. Fahrzeuge vorbeifuhren. Doch die Nacht hatte den vierbeinigen Hausbewohner geschluckt, und das Wetter und die Uhrzeit ließen das Viertel wie ausgestorben erscheinen.

Als er das Zimmer betrat, erwartete Lola ihn im Bett. Der Fernseher war aus, nur die Bettlampen brannten. Nichts im Raum deutete auf Veränderung hin. Doch Schneider hatte am blauen Schimmer hinter den Gardinen erkannt, dass sie noch vor Sekunden auf den Bildschirm gestarrt hatte.
»Ich habe dich schon vermisst«, gurrte sie und schenkte ihm einen lüsternen Blick. Er passte nicht zu ihr. Sie sollte studieren oder zumindest einen vernünftigen Beruf erlernen. Mürrisch warf er seine Jacke über die Stuhllehne.
»Du bekommst dein Geld, auch ohne dass du mir etwas vorspielst.«
Er begann das Hemd aufzuknöpfen.
»Ist es nicht etwas, was man gerne hört?« Das Mädchen blinzelte verunsichert.
»Wenn es ehrlich gemeint ist, schon.«
»Ich habe mich wirklich gefreut. Ich bin nicht gerne allein.«
»Dann sind wir beide sehr unterschiedlich.« Das Hemd segelte über die Jacke. Schneider zog sich das Shirt über den Kopf. Es war feucht vom Schweiß. Kein einziges Haar wuchs auf seinem Oberkörper. Lola schwieg. Er öffnete die Hose und stieg hinaus. Hob das Kinn in Richtung Badezimmer und sagte wie aus dem Nichts: »Duschen wir zusammen?«
»Okay«, kam es kleinlaut. Was sollte sie schon erwidern?
Sie trug noch immer keine Kleidung, wie er feststellte, außer ihrem Slip. Der Temperaturregler war höher gedreht, eine der vielen kleinen Veränderungen, die Schneider wahrgenommen hatte. Als sie an seiner Tasche vorbeischritt registrierte er,

wie ihr verräterischer Blick für eine Sekunde daran haften blieb.
Als sie das Badezimmer betraten, seufzte er leise.
»Das war sehr dumm von dir«, sagte er tonlos vor sich hin und schob Lola über die Fliesen.

2004

Der Bus hielt mit einem Quietschen. Noch eine Viertelstunde bis zum Gong zur ersten Stunde. Patrick bewegte sich durch eine lärmende Meute von Fünftklässlern und fühlte sich hundeelend. Prall gefüllte Schulrucksäcke rempelten ihn an, einer traf ihn schmerzhaft in die Rippen. Vor ein paar Wochen hatte Leah aus der Parallelklasse von einem Ranzen zwei Zähne ausgeschlagen bekommen. Patricks Vater tobte, als er davon hörte. Es sei Aufgabe des Busfahrers, für geordnete Verhältnisse zu sorgen. Denn das gefährliche Gedrängel an der Haltestelle wiederholte sich täglich. Es grenzte an ein Wunder, dass noch niemand unter die Räder gekommen war.
Patrick wusste, dass sein Vater ihn beschützte. Er ließ es nicht zu, dass seinem Sohn etwas geschah. Das versicherte er Patrick immer wieder. Jedes Mal, nachdem er ihm weh getan hatte. Patrick wusste, dass es falsch war, was er mit ihm tat. Er hatte Mitleid mit ihm, er konnte in seinen Augen sehen, dass er krank war und darunter litt. Doch in den Minuten, wenn der Schmerz ihm die Tränen in die Augen trieb, hasste Patrick seinen Vater aus tiefster Seele.
»Patty!«, schrie es plötzlich durch die Menge. Lukas. Patrick rollte entnervt die Augen. Er hatte ihm schon x-mal gesagt, dass er nicht »Patty« genannt werden wollte, er sei schließlich kein Mädchen. Patrick war größer, als man es von einem Zehnjährigen erwartete, doch seine Gesichtszüge waren bleich und feminin. Ein Junge, der sich lieber in die Welt von

Magic-Karten und Fantasy-Rollenspielen vertiefte, als sich auf dem Fußballplatz auszutoben.
Er bahnte sich einen Weg durch das lärmende Schultaschenmeer, bis er vor seinem Freund stand. Dem einzigen, den er hatte.
»Luke, hör auf, mich Patty zu nennen.«
»'tschuldigung«, grinste dieser. Er hatte gut lachen. Sein Spitzname war cool. Bei Patrick stattdessen brauchte es nicht mal einen Spitznamen, um ihn tagtäglich mit dem stupiden rosa Seestern von SpongeBob aufzuziehen.
Er versuchte, bequem zu stehen, doch es gelang ihm nicht.
»Was ist denn los? Morgen ist Wochenende.«
Zwischen dem Wochenende und jetzt lag eine Doppelstunde Sport. Patrick fröstelte. Allein beim Gedanken daran tat ihm alles weh.
»Ich gehe wieder«, murmelte er und sah sich um. Kein Lehrer zu sehen.
»Waaas?«
»Ich hau ab, bevor jemand sieht, dass ich da bin. Kommst du mit?«
Lukas trat unschlüssig von einem Fuß auf den anderen. Patrick hätte es ihm nicht krummgenommen, wenn er abgelehnt hätte. Er beneidete seinen Freund um dessen Elternhaus. Lukes Vater war wie ein großer Bruder zu seinem Sohn. Wenn er ihm übers Haar fuhr, dann geschahen die Berührungen unschuldig und ohne Unbehagen. Lukes Mutter stellte immer tausend Fragen. Das krasse Gegenteil zu Pattys eigener Mom, die im Grunde ausschließlich mit sich selbst beschäftigt war.
Umso mehr wunderte es Patrick, als Lukas ihn am Arm packte und sagte: »Okay, dann los. Lass uns abhauen. Wie Tom Sawyer und Huck.«
»Du bist Huck!«, grinste Patrick.

Beinahe wären die beiden Kevin in die Arme gelaufen, einem grobschlächtigen Typen aus der Neun. *Vermeide den Augenkontakt,* sagte Patrick sich immer, wenn Kevin sich mit seinem Schlägertrupp näherte und den Schulhof nach Opfern ausspähte.

»Lass uns in Ruhe«, zischte Lukas, und schon waren sie um die Gebäudeecke verschwunden. Einen verdutzten Kevin in einer abebbenden Schülertraube hinter sich lassend. Fassungslos, als sich im Laufe der Zeit herausstellte, dass er die letzte Person gewesen sein sollte, die Luke und Patty wohlauf gesehen hatte.

2014

SONNTAG

SONNTAG, 12. OKTOBER 2014, 8:35 UHR
Landkreis Offenbach.

Peter Brandt blinzelte gegen die Sonne. Hoffte, er bilde sich das Gesicht nur ein, das in seinen Fokus rückte. Doch dann ertönte auch schon die Stimme mit dem einschlägigen hessischen Dialekt.
»Kollege Brandt. Hätte ich mir ja denken können.«
Dieter Greulich. Von allen Kriminalbeamten war er der letzte, auf den der Kommissar in diesem Augenblick Lust hatte. Die Abneigung beruhte auf Gegenseitigkeit. Vor Jahren hatte Kommissariatsleiter Spitzer die beiden aus der Misere erlöst, gemeinsam Dienst tun zu müssen. Greulich war zum Rauschgiftdezernat gewechselt, wo eine neue Karriere auf ihn wartete. Brandt hatte ihn an keinem Tag vermisst. Kriminalbeamte, denen die Fäuste zu locker saßen, brauchte es bestenfalls im Fernsehen. Dennoch gerieten sie sich zuweilen ins Gehege, wenn Drogen- und Gewaltdelikte Hand in Hand gingen. So auch an diesem Vormittag. Es war noch nicht einmal halb neun, und Peter Brandt schlürfte bereits den dritten Becher Kaffee. Schwarze, übersüßte Brühe, die bestenfalls nach bitterer Pappe schmeckte. Dunst lag über den Baumspitzen, die pfeilgerade verharrten. Im Hintergrund rauschte der Verkehr der Autobahn. Immer angespannt, immer schwelend, als könnte es

jeden Moment zum Unfall kommen. Die A3 traf in wenigen Kilometern auf die A5; das berüchtigte Frankfurter Kreuz.
»Frankfurt«, dachte Brandt abfällig. Lag das Kreuz nicht genauso in Neu-Isenburg, und gehörte der Flughafen nicht ebenso zu Kelsterbach und Mörfelden? »Aber Hauptsache, sie können überall ihr versnobtes Etikett draufkleben.«
»Hat's dir die Sprache verschlagen?« Greulich hatte sich vor Brandt aufgebaut und funkelte ihn auf seine überhebliche Art an.
»Morgen.« Brandt zog die Mundwinkel breit. Dann hob er die Augenbrauen und fragte: »Wo ist denn die Leiche?«
»Er.«
»Wie bitte?«
»*Sie* ist ein *Er*.«
»Witzbold.« Es blieb doch trotzdem eine Leiche, egal, welches Geschlecht sie hatte. »Also, wo?«
Greulich setzte sich in Bewegung und brabbelte etwas über Brandts miese Stimmung, von der er sich nicht die Laune vermiesen lassen wolle.
Der Boden war vom Regen aufgeweicht, und bald hatte sich ein Kranz aus Erde um Peter Brandts Schuhe gebildet. Sie waren dem geteerten Weg gefolgt, hatten ein altes Metalltor passiert, das aus den Angeln gehoben war. Panzersperren aus Stahlbeton lagen umgekippt neben der Zufahrt. Sie waren zerbröckelt, anscheinend war man so oft dagegen gefahren, bis sie nachgegeben hatten. Seit die Amerikaner das Gelände verlassen hatten, lag es brach. Die Wildnis eroberte sich die niedrigen Gebäude zurück. Lkw-Aufleger standen herum, ein alter Nissan Sunny, auf dessen Windschutzscheibe drei signalorange Aufkleber darauf hinwiesen, dass das Gefährt umgehend zu entfernen sei. Zwischen allem die üblichen Einsatzfahrzeuge, Brandt erkannte die Kollegen der Spuren-

sicherung. Dann Andrea Sievers, die Rechtsmedizinerin. Er seufzte, sie grinste. Vor einigen Jahren waren die beiden ein Paar gewesen, und Andrea war noch immer eng mit seiner jetzigen Partnerin befreundet. Der Gedanke, dass die beiden sich über ihn unterhielten, schmeckte ihm überhaupt nicht. Er wusste, wie die Frauen waren. Heute blieb ihm anscheinend nichts erspart.

»Warum so grimmig?«, fragte Andrea. Sie war Anfang vierzig, doch man sah ihr die Jahre nicht an. Selbst in ihrem Ganzkörperkondom und mit zurückgebundenen Haaren wirkte sie so anziehend wie eh und je.

»Zu viel Kaffee, zu wenig Schlaf«, brummte Brandt und entschied, seine üble Laune mit einem Lächeln zu bekämpfen. Es gelang ihm nur mäßig, doch Andrea lachte.

»Hat dich deine Staatsanwältin nicht zur Ruhe kommen lassen? Ich weiß zufällig, dass ihr gestern ...«

Brandt schnaubte. Er würde mit Sicherheit keine Details der letzten Nacht vor seiner Ex-Freundin ausbreiten. Schlimm genug, wenn er sich vorstellte, dass die beiden über ihn sprachen, wenn sie sich zu einem ihrer Mädelsabende trafen, was zum Glück nur selten geschah.

»Okay, ich geb's ja zu«, er hob die Hände, »ich habe einen Kater. Also bitte hab ein wenig Mitleid mit mir, ich musste mich schon mit Greulich auseinandersetzen.«

Sievers verzog den Mund. Ihr Daumen hob sich über die Schulter und deutete auf ein Gebäude, bei dem sämtliche Fenster eingeschlagen waren.

»Dann solltest du den Kalten vielleicht jemand anderem überlassen.«

»So schlimm?«

»Übel.«

»Zeig ihn mir.«

Krähen schrien und übertönten das Verkehrsrauschen der Autobahn. Es roch nach feuchtem Beton, von Waldatmosphäre war nicht viel zu spüren. Brandt überlegte, welche Armeen hier alle ihre Spuren hinterlassen hatten. Die Gegend war voll von Relikten aus beiden Weltkriegen. Alte Versorgungsbahnen, geheime Flugplätze, von der Wehrmacht bestmöglich getarnt. Die Amerikaner hatten das, was sie nicht zerstören konnten, für eigene Zwecke übernommen. Manches war im Laufe der Zeit an die Bundeswehr gefallen. Vieles verfiel. Wie üblich an vergessenen Orten waren die Spuren unverkennbar, die Vandalen hinterlassen hatten. Graffiti, Scherben, Fäkalien. Andere nutzten den Platz als Müllhalde. Zerbrochene Fensterrahmen, alte Fässer, Windelsäcke und, als Krönung, das Wrack des Nissan.

Der Tote lag abseits des Ganzen, von außen nicht zu sehen. Nur die Krähen hatten ihn entdeckt. Und der Anrufer, der seinen Fund gemeldet hatte. Dem das Ganze womöglich die Pilze vergällt hatte, für die es ihn hierher verschlagen hatte. Wie man hörte, war es ein ausgezeichnetes Jahr für Pfifferlinge, auch wenn Brandt diese nicht derart nah an der Autobahn gesucht hätte. Um die Aussage, die längst protokolliert war, würde er sich später kümmern.

Der Mann, sein Alter war schwer zu schätzen, saß halb aufrecht an der hinteren, fensterlosen Wand des schmalen Raumes. Zeitungspapier und Glaswolle waren auf dem Boden verteilt. Es stank nach Urin. Seine Haut war gräulich, Mund und Augen geschlossen. Brandt wusste, dass sich einige Stunden nach Todeseintritt die Gesichtsmuskulatur entspannte. Es gab eine Menge Blut unter dem Körper, im Bauchbereich war die Kleidung regelrecht vollgesogen. Andrea hielt unbeeindruckt mit dem Strahl ihrer Taschenlampe darauf.

»Eine Hinrichtung, wenn du mich fragst«, ließ sie verlauten. »Ich zähle mindestens fünf Einschüsse. Bauch, Leber, Genitalien, Herz. Der Gute hatte null Überlebenschancen. Die Spusi hat dort, wo du stehst, eine Handvoll Patronenhülsen gesichert.«
Instinktiv trat Brandt zur Seite und sah zu Boden. Knapp drei Meter zur Leiche, wie er schätzte. Abzüglich der Armlänge des Schützen betrug die Distanz gerade zwei Meter.
»Gibt es Fehlschüsse?«, erkundigte er sich.
»Mich interessieren nur die Treffer«, frotzelte Dr. Sievers und beugte sich hinab. Dann schüttelte sie den Kopf. »Sieht aber nicht so aus. Wieso fragst du?«
Brandt war sich nicht sicher. Aus so naher Distanz konnte selbst ein ungeübter Schütze treffen. Er winkte ab. »Ich dachte nur an das, was du eben gesagt hast.«
»Das mit der Hinrichtung?«
»Mhm.«
Er betrachtete den Mann genauer. Seine Kleidung wirkte abgetragen, doch auch teuer. Womöglich eine Kleiderspende. Handelte es sich um einen Obdachlosen? Das Gesicht war schlecht rasiert, die Haare klebrig. Doch richtig verwahrlost sah der Mann nicht aus.
»Hältst du ihn für einen Vagabunden?«, fragte er Andrea.
Diese zog eine nachdenkliche Miene. Dann verneinte sie.
»Wenn, dann noch nicht lange. Er müsste ... *anders* aussehen. Außerdem«, sie schniefte, »wer erschießt denn einen Penner?«
»Täusch dich mal nicht«, murmelte Brandt düster. Während er die Kollegen der Spurensicherung suchte, wünschte er sich zurück in seine warme Küche, wo er mit seinen Töchtern Sarah und Michelle Toastbrot mit Nutella essen würde. Am besten zurück ins Jahr 2000, als sie noch zur Schule gingen und

das größte Problem darin bestand, welche überteuerte Kleidungsmarke gerade angesagt war.
Seit damals war er nicht mehr so glücklich gewesen.

SONNTAG, 9:35 UHR
Frankfurt.

Berger besuchte den Friedhof längst nicht mehr zweimal in der Woche, so wie früher. Er tat es vor allem nicht mehr am Abend, wenn Scharen von Frauen mit kleinen Schippen und Harken die Bepflanzungen pflegten. Wenn Banales über die Marmorsteine hinwegposaunt wurde, als sei es den Toten darunter egal. Wenn Alte wie Junge sich um die Wasserstellen scharten wie eine Herde Antilopen. Seit zweiundzwanzig Jahren besaß er ein Doppelgrab, in dessen linker Hälfte Bergers erste Frau ruhte. Das Grab befand sich am anderen Ende des Friedhofs, einen langen Marsch vom Haupttor entfernt. Die unweit stehende Hainbuche war zu beachtlicher Größe herangewachsen und warf ihren Schatten bis auf seine Füße. Wie die anderen Bäume kleidete sie sich allmählich in ein farbiges Herbstkleid. Berger bückte sich und hob ein Dutzend Blätter auf, die auf der Grabstätte lagen. Niemand befand sich in seiner Nähe. Die meisten benachbarten Gräber wurden mittlerweile durch Grünfirmen gepflegt. Ehepartner verstarben, Enkel hatten Besseres zu tun, als vier Quadratmeter Beet instand zu halten. Trübsinnig dachte er an seine Tochter Andrea. Sie war längst erwachsen, keine Rechenschaft mehr schuldig. Selbst am Todestag ihrer Mutter und ihres Bruders, der neben ihr beigesetzt war, musste er seine Tochter meist zu einem Besuch überreden. Vor drei Wochen hatte es sich gejährt. Der einundzwanzigste September. Berger kniete sich hinab und beäugte das Gesteck, welches sie niedergelegt hatten. Sonnenblumen und Lavendel. Das Wetter hatte ihm zugesetzt, doch für eine Woche wollte er es noch liegen lassen. Berger blickte sich prüfend um. Er war immer noch allein. So erfüllend sein Beruf und seine neue Partnerschaft auch waren, einmal im Jahr kochte der Schmerz auf höchster Flamme. Wie aus dem Nichts, auf der Heimfahrt vom Kindergarten, an einer Ampel, die sie schon unzählige Male passiert hatten, hatte ein Dreißigtonner den Kleinwagen zermalmt. Eine musterhafte Familie, zerplatzt wie eine Seifenblase. Zur Hälfte ausgelöscht von einem Betrunkenen, der selbst eine Frau und zwei Kinder hatte. Berger wusste nicht, wie oft er sich betrunken hatte, wie oft er geschrien und geweint hatte, wie oft er sich eine Waffe so fest an die Schläfe hielt, dass man Stunden später noch die Abdrücke sah. Hätte es Andrea nicht gegeben, die damals kurz vor dem Abitur stand – eine Verantwortung, die ihm nun plötzlich alleine oblag –, er hätte es getan. Stattdessen hatten Alkohol und Nikotin ihn auf Raten ruiniert, bis er endlich einen Weg aus dem Teufelskreis fand. Wie so vieles, was er erreicht hatte, schrieb er es den beiden Frauen in seinem Leben zu.

Tränen sammelten sich in seinen Augen. Sekunden, bis sie ihm die Wange hinabkullern würden. In zwanzig Minuten würde sich das Team im Präsidium dann das Maul darüber zerreißen, weshalb ihr Chef, den sie gern als Fels in der Brandung wahrnahmen, geheult hatte. Hastig wischte er sich über das Gesicht. Mit der Rechten spürte er seine Pistole, die er mit sich trug. Frisch gereinigt und mit vollem Magazin. Berger fürchtete sich vor den Phantasien, die ihn heimsuchten. Todessehnsucht. Gedanken wie: *Sie werden es ohne dich schaffen* oder *Nimm dich nicht zu wichtig*. Rechtfertigungen, den feigsten aller Wege zu gehen. Aber dann wurde ihm klar, dass er auch heute nicht abdrücken würde. Er würde die Waffe am Abend zurück in den Safe legen und sie morgen wieder herausnehmen. Und mit ein wenig Glück würde er sie niemals mehr abfeuern müssen.

Bergers Linke tastete sich zu einer Flasche Chantré vor, die er vor zehn Minuten an einem Wasserhäuschen, wie die Trinkhallen in Frankfurt genannt wurden, gekauft hatte. Die Flasche und eine Tüte Eukalyptuspastillen. Für eine Sekunde hatte er am Eingang mit sich gekämpft, beides in den Mülleimer mit den Gartenabfällen zu versenken.

Doch es fehlte ihm an Kraft. Kommissariatsleiter Berger kam nicht mehr weiter. Er hatte das Gefühl, als zöge eine mannshohe Feder ihn bei jedem Schritt, den er tat, zwei Schritte zurück. Seine Zukunft, der klägliche Rest, der ihm noch davon blieb, erschien wie ein Tunnel, dessen Ende immer enger wurde. Seit er am Vorabend, zwischen Tagesschau und Spielfilm, einen Anruf entgegengenommen hatte, hatte der alte Berger aufgehört zu existieren.

SONNTAG, 10:50 UHR
Sachsenhausen, Institut für Rechtsmedizin.

Andrea Sievers hatte vor kurzem die Leitung übernommen. Mehr ein bürokratischer Akt, es änderte sich dadurch kaum etwas, denn Professor Bock war schon länger im Ruhestand. Trotz seiner Emeritierung hielt dieser noch hin und wieder

Vorträge für Medizinstudenten und genoss es, wenn es dem jungen Gemüse beim Anblick ihrer ersten Leichenöffnung die Farbe aus dem Gesicht fegte. Wenn das große Würgen begann, sobald er beim Öffnen einer Bauchdecke von »Spaghetti bolognese« oder dergleichen sprach. Ansonsten aber hielt er sich raus. Es war Wochen her, seit er Andrea zum letzten Mal am Seziertisch besucht hatte und ihr über die Schultern sah, prüfend, wie ein Lehrvater. Manchmal vermisste sie die alten Zeiten mit ihm und auch dem Kollegen Morbs. Die ganze Bürokratie, für die sie nun zuständig sein sollte, lag ihr nur wenig, und sie delegierte sie so weit als möglich an Kollegen. Denn Andrea Sievers' Metier waren seit jeher die Tatorte und die Suche nach außergewöhnlichen Todesumständen. Ekel verspürte sie nur selten, und sie umgab sich mit einer Hülle aus Sarkasmus, die sie schützte.
Sie zog sich einen Haargummi über den braunen Schweif. Mittlerweile reichte er bis hinab zu den Schulterblättern.
»Hässlicher Kerl«, kommentierte sie für sich selbst, als sie die Obduktion des Mannes begann, für den Brandt und sein Team zuständig waren. Immer wieder dachte sie an Peter, in letzter Zeit tat sie das häufiger. Auch wenn es schon geraume Zeit her war, er war ihre letzte ernste Beziehung gewesen. Sexpartner konnte man als Frau überall finden. Jedenfalls hatte eine adrette Brünette wie Andrea damit noch nie Schwierigkeiten gehabt. Aber einen Partner, der zu einem aufsieht, der zu einem steht ...
Sievers ließ einen Seufzer los und tätschelte dem Unbekannten die Schulter. Sein Genital war überdurchschnittlich groß.
»Mach dir keine Hoffnungen«, murmelte sie mit einem bitteren Grinsen weiter. »So verzweifelt bin ich noch nicht.«
Dann schnitt sie den Körper auf die übliche Weise auf.

Der Mann war in den Vierzigern, groß, aber nicht muskulös. Seine Haut war blass, das Haar dünn, glatt und dunkel. Am Hinterkopf deutete sich eine kahle Stelle an. Nase und Kinn waren markant. Obwohl sie den Gedanken unterdrücken wollte, musste Sievers unwillkürlich an eine dumme Volksweisheit denken. Große Nase, großer Penis. Sie schüttelte den Kopf und konzentrierte sich weiter. Der Tote hatte kaum Körperbehaarung. Wäre es nicht ein Körper von eins fünfundachtzig gewesen, so könnte man meinen, es läge ein Knabe vor ihr. Babyspeck inklusive. Der gesamte Körper wies keine trainierten Muskeln auf, und alles wirkte sonderbar zart. Jetzt, nachdem er von all dem Dreck und den blutverklebten Kleidern befreit war, wirkte nicht einmal mehr das halbe Dutzend Einschusslöcher sonderlich beeindruckend.

Peter Brandt betrat den Raum, als sie mit dem Rücken zu ihm stand. Er lauschte ihrer Stimme, sie berichtete gerade über Verletzungen an der Leber. Dann bewegte sich Andreas rechte Hand, und eine Pinzette ließ ein Projektil in eine Metallschale fallen. Es musste die Spiegelung in der gegenüberliegenden Glasscheibe sein, die seine Anwesenheit verriet.
»Peter!« Dr. Sievers fuhr herum.
»Andrea.« Er schritt näher und reckte den Hals. In der Schale lagen fünf Kugeln. »Sie haben ihn ziemlich zersiebt, hm?«
»Ein halbes Dutzend«, bestätigte sie. »Das war die letzte, die ich rausfischen konnte.«
Ihre Stirn glänzte, der Körper auf dem Tisch glich der Auslage in einer Fleischtheke. Brandt schluckte und suchte sein Spiegelbild in der Scheibe.
»Und die anderen?«
»Hättest mal besser angerufen, hm?«, stichelte sie.
»Lass uns bitte auf den Punkt kommen.«

»Ach, schau an.« Mehr sagte Sievers nicht und deutete auf ein Loch unterhalb des Kinns. Ränder rund um die Öffnung deuteten darauf hin, dass es sich um einen aufgesetzten Schuss gehandelt haben musste. So viel hatte Brandt mittlerweile gelernt.

»Das sieht für mich nach einem finalen Schuss aus«, erläuterte Andrea. »Die anderen wurden alle aus mehr oder weniger großer Entfernung abgefeuert. Auf den ersten Blick alles dasselbe Kaliber.«

Brandt hob die Augenbrauen. »Reden wir von einem besonders schlechten Schützen? Oder von einem ganzen Killerkommando?«

»Die Waffe könnte auch gewandert sein.« Andrea zuckte mit den Schultern. »Lass das mal die Ballistik machen. Ich denke, da tauchen keine Projektile mehr auf. Sollte ich noch eines finden …«

»Alles klar.« Brandt zwang sich zu einem erneuten Blick auf den Seziertisch, dann suchte er Andreas Miene.

Sie lächelte warmherzig, er erwiderte es. »Habe ich das richtig verstanden, es könnte eine Art Hinrichtung gewesen sein?«

»Sämtliche Kugeln trafen ihn sehr schmerzhaft, aber waren so plaziert, dass er am Leben blieb. Und bei Bewusstsein.« Sievers deutete in Richtung des Unterleibs des Toten. »Es gibt eine zerschossene Kniescheibe, der Oberschenkel wurde perforiert. Treffer in Leber und Leiste, ganz knapp neben sein bestes Stück.« Sie verzog den Mund. »Dann ein Schuss direkt ins Gemächt und zu guter Letzt in die Lunge. So zumindest sieht es aus. Mit ein wenig Phantasie gleicht es tatsächlich einem Mafiamord.«

»Hm.« Brandt kratzte sich am Hals. »Weiß man schon etwas über die Identität?«

»*Man* hat die Fingerabdrücke genommen«, erwiderte Andrea und deutete dabei auf sich. Sie blickte zur Wanduhr und kniff die Augen zusammen. »Scheint so, als gäbe es keine Übereinstimmung. Sonst hätte sich längst jemand gemeldet.«
»DNA?«
»Du weißt genau, dass das nicht so schnell geht.«
»Bitte bleib an der Sache dran. Spitzer steht mir auf den Füßen, weil er schon die Schlagzeilen sieht. Zwölf Schüsse. ›Kriegsschauplatz Offenbach‹.« Er setzte eine bittere Miene auf und deutete in die Ecke des Raumes, wo er Norden vermutete. »Den Fall hätten die da drüben gerne haben können.«
Andrea war diplomatisch genug, um darauf nichts zu erwidern. An Brandts Einstellung zu Frankfurt würde niemand mehr etwas ändern.
»Kümmere dich mal lieber um deinen Pilzsucher«, wechselte sie das Thema.
Brandt warf ihr einen irritierten Blick zu.
»Es heißt doch, ein Pilzsucher habe ihn gefunden, stimmt's?«
»Ja.« Brandt erinnerte sich an den Bericht, den er am Abend zuvor noch überflogen hatte. Ein Mann namens Oliver Schuster hatte seinen Wagen vor der abgesperrten Zufahrt des Geländes geparkt, um anschließend seine Kreise zu ziehen. Er hatte den Toten entdeckt und gemeldet. Der Kommissar musste unwillkürlich an früher denken. An die *pasta al forno* seiner italienischen Großmutter, die ausschließlich mit eigenhändig gesammelten Pilzen zubereitet wurde. Er legte den Kopf zur Seite. »Mir sind da keine Unstimmigkeiten aufgefallen.«
»Dann befrage ihn mal etwas konkreter.«
Brandt konnte es nicht leiden, wenn Andrea geheimnisvoll tat. Andererseits tat sie es nie, wenn sie nicht wirklich etwas mitzuteilen hatte. Ungeduldig winkte er ihr zu.
»Ja. Okay. Weiter im Text.«

»Du bist kein Pilzkenner, hm? Ich schon. Hätten wir es länger miteinander ausgehalten, dann ...«
»Andrea, bitte«, drängte er.
»Jaja«, reagierte sie pikiert. »Jedenfalls esse ich einen ganzen Korb Fliegenpilze, wenn der dort auf Pilzsuche war. Abgesehen davon, dass es da kaum Pfifferlinge gibt, stecken die Pilze voll von Gift und Schadstoffen.« Sie tippte sich an den Kopf. »Keiner, der etwas auf sich hält, wird Pilze zubereiten, die am Rand einer Autotrasse wie der A3 wachsen.«

SONNTAG, 14:50 UHR
Rodgau.

Brandt parkte seinen Alfa Romeo vor einem heruntergekommenen Mietshaus. Die Wand war grau, feuchte Stellen zeichneten sich ab. Hinter schmalen Fenstern hingen bunte Gardinen, die Luft schmeckte nach Abgasen. Es gab hier weiß Gott schönere Wohngegenden, wie der Kommissar wusste. Auf dem Namensschild fand er nicht, was er suchte. Also klingelte er an den beiden untersten der sechs. Hinter einem Fenster schob sich der blickdichte Stoff beiseite. Dann wurde es gekippt.
»Wer sind Sie?« Es war die heisere Stimme einer alten Dame in Kittelschürze.
Brandt zeigte seinen Ausweis. »Ich bin auf der Suche nach Oliver Schuster.«
Sie tat so, als sei sie nicht neugierig, was ihr nicht gelang. »Was wollen Sie denn von ihm?«

»Nur ein paar Fragen.« Brandt kam sich vor wie im Fernsehen.
»Hmm. Drücken Sie ganz oben. Links. Bis auf meinen Namen stimmt keines der Klingelschilder mehr.« Sie seufzte und sah den Kommissar erwartungsvoll an. Doch er bedankte sich nur und wandte sich dem Drückerfeld zu.
Schuster ließ nicht lange auf sich warten und bat den Kommissar herein.
»Oberster Stock.«
Brandt betrat das Haus ohne Hoffnung auf einen Aufzug, und tatsächlich musste er die Etagen zu Fuß überwinden. Er verfluchte die Tiefkühlpizzen und den wenigen Sport, den er derzeit trieb.
In Schusters Wohnung sah alles so aus, als sei dort seit den Neunzigern nichts mehr verändert worden. Kratzspuren an den Wänden deuteten auf eine Katze hin, doch es war keine zu sehen. Kalter Zigarettenrauch hing in der Luft. Der Mann wirkte, als liefe er auf Eierschalen. Eingefallene Augen lagen hinter markanten Wangenknochen. Seine Haut war nahezu grau. Er überragte Brandt um eine Kopflänge und musste einmal gut trainiert gewesen sein, doch davon schien kaum mehr etwas übrig. Möglicherweise hatte er getrunken, was eine Erklärung für seine trägen Bewegungen sein konnte, oder er nahm Medikamente. In Schusters Blick lag etwas Glasiges. Eine Fahne war jedoch nicht zu riechen.
»Sie sind also auf Pilzsuche gewesen?«, fragte er, nachdem sie Platz genommen hatten. Schuster schien der schäbige Zustand seiner Wohnung peinlich zu sein, er hatte hastig Zeitschriften und leere Colaflaschen sortiert. Der Fernseher lief, er schaltete ihn aus.
»Mhm. Ich habe alles zu Protokoll gegeben.«
»Gehen Sie öfter dort suchen?«

Schuster kratzte sich. »Gute Gegend.«
»Ich habe italienische Wurzeln«, lächelte Brandt fordernd. »Pilzgerichte sind eine Delikatesse. Haben Sie einen Tipp für mich?«
»Man verrät seine Verstecke nicht, soweit ich weiß«, wich sein Gegenüber aus.
»Haben Sie denn eine gute Ausbeute gemacht?«
»Alles schon gegessen.« Schuster klopfte sich auf den Bauch. Brandt überlegte, ob er in der Küche nach Geschirr Ausschau halten sollte. Oder nach Rezepten fragen. Doch trotz seiner Nervosität schien Schuster vorbereitet zu sein. Er entschied sich dagegen.
»Weshalb haben Sie die Gebäude betreten?«
»Ich habe etwas gehört. Dann habe ich die Krähen gesehen.« Der Mann senkte seine Stimme. »Nun ja, und dann den Toten.« Daran war nichts auszusetzen. Schuster hatte den Fund gemeldet, auf die Beamten gewartet, die schnell vor Ort gewesen waren, und seine Aussage gemacht. Brandt ließ seinen Blick über die Wohnzimmerwand gleiten. Fotos von einem Haus mit großen Terrassenfenstern. Fotos von drei Personen, im Hintergrund die Frankfurter Zeil-Galerie. Fotos einer glücklich lachenden Familie.
»Wer sind die beiden?«, erkundigte Brandt sich im Aufstehen, nachdem er noch ein paar Belanglosigkeiten gefragt hatte.
Schuster seufzte. »Das war ein anderes Leben«, sagte er trocken. »Ist lange vorbei. War das alles, was Sie wissen wollten?« Brandt hätte zu gerne noch weitergefragt, doch er wurde bereits in Richtung Hausflur bugsiert. Als die Tür sich schloss, fühlte er sich überrumpelt. Und ihm ging das Foto nicht aus dem Kopf, was in ihm Erinnerungen an seine Töchter aufkommen ließ. Ein Junge mit Schultüte und stolzem Blick. Lukas stand darauf geschrieben.

SONNTAG, 21:20 UHR
Frankfurt, Riedberg.

Immer wenn sie aus ihrer Uniform stieg, fühlte sie sich, als legte sie eine zentnerschwere Rüstung ab. Einen Panzer, der ihre Bewegungen hemmte, ihre Gefühle gefangen hielt und sich eng um ihren Brustkorb schloss. Dabei war es nichts als eine Kombi, wie tausend andere Kolleginnen sie auch trugen. Etwas angepasst an ihre weiblichen Formen, ein wenig modifiziert, um sich von den anderen Einheiten abzuheben.
Matilda Brückner konnte stolz sein auf das, was sie erreicht hatte. Das sagte sie sich immer wieder, und auch ihr Mann wiederholte es wie ein Mantra. Sie lauschte dem Radio, blickte ins Leere, die verschwitzten Handflächen um das Lenkrad geklammert. Es gab kaum Durchgangsverkehr in ihrem Viertel, keine Menschenströme, selbst tagsüber nicht. Der neue Uni-Campus lag weit genug entfernt, und wenn man in Richtung Park und Weiher blickte, konnte man fast meinen, auf dem Land zu leben.
Als seine Fingerknöchel auf die regennasse Scheibe trafen, schrak Matilda auf. So etwa, glaubte sie, musste sich ein Herzinfarkt anfühlen. Dann öffnete er die Tür.
»Was machst du denn hier?«
Er war Grundschullehrer, ein durch und durch liebevoller Mann und Vater. Seine Mundwinkel zogen sich in die Breite. »Dasselbe könnte ich dich fragen.« Er hob die andere Hand, in der ein Plastiksack baumelte. »Jonathan schläft, ich wollte nur rasch den Müll rausbringen. Wie lange sitzt du denn schon hier unten?«
Sie seufzte. Sobald sie ausstieg, würde er sehen, dass sie geheult hatte. Matilda nutzte die Sekunden, in denen er den

Müllbeutel entsorgte, um sich mit dem Ärmel übers Gesicht zu fahren. Ein dicker Regentropfen begrüßte sie, als sie den Kopf aus dem Auto schob. Ein weiterer platschte ihr auf die Stirn. »Verdammt!« Sie nutzte die Chance, sich die Augen zu reiben.
»Was ist denn?«
»Ich habe einen Tropfen ins Auge bekommen.« Es klang weinerlich, und sie biss sich auf die Unterlippe.
»Beschissener Tag, hm?«
Matilda wusste, wie sehr er sich wünschte, sie ginge einem anderen Job nach. Einer normalen Arbeit, einem Frauenjob. Sekretärin. Kauffrau. Es gab in Frankfurt weiß Gott genügend Möglichkeiten. Er war jedoch viel zu unterwürfig, um es auszusprechen. Manchmal wünschte sie sich einen stärkeren Partner an ihrer Seite, einen Macho, jemanden, der ein halbes Dutzend Gegner verdreschen würde, nur um seine Liebste zu beschützen. Heute war einer dieser Tage. Matilda kämpfte mit den Tränen.
Er wollte sie in eine Umarmung ziehen, nur widerwillig gab sie ihm nach. Wich ihm aus, als er die Lippen öffnete. Plötzlich schob er den Kopf nach hinten.
»Du hast getrunken?«
»Nur eine Runde«, log sie. »Es gab was zu feiern.«
Er prüfte ihre Augen, zum Glück stand die nächste Straßenlaterne weit entfernt.
»Das sieht mir nach weitaus mehr aus.« In seiner Stimme lag Enttäuschung. »Verdammt, Tilda. Soll das jetzt zur Regel werden?«
Sofort ging sie in Abwehrhaltung. »Wovon redest du, um Himmels willen?«
»Du ertränkst deinen Frust mit Alkohol«, zischte Frederik und wollte seine übliche Litanei anstimmen, in der er über

ihren Beruf und die beschissenen Dienstzeiten klagte. Sie würde es über sich ergehen lassen.
Der Regen wurde stärker und zwang sie, nach innen zu gehen. Schon im Treppenhaus hörten sie Jonathan weinen.
»Gehst du? Nein, vergiss es. Er soll dich so nicht sehen.«
»Er ist zweieinhalb!«, widersprach Matilda. »Du tust ja gerade so, als sähe ich wie ein Junkie aus.«
»Ich gehe ihn beruhigen«, kam es bloß. Jonathan war ein Papakind. Die meiste Elternzeit hatte er sich genommen, was nicht einfach gewesen war. Doch Matilda hatte es gar nicht erst versucht, selbst für zwei Jahre freizubekommen. Einmal draußen – für immer raus. Nach dem Mutterschutz hatte sie Jonathan in die Obhut ihres Mannes gegeben. Ein Kind, ein pflegeleichtes, unschuldiges Kind.
Matilda ließ sich eine Badewanne einlaufen. Das Rauschen des Wassers übertönte die Stimmen im Kinderzimmer. Und ihr bitterliches Schluchzen. Als der nach Lavendel riechende Schaum ihren Nabel überwucherte, rieb sie sich die Nase. Die Schleimhäute brannten beim Einatmen. Als sie die Hand zurück ins Wasser gleiten ließ, fiel ihr Blick auf eine Tätowierung. Ein Phönix, der sich mit nach oben gespreizten Flügeln aus einer Flamme erhob. Es war filigran gestochen und hatte, wenige Zentimeter unterhalb des Handgelenkes, höllisch weh getan. Matildas Hand klatschte in den Schaum, als könne das Badewasser das Bild wieder abwaschen. Ein letztes Mal schluchzte sie auf, hielt sich die andere Hand schützend vor den Mund, denn sie wollte Frederik nicht auf den Plan rufen. Keine Tränen mehr, beschloss sie und tastete über den feuchten Rand der Wanne, bis ihre Finger fanden, wonach sie suchten.
Zehn Minuten später quoll Blut über den Feuervogel und färbte den Badeschaum rosa.

MONTAG

MONTAG, 13. OKTOBER, 8:45 UHR
Frankfurt, Nordend.

Julia Durant spürte die Unebenheiten des Parketts unter den nackten Füßen. Sie hatte frei und bis halb neun geschlafen, was sie nur selten schaffte. Womöglich läge sie noch immer unter der Decke, hätte ein Anruf auf dem Festnetz sie nicht unsanft aus dem Bett befördert.
»Lass uns einfach ein andermal darüber reden«, klang es versöhnlich.
»Du hast mich doch deshalb angerufen«, erwiderte sie kühl. »Also bereden wir es jetzt.«
Sie wusste nicht, worüber sie sich mehr ärgern sollte. Seine Sturheit oder die plötzliche Unentschlossenheit.
»Ich habe mir das Ganze lange überlegt«, leitete er zum dritten Mal aufs Thema zurück. Als wollte er sich rechtfertigen.
»Du klingst aber so, als müsstest du dich selbst überzeugen, Paps.«
Pastor Durant, den neunzig deutlich näher als den achtzig, druckste. Er lebte in einer kleinen Gemeinde vor den Toren Münchens. War unermüdlich als Vertretung eingesprungen, denn Kirchendiener wurden zunehmend rarer. Ein Schlaganfall im vergangenen Sommer hatte ihn endgültig in den Ruhestand befördert. Außer einigen Stunden Telefonseelsorge, die

er wöchentlich leistete, war sein Alltag sehr eintönig geworden.
»Machst du dir Sorgen um das Geld? Oder woran liegt es?«
Julia Durant schnaubte. »Es liegt daran, dass es auch in Frankfurt eine Menge guter Einrichtungen gibt. Wir hätten wenigstens mal ein oder zwei ansehen können.«
»Ich habe noch nichts unterschrieben.«
»Heißt das, du ziehst ein Altenheim hier bei mir in Betracht?«
»Ich möchte in meiner Heimat bleiben.«
Also war es doch längst entschieden. Durant seufzte. Sie drehten sich im Kreis. Pastor Durant hüstelte.
»Schau, Julia, ich könnte es nicht ertragen, wenn du meinetwegen in Gewissenskonflikte kämst. Du hast deine Stelle in Frankfurt, deine Freunde und die Eigentumswohnung. Das darfst du nicht aufgeben. Aber ich habe hier auch Freundschaften. Und es werden Jahr für Jahr weniger. Wir Durants sind Reisende, das weißt du doch.«
Julia erinnerte sich an die Geschichten, seit sie ein junges Mädchen war. Ihre Ahnen waren Franzosen, daher der Familienname. Hugenotten. Flüchtlinge, verfolgt und vertrieben wegen ihres Glaubens. In Deutschland hatten sie eine Heimat gefunden und neue Wurzeln geschlagen.
»Rund um Frankfurt haben auch viele Hugenotten gesiedelt«, warf sie ein. Friedrichsdorf. Dietzenbach. Das hatte sie schon vor Jahren festgestellt, und ihr Vater hatte das Ganze sehr spannend gefunden. Der Name Durant tauchte zwar in keiner der hiesigen Familienbücher auf, doch überall waren große Sippen sich ihrer Herkunft bewusst, und man las hin und wieder darüber. Trotzdem war es ein schwaches Argument, das wusste die Kommissarin selbst. Ihr Vater würde seine Heimat nicht aufgeben. Seit Generationen in Bayern. Von Geburt an in dem Haus, in dem er lebte.

»Meine Reise begann hier und endet hier«, kam es wie aufs Stichwort aus dem Hörer. Im Hintergrund war Klappern zu hören, vermutlich Frau Kästner, die Haushälterin ihres Vaters. Bevor Durant etwas erwidern konnte (sie wusste nicht einmal, was genau sie hätte sagen sollen), brummte es von nebenan. Sofort identifizierte sie es als den Vibrationsalarm ihres Handys und war insgeheim erleichtert.
»Ich ruf dich zurück, okay?«, sagte sie hastig und eilte zurück ins Schlafzimmer.

MONTAG, 9:25 UHR

Der Lastwagen stand im hinteren Bereich des Rastplatzes Taunusblick. Von überallher schienen neugierige Blicke jede Bewegung zu verfolgen.
»Hinten rum!«, deutete ein Kollege der Spurensicherung an, von dem kaum mehr als die Augen zu erkennen waren. Der Rest verbarg sich hinter Schutzkleidung. Julia Durant ließ ihren Blick über den Lkw wandern. Ein gigantischer Aufleger mit verwaschener Plane. Nichts, was einem ins Auge fallen würde, wenn man ihn überholen würde. Keine Festbeleuchtung, wie sie manche Brummis zur Schau trugen. Gerade unauffällig genug, dass man ihn nicht weiter beachtete. Wenn man aber in seinem Schatten stand, in unmittelbarer Nähe, kam das Staunen.
»Ein ganz schöner Brummer, wie?« Frank Hellmer, Julias langjähriger Kollege und enger Freund, schien ihre Gedanken zu erraten. Sie begrüßten einander mit einer flüchtigen Umarmung.
»Was ist passiert? Doch nicht der Fahrer?«

»Nein, der Fahrer steht dort drüben.« Hellmer deutete auf einen fülligen Mann in grauer Adidashose und ausgelatschten Turnschuhen. Er trug eine Trainingsjacke, das Haar war zerzaust. Die Kommissarin schätzte ihn auf Ende vierzig. Fast hätte sie gelächelt. Er spiegelte das Klischee des Truckers wider. Etwas übergewichtig, ein Hauch von Verlotterung, mit müden Augen, deren Pupillen vom Koffein rastlos hin und her getrieben wurden. Nikotingelbe Finger, stets ein wenig gekrümmt, weil sie andauernd um das Lenkrad lagen. In Wirklichkeit, das wusste sie, traf dieses Bild nur auf einen Teil der Lastwagenfahrer zu.

»Komm mit«, hörte sie Hellmer sagen.

Sie gingen an der Rückseite des Aufliegers entlang. Zwei Uniformierte grüßten im Vorbeigehen.

»Ist Andrea nicht da?«, erkundigte sich die Kommissarin. Für gewöhnlich war das Auto der Rechtsmedizinerin das Erste, was sie an einem Fundort oder Tatort registrierte.

Hellmer schüttelte den Kopf. »Sie wird auch nicht kommen.«

»Mach es nicht so spannend, bitte. Ich hatte nicht gerade einen gelungenen Start in den Tag.«

»Ich auch nicht, falls es dich interessiert. Andrea kommt nur, wenn es eine Leiche gibt. Die haben wir aber nicht, zumindest noch nicht. Schau's dir einfach selbst an.«

Durant nickte, auch wenn sie noch nicht so recht verstand, was Hellmer ihr mitteilen wollte. Und weshalb man, ohne einen Toten zu haben, die Mordkommission bestellt hatte. Dann kam ihr in den Sinn, was er zuallererst erwidert hatte. Sie schenkte ihrem Partner ein Lächeln und sagte: »Dein Tag hat also auch nicht gut angefangen. Magst du drüber reden?«

Hellmer brummte: »Nein. Ich hab schlecht geschlafen, das ist alles.« Er rang sich ebenfalls ein Lächeln ab. »Aber danke der Nachfrage.«

»Okay.« Durant nickte. Sie glaubte ihm. Vielleicht sah sie derzeit überall und bei jedem Probleme. Prompt dachte sie an ihren Vater. Warum musste er ausgerechnet jetzt an ein Heim denken? Warum an ein Heim in München? Sie hatte es doch auch geschafft, ihren Lebensmittelpunkt zu verlagern. Was störte ihn an Frankfurt? Und warum hatte er sie nicht früher einbezogen?
Es waren Gedanken, die Julia schon seit längerem quälten. Einige davon waren ziemlich egoistisch, denn aus ihnen sprach eine weitverbreitete Angst. Angst vor der Frage, was passiert, wenn die Eltern zu Pflegefällen werden. Pastor Durant war alles, was die Kommissarin an Familie hatte. Ihre Mutter war schon vor vielen Jahren an Krebs gestorben, sie selbst war nicht verheiratet und hatte keine Kinder. Wäre es nicht ihre Pflicht, für ihren Vater da zu sein, wenn er sie brauchte? Wollte er nur deshalb in München bleiben, um sie von dieser Verantwortung zu entbinden? Der Druck schlang sich wie ein enges Korsett um ihren Oberkörper. Sie musste sich wieder auf die Ermittlungen konzentrieren.
Hellmer führte sie zur Rückseite des Lkw, die Ladetüren standen offen. Auf der Kante saß eine vollständig verhüllte Gestalt, nur der Mundschutz war heruntergezogen, um einer Zigarette Platz zu machen. Ein Neuer aus Platzecks Team? Ständig schien es bei der Spurensicherung andere Gesichter zu geben. Die Kommissarin hatte längst aufgehört, sich deren Namen merken zu wollen.
»Durant, Mordkommission«, sagte sie lächelnd. Vor ein paar Jahren hätte der Typ perfekt in ihr Beuteschema gepasst, wie sie feststellte. Das kurze Aufblitzen seiner grünen Augen, wenn es denn keine Einbildung war, tat ihr gut.
»Mario Sultzer.« Er grinste, dann aschte er ab und hob seine Zigarette. »Möchten Sie auch?«

»Danke. Davon bin ich los.«
Hellmer hüstelte und machte eine missbilligende Miene. »Ich hätte eine genommen.«
»Ist meine letzte«, feixte Sultzer. Er hob die Augenbrauen. »Die teile ich nicht mit jedem.«
Durant musste kichern, was ihr einen Ellbogenstoß einbrachte. Hellmer deutete ins Dunkel des leeren Laderaums. »Gehen wir jetzt endlich mal rein? Oder soll ich euch beide alleine lassen?«
Durant kniff die Augen zusammen, um sich an das gedämpfte Licht zu gewöhnen. Erst beim Durchlaufen der Ladefläche fiel auf, wie geräumig das Innere war. Es roch muffig, was sich verstärkte, je weiter sie schritten. Gurte baumelten vom Metallgerippe, hier und da lagen Papierfetzen. Doch erst am Ende, vor der Wandung der Stirnseite, standen zwei einsame Stapel Europaletten. Ein mobiler Scheinwerfer erhellte das Ganze.
»Kommt da noch was?«, fragte Durant ungeduldig.
»Du wirst Augen machen.« Hellmer leuchtete die Wand hinter den Paletten aus. »Das Ganze war eine Stichprobenkontrolle. Zoll, Rauschgiftdezernat, Technische Überwachung. Das ganze Programm. Und die Spürhunde nicht zu vergessen. Ohne einen Partner mit kalter Schnauze wäre das niemals aufgefallen.«
Dann standen sie direkt davor. Durant traute ihren Augen kaum. In der Wandung befand sich ein Durchgang, im Schatten der Paletten. Hätte er nicht offen gestanden, sie hätte ihn niemals wahrgenommen.
»Scheiße. Ein Geheimraum?«
Hellmer nickte. »Hundertvierzig Zentimeter lang, über die volle Fahrzeugbreite. Doppelte Wand. Da steckt richtig viel Arbeit drin.«

Durant duckte sich beklommen. Was auch immer sich hinter der Zugangsluke befand, es machte ihr Angst. Hinten ertönten Stimmen, eine davon erkannte sie als Sultzers. Sie zwang sich hindurch, der muffige Gestank wurde unerträglich. Hellmer folgte ihr. Sie achteten darauf, ausschließlich in den markierten Bereich zu treten, den die Spurensicherung für sie abgedeckt hatte.
»Es war niemand drinnen?«, erkundigte sich die Kommissarin nach einigen Sekunden. Zwei LED-Spots zeigten die Trostlosigkeit des Gefängnisses, für wen auch immer es gebaut worden war.
Hellmer verneinte. »Bloß zwei Decken und ein Porta Potti.«
»Bitte was?«
»Na, das da.« Hellmer deutete auf die Campingtoilette. »Aber es war jemand hier, irgendwann, und das nicht freiwillig. Deshalb sind wir hier.«
Durant spürte den Kloß im Hals. Sie hatte schon zu viele Abgründe kennengelernt. War bereits selbst in die Fänge eines Entführers geraten, nur dass ihr Gefängnis ein anderes gewesen war. Grell, laut, überwacht. Immer aufs Neue wurde sie mit den hässlichsten Gesichtern menschlichen Handelns konfrontiert. Organisierter Menschenhandel, Sexsklavinnen – das gehörte zum Schlimmsten von allem. Sie verjagte die Gedanken.
»Gibt es hier drinnen eine Kamera oder ein Babyphone?«, erkundigte sie sich, nachdem sie sich noch einmal umgesehen hatte.
»Nein. Wieso?«
»Wenn ich menschliche Fracht transportieren würde, würde ich diesen Raum überwachen. Du nicht?«
»Ich transportiere selten …«, setzte Hellmer an, doch Durant fiel ihm ins Wort.

»Das ist kein Witz, Frank. Stell dir vor, du wirst gegen deinen Willen hier drinnen eingepfercht. Zu mehreren. Über Tage. Was, wenn jemand durchdreht?«
»Das wird diesen Wichsern wohl scheißegal sein«, knurrte der Kommissar. Er ließ seinen Lichtstrahl über den fleckigen Boden wandern. »Platzeck wird die Decken auf DNA untersuchen, außerdem das Klo.«
»Okay. Auch wenn ich mir nicht viel davon erhoffe.« Durant spürte, wie der Kloß zu brennen begann. Es gab Datenbanken für alles. Teenager aus Osteuropa, die als Au-pairs oder über Heiratsvermittlungsseiten ausgesucht werden konnten. Sklavenhandel des neuen Jahrtausends.
Niemand registrierte deren DNA. Keiner forschte ihnen nach.

MONTAG, 10:15 UHR
Frankfurt, Polizeipräsidium.

Seidel öffnete die Tür, noch bevor Kullmer den SUV zum Stehen gebracht hatte. Sie waren spät dran. Elisa, ihre gemeinsame Tochter, hatte heute unter besonders starkem Abschiedsschmerz gelitten. Und, kaum in der Kindertagesstätte angekommen, auch noch eine nasse Hose gehabt. Natürlich waren ausgerechnet heute die Wechselkleider rar – nur widerwillig hatte die Fünfjährige sich in ein rosa Kleidchen zwängen lassen. Doris und Peter – sie waren seit Jahren ein Paar und erst kürzlich in eine Neubausiedlung in Frankfurts Norden gezogen – versuchten seit Elisas Geburt, aus dem verstaubten Schema auszubrechen. Jungen hellblau, Mädchen

rosa. Und Elisa war alles andere als ein Püppchen. Und doch tat es jeden Tag weh, sie loszulassen. Oder zum Loslassen zu zwingen. Gehetzt hatte die Kommissarin sich vom Winke-Fenster gelöst, dann war sie davongeeilt. Die Blicke der Erzieherin im Rücken, den abschätzigen Blick einer blutjungen, zweifachen Mutter vor Augen. Unausgesprochene Fragen, die sich wie Vorwürfe anfühlten. Doris Seidel war jenseits der vierzig. War sie zu alt, um Mutter zu sein?
»Nimm das doch nicht ernst.« Peter Kullmer, längst fünfzig, hatte gut reden. Als Vater musste er sich über solche Fragen nicht den Kopf zerbrechen.

Kommissariatsleiter Berger hatte es dringend gemacht. Auf der Raststätte Taunusblick hatte man einen Lkw beschlagnahmt, in dessen Laderaum sich ein professionell versteckter Verschlag befand. Es deutete einiges darauf hin, dass sich erst vor kurzem jemand darin befunden hatte.
»Doris?«
Die Stimme kam wie aus dem Nichts. Leise, fast unterwürfig. Seidel fuhr zusammen. Plötzlich stand er vor ihr, so bleich, als spielte er die Hauptrolle in einem Vampirfilm.
»Was machst du denn hier?«, fragte sie ihn entgeistert.
Aus dem Hintergrund ertönte Kullmers Stimme. »Hast du was gesagt?«
»Schon gut.« Doris' Herz pochte bis zum Hals, während sie ihren Blick nicht von ihrem flehend dreinblickenden Gegenüber zu lösen vermochte. »Ich, ähm, komme gleich nach.«
Doch damit gab Peter sich nicht zufrieden. Schon umrundete er den Ford Kuga. »Ich hör wohl nicht richtig. Erst kann es dir nicht schnell genug gehen, und jetzt …«
Dann erkannte er den Grund ihres Zögerns.
»Wer ist das? Was wollen Sie von meiner Frau?«

Meine Frau. So nannte er sie nie. Doris und Peter lebten seit Jahren ohne Trauschein zusammen.
»Lass mal, okay?«, presste Doris hervor und griff ihn am Arm. »Vertrau mir, bitte. Geh nach oben, und fangt schon mal ohne mich an. Ich komme gleich nach.«
Dankbarkeit flammte in der Miene des hageren Mannes auf. Unrasiert und mit eingefallenen Augen. Als habe er seit Tagen nichts gegessen und nicht geschlafen.
»Doris«, stammelte er, nachdem er sich vergewissert hatte, dass sie allein waren, »ich brauche deine Hilfe.«

MONTAG, 10:30 UHR

Julia Durant fasste die wenigen Fakten zusammen. Berger stellte Zwischenfragen, zum Beispiel, weshalb ausgerechnet das K11 zur Raststätte beordert worden war. Immerhin fehlte die für die Mordkommission obligatorische Leiche. Weder Hellmer noch Durant konnten etwas dazu sagen. Berger entschied, dass er sich selbst darum kümmern würde, und ordnete an, dass der forensischen Untersuchung des Lastwagens oberste Priorität eingeräumt werden solle. Kullmer wurde aufgefordert, an der Sache dranzubleiben.
»Was ist mit dem Fahrer?«, erkundigte er sich dann. »Ein Pole? Ist die Dolmetscherin schon aufgetaucht?«
Hellmer raschelte mit einem Papier. »Nein, er kommt aus dem Baltikum. Sämtliche Papiere, die wir sicherstellen konnten, wurden in Litauen ausgestellt. Die Firma kommt ebenfalls von dort.«

»Also brauchen wir jemanden, der Russisch spricht«, schlussfolgerte Berger.
»Russisch, Litauisch, was auch immer«, seufzte Durant. Die Zeiten, in denen es genügte, einen Dolmetscher für Tschechisch und Jugoslawisch parat zu haben, waren lange vorbei.
»Mehr als einen Fluch hatte der Typ ohnehin nicht zu bieten«, wusste Hellmer zu ergänzen. »Ansonsten schweigt er wie ein Grab.«
»Kein Wunder, wenn er zu einem Menschenhändlerring gehört«, sagte Berger, doch Durant war damit nicht einverstanden.
»Womöglich schweigt er schlicht aus Angst. Ich würde mich nicht wundern, wenn er nicht einmal von dem Geheimraum gewusst hat. Ein armes Schwein, dankbar, sich auf dieser Route etwas Geld zu verdienen. Dazu kommt die Angst vor den Hintermännern. Er wusste vielleicht nicht, *was* er da transportiert, aber dass es nicht bloß ... – was hatte er geladen?«
»Karosserieteile.«
»Danke. Dass es nicht bloß Karosserieteile waren, das war ihm sicher klar.«
»Davon ist auszugehen«, brummte Kullmer, nervös an seinen Fingernägeln kauend. Julia Durant musterte ihn argwöhnisch. Sie kannte ihn schon so lange. Ein Schwerenöter sondergleichen mit Hummeln im Hintern, nicht nur, was den Job betraf. Dass er sich jemals an eine Frau binden würde, hatte niemand erwartet. Dann hatte er Doris Seidel getroffen und eine Wandlung vollzogen.
»Wo steckt Doris denn nun?«, platzte es aus der Kommissarin heraus.
Schulterzucken. »Müsste jeden Augenblick da sein.«
Berger rieb sich mit beiden Händen den Steiß und verlor seinen Blick in dem Gummibaum, dessen Blätter auffallend staubig waren.

»Sie sind erlöst für heute«, sagte er mit gequälter Miene, und schon rückten die ersten Stühle. Er räusperte sich mit einem Stirnrunzeln und deutete auf Julia Durant. »Von Ihnen bräuchte ich noch eine Minute, bitte.«
Berger schwenkte die Thermoskanne. Er brachte sie sich in letzter Zeit von zu Hause mit. Die Gerüchte reichten von Kaffee mit Rum bis hin zu ayurvedischem Tee. Er registrierte Durants Blick und lächelte matt. »Möchten Sie?«
»Nein danke.«
»Es ist stinknormaler Kaffee.« Er zwinkerte. »Glauben Sie, ich lebe hinter dem Mond? Sie zerreißen sich doch alle das Maul darüber.«
»Ich beteilige mich nicht an der Gerüchteküche.«
»Wie Sie meinen. Es war jedenfalls überfällig, mich von diesem Automatengesöff zu lösen.« Er schenkte ein, und ein Schatten legte sich auf seine Miene. »Jetzt, wo es im Grunde längst zu spät dafür ist.«
Durant schluckte. Hinter ihr hing ein Wandkalender, sie wusste, worauf der Boss anspielte. Sie rechnete nach, wie viele Wochen es noch waren. Ein roter Kringel markierte das Datum. Einunddreißigster Dezember. Ein Mittwoch. An diesem Tag würde Berger seinen Schreibtisch für immer räumen.
»Haben Sie es wenigstens noch einmal versucht? Sie wären nicht der Erste, der seinen Ruhestand verschiebt.«
Berger lachte auf, doch es war fröhliches Lachen. »Wer sagt denn, dass ich es überhaupt versuchen will? Mein Rücken bringt mich um, ich schlucke täglich Schmerzmittel, damit ich meine acht Stunden absitzen kann. Manchmal bin ich froh, wenn ich es überhaupt bis ins Büro schaffe. Mein Arzt würde mich jederzeit krankschreiben – bis Ende des Jahres, wenn ich ihn darum bitte. Doch ich stehe das Ganze mit Anstand

durch.« Er schnitt mit der Handfläche durch die Luft. »Danach allerdings bin ich weg. Finito.«
Durant musste schmunzeln. Berger war mit einer Spanierin verheiratet. Finito war italienisch. Ob er das wusste? Sie wollte etwas erwidern, doch das Telefon schnarrte. Berger gebot ihr mit der einen Hand zu warten, während er mit der anderen den Ruf annahm. Statt den Hörer abzuheben, drückte er die Freisprechtaste.
»Sievers hier«, drang es gehetzt durch den Lautsprecher.
»Frau Durant sitzt mir gegenüber«, informierte Berger die Rechtsmedizinerin.
»Sie soll sich beeilen und rüberkommen. Kramen Sie derweil in Ihren Akten mal nach dem Fall Oskar Hammer.«
Berger riss die Augen auf, Durant brauchte eine Sekunde länger. »Hammer?«
Dann dämmerte es auch ihr. Oskar Hammer. Ein Stern am hessischen Polithimmel, verwickelt in einen Kinderpornoskandal. Von der Bildfläche verschwunden, bevor er sich auch nur einer einzigen Vernehmung hatte stellen müssen. Durant rechnete hin und her, dann hakte sie noch einmal nach. »Nur damit ich das richtig verstehe. Du hast Oskar Hammer auf dem Seziertisch? Oder reden wir von einem seiner Opfer?«
Andrea schnaubte. »Nein. Opfer hat der Gute ja nie hinterlassen. Zumindest keine, die aussagten.«
Durants Gesicht wurde düster. Sie hatte schon damals geglaubt, dass es im Fall Hammer nicht mit rechten Dingen zugegangen war. Es gab zig Indizien, aber es hatte, laut Staatsanwalt, einfach nicht gereicht. Die Zeitungen empörten sich, aber nur kurz, dann verschwand Hammer und mit ihm das Interesse an dem Fall. Niemand interessiert sich für die Opfer, dachte Durant zerknirscht. Sie hatte diesen Gedanken heute schon zum zweiten Mal.

Berger verabschiedete sich und legte auf. Durant räusperte sich. »Wegen Ihres Ruhestands«, setzte sie an, doch der Kommissariatsleiter winkte ab.
»Wir vertagen das.« Er lächelte.

Minuten später saß Julia Durant in ihrem Opel GT. Sie öffnete das Dach, wer wusste schon, wie lange das noch möglich war. Drehte das Radio auf. Sie hatte den Wagen im Frühjahr gebraucht gekauft. Alle hatten etwas daran auszusetzen gehabt. Kullmer, weil es ein Opel war. Hellmer, weil er ein kleines Cabriolet von Peugeot für weniger extravagant hielt. Ausgerechnet Hellmer, der mit einem Porsche 911 durch die Gegend pflügte. Und Claus, Julias Lebensgefährte, der schon seit Jahren ohne Auto war, sah sich selbst als den besten Beweis, dass man in der Stadt auch ohne auskam. Doch sie alle kannten Julia Durant gut genug, um zu wissen, dass sie die Dinge durchzog, die sie sich in den Kopf setzte. Außerdem lebte Claus Hochgräbe in München, er war Kriminalbeamter, genau wie Julia. Wann immer sie sich spontan auf die Autobahn begab, um zu ihm zu fahren, anstatt in den nächsten ICE zu springen, hatte er niemals Einwände. Das Gleiche galt für ihre gelegentlichen Touren um den Chiemsee oder nach Salzburg. Am liebsten hätte die Kommissarin den Motor röhren lassen, doch eine Umleitung zwang sie ins Schneckentempo, sie musste ungünstig abbiegen. Mal wieder eine Baustelle. Leider war es eine unbestreitbare Tatsache, dass man mit dem eigenen Auto oftmals nur sehr träge durch die Stadt kam. Sie dachte an den Lkw. Sein leerer Laderaum deutete darauf hin, dass er sich auf dem Rückweg befunden haben musste. Litauen. A5 – A4 – A9, über Berlin? So genau wusste sie es nicht. Die Raststätte Taunusblick allerdings war nur zu erreichen, wenn man in südlicher Richtung fuhr.

»Verdammt!« Durant wollte zum Handy greifen, um die Forensik gezielt auf den Fahrtenschreiber anzusetzen. Doch der dichte Verkehr hinderte sie daran.
Warum funkte Andrea Sievers ausgerechnet mit Oskar Hammer dazwischen? Außer den üblichen Spekulationen und Verschwörungstheorien hatte es seit Jahren keine neuen Erkenntnisse mehr gegeben. Hammer hatte sich damals, so Durants persönliche Annahme, mit Hilfe seiner illustren Freunde ins Ausland abgesetzt. An Suizid glaubte sie nicht. Nicht bei ihm. Doch sie konnte es sich noch viel weniger vorstellen, dass Oskar Hammer die Bundesgrenze in einem drei Quadratmeter großen Loch passiert haben sollte. Einem Verschlag, ähnlich dem, den sie am Taunusblick vorgefunden hatten. Wie viele Lkw dieser Art mochten unbehelligt über die Fernstraßen kreuzen? Julia schauderte.
Sie fuhr über die Friedensbrücke und sah den Westhafentower an sich vorbeiziehen, der gerippt war wie ein Apfelweinglas. Jachthafen, Wohnblöcke. Frankfurt war nicht mehr dasselbe wie vor zwanzig Jahren, als sie von München hierhergezogen war. Bevor Julia an ihren Vater denken konnte und das ungelöste Problem zwischen ihnen, erreichte sie die schmucke Villa, in der die Rechtsmedizin untergebracht war.

MONTAG, 11:15 UHR

Andrea Sievers stand draußen und rauchte. Sie hatte abgenommen, sah fast schon hager aus. Durant beneidete sie ein wenig darum, denn auf ihrer Waage passierte derweil das

Gegenteil. Sie ging zwar mit Alina Cornelius, einer engen Freundin, laufen, doch das letzte Mal lag mehrere Wochen zurück. Alina hatte einen längeren Sommerurlaub gemacht, und seither hatten sie einander nicht mehr gesehen. Jetzt wurden die Tage kälter, und das Laufen kostete viel Überwindung.

Die beiden begrüßten einander herzlich, dann gingen sie nach unten.

»Ich hätte nicht so schnell mit einem DNA-Treffer gerechnet«, sagte die Kommissarin, was ihr einen irritierten Blick einbrachte.

»Wer redet hier von DNA? Das Foto war es.«

»Welches Foto?«

»Das Hammer-Foto. Wurde doch meist dasselbe Passbild verbreitet, mal mit, mal ohne Augenbalken.«

Julia Durant verstand nur Bahnhof. Sie konnte sich nicht erinnern, dass von einer Fotografie die Rede gewesen war. Dann betraten sie den Raum, wo kürzlich noch Oskar Hammers Leiche gelegen hatte.

»Jetzt bring mich bitte nicht aus dem Konzept. Reden wir nun von Oskar Hammer oder unserem Lkw oder von beidem?«

Andrea lachte. »Hammer hat doch nichts mit eurem Menschenschmuggel zu tun!« Sie winkte ab. »Peter und ich haben ihn gestern aus einer verlassenen Armee-Baracke gezogen. Ich dachte nur, das interessiert dich. Immerhin war es ein großer Fall für euch.«

»Hätte es vielleicht werden können«, korrigierte Durant, die nun wieder klarer denken konnte. »Erstens war Wiesbaden dafür federführend zuständig. Frankfurt spielte nur die zweite Geige, weil wir näher dran waren.«

»Und zweitens?«

»Zweitens hat Hammer sich rechtzeitig aus dem Staub gemacht, bevor es zur Anklage kam. Erst nachdem er verschwunden war, verdichteten sich die Hinweise auf seine Schuld. Kein Wunder, dass man nie wieder etwas von ihm gehört hat.«
»Hmm. *Ich* glaubte ja bis gestern noch, dass er sich in einem Baggersee versenkt hat«, murmelte Andrea Sievers. »Adieu und auf Nimmerwiedersehen.«
Julia Durant entsann sich. Neben der Theorie, dass Hammer sich ins Ausland abgesetzt habe, glaubten viele, dass Hammer sich das Leben genommen hatte. Ein Eingeständnis seiner Schuld, eine Tat aus Verzweiflung. Eine Theorie, die der Öffentlichkeit einen gewissen Frieden gab. Hammer war nie verurteilt worden, doch er würde auch niemals wiederkehren. Niemals wieder seinen abscheulichen Neigungen nachgehen. Immer, wenn irgendwo eine nicht identifizierbare Männerleiche gefunden wurde, klingelten die Telefone heiß. Doch Oskar Hammer blieb verschwunden.
»Da hatten wir wohl beide unrecht«, sagte sie. »Und jegliche Zweifel sind ausgeschlossen?«
Sievers nickte. »Der Erkennungsdienst erzielte den Treffer, als wir das Gesicht in den PC jagten. Ob es DNA oder Abdrücke im Archiv gibt, muss Berger mir sagen. Dann vergleiche ich es gerne. Aber jetzt, wo ich es weiß ... Willst du ihn sehen?«
Durant hob die Achseln. Im Grunde interessierte sie sich mehr für den anderen Fall, denn irgendwo da draußen befand sich womöglich eine junge Frau, die als Sexsklavin enden würde. Oder mehrere. Waren sie einmal untergetaucht in das Netzwerk der hiesigen Zwangsprostitution, gab es kaum eine Chance mehr, sie zu finden. Doch andererseits würde der Fund Oskar Hammers hohe Wellen schlagen. Es bestand die

Möglichkeit, dass er sich an kleinen Jungen vergangen hatte. Und selbst wenn er sich darauf beschränkt hatte, sich an Videos aufzugeilen, in denen andere das taten ... Sie fröstelte. Perverse Triebtäter weckten in ihr von allen Verbrechern die tiefste Abscheu. Auf die Jagd nach Hammers Mörder hätte sie nur allzu gerne verzichtet.
»Julia?«, bohrte Sievers weiter. »Komm schon. Ich wäre an deiner kriminalistischen Meinung interessiert. Vergönne ihm mal die Ehre deines Blicks. So hässlich wie damals in der Zeitung ist er nicht. Und abgenommen hat er auch.«
Durant rollte die Augen, Andreas Humor war mal wieder gewöhnungsbedürftig. »Als würde mich das interessieren.«
»Sollte es aber.«
Oskar Hammer trug noch seine Kleidung, was die Kommissarin wunderte.
»Keine Angst«, kommentierte Andrea zwinkernd, »ich habe kein Verkleidungsspielchen mit ihm gemacht. Aber es gibt da etwas, was du dir ansehen solltest.« Ihr Zeigefinger deutete auf Hammers Gürtelschnalle.
Julia runzelte fragend die Stirn.
»Die Klamotten sind Größe sechsundfünfzig, Minimum.« Andreas Hand fuhr unter den Hosenbund. Offenbar störte das verklebte Blut sie in keiner Weise. Dann sah auch Durant, dass zwischen Hose und Leiste bequem eine aufrechte Hand passte.
Sie nickte. »Du meinst, er trägt zu große Kleidung? Womöglich nicht seine eigene?«
Sievers schüttelte den Kopf. »Ich meine, er hat abgenommen, und das ziemlich schnell.« Sie zog den Gürtel hinaus und fuhr mit dem Finger über die Riefe, die die Schnalle im Leder hinterlassen hatte. »Zwei Löcher enger. Zwei Größen weniger. Die Kleidungsstücke stammen nicht gerade aus Mailand, sind

aber auch keine billige Stangenware. Erklär mir also mal, weshalb einer derart abnimmt und sich nicht neu einkleidet.«
Durant wunderte sich noch immer, weshalb Andrea dem eine solche Bedeutung beimaß. Sie schürzte die Lippen und ließ ihre Augen über den Leichnam wandern. An der Hüfte lag die blass-fleckige Haut schlaff da. Sie deutete darauf, ohne sie zu berühren. »Er hat *zu schnell* abgenommen, spielst du darauf an?«
Andrea Sievers schürzte die Lippen. »Wenn er leben würde, könnten wir ihn fragen. Oder seine Laborwerte checken. Aber so ...« Sie griff einen Computerausdruck, auf dem einige Werte eingekringelt waren. »Das ist der toxikologische Befund. Negativ.«
»Hast du auch auf Exotisches getestet?«
»Querbeet«, nickte Sievers. »Ich hätte gerne auf Kalium, Eisen und Vitamin D getestet, aber dafür war das Blut einfach schon zu alt. Selbst das in der Leiste.«
Durant erkannte das Einstichmal auf der linken Körperseite. »Vitamin D«, erinnerte sie sich. Derartige Mangelerscheinungen wiesen Menschen auf, die über längeren Zeitraum kein Sonnenlicht sahen. Ein kurzer Schauer überkam sie, als sie an einen Bunker dachte, in dem sie selbst vor Jahren gefangen gehalten worden war.
Sievers rettete sie aus der drohenden Gedankenspirale. »Kompliment, Frau Doktor«, lächelte sie. »Meine Vermutung aufgrund des Befunds des Verdauungstrakts, des Gewebes im Hüft- und Oberschenkelbereich und der Kleidung ist folgende: Oskar Hammer wurde vor seinem Tod irgendwo festgehalten und nur mangelhaft ernährt. Medizinisch beweisen«, schloss sie seufzend, »kann ich es leider nicht.«
Durant stieß ihren Atem aus. Sie dachte wieder an den Verschlag des Lkw. »Und für wie lange, was schätzt du?«

Andrea schüttelte den Kopf. »Bedaure. Anhand des Gewichtsverlusts, wenn man von totalem Nahrungsentzug ausgeht, würde ich ein Minimum von zwei, drei Wochen annehmen. Doch gefühlsmäßig tendiere ich zu mehr. Eher zwei Monate«, ihr Zeigefinger schnellte nach oben, »aber das kann ich vor keinem Gericht der Welt begründen. Das müsst ihr schon auf anderem Weg herausfinden. Kobra, übernehmen Sie.«

Durant verharrte einige Minuten. In den Augen vorbeigehender Passanten, von denen es in der Kennedyallee nur wenige gab, musste es so aussehen, als warte sie auf jemanden. Doch sie hörte nicht einmal Radio, nur das Rauschen des Verkehrs, und versuchte, den rasenden Gedanken in ihrem Kopf zu folgen.
Oskar Hammer war zurück.
War er jemals weggewesen?
Hatte er das Rhein-Main-Gebiet am Ende nie verlassen?
Andrea hatte sich klar und deutlich ausgedrückt. Selbst wenn er über Jahre hinweg eingekerkert gewesen wäre, es gab keinen medizinischen Beweis.
Selbst wenn. Was würde es über seinen letzten Aufenthaltsort verraten? Oder den Täter?
Und wer hatte ihn nun, nach all den Jahren, umgebracht?
Jemand, der wusste, wo er sich aufgehalten hatte.
Jemand, der ein sehr persönliches Motiv zu haben schien.

Ein Knirschen im Schotter ließ die Kommissarin aufschrecken. Julia roch Zigarettenrauch, eine Sekunde später erkannte sie Andrea, die sich dem Opel näherte.
»Schicker Flitzer«, grinste es von außen herein. Die Rechtsmedizinerin blies ihre Wolke über das niedrige Dach. »Ich habe da noch was vergessen.«

Julia erwiderte ein schmales Lächeln. »Hm?«
»Peter wartet auf deinen Anruf.«
»Peter? Ach ja.«
Jetzt fiel der Groschen. Brandt hatte den Toten in Offenbach gefunden.
Im Grunde schätzte Durant ihren Kollegen aus dem Nachbarpräsidium, denn er war ihr in vielerlei Hinsicht ähnlich. Mehr, als sie ihm gegenüber je zugegeben hätte. Doch Brandt war ein Offenbacher durch und durch. Das fing beim Fußball an und hörte bei der Grundeinstellung auf, alles zu verteufeln, was von der anderen Seite des Mains kam. Und nach Revierkämpfen stand ihr nun wahrlich nicht der Sinn. Sie neigte den Kopf. »Weiß er denn schon, dass wir in dem Fall mitmischen?«
Andrea nickte wortlos, und die Kommissarin begriff. Eine Beteiligung der Frankfurter Mordkommission war allein deshalb geboten, weil sie auch damals mit der Ermittlung befasst gewesen waren. Doch sah Kollege Brandt das genauso?
Sie seufzte. »Wie ist er denn drauf? Tobt er, weil ich ihm seine Leiche wegnehme? Komm, sei ehrlich.«
»Nein, nichts dergleichen«, grinste Sievers und meinte es offenbar ernst. »Er wird froh sein, wenn das Ganze sich nach Frankfurt verlagert. Zersiebte Leichen sind nicht gerade das, was Offenbach für seinen Ruf braucht.«
Durant zog das Handy hervor und suchte Brandts Telefonbucheintrag.

MONTAG, 11:55 UHR

Welche Laus ist dir denn über die Leber gelaufen?«
Spitzer, Brandts Vorgesetzter, hatte ihm während des kurzen Telefonats gegenübergesessen. Im Telegrammstil hatte Brandt vom Fundort berichtet. Dann hatte das andere Telefon geklingelt, und Brandt hatte sich nach draußen verzogen. Nun war er zurück und starrte ins Schwarz seines Kaffees, als würde er daraus die Zukunft lesen wollen.
»Muss ich das wirklich erklären?« Im Grunde war der Kommissar nicht sonderlich angefressen, dass der Fall nach Frankfurt gewandert war. Er ärgerte sich viel mehr darüber, dass Andrea zuerst die Durant informiert hatte.
Spitzer schmunzelte. »Dann habe ich eine gute Nachricht für dich.«
»Die da wäre?«
»Für den Fall, den wir abgeben, bekommen wir einen anderen. Fairer Handel, würde ich sagen.«
»Eine Frankfurter Leiche?« Brandt runzelte die Stirn, doch dann erkannte er jenen vielsagenden Ausdruck in den Augen seines Chefs. Eine Miene, die nichts Gutes verhieß.
»Nun ja.« Spitzer räusperte sich. Dann erzählte er von dem Lkw, den man beim Rastplatz Taunusblick aufgebracht hatte. »Sein Ziel war eine Firma in Rodgau.«
Brandt pfiff. »Und was erwartet mich dort? Das Hauptquartier der Menschenhändler? Eine weitere Leiche?«
»Nicht ganz so schlimm.« Spitzer druckste. Dann verzog er die Nase. »Wobei du das womöglich anders siehst.«
»Spann mich nicht auf die Folter«, drängte Brandt.
»Sorry. Ich spreche von Dieter Greulich.«

Tiefschwarz.
Der Kaffee hätte seinen Tag nicht besser beschreiben können. Als Brandt seinen Alfa startete, öffnete er alle Fenster. Die Luft war stickig und roch noch immer nach einem Vanilleduftbaum, obwohl er diesen schon vor Wochen entfernt hatte. Michelle, vierundzwanzig und Brandts jüngere Tochter, hatte ihn dort aufgehängt mit der Begründung, dass die wieder »in« seien.
Er überlegte, wie er fahren sollte, um den Industriebezirk schnell zu erreichen. Dabei hatte Brandt es alles andere als eilig, Greulich wiederzusehen. Er seufzte. Vielleicht sollte er damit aufhören, seinen Ex-Kollegen zu verteufeln. Jeder fand es überzogen, Spitzer, Elvira, einfach alle.
Doch es gab Dinge, die waren unverzeihlich.
Brandt verkrampfte sich.

MONTAG, 12:00 UHR

Eine Kirchturmuhr schlug Mittag. Aus weiter Ferne schien eine zweite zu antworten. Kullmer warf seine Jeansjacke auf den Fahrersitz. Es war ein milder Herbsttag. Prüfend musterte er Doris, die schweigend auf ihrem Platz verharrte.
»Kommst du?«
Wie von einer Nadel gestochen fuhr sie auf. Sie klappte den Innenspiegel hinunter, seufzte bei dem, was sie darin sah. Peter presste die Kiefer aufeinander. So hatte er seine Partnerin noch nie erlebt. Hilflos suchte er nach Worten, fand aber keine.

»Berger macht uns die Hölle heiß, wenn er erfährt, dass wir hier unsere Zeit vertun.« Sofort bereute er, es gesagt zu haben.
»Ist mir egal«, kam es patzig zurück. »Frederik braucht mich.«
Frederik, so hatte sie ihm erzählt, sei weder ein verflossener Liebhaber noch ein alter Schulfreund. Ein Bekannter, mehr nicht. Doris hatte sich alles aus der Nase ziehen lassen, und irgendwann hatte Peter aufgegeben. Jetzt standen sie vor dem Nordwestkrankenhaus. Von Frederik war nichts zu sehen. Doris kramte ihr Handy hervor und wählte seine Nummer. Enttäuscht steckte sie das Gerät wieder zurück in ihre Tasche.
»Was ist? Meldet er sich nicht? Das schmeckt mir überhaupt nicht.«
»Wir gehen trotzdem rein.«

Die bandagierten Unterarme lagen neben ihr, als machte sie eine Yogaübung. Mit geschlossenen Augen und in kerzengerader Körperlage wirkte Matilda auf den ersten Blick recht entspannt. Doch ihr Teint war blass, ihre Augenhöhlen grau, und den Mundwinkeln meinte man es anzusehen, dass sie seit Wochen nicht mehr gelächelt hatte.
»Und du kennst sie nicht?«, raunte Kullmer.
Seidel schüttelte den Kopf. »Wenn, dann nur vom Sehen. Sie ist erst nach meiner Zeit zur Sitte gekommen.«
Ihren Dienstausweisen war es zu verdanken, dass der Krankenpfleger sie überhaupt ins Zimmer gelassen hatte. Die Tür öffnete sich, und Doris' Blick wanderte zu dem einzeln stehenden Bett.
Niemand sonst lag hier.
Stuhlbeine schabten über den Boden. Dann näherte sich Frederik den beiden. »Warum hat sie das getan?«

Die Kommissarin presste die Lippen aufeinander. Sie deutete auf Kullmer.
»Rick, das ist Peter, meine bessere Hälfte.«
»Mhm.« Die beiden wechselten einen stummen Händedruck, während Seidel die Tür schloss.
»Erzähl mal von vorne«, sagte sie anschließend. »Was ist passiert?«
In Frederiks Augen standen Tränen. »Was weiß denn ich? Warum tut sie so etwas? Warum will sie uns alleine lassen?«
»Die beiden haben einen Sohn«, erläuterte Doris gepresst. Dann, lauter: »Wo ist der Kleine jetzt?«
»Bei seiner Tagesmutter. Sie war so nett, ihn länger zu betreuen. Ich meine«, er geriet ins Stocken, »was kann ich denn zurzeit schon …« Frederik taumelte und griff nach dem Bügel des Betts.
Peter führte ihn zu einem Stuhl. »War Matilda schon wach?«
Kopfschütteln. »Sie hat sehr viel Blut verloren. Es sei ein Wunder, dass sie noch lebt. Das habe ich aufgeschnappt, als sie sie abgeholt haben.«
»Und du hast sie gefunden?«
»Zum Glück hat Jonathan schon geschlafen.« Für Sekunden herrschte schmerzhaftes Schweigen. Dann richtete Frederik sich auf, und seine Stimme wurde fester. »Warum tut sie so etwas? Warum ausgerechnet Matilda?«
»Stand sie unter besonderem Druck?«
»Sag du es mir.«
Doris Seidel kramte in ihrem Gedächtnis, was sie über Matilda wusste. Das meiste kannte sie aus Frederiks Erzählungen, und sie hatten seit der Geburt des Kleinen praktisch keinen Kontakt mehr gehabt. Matilda war eine lebensfrohe, zielstrebige Frau. Eine ganze Ecke jünger als sie. Erst Sitte, dann Rauschgiftdezernat. Ob das noch aktuell war? Doris wusste,

dass Mordermittlung und Sitte zu den aufreibendsten Tätigkeiten der Kriminalpolizei zählten. Sie fragte Frederik, in welchem Bereich Matilda derzeit arbeitete.
»Sie gehört zu dieser ... Einheit.« Er schluckte.
»Welcher Einheit? Eine Ermittlungsgruppe?«
Frederik zuckte hilflos mit den Achseln und sah kurz zu ihr herüber. »Sie spricht nicht darüber. Alles streng geheim, zumindest betont sie das immer wieder. Das da«, er tippte auf sein Handgelenk, »hat sie von dort.«
»Den Suizid?«, fragte Seidel nach.
»Nein. Das Tattoo. Es ist ein Phönix. Auf ihrem Handgelenk.«
Die Kommissarin brummte mehr zu sich, dass sie es eigenartig fand. Tätowierte Kriminalbeamte gab es zuhauf. Doch Kollegen, die sich gemeinsame Tattoos stechen ließen? Hatte Frederik das tatsächlich so gemeint?
»Du sagtest, sie habe das Tattoo von ihren Kollegen? Hat sie es gemeinsam mit den Kollegen stechen lassen? Oder wie darf ich das verstehen?«
»Ich weiß gar nichts«, platzte es aus Frederik heraus. »Sie kam mit einem Verband nach Hause. Wollte nicht darüber sprechen. Zwei Tage später bekam ich es präsentiert. Ohne Erklärung. Aber ich kann eins und eins zusammenzählen.«
Sein Blick wurde leer. »Das ist nicht mehr die Matilda, die ich geheiratet habe. Sie ... sie geht dort kaputt«, hauchte er tonlos, »es macht sie kaputt.« Er wiederholte es immer wieder, wie ein Mantra.
Doris versuchte, noch ein wenig mehr aus ihm herauszubekommen, doch es war zwecklos. Frederik wusste nichts, oder er mauerte, sie war sich nicht sicher. Eine Krankenschwester betrat den Raum und gab unmissverständlich zu verstehen, dass ihr die Anwesenheit von drei Personen nicht passte.

»Für die Patientin ist das, als würde eine Horde Elefanten trompetend im Kreis rennen«, redete sie Frederik ins Gewissen. Ob das medizinisch korrekt war, wusste Seidel nicht, obwohl sie irgendwo gelesen hatte, dass ein bewusstloser Organismus Geräusche als quälend empfinden konnte. Womöglich, weil die anderen Sinne blockiert waren. Sie steckte Frederik eine Karte zu, auf der sie ihre private Nummer notierte. Bat ihn, jederzeit anzurufen, wenn ihm noch etwas einfiele. Frederik nickte.

»Was ist denn mit dem Kleinen?«, erkundigte sich Kullmer, sobald die Tür zugeschnappt war.

»Er schafft das«, murmelte Doris, auch wenn sie sich nicht vorstellen mochte, wie es Frederik im Moment ging. Doch von einer Sache war sie überzeugt: »Wenn er den Kleinen nicht um sich hätte, würde er kaputtgehen.«

»Und von was für einer ominösen Einheit war da die Rede?« Doris Seidel stieß den Atem durch ihre Nase. »Das finde ich heraus, darauf kannst du Gift nehmen.«

MONTAG, 12:20 UHR

Dieter Greulich war hager, und Bartstoppeln überwucherten seine Haut. Er war etwa im selben Alter wie Brandt, also jenseits der fünfzig. Neben Greulich, auf einer Bank, saß ein osteuropäisch aussehender Hüne, sicher zwei Meter groß, mit breiten Schultern und flacher Nase. Eine Boxervisage, dachte Brandt und war in diesem Augenblick froh, dass er die Vernehmung nicht alleine führen musste. Er wedelte mit seinem

Ausweis, dabei fiel ihm ein frischer Bluterguss am Hals des Mannes auf.
»Dimitri Scholtz. Ihm gehört der Schrottplatz«, stellte Greulich ihn vor.
»Und hierher wurden die Karosserieteile geliefert?«
»Mhm. Alteisen von Litauen nach Offenbach. Offensichtlicher geht's ja wohl kaum.« Greulich, das musste man ihm lassen, hatte ein profundes Wissen im Bereich des Rauschgiftschmuggels. Er hatte Zigaretten in ausgehöhlten Baumstämmen sichergestellt und Kokain in präparierten Druckpapierrollen aufgespürt. Von Altmetall wusste man, dass es vom Zoll nur ungern kontrolliert wurde. Scharfkantig, ölig, zu anstrengend, die schweren Brocken zu bewegen. Das gab natürlich keiner zu.
»Wo ist das Material?« Brandt stellte seine Frage an Scholtz, ohne sich lange über die Namenskombination zu wundern. Er erntete Schweigen.
»Hab ich auch schon probiert.« Greulich klackte sein Benzinfeuerzeug auf und entflammte einen Zigarillo. Seit wann er diese Dinger paffte, wusste Brandt nicht.
»Und?«
»Nada. Hat einen Anruf getätigt, ich schätze, bald wird hier ein geschniegelter Anzugträger in einem dicken Benz aufkreuzen.«
Brandt überlegte, ob er Staatsanwältin Klein anrufen sollte. Er und Elvira trennten Berufliches und Privates, so gut es ging. Andernfalls hätten sie sich dauernd in der Wolle, das wussten sie beide. Doch wenn es um kurze Dienstwege ging, heiligte der Zweck die Mittel. Greulich schien derselbe Einfall gekommen zu sein, er formulierte es bloß weniger elegant.
»Vögelst du noch deine Justitia?«
»Geht's noch?« Brandt wählte Elviras Nummer. Mailbox. Sie sei zu Tisch, hieß es in ihrem Büro. Mit dem Vorzimmerdra-

chen stand Brandt auf Kriegsfuß. Weshalb, wusste er nicht, es ging nicht von ihm aus. Er seufzte schwer, dann rief er Julia Durant an. Zwei Minuten später war alles entschieden.
»Gefahr im Verzug«, lautete die Devise. Immerhin lag die Vermutung nah, dass sich auf dem Gelände eine Person gegen ihren Willen befand oder kürzlich befunden hatte. Vier Uniformierte durchsuchten das Gelände, auf dem sich Metallberge türmten. Ein Rottweiler mit kupiertem Schwanz, zweifellos scharfgemacht bis aufs Äußerste, kläffte röchelnd und zerrte an seiner Kette.

Als die Kommissarin eine Viertelstunde später eintraf, fand sie einen Pulk Motorradfahrer vor, deren Harleys entlang des Zauns positioniert waren. Zumeist muskulöse, übergewichtige Typen, deren Gesichter von Bärten, Sonnenbrillen und Bandanas kaschiert wurden.
»Schon wieder?«, brummte sie Brandt entgegen, nachdem sie einander begrüßt hatten. Ihre letzte gemeinsame Ermittlung hatte mit einem verbrannten Gang-Mitglied begonnen, und diesseits des Mains spielten diverse Motorradclubs noch immer eine wichtige Rolle.
»Ignorier sie einfach«, schmunzelte der Kollege, dem der sprießende Bart gut stand, wie Durant fand. »Die Typen dort bereiten mir größere Bauchschmerzen.«
Ihre Augen folgten Brandts Zeigefinger. Ein wuchtiger Audi, schwarz und mit einer Menge Chrom, stand schräg in der Zufahrt. Der Fahrer hätte aus der Werbung eines Fitness- und Sonnenstudios entsprungen sein können, er rauchte und betrachtete das Geschehen mit Pokerface. Uniformierte und Forensiker durchkreuzten das Gelände. Vor dem Bürocontainer wartete ein weißhaariger Lackaffe in Golfkleidung.

»Bruno Feuerbach«, verlautete Brandts Erklärung, doch Durant kannte die Visage aus den Medien. Der Teufelsadvokat (sie fand diese Bezeichnung affig, auch wenn sie leider passte) vertrat so ziemlich alles, was in der Unterwelt Rang und Namen hatte. Ihn zu engagieren gab einem praktisch das Etikett, schuldig zu sein. Und garantierte im Gegenzug, dass man niemals belangt wurde. Feuerbach hatte in den vergangenen zwanzig Jahren fast jeden großen Fall gewonnen.
»Scheiße. Dann haben wir also in ein Wespennest gestochen, wie?«
Brandt nickte. »Ich hoffe, bei der Lkw-Kontrolle ist alles streng nach Lehrbuch gelaufen. Sonst ist der Fall passé.«
Durant kniff die Augen zusammen »Zweifelst du etwa an der Fähigkeit der Frankfurter Polizei?«
»Würde mir im Traum nicht einfallen.«
Feuerbach musste die sechzig längst überschritten haben, doch seine Gesichtshaut wirkte beneidenswert frisch. Er ließ seine Zähne glänzen, als er Julia die Hand entgegenstreckte.
»Frau Durant. Wir hatten noch nicht das Vergnügen.«
Er betonte ihren Namen verkehrt, sie schätzte, es geschah mit voller Absicht.
»Das Vergnügen liegt ganz bei Ihnen«, erwiderte sie frostig.
»Kommen Sie. Job ist Job. Wir müssen es uns doch nicht unnötig schwer machen.«
»Was bedeutet das konkret?«
»Ich gestatte Ihnen immerhin, das Gelände meines Mandanten zu durchsuchen.«
»Wofür wir nicht Ihre Erlaubnis brauchen«, betonte Brandt.
»Das war ein geschickter Zug von Ihnen«, nickte Feuerbach, noch immer lächelnd. »Ich lasse es Ihnen durchgehen, weil es hier nichts zu finden gibt. Wir stehen doch auf derselben Seite des Gesetzes.«

»Weshalb versperren Sie dann den Zugang zum Büro?«
Feuerbach kratzte sich am Kinn und neigte den Kopf. »Sie suchen doch angeblich einen Menschen, richtig?«
»Oder einen Toten. Oder mehrere.« Brandt war schneller als Julia gewesen.
Schon konterte der Anwalt: »Moment. Von einem Toten konnte ich Ihrer Begründung nichts entnehmen. Worauf basiert diese Einschätzung?«
Die Kommissarin wusste, worauf er hinauswollte. Der Lkw war leer gewesen. Er war unterwegs in Richtung Süden, also nicht Richtung Heimat. Doch der Rastplatz war auf anderem Wege nicht zu erreichen. Die Forensiker würden den geheimen Verschlag mit Akribie untersuchen, und man konnte davon ausgehen, dass sie auch fündig wurden. Doch was bedeuteten Blut, Speichel oder Urin, wenn es keine Person gab, mit der man es abgleichen konnte? Wer auch immer sich in dem Geheimraum befunden hatte, war längst verschwunden, und zwar vor dem Ansteuern des Rastplatzes. Der Lkw war direkt nach seiner Einfahrt gestoppt worden.
»Wir gehen davon aus, dass in dem Lastwagen mindestens eine Person gegen ihren Willen festgehalten wurde. Die letzte Lieferung ging an diese Adresse, also überprüfen wir jeden möglichen Raum, in dem sich jemand verbergen oder gefangen gehalten werden kann.«
Feuerbach tat unbeeindruckt. »Ihr Kollege hat bereits durch die Tür geschaut. Als er hier ankam, sagt mein Mandant, habe diese offen gestanden. Glauben Sie ernsthaft …«
»Ich glaube, was ich sehe«, schnitt die Kommissarin ihm das Wort ab.
»Mein Mandant befürchtet, Sie verschaffen sich Zugang zu sensiblen Informationen. Sie haben ausschließlich das Recht zur Suche nach Personen. Bevor ich diese Tür öffne, versi-

chern Sie mir bitte beide, dass Sie die Finger von allem andern lassen. Insbesondere von sämtlichen Geschäftsaufzeichnungen.«
»Meinetwegen«, knurrte Brandt. »Mit Ausnahme von Aktenschränken, die groß genug sind, um sich darin zu verstecken.«
Durant hätte beinahe gelächelt, auch wenn ihr nicht danach war. Sie mochte Brandt und seine ungewollte Schlagfertigkeit.

Die Motorradfahrer waren verschwunden, als sie zu ihrem Wagen zurückkehrte. Zeitgleich mit dem Eintreffen zweier Beamter, die Durant nicht kannte, hatten die aufgemotzten Auspuffanlagen zu dröhnen begonnen. Wie eine Bomberstaffel hatte der Pulk sich anschließend in Richtung Süden entfernt. Was genau Durant an dieser Szene gestört hatte, hätte sie nicht zu sagen vermocht. Vielleicht, dass sich die Motorradfahrer beim Eintreffen der beiden Kollegen entfernt hatten? Vielleicht ein stummer Blick, womöglich eine gemeinsame Vergangenheit? Wenn man auf dieser Seite des Mains mit Schutzgeld, Hehlerei oder Menschenhandel zu tun hatte, waren Kontakte zu gewissen Personengruppen unvermeidbar. Obwohl sie längst eingestiegen war, entschied sie sich, nachfragen zu gehen, auch wenn es kaum mehr als ein unbestimmtes Gefühl war.
Peter Brandt befand sich im Gespräch mit einem Uniformierten, der resigniert wirkte. Sie suchte die beiden Kollegen, die keine reguläre Uniform trugen, sondern eine schwarze Kombination. Sie sahen mehr wie Türsteher aus. Einer stand mit dem Rücken zu ihr, sein gebräunter Stiernacken unterstrich diesen Eindruck.
»Entschuldigen Sie bitte.« Stiernacken fuhr herum und kniff die Augen zusammen.
»Durant, Kripo Frankfurt.«

»Wir kennen Sie«, grinste der andere und verschränkte die Arme vor der Brust. Sein blondes Haar war an den Seiten millimeterkurz geschoren und wurde von einer akkuraten Bürste gekrönt. Durant fühlte sich mit ihren eins sechzig wie David, der sich gleich zwei Goliaths stellen musste.
»Und Sie sind?«, fragte sie mit fester Stimme.
»Sonderermittlungsgruppe«, war die knappe Antwort. Keine Namen, keine weiteren Erklärungen. Durant versuchte etwas anderes.
»Erstaunlich, wie Sie die Rocker da draußen verjagt haben.«
»Wie kommen Sie darauf?«
»Nur so«, grinste sie. »Es schien, als hätten die Jungs bei Ihrem Anblick Muffensausen bekommen.«
Die beiden schienen prompt noch einige Zentimeter zu wachsen.
»Das muss Zufall gewesen sein«, sagte der Stiernackige schließlich. »Jemand hat ihnen wohl mit einer Verkehrskontrolle gedroht. Jede Wette, dass sämtliche ihrer Öfen sofort stillgelegt worden wären.«
»Outlaws ohne Harleys sind ein erbärmlicher Haufen«, bekräftigte der andere. »Das war es ihnen dann wohl nicht wert.«
Mit dieser Erklärung musste Durant fürs Erste leben, denn die beiden wandten sich einander zu, als habe sie sich in Luft aufgelöst.

Die Durchsuchung verlief unspektakulär. Als Julia Durant das Gelände zum zweiten Mal verließ, um zurück nach Frankfurt zu fahren, dachte sie an Hellmer. Er hatte zwischenzeitlich das Aktenmaterial über Oskar Hammer durchgehen wollen, um einen ersten Überblick zu bekommen. Durant graute es davor, irgendwelchen verzweifelten Ange-

hörigen ihr Beileid aussprechen zu müssen. Am schlimmsten, wenn es sich dabei um einen Elternteil handelte. Kleinlaut und noch immer schockiert über die Anschuldigungen, die man ihrem Söhnchen anlastete. *Niemand denkt an die Opfer.* Zwischen diese Gedanken mischte sich der Frust, aber auch eine gewisse Erleichterung darüber, dass auf dem Schrottplatz keine Hinweise auf verschleppte Personen gefunden worden waren. Die Gedanken begannen sich im Kreis zu drehen. Der Fahrtenschreiber, der tote Kinderschänder, das Lkw-Verlies. Und Mario Sultzer. Durant wollte sich weigern, das immer wieder auftauchende Gesicht dieses Schönlings in ihr Bewusstsein zu lassen. Doch sie kam nicht dagegen an.
Prompt schnarrte die Vibration des Smartphones. Claus.
»Störe ich?«, erkundigte er sich, nachdem Julia ihn mindestens acht Freizeichen lang hatte warten lassen.
»Du glaubst gar nicht, was sich in ein paar Stunden alles zutragen kann«, seufzte sie. Blödsinn, dachte sie dann. Er hat denselben Job wie du.
»Du Arme. Dann wird es wohl nichts mit unserem Wochenende?«
Durant stockte der Atem. »Das ist jetzt schon?«
Sie hatten Karten für die Alte Oper, seit Monaten, außerdem hatte er recht geheimnisvoll getan. Essen gehen wollte er, mit allen Schikanen. Er würde ihr doch nicht etwa einen Heiratsantrag machen wollen? Julia schüttelte den Kopf. Über dieses Thema waren die beiden längst hinweg. Claus war Witwer und Julia geschieden. Das genügte wohl, zumindest war das immer so gewesen. Claus beschwerte sich hin und wieder darüber, dass vier Autostunden zwischen ihnen lagen. Doch alles in allem gab es an ihrer Fernbeziehung nichts auszusetzen.
»Hallo? Bist du noch da?«

Er sprach mit unverkennbar bayerischem Einschlag, ein Klang, den die Kommissarin schon lange abgelegt hatte. Im Gegenteil. Ihre Sprache, so behaupteten Claus und Pastor Durant, hatte längst eine hessische Färbung bekommen.
»Entschuldige bitte«, erwiderte sie hastig. »Was hast du eben gesagt?«
»Ich sagte, es *ist* jetzt schon. Ich komme am Freitag um 15:04 Uhr am Hauptbahnhof an. Wenn das zu früh ist, könnte ich auch später losfahren. Ich wollte es dir noch nicht sagen, aber ich habe die ganze nächste Woche frei. Uns hetzt keiner, selbst, wenn ich erst am Samstag komme.«
»Nein, nein. Das wäre ja noch schöner.« Die Kommissarin dachte an Berger. Trotzig entschied sie, dass er es nicht verdient habe, dass ihr Privatleben über Gebühr unter dem neuen Fall litt. »Ich freue mich auf dich.«
Sie verabschiedeten sich mit einem Telefonkuss. Kaum dass Durant das Display sperrte, fuhr es ihr wie ein Blitz durch Mark und Bein.
»Scheiße«, rief sie und stampfte mit dem Fuß so kräftig auf den Asphalt, dass ihr Bein kribbelte. Mario Sultzer. Sie erinnerte sich plötzlich, als wäre es gestern gewesen. Warum zum Teufel hatte er nichts gesagt?
Es musste zehn Jahre zurückliegen. Mindestens. Welcher Prozess es gewesen war, fiel ihr nicht ein, doch das konnte sie womöglich herausfinden. Es war einer ihrer auszehrenden Fälle gewesen, ganz sicher. Abgeschlagen hatte sie sich zur Zerstreuung ins Nachtleben begeben. Eine Bar in der Stadt, jede Menge Studenten. Ein Fremder, mit dem sie nach ein paar Drinks die Anonymität eines Hotelzimmers gesucht hatte. Sie waren am Morgen auseinandergegangen, ohne ihre Namen zu kennen. Nun gehörte der Unbekannte also zur Spurensicherung. Mario Sultzer. Er hatte einen Namen, ein

Gesicht, war ein Kollege. Viel mehr Details, als sie jemals über ihn erfahren hatte wollen.
Und die quälendste Frage für Julia Durant war, ob Sultzer sich ebenfalls erinnerte.
Hellmer rief an. Hätte er in diesem Augenblick neben ihr gestanden, Julia hätte ihn um eine Zigarette angehauen.

MONTAG, 15:10 UHR

Frank Hellmer konnte sich ein Schmunzeln nicht verkneifen. Julia würde toben, erführe sie, dass Sultzer ihn angerufen hatte. Er musste es ihr natürlich sagen, wunderte sich selbst, weshalb Sultzer nicht den direkten Weg ging. Was auch immer er sich davon erhoffte, Hellmer entschied, sich auf keinen privaten Zwist einzulassen. Für ihn gab es einzig den Fall. Trotzdem würde er Julia die Sache genüsslich aufs Brot schmieren. Kleine Sticheleien dienten dem Erhalt der Freundschaft. Nichts würde sich jemals zwischen sie stellen. Die beiden bildeten seit zwanzig Jahren ein Team, mit einer Menge Hochs und Tiefs. Wären sie einander nicht so ähnlich, hätten sie ein gutes Paar abgeben können. Doch beide, Frank wie Julia, hatten diese Alternative im Geheimen durchgespielt. Das Ergebnis war stets dasselbe: Beruflich waren sie im Doppel unschlagbar, als Paar jedoch undenkbar. Außerdem gab es für ihn Nadine und die beiden Töchter. Für Julia gab es Claus. Verdammt. Was wollte Sultzer?
Der Kollege hatte ihn nach draußen gebeten. Hellmer sah ihn schon, bevor er die Glastür aufstieß. Als Raucher kannte er

die effizientesten Wege ins Freie selbst, die Ecken, in denen man sich versammelte, und die Winkel, in die man sich stellte, wenn man alleine bleiben wollte. Genau dort stand Sultzer. Als er ihn wahrnahm, trat er seine Zigarette aus und sah sich um, als habe er vor, auf dem Innenhof des Präsidiums mit Drogen zu handeln.

»Sicher, dass Sie nicht lieber mit meiner Partnerin reden möchten?«, flachste Hellmer, um das Eis zu brechen.

Sultzer blieb ernst. Er zog ein Handy aus der Tasche und hielt es dem Kommissar entgegen. »Lassen Sie das untersuchen. Aber fragen Sie mich bitte nicht allzu viel darüber.«

»Sie geben mir Ihr Handy?«, wunderte sich Hellmer, nachdem er seine Hand reflexartig gehoben hatte.

»Es dürfte das Smartphone des Lkw-Fahrers sein.«

Hellmers Augen weiteten sich. Es befand sich weder in einem Plastikbeutel, noch war es zuvor erwähnt worden. Längst hatte er das Gerät berührt, er nahm es im Pinzettengriff und betrachtete es von allen Seiten. Bevor er etwas sagen konnte, kam ihm Sultzer zuvor: »Fragen Sie nicht. Registrieren Sie es einfach als Fund. Niemand wird sich daran stören.«

»Sein Eigentümer schon«, widersprach Hellmer. »Haben Sie es ihm etwa abgenommen?«

»Gefunden. Mehr werde ich dazu nicht sagen. Es ist angeschaltet, ich habe es in den Flugmodus versetzt. Sicherheitshalber.«

Hellmer gefiel die Sache ganz und gar nicht. Allerdings würde er das Telefon nun nicht mehr an Sultzer zurückgeben. Egal, auf welchem Weg dieser es sich beschafft hatte – der Kommissar selbst hatte sich nichts vorzuwerfen. Im Gegenteil, schloss er seine Überlegungen ab. Sultzer damit wegzuschicken wäre das größere Übel.

»Ich kann Ihnen jetzt schon versichern, dass da noch einige Fragen auf Sie zukommen werden.«

Mario Sultzer zündete sich eine neue Zigarette an und hielt Hellmer das fast volle Päckchen entgegen. Dieser schüttelte den Kopf. Sultzer inhalierte mit geschlossenen Lidern, um kurz darauf hinter grauem Nebel zu verschwinden.
»Sie können mich alles fragen«, lächelte er geheimnisvoll, »doch es bleibt bei meiner Antwort. Es wurde auf dem Taunusblick gefunden. Ich vermute, es gehört dem Fahrer des aufgebrachten Trucks. Sie sollen es untersuchen. Ende der Durchsage.«
Abrupt wandte er sich um, hob die Rechte mit der Zigarette zwischen den Fingern zum Gruß und entfernte sich.

Hellmer haderte einige Minuten mit sich. Seinem Wissen nach hatte Durant ohnehin vor, nach ihrem Besuch in Rodgau ins Präsidium zurückzukehren. Wahrscheinlich kam sie jeden Augenblick um die Ecke gebogen. Doch schließlich wählte er ihre Nummer.

MONTAG, 15:40 UHR

Das Herz klopfte ihr bereits jetzt bis zum Hals. Es gab tausend Dinge zu besprechen, aber Berger hatte die Kommissarin ausdrücklich »wegen der Sache von vorhin« zu sich gebeten. Allein. Kein Wunder, wenn Hellmer und wer weiß nicht alles eine Verschwörung witterten. Sie wartete nicht auf eine Antwort, nachdem sie geklopft hatte. Als die Tür aufschwang, machte Berger einen Gesichtsausdruck wie ein Jugendlicher, den man beim Surfen auf Erotikseiten erwischt hatte. Sein

Arm legte sich verkrampft über den Tisch, in der Schublade klapperte es. Berger war ein gestandener Mann, doch auf Durant wirkte er sonderbar kraftlos. Das war ihr am Morgen schon aufgefallen, dank Hammer hatte sie jedoch nicht weiter darüber nachdenken können. Wieder fiel ihr Blick auf seinen Wandkalender, in dem sein Ablaufdatum, wie Berger es nannte, prangte. Müsste er nicht längst seinen Nachfolger bestimmt haben? Es musste doch eine Einarbeitungsphase geben, eine Übergabe? Das Ganze, in Verbindung mit Bergers Angespanntheit, ließ Julia Durant argwöhnisch werden.
»Können Sie nicht warten?«, fauchte er.
Durant nahm Platz und murmelte widerwillig eine Entschuldigung. »Alles in Ordnung, Chef?«
»Was soll schon sein?«
Sie roch den verräterischen Duft, noch bevor er sich mit seltsamen Verrenkungen von Schreibtischplatte und Schubfach gelöst hatte. Durants Augen weiteten sich.
»War das ein Flachmann?«
Berger funkelte sie an. »Und wenn?«
Sie hob die Schultern. Überfordert mit der Situation, obwohl sie das nicht zum ersten Mal erlebte. Berger war nach dem Tod seiner ersten Frau und ihres gemeinsamen Sohnes zum Kettenraucher und Dauertrinker mutiert, und keiner konnte es ihm verdenken. Doch diese Zeiten waren lange vorbei. Er ernährte sich halbwegs gesund, und das Einzige, was er sich regelmäßig einwarf, waren Schmerztabletten.
»Was soll ich dazu sagen. Sie sind der Boss. Sie sind alt genug. Sie sind …«
»Mir steht es bis hier!«, platzte Berger heraus und hielt sich die Hand über die Stirn. »Ruhestand hier, Ruhestand da. Ich fühle mich tagtäglich, als hätte eine S-Bahn mich überrollt, aber hört man mich jemals klagen? Nein. Trotzdem bin ich

seit dem Neujahrsempfang kaum mehr als der, der Ende des Jahres geht. Ein nutzloser Alter wie einer, der bloß noch seine Tage absitzt.«

Durant knetete sich die Ohrläppchen, weil sie irgendwo gelesen hatte, dass es dem Kreislauf förderlich sei. Berger befand sich in einer zweiten (oder dritten?) Midlifecrisis? Deshalb trank er Schnaps? Trotz seiner Ibuprofen?

»Ich werde mich da nicht einmischen«, entschied Durant. Berger schien erleichtert. »Ignorieren Sie es einfach.« Er zog die Flasche hervor, als wolle er ihr etwas beweisen. Sie war drei viertel voll, er deutete auf die schwappende Flüssigkeit. »Ab und an einen Schluck. Was macht das schon? Die Pillen wirken kaum mehr, ich kann nicht richtig schlafen. Messen Sie dem nicht so viel Bedeutung bei.«

»So habe ich es nicht gemeint«, warf Durant ein, und sofort schaltete Berger wieder um.

»Sie dürfen niemandem davon erzählen, hören Sie?«, forderte er und klang dabei fast hysterisch. Bergers Blick wanderte durch den Raum, verweilte auf einer kleinen Sammlung von Ansichtskarten. Nur kurz, doch Julia erkannte seine Sehnsucht. Malediven, Kanaren, Seychellen. Eine der Karten stammte von ihr. Bevor sie etwas erwidern konnte, versteinerte sich Bergers Miene, und er schnitt mit der Handfläche durch die Luft. »Was ich hier mache, geht einzig und allein mich etwas an.«

»Darüber muss ich nachdenken«, antwortete Durant nach einigen Sekunden, in denen er ihren Blick mied. Doch sie fing ihn schließlich ein und setzte entschlossen nach: »Die Flasche bekomme aber ich.«

Voller Empörung herrschte Berger sie an: »Sie sollten sich mal hören! Das Thema ist jetzt erledigt, damit das klar ist. Wie ich meine letzten Wochen verbringe, ist ja wohl allein meine Sa-

che.« Unter Durants perplexem Blick stand er auf, schritt zum Kalender, blätterte darin und riss eine handtellergroße Ecke heraus. Der einunddreißigste Dezember, samt rotem Kringel und den grau unterlegten Feiertagen, landeten mit einem Flatschen auf der Tischplatte vor ihrer Nase.
»Da haben Sie es amtlich, also vergessen Sie's besser nicht!«
Die Kommissarin zuckte, während Berger sich schnaufend zurück in den Chefsessel sinken ließ. »Bis Ende des Jahres habe ich hier das Kommando, und vorher kriegt mich keiner weg. Und jetzt will ich von alldem nichts mehr hören, damit das klar ist.«
Sie spürte, dass momentan nichts auszurichten war. Vielleicht hatte sich der Druck jetzt so weit entladen, dass es Berger etwas besserging. Zu Hause warteten keine Enkel auf ihren Chef, er war kein Vereinsmensch, und, soweit sie wusste, hasste er es, im Garten zu sein. Der Ruhestand musste ihm eine Heidenangst einflößen. Julia Durant konnte sich ja selbst kaum vorstellen, wie es wäre, nicht mehr tagtäglich ins Präsidium zu fahren. Auf sie würden auch keine Enkel warten. Nicht einmal Kinder.
Berger begann weiterzusprechen und durchbrach diesen düsteren Gedankengang, den Durant nur allzu gerne ausblendete.
»Reden wir bitte über den Fall. Das ist jetzt erst einmal unsere Priorität.«
Durant schenkte ihm ein gezwungenes Lächeln. »Möchten Sie die Dienstbesprechung etwa mit mir alleine machen?«
»Nein. Doch Sie leiten das Ganze. Bevor wir die anderen dazu bitten, eines vorab.«
»Ich bin ganz Ohr.«
»Knien Sie sich in den Fall, Frau Durant, egal, was kommt. Versprechen Sie mir das?«

Was für eine Frage. »Natürlich. Wie immer.« Sie zog die Augenbrauen zusammen. Es war nicht Bergers Art, so etwas zu sagen.
»Nein. Ich meinte *nur* diesen Fall. Die Menschenschmuggelei. Gemeinsam mit Brandt. Darauf sollen Sie sich stürzen, das verdient die besten Ermittler.«
Sie horchte auf. »Und der Mord an Hammer?«
Berger wurde ungeduldig. Seine Finger trommelten, was ein untrügliches Zeichen war. »Es gibt genügend andere Kollegen, finden Sie nicht? Sie waren damals nicht damit betraut, und die Offenbacher sind garantiert nicht scharf darauf.«
»Was, wenn Hammer in dem Laster eingeschmuggelt wurde?« Es war nichts als eine Theorie, und eine weit hergeholte noch dazu. Doch Durant verstand nicht, was hier gerade passierte. Mischte Berger sich gerade in den Fall ein? Behauptete er, es nicht zu tun, und tat es doch? Sie kratzte sich am Kopf. Als er ihr ein grimmiges »Das glauben Sie doch selbst nicht!« entgegenpfefferte, verschränkte sie die Arme.
»Hören Sie mal, Chef. Sie haben mir noch nie Steine in den Weg gelegt. Fangen Sie also nicht damit an. Ein Fall, der in unsere Zuständigkeit fällt, geht auch über meinen Tisch. Es sei denn«, sie deutete in Richtung der Postkarten, »Sie schicken mich auf eine dieser tropischen Inseln. Dann zahlen Sie aber auch die Tickets. In welche Richtungen ich ermittle, werde ich vorher gewiss nicht einschränken.«
»Haben Sie Ihre eigenen Worte eben gehört?«, funkelte Berger sie an. »*Chef*. Das bin ich. So lange, bis ich abtrete. Ob es Ihnen passt oder nicht. Die Dienstbesprechung können Sie ohne mich machen. Und jetzt raus hier!« Etwas versöhnlicher setzte er hinzu: »Und geben Sie Bescheid, wenn ich meine Kontakte zur Staatsanwaltschaft spielen lassen soll. Gegen diesen Feuerbach werden wir schwere Geschütze auffahren müssen.«

Durant nickte nur und stand zwei Minuten später in ihrem Büro.

»Du siehst aus, als hätte der Alte dich einen Kopf kürzer gemacht«, flachste Hellmer.

»Frag nicht«, brummte Durant, die nicht so recht begriff, was da geschehen war. Sie überlegte, wie sie es am geschicktesten zusammenfassen sollte, denn sie wollte Hellmer nicht übergehen. Er war trockener Alkoholiker. Er hatte es ihr übelgenommen, dass sie vor ein paar Jahren vertretungsweise Bergers Platz eingenommen hatte, und nicht er. Sie durfte ihn nicht im Ungewissen lassen. Doch bevor Durant etwas sagen konnte, stürmte Michael Schreck von der Computerforensik ins Büro.

»Wo ist es?«, keuchte er. Zweifelsfrei meinte er damit das Smartphone. Offenbar war er von seinem Keller aus durchs Treppenhaus gesprintet, um keine Zeit zu verlieren. Während Durant sich wunderte, weshalb er nicht bis zur Dienstbesprechung warten wollte, die in zehn Minuten begann, deutete Hellmer auf den Schreibtisch. »Hier, bitte.«

Schreck riss das Gerät an sich und fuhr über den Bildschirm. Er seufzte und murmelte stirnrunzelnd: »Wenn das nicht mal zu spät ist.«

Dann zog er eine Plastikfolie hervor, die auf den ersten Blick aussah wie ein Gefrierbeutel. Auch die Größe stimmte, wie Durant erkannte, als er das iPhone darin versenkte.

»Was soll zu spät sein?«, erkundigte sie sich.

Schreck ignorierte die Frage. »Befindet sich der Eigentümer noch in Haft?«

Sie bejahte, nachdem Hellmer ihr zugenickt hatte.

»Das hier ist eine spezielle Schutzhülle. Abschirmend.« Der Forensiker knisterte mit dem Kunststoff. »Sie hätten das Telefon ausschalten und sofort hineinstecken müssen.«

»Ich habe es erst vor kurzem zugespielt bekommen«, rechtfertigte sich Hellmer. »Außerdem ist es doch im Flugmodus.«
»Mag sein. Dennoch kann ich Ihnen nicht garantieren, dass ich damit etwas anfangen kann. Hoffen wir, dass der Eigentümer noch nichts unternommen hat. Durfte er telefonieren?«
Hellmer zuckte mit den Schultern, und Durant wusste es auch nicht. Die Vernehmung hätte längst stattfinden sollen, doch Doris und Peter hatten das bislang versäumt. Lag es am Dolmetscher, oder verweigerte der Fahrer sich? Höchste Zeit für eine Besprechung. Julia fühlte sich, als würden ihr wichtige Stunden fehlen.
Schreck verlor sich in Erklärungen darüber, was man alles mit einem Mobiltelefon anstellen könne, selbst wenn es im sogenannten Flugmodus war. Ortungsdienste. Gerätesperre per Fernsteuerung. Dinge, bei denen man davon ausging, dass sie ohne Netzaktivität nicht funktionierten. »Machen Sie mal ein Foto«, erklärte er, »wenn Sie sich scheinbar offline befinden. Ich habe es unlängst gemacht, als ich aus Berlin geflogen kam und wir über der City einschwenkten. Tolle Aufnahmen. Korrekt getaggt, fast bis auf die Hausnummer.«
Julia Durant verstand nur die Hälfte, doch sie war froh, jemanden wie Schreck im Team zu haben.
»Lassen Sie uns rübergehen«, schlug sie vor. Peter Brandt hatte sich angekündigt und musste jeden Augenblick kommen. Für ein paar Sekunden überlegte sie, ob sie Berger noch einmal anrufen sollte. Vielleicht hatte er sich's anders überlegt. Doch sie entschied sich dagegen. Er wusste, wo die Dienstbesprechung stattfand, und war alt genug, selbst zu entscheiden.

MONTAG, 16:00 UHR

Während Julia Durant auf zwei Whiteboards die Fälle notierte, versammelten sich ihre Kollegen im Konferenzzimmer. Neben Kullmer, Seidel und Hellmer nahm auch IT-Experte Schreck teil, was niemanden wunderte. Brandt stand abseits und telefonierte mit angespanntem Gesichtsausdruck. Zwei Minuten später setzte er sich neben Peter Kullmer, und beide Männer stellten mit einem Schmunzeln fest, dass sie sich seit neuestem Sechstagebärte stehen ließen. Durant war insgeheim froh, dass Claus eine tägliche Nassrasur schätzte. Ab und an zelebrierte er sie sogar. Gedankenfetzen huschten durch ihren Kopf, der sich eigentlich auf etwas ganz anderes konzentrieren wollte.
Paps. Seine faltige Haut. Wie sie ihn rasiert hatte, als er vor einem Jahr im künstlichen Koma gelegen hatte. Sie hatte sich nicht davor geekelt, warum auch? Doch sie wollte ihn nicht so sehen. Nicht ihren Mentor, ihren starken, besonnenen Vater, der sie getragen hatte, wann immer sie am Boden gewesen war. Etwas zu laut, um unauffällig zu sein, räusperte sie sich und begab sich zwischen die beiden Schautafeln, um mit ausgestreckten Armen auf sie zu deuten.
»Danke für dein Kommen, Peter«, nickte sie Brandt zu, der stumm zurücklächelte. »Legen wir los. Das sind die wichtigsten Punkte, über die wir reden müssen.«
Dann las sie vor, und die anderen schilderten ihre bisherigen Ergebnisse.

OSKAR HAMMER
Vita / Zeitschiene Fall
Verwandte
Opfer

Politische Verbindungen
Dringend klären: Wo gewesen? Warum wieder hier? Warum jetzt?

TAUNUSBLICK
Auswertung Fahrtenschreiber
Beteiligte Personen und Firmen
Vernehmung des Fahrers
Übergreifende Absprachen

Im Fall Hammer waren die Fakten schnell zusammengetragen. Er stammte aus Kronberg im Taunus, Einzelkind, die Eltern unauffällige Beamte. Hellmer empörte sich darüber, dass Oskar Hammer denselben Geburtstag hatte wie er. Von den Eltern lebte noch die Mutter, sie sei in einer Seniorenresidenz untergebracht. Hammer hatte eine unauffällige Kindheit, gutes Abitur, exzellentes Studium. Einzelgänger. Neben Münzen und Briefmarken sammelte er Ansteckandeln von Automarken. Typische Hobbys der Achtzigerjahre, wie Kullmer kommentierte, als Michael Schreck irritiert dreinblickte. Er war eine Ecke jünger, und sein Interesse an den Achtzigern beschränkte sich auf die damaligen Actionfilme.

Von Hammers pädophilen Neigungen, hieß es weiter, habe nie jemand etwas mitbekommen.

»Nicht mitbekommen oder nicht wissen wollen?«, sprach Durant das aus, was viele insgeheim dachten.

»Vermutlich tatsächlich nicht gewusst«, kommentierte Hellmer. »Manchmal schaffen Typen wie er es, das Ganze völlig im Verborgenen auszuleben.«

»Aber er wurde angeklagt, oder irre ich mich? Also muss ihn doch jemand angezeigt haben.«

»Oskar Hammer wurde über den Besuch gewisser Internetseiten erwischt«, trug Schreck bei, der sich offenbar schlauge-

macht hatte. »Solche Treffer gelingen nur selten. Ich würde gerne die Beweismittel einsehen, aber mir konnte da niemand weiterhelfen. Es müsste doch einen Computer oder zumindest eine Festplatte geben, oder?«
Hellmer verneinte. »Mangels Anklage wurde alles wieder freigegeben.«
»Wie kann das sein?«, empörte sich Durant.
»Hammer wurde eine steile politische Laufbahn prophezeit. Seine Verbindungen müssen bis nach ganz oben gereicht haben.«
Hellmers Erklärung machte das Ganze nicht besser. Durant rieb sich angestrengt die Schläfen. Bedeutete es, dass man mit politischen Verbindungen über dem Gesetz stand? Doch bevor sie damit herausplatzte, hörte sie sich die Zusammenfassung noch einmal an.
Oskar Hammer hatte 2003 aufgrund eines Zufalls die Behörden auf sich aufmerksam gemacht. Der Besuch von Servern mit kinderpornografischem Material, die zu diesem Zeitpunkt überwacht wurden, wurde ihm zwar nachgewiesen, seine Festplatte hingegen war leer. Das Ganze hatte sich im Folgejahr wiederholt. Dies ließ Julia Durant stutzig werden.
»Als habe man ihn gewarnt«, murmelte sie mit verkniffener Miene und erinnerte sich an den Skandal, den es seinerzeit gegeben hatte.
Jeder weiß, was er trieb. Doch er grinst nur dazu.
So hatte eine der Schlagzeilen von damals gelautet. Sie hätte es kaum treffender in Worte kleiden können, wie die Öffentlichkeit seinerzeit empfunden hatte.
Gegen den Begriff »Schänder-Hammer«, ein eher armseliges Wortspiel einer namhaften Boulevard-Zeitung, welches auf den Schinderhannes anspielte, wurde mit einer Unterlassungsklage ins Feld gezogen. Erfolgreich. Zu diesem Zeitpunkt war

Oskar Hammer jedoch längst verschwunden. »Weihnachten 2004«, schloss Hellmer seinen Bericht ab, »also ziemlich genau vor zehn Jahren, tauchte er unter. Seitdem fehlt jede Spur.«
»Kein Lebenszeichen bei seiner Mutter?«, hakte Julia Durant nach, die sich nur schwer vorstellen konnte, wie man so etwas durchhalten sollte. Sie war Einzelkind, genau wie Hammer, und hatte ihre Mutter mit fünfundzwanzig an den Krebs verloren. Es gab, genau wie bei ihr, keine weitere Familie. Wenn er sich tatsächlich abgesetzt hatte, warum hatte er seine Mutter nicht mitgenommen?
Laut Hellmer ging Hammers Mutter ebenso wie die befragten Nachbarn davon aus, dass er sich das Leben genommen habe. »Es gibt wenige Kilometer weiter einen alten Steinbruch. Dort feierte Hammer früher gern mit seiner Clique. 2009 fanden Kinder dort Knochen, die jedoch tierischer Herkunft waren. Das Gelände wurde bereits 2004 und dann 2009 erneut abgesucht. Ohne Ergebnisse.«
»Es gibt so viele Tote, die man niemals findet«, murmelte Durant düster und mehr zu sich selbst. Dann verrenkte sie ihren Hals bis zum Knacken der Wirbel und sagte laut: »Nun gut. Hammer hat bis vor kurzem gelebt, das wissen wir jetzt. Gibt es Anzeichen in den Kleidern oder persönliche Gegenstände, die auf einen Aufenthaltsort schließen lassen?«
»Bis dato nichts«, sagte Doris Seidel, die einen ziemlich gedämpften Eindruck auf die Kommissarin machte. Sie und Kullmer waren einst das Traumpaar des Präsidiums gewesen. Hoffentlich gab es keinen Ärger im Paradies.
»Was ist mit Impfungen?«, fuhr Durant fort. »Tropenkrankheiten. Irgendetwas. Vielleicht können wir Hammers Aufenthaltsort wenigstens auf einen Kontinent eingrenzen. Was ist mit Aktivitäten im Netz?« Sie richtete die Frage an Michael Schreck. »Wer Kinderpornos runterlädt, hört damit doch

nicht so einfach auf. Außerdem muss es einen Grund geben, weshalb er zurück nach Deutschland gekommen ist.«
»Wir gehen das alles durch«, bestätigte Seidel, »aber es braucht eben seine Zeit.«
Auch wenn es Julia nur wenig zufriedenstellte, nahm sie das mit einem Nicken hin. Sie konnte sich gut vorstellen, dass Hammer seiner Mutter wegen wieder auf der Bildfläche erschienen war. Womöglich war etwas vorgefallen, das ihn dazu bewogen hatte. Erinnerungen an den Schlaganfall ihres Vaters im Vorjahr stiegen auf. Dann dachte sie an ihre letzte Diskussion, die noch nicht zu Ende geführt war. Sie seufzte. Etwas zu laut, wie sie feststellte, denn alle Augen richteten sich auf sie. Rasch setzte die Kommissarin ihr Pokerface auf. Sie entschied, ihren Gedanken für sich zu behalten. Denn es fehlte darin jegliche Erklärung, weshalb Hammer erschossen worden war. Und von wem.
»Frank und ich fahren nachher zu Hammers Mutter«, sagte sie. »Sie muss ohnehin informiert werden. Sprechen wir aber noch mal über Fall Nummer zwei.«
Kommissar Brandt hatte nur wenig Neues zu berichten. Der Schrottplatz war sauber. Er hatte Staatsanwältin Klein darum gebeten, eine Auflistung der laufenden Fälle von Feuerbach zu bekommen. »Menschenhandel ist bei uns genauso akribisch durchorganisiert wie die Rauschgiftringe. Wir brauchen die Namen der Klienten, um ein Bild zu bekommen. Auch wenn es nur ein Schuss in den Ofen ist.«
»Mach das«, nickte Durant lächelnd. »Niemand baut einen Geheimraum in einen Lastwagen, um ihn dann nicht regelmäßig zu nutzen. Diese menschliche Fracht muss irgendwohin. Wer wirbt mit ›neuen Mädchen‹, wer schickt neue Gesichter auf den Strich? Was ist mit den Laufhäusern? Wir sollten das auf beiden Seiten des Mains untersuchen und die Sitte mit ins Boot holen.«

»Habe ich längst angeleiert«, zwinkerte Brandt ihr zu, als wollte er sagen, dass man auch in Offenbach etwas von Polizeiarbeit verstehen würde.

Peter Kullmer fasste in wenigen Worten zusammen, was sich bei der Vernehmung des Lkw-Fahrers ergeben hatte. Es waren im Grunde nicht mehr als seine Personalien, die man auch den Papieren entnehmen konnte, und eine umständliche Erklärung, weshalb er in südlicher Richtung unterwegs gewesen war.

»Angeblich schlingerte das Fahrzeug in Höhe des Homburger Kreuzes. Er habe daraufhin die nächste Ausfahrt genommen. Rosbach/Friedberg. Dann zur erstbesten Tankstelle, um den Reifendruck zu überprüfen. Anschließend wollte er zurück auf die A5 in nördlicher Richtung, bog dabei aber verkehrt ab.«

Julia Durant hob die Augenbrauen und fuhr, so gut sie konnte, die Strecke im Kopf ab. Die Auffahrt war in der Tat ein wenig verwirrend, doch gut beschildert. Außerdem befand sich in der Fahrerkabine ein riesiges Navi. »Das sollen wir also glauben? Was sagt der Fahrtenschreiber?«

»Er bestätigt das. Allerdings gibt es etwas, was von Bedeutung sein könnte.«

»Und das wäre?«

Kullmer stand auf und näherte sich einer Karte, die das Rhein-Main-Gebiet zeigte. Die Verkehrsadern waren für alle Anwesenden gut zu erkennen. »Hier ist diese Firma in Rodgau«, er tippte auf den entsprechenden Punkt und fuhr dann mit dem Finger weiter, »und hier der Fundort Oskar Hammers. Bevor der Lkw über die A3 auf die A5 gewechselt ist, hat er an der Tankstelle Weißkirchen einen längeren Stopp eingelegt. Das ist in unmittelbarer Nähe.«

Nach der Besprechung nahm Durant sich Brandt und Hellmer zur Seite.

»Hört mal«, begann sie mit gedämpfter Stimme. »Ich möchte das nicht vor allen breittreten, aber unsere Ermittlung ist nun mal davon betroffen.«

Brandt sah sie aufmerksam an, woraufhin die Kommissarin, noch gedrungener, fortfuhr: »Irgendwas stimmt mit Berger nicht.«

»Ich habe mich schon gefragt, wo er ist«, bestätigte Brandt mit einem Nicken.

»Er verschanzt sich hinter seinem Schreibtisch und schmollt«, wusste Hellmer.

Durant blickte ihn fragend an. »Wie kommst du denn darauf?«

»Ist doch klar. Keiner wird gerne aufs Abstellgleis geschoben.«

Julia schüttelte den Kopf. »Da steckt mehr dahinter, jede Wette. Er hat versucht, mir in den Fall reinzureden. Wenig subtil, fast schon plump. Je länger ich darüber nachdenke, desto eher bin ich davon überzeugt, dass mehr hinter der Sache steckt.«

»Was hat er denn gesagt?«, wollte Brandt wissen.

»Ich soll mich reinknien, aber keine Welle machen. Etwa so. Als solle ich Scheuklappen aufsetzen. Das passt einfach nicht zusammen.«

»Das passt vor allem nicht zu Berger«, sagte Hellmer.

Darin waren sich alle drei einig. Man entschied, sich vorläufig nichts anmerken zu lassen. Und Julia Durant fasste überdies den Entschluss, herauszufinden, was genau es war, das ihren Chef quälte.

»In Offenbach munkelt man, du würdest seine Nachfolgerin«, sagte Brandt wie beiläufig, als sie den Gang in Richtung Treppenhaus entlanggingen. Durant blieb der Schokoriegel, den sie sich am Automaten gezogen hatte, beinahe im Hals stecken.

»Bist du wahnsinnig?«, zischte sie. »Setz hier bloß niemandem diesen Floh ins Ohr! Ich bleibe an meinem Platz, bis ich alt und grau bin.«

Zufällig fing sie ihr Spiegelbild in einer Glastür ein, die sie passierten. »Also nicht mehr allzu lange, wie ich manchmal denke«, setzte sie mit aufgesetztem Grinsen nach.

»Fischst du nach Komplimenten?«, lachte Peter Brandt auf.

»Von dir sicher nicht«, feixte Durant zurück. »Mit deiner sexy Staatsanwältin kann ich wohl kaum mehr mithalten.«

Kurz darauf blickte sie Brandt nach, der über den Hof zu seinem Alfa Romeo schritt, ohne sich noch einmal umzusehen. Er hatte etwas gemurmelt im Sinne von ›frag mich mal‹. Doch der Kommissar war von Natur aus mürrisch und hatte sicher nicht andeuten wollen, dass er Streit mit Elvira Klein hatte. Gerade jetzt konnte das keiner gebrauchen. Denn so korrekt sie auch war – manche nannten sie eine Paragraphenreiterin oder fanden noch unschönere Metaphern –, sie war eine wertvolle Verbündete. Unter Julias Arm steckte ein Pappkuvert mit Ausdrucken, die Elvira Peter hatte zukommen lassen. Es war eine Liste mit Feuerbachs Mandanten. Sie seufzte. Ein langer Abend im Büro stand ihr bevor. Doch zuerst würde sie sich mit Hellmer bei Oskar Hammers Mutter treffen.

Doris Seidel lugte herein, als Durant sich gerade ihre Jacke greifen wollte. Für den Abend war Regen angekündigt worden, und ein Tiefdruckgebiet würde laut Prognose die kommenden Tage bestimmen. Irgendwie war sie noch nicht bereit für die kalte Jahreszeit.

»Darf ich dich mal kurz sprechen?«

»Klar.« Julia lächelte einladend, auch wenn sie eine innere Unruhe verspürte, denn sie wollte Antworten. Außerdem wartete Hellmer auf sie. Doch Doris wirkte, als sei sie nicht bloß wegen Smalltalk gekommen. »Worum geht es denn? Du siehst nicht gerade fröhlich aus.«
»Ich brauche einen Rat. Deinen Rat. Am besten noch heute.«
Die Kommissarin blickte in Richtung der Wanduhr. »Hellmer wartet unten. Nach der Befragung von Frau Hammer komme ich hierher zurück. Genügt das?«
Doris Seidel nickte und sagte, sie werde derweil an ihren PC gehen. Durant sah ihr nach. Es gefiel ihr überhaupt nicht. Hoffentlich nichts Ernstes. Hoffentlich nichts mit Peter Kullmer, diesem alten Schwerenöter. Doch sie wollte ihm nicht unrecht tun, bevor sie wusste, worum es ging.

MONTAG, 16:26 UHR

In einer Hausecke, die man von der Straße nicht einsehen konnte, hockten zwei Männer. Sie rauchten und schwiegen sich an. Bis zur Einsatzbesprechung waren noch ein paar Minuten Zeit. Im Haus herrschte strengstes Rauchverbot, das Gleiche galt für Alkohol. Doch es wunderte den stämmigen Blonden nicht, als sein Kollege sich einen Flachmann aus einer Mauerlücke hinter dem Fallrohr angelte.
»Scheißfall«, knurrte der Blonde.
Der andere nickte mürrisch. Trank einen Schluck und hielt ihm die Flasche hin, er leerte den letzten Rest. Der Wodka brannte in seinem Rachen. Auf dem Schotter näherten sich

Schritte. Der Blickwechsel war panisch, ausgerechnet jetzt verkeilte die Metallflasche sich in dem Mauerschlitz und fiel mit hellem Klirren zu Boden.
Das Knirschen war leicht, die Schrittfolge bedächtig. Erleichtert stellten die beiden fest, dass es Britta war, die um die Ecke bog. Ihre Miene erhellte sich, auch wenn sie generell übernächtigt und freudlos wirkte. Auch ihr steckte das Ganze in den Knochen, wie ihnen allen. Ihr Blick fiel auf den Flachmann, dann begann ihre Armbanduhr zu piepen.
Es blieb keine Zeit mehr, das war allen dreien bewusst. Wortlos eilten sie durch den Seiteneingang ins Gebäude.

Binnen dreizehn Sekunden füllte sich der Raum. Elf Stühle, jeweils mit einem Meter Abstand, drei Reihen. Zehn Personen reihten sich auf, ein gleichmäßiges Stampfen, aber weder Tuscheln noch Plaudereien. Jeder nahm einen Platz ein, nur der mittlere Stuhl der zweiten Reihe blieb leer.
Vorn, ähnlich einem Lehrerpult, stand ein Schreibtisch vor einem Whiteboard. Es gab keinen Stuhl. Ein Vorgesetzter, so seine eigene Auffassung, sitzt nicht vor seiner Einheit. Befindet sich nicht auf derselben Ebene. Bittet um nichts und bedankt sich nicht. Stattdessen blieb seine Miene eisern, als wäre er eine Statue. Selbst das Blinzeln kontrollierte er. In seiner Hand lag eine Stoppuhr, deren roten Knopf er betätigte, als der letzte Schritt verhallte.
»Dreizehn«, sagte er, nach einem kontrollierenden Blick. Ein Aufatmen war zu hören. Oben, auf dem Board, war mit Rotstift eine Fünfzehn notiert. Er wischte sie ab, ersetzte die Ziffern durch eine grüne Dreizehn. Tat es ohne einen Kommentar, ohne Anerkennung. Jedem Anwesenden war klar, was diese Geste zu bedeuten hatte. Bei einem der nächsten Appelle würde er wieder messen. Niemand wusste genau, wann. Er ent-

schied das willkürlich. Konnten sie die Dreizehn halten, würde er die Zahl in Schwarz daneben schreiben. Für heute war es ein Erfolg. Morgen bedeutete sie die neue Norm. Dauerte es länger, hätten sie versagt. Dann würde die rote Schrift zurückkehren. Es brauchte nicht mehr als diese drei Farben. Kein Lob, keine Strafe. Die Gemeinschaft musste funktionieren.
Es blieb kaum Zeit, an Matilda zu denken. Als sie zum letzten Mal an einer Versammlung teilgenommen hatte, hatten sie die rote Fünfzehn kassiert.
Schwache Glieder mussten ausgemerzt werden.

MONTAG, 17:20 UHR

Marlies Hammer befand sich in einem traurigen Zustand. Ihr Radius war geschrumpft auf ein modernes Eckzimmer im zweiten Geschoss der Seniorenresidenz. Das Gebäude – eine noble Privateinrichtung, wie Hellmer recherchiert hatte – lag unweit des Waldrands und bot einen atemberaubenden Blick über Frankfurt. Julia Durant stellte sich vor, wie es im Sonnenaufgang aussehen musste. Dann fragte sie sich, wie vielen der hier lebenden Personen nichts weiter vom Leben geblieben war als dieses Panorama. Sie fröstelte bei dem Gedanken, was ein Platz in Frankfurt kostete. Und welche Absteigen man dort mit einem begrenzten Budget in Kauf nehmen musste.
»Ziemlicher Luxusschuppen«, hatte Hellmer ihr zugeraunt, als habe er ihren Gedanken erraten. »Trotzdem möchte ich hier mit keinem tauschen.«

Womit er recht hatte. Eine Pflegerin, sie sprach mit nordhessischem Einschlag, war mit im Zimmer. Sie machte keinen sonderlich gestressten Eindruck, drängte nicht darauf, dass sie noch woanders gebraucht werde, sondern deutete nur an, dass es in einer Dreiviertelstunde Abendessen gab. Ansonsten gehe es der Seniorin gut, lediglich der Kreislauf mache ihr zu schaffen. Vermutlich lag Frau Hammer deshalb angezogen auf ihrem Bett, einen Kolter um die Füße gewickelt.

Durant versprach, ihr Bestes zu geben, um den Tagesablauf nicht zu behindern.

»Rituale sind wichtig«, betonte die junge Frau. Im Flüsterton fügte sie hinzu: »Sie hat heute einen ziemlich guten Tag. Bitte vermeiden Sie unnötigen Stress, damit das noch eine Weile anhält.«

Doch darauf konnten die Kommissare nur wenig Rücksicht nehmen. Deshalb kam Julia Durant nach ihrer Vorstellung ohne Umschweife zur Sache.

»Frau Hammer, es tut mir leid, Ihnen mitteilen zu müssen, dass Ihr Sohn tot aufgefunden wurde.«

Der Körper zuckte kaum merklich zusammen. Doch es folgte kein Trommeln mit den Fäusten, kein Schreien. Stattdessen ein Wispern: »Jetzt ist endlich Frieden.« Gefolgt von einem Schluchzen. Sofort eilte die Pflegerin herbei und setzte sich neben sie.

»Es tut mir so leid.« Sie reichte ihr ein Taschentuch.

Nach ewig erscheinenden Sekunden des leisen Weinens richtete Frau Hammer ihren Blick in Durants Richtung.

»Ich habe so lange gefürchtet. So lange getrauert. Nicht gewusst, ob er noch lebt oder sich das Leben längst genommen hat. Danke, dass Sie mir Gewissheit bringen, auch wenn ich unendlich traurig bin.«

Zu mehr war sie nicht fähig, wie die Pflegerin die Kommissare bei nächstbester Gelegenheit verstehen ließ, auch wenn Durant ihr dringend weitere Fragen stellen musste.
Sie standen auf dem Flur, die Tür war angelehnt. Frau Hammer hatte sich hinlegen wollen. Appetit habe sie keinen mehr.
»Haben Sie einen Geistlichen oder einen Seelsorger?«, erkundigte sich Hellmer. Die Pflegerin nickte.
»Selbstverständlich.«
»Sie sollte nicht allein sein«, bekräftigte Durant. »Ich würde gerne für ein paar Minuten zu ihr gehen, bitte.«
Auch wenn sie kein Geheimnis daraus machte, wie wenig sie davon hielt, gestattete die junge Frau es ihr. Hellmer verwickelte sie derweil in ein Gespräch.
»Lassen Sie doch bitte die Jalousien herab«, bat Frau Hammer, und Julia suchte den Taster. Surrend senkten sich die Lamellen, und die Dame bedankte sich. Dann schneuzte sie die Nase lautstark, bat sofort um Verzeihung und richtete sich das Haar.
»Alles in Ordnung«, sagte die Kommissarin warm und deutete auf zwei gepolsterte Stühle. »Möchten Sie sich einen Moment zu mir setzen?«
Frau Hammer nickte, schaffte es aber nicht allein. Durant griff ihr unter die Arme. Sie kannte die Handgriffe, hatte sie vergangenen Herbst gelernt, als ihr Vater nach Hause gekommen war. Im Gegensatz zu ihm war Frau Hammer ein Fliegengewicht.
»Ich beantworte Ihnen sämtliche Fragen«, eröffnete Durant. »Jeder verdient, alles über den Tod seiner Nächsten zu erfahren, finden Sie nicht? Sie bestimmen, was Sie wissen möchten. Ist das so in Ordnung für Sie?«
Unschlüssig wippte Marlies Hammer hin und her. Ihr Gesicht sprach Bände. Sorgenfalten umgaben Augen und Mund,

die Augen waren müde und glanzlos. Was auch immer Frau Hammer in früheren Jahren gewesen sein mochte – heute war ihre Miene ein trauriges Abbild des Skandals um ihren Sohn. Gezeichnet vom ständigen Konflikt aus Selbstzweifeln und der bangen Ungewissheit, was wohl mit Oskar geschehen war. Dazu die Vorwürfe, die sie jedoch mit niemandem teilte. Die sie ihm selbst machte. Weshalb quälte er sie so? Weshalb hatte er alle Brücken abgebrochen? Das zumindest meinte Julia Durant in ihrem Gegenüber zu lesen.

»Hat er sich ... selbst?«, fragte Frau Hammer leise.

Durant griff nach ihren leberfleckigen Händen. »Wir gehen von einem Mord aus. Er hat Schussverletzungen.«

Kurzzeitig flammte Entsetzen in Frau Hammers Augen auf, aber es wich einem stummen Nicken.

Die Kommissarin fuhr fort: »Ich muss das leider fragen. Gab es in seinem Umfeld irgendwen, von dem Sie sich vorstellen könnten, dass er ihn umbringen wollte?«

»Wie alt sind Sie?«

Durant zuckte kurz zusammen und neigte den Kopf. »Fünfzig. Für ein paar Wochen noch. Weshalb fragen Sie?«

»Wie lange arbeiten Sie schon bei der Kriminalpolizei?«

»Hier in Frankfurt zwanzig Jahre.«

»Dann kennen Sie die Medien. Waren Sie damals an den Ermittlungen beteiligt?«

»Nein. Meine Abteilung hatte damit nichts zu tun.« Es hat ja kein Gewaltverbrechen gegeben, dachte Durant. Nicht in Frankfurt. Was mit den asiatischen oder osteuropäischen Kindern geschehen war, an denen Hammer sich aufgeilt hatte, trieb ihr die Übelkeit in die Kehle. Sie musste sich zwingen, in Frau Hammer nicht die Mutter eines Monsters zu sehen, sondern die trauernde Angehörige. Was aber bezweckte sie mit ihren Fragen?

»Aber Sie haben es mitbekommen«, folgerte Frau Hammer, und wieder wunderte sich Julia Durant, wie klar sie sich für eine angeblich demente Person verhielt. Die alte Dame seufzte. »Die Hetze in den Zeitungen war groß genug, dass wohl jeder ihn gerne tot gesehen hätte.«
»Erschossen wurde er aber erst jetzt.«
Frau Hammer schluckte. »Das haben Sie nicht gesagt.«
Damit hatte sie recht. Durant erklärte in kurzen Sätzen, wann und wo man Hammer gefunden hatte. Sie versuchte, dabei möglichst wenig ins Detail zu gehen, und notierte sich im Geiste, dass hiervon auch nichts an die Presse gelangen dürfe. Begriffe wie »Hinrichtung«, Hinweise auf die Zeit vor dem Todeseintritt und Spekulationen hatten nichts in den Medien verloren. Auch ein Pädophiler verdiente ein Mindestmaß an Pietät, und wenn es nur war, um seine Mutter zu schützen. Sobald der Name wieder in den Schlagzeilen aufflammte, würde auch hier im noblen Seniorenheim das Tuscheln und Ausdeuten losgehen.
Marlies Hammer nahm alles zur Kenntnis. Sie entschuldigte sich kurz, um auf die Toilette zu gehen. Es dauerte mehrere Minuten, und Durant meinte, hinter der hellhörigen Tür ein leises Weinen auszumachen. Sie ordnete ihre Gedanken. Wie lange war Frau Hammer wohl schon hier? Und wer bezahlte ihren Aufenthalt? Von einer Pension allein konnte Frau Hammer das nicht bestreiten. Als es verdächtig lange still blieb, stand sie auf und näherte sich dem Badezimmer. Zögernd hob die Kommissarin die Hand, reckte den Kopf nach vorn, um zu lauschen, was sich drinnen tat, dann klopfte sie an. Sekunden später flog die Tür auf. Eine entsetzte Fratze blickte sie an, Hysterie lag in den vorher so trüben Augen.
»Wer sind Sie? Was wollen Sie hier?«, schrie Frau Hammer. Fehlte nur noch, dass sie um Hilfe gerufen hätte, doch schon eilte die Pflegerin herbei und zog Durant zur Seite.

»Wer ist das?«, keuchte die alte Dame erneut, als sie zum Bett geleitet wurde. »Wo bin ich?«
Die Pflegerin hatte alle Hände voll zu tun, sie zu beruhigen. Hellmer lugte herein und tauschte fragende Blicke mit seiner Partnerin.
»Gehen Sie jetzt besser«, wandte sich die junge Frau an ihn. »Ich kümmere mich um Frau Hammer. Heute erreichen Sie hier nichts mehr.«

Unten auf dem Parkplatz knetete Durant sich die Unterlippe. Sie hatte unlängst vor dem Spiegel festgestellt, wie unattraktiv diese Geste wirkte. Doch es half ihr beim Denken, und das allein zählte.
»Meinst du, sie hat das Ganze vorgespielt?«, fragte sie Hellmer, der rauchend einen Bentley anvisierte. Er hob die Achseln. »Dement ist sie wirklich. Vielleicht war es ein Zusammenbruch wegen des Schocks. Ich kann es nicht beurteilen.«
»Gibt es einen Arzt, den wir fragen können?«
»Sicher nicht um diese Uhrzeit.«
»Probiere es bitte. Oder gehe noch mal zu dieser Pflegerin. Sonst war der Besuch hier ein Schuss in den Ofen. Irgendwer muss das Ganze hier doch bezahlen. Ich möchte wissen, woher das Geld kommt und wann die Unterbringung gebucht wurde.«
»Was versprichst du dir davon?«
»Ich will wissen, ob Hammer sich um seine Mutter gekümmert hat, bevor er abtauchte. Oder ob jemand anders das tut.«
»Hm. Okay. Was machst du derweil?«
»Doris hat mich um ein Gespräch gebeten. Worum es geht, weiß ich noch nicht. Aber sie sah nicht gut aus, den ganzen Tag schon nicht.«
Hellmer schien ebenfalls etwas zu beschäftigen, er hatte sich hastig eine weitere Zigarette angezündet und schien Durant

nicht gehen lassen zu wollen. Mit einem verkniffenen Blick auf die Senke, die sich vor ihnen erstreckte, über die man östlich bis Hanau und südlich zur Bergstraße sehen konnte, stand er da.
»Nichts bleibt«, murmelte er.
»Was?«
»Schau dich doch mal um. Ziehen in kürzester Zeit einen solchen Koloss nach oben.« Zweifelsohne meinte Hellmer den Tower der Europäischen Zentralbank. Er fuhr fort: »Dann der Henninger Turm. Einfach weg. Erinnerst du dich noch an das drehende Restaurant auf der Spitze?«
»Wie könnte man das je vergessen.« Durant lächelte. »Aber tröste dich. Das alte Präsidium scheint uns noch eine Weile erhalten zu bleiben.« Es war strittig, ob die Bauordnung einen Abriss und Neubebauung gestatten würde, wenn parallel U-Bahn-Stollen gegraben werden würden. Selbst in einer Metropole der Risikobereitschaft vergraulte man damit so manchen Investor.
»Hm.« Hellmer versuchte, einen Ring zu paffen. Durant stieß ihn leicht mit dem Ellbogen an.
»Hey. Weshalb so melancholisch?«
»Hast du es denn nicht auf dem Schirm?«
»Was soll ich auf dem Schirm haben? Dass wir alle älter werden? Dass es keinen Sinn hat, sich die Hochhausnamen einzubleuen, nur, weil alle Ritt lang etwas umgestaltet wird?«
»Ich rede von Berger«, schnaubte Hellmer.
»Ach so.« Sie hätte es wissen müssen. Berger hier, Berger da. Nun war ihr klar, welchen Kurs das Gespräch einschlagen würde.
»Es ist ja noch etwas Zeit, bis er geht. Reden wir nach dem Fall drüber, okay?«
»Wieso?« Hellmer klang gereizt. »Ich habe ihn neulich erst angesprochen, und er tat ziemlich geheimnisvoll.«
»Warum hast du nichts gesagt?«

»Scheiße! Weil du meine Freundin bist. Weil ich es von dir hören wollte. Und will.«
»Frank, hör mir zu«, kürzte Durant das Ganze ab, bevor er sich noch weiter hineinsteigerte. Hellmer hatte den Sport zurückgefahren, ließ sich einen kleinen Bauch stehen, und er rauchte nicht weniger als zuvor. Aufregung bekam ihm nicht, das wusste sie. Sie konnte seinen Puls förmlich hören, wie er mit über hundert in ihm pochte. »Berger ist ein heikles Thema. Zugegeben. Ich mache mir Sorgen um ihn, aber das hat nichts mit der Zeit danach zu tun. Wenn du wissen möchtest, ob ich mich bereithalte, zu übernehmen, dann frag. Einmal, zweimal oder täglich, wenn's sein muss.«
Hellmer rümpfte die Nase. »Also gut, dann frag ich ganz direkt: Machst du seinen Job, wenn er geht und keinen Nachfolger hat? Oder übernimmst du für ihn, wenn er vorher die Grätsche macht?«
»Frank!« Durant sah ihn empört an. Der zeigte eine Unschuldsmiene und zog den dritten Glimmstengel hervor.
»Ist doch kein Geheimnis, dass er ein Wrack ist. Hat er Stress zu Hause, hat er eine fiese Diagnose bekommen? Der Arme hat Augenringe wie ein Uhu.«
Durant erinnerte sich, wie unschön es vor ein paar Jahren gewesen war, als sie Berger vertreten hatte.
»Ich kann gern darauf verzichten«, antwortete sie schließlich, und es war die reine Wahrheit. »Das hat uns beiden nicht gefallen damals.«
»Allerdings.«
Hellmer machte ein düsteres Gesicht. Häuptling, so viel war klar, konnte nur einer spielen. Damals war Bergers Wahl auf sie gefallen, und Julia wusste, dass er ihr auch heute wieder den Vorzug gäbe. Hellmer hatte mehr Dienstjahre in Frankfurt auf dem Buckel, aber das allein zählte nicht.

»Ich gebe dir mein Indianerehrenwort, dass er mit mir nicht über diese Option gesprochen hat«, gelobte Julia mit feierlich gehobener Hand. »Ich habe ihm damals gesagt, dass ich dafür nicht mehr zur Verfügung stünde, und seither hat er kein Wort mehr darüber verloren. Halt!« Sie unterbrach sich, denn ihr fiel etwas ein. Frank zuckte zusammen und hob die Augenbrauen. Mit einem langgezogenen »Ja?« forderte er sie zum Weiterreden auf.
Durant erzählte von ihrem fünfzigsten Geburtstag. Zwischen dem dritten und vierten Glas Wein musste es gewesen sein, als der Chef ihr in die Küche gefolgt war. Er hätte selbst einen sitzen, wie er ihr zugesäuselt hatte.
»Die nächste große Fete ist dann mein Abschied.« Seine Zigarre für diesen Tag liege schon im Schreibtisch, er werde den Rauchmelder nötigenfalls mit dem Besenstiel ins Jenseits befördern. »Dann sind S…Sie am Drücker.« Er hatte nicht richtig gelallt, und Julia war davon überzeugt, dass er nüchtern genug gewesen war, um ihre Antwort als in Stein gemeißelt abzuspeichern.
»Sie können mir mit einer Hundertschaft kommen, Boss, aber auf Ihren Stuhl kriegt mich keine Macht der Welt.«
Hellmer grinste breit. »Na, dann ist ja gut.«
»Was ist denn mit dir?«
Er riss die Augen auf und deutete sich mit den Fingern auf die Brust. Das ungläubige »Mit mir?« hätte kaum gestelzter klingen können.
»Na ja, irgendjemanden wird er ja anhauen müssen«, erwiderte Durant spitz. »Du hast das Thema doch nicht grundlos angeschnitten, hier draußen, fernab des Büros.«
»Ich wollte nur hören, wie es bei dir steht. Mich hat er jedenfalls nicht gefragt.«
»Dann kannst du jetzt ja aufatmen.«

»Wie man's nimmt.« Hellmer trat die Zigarette aus, obwohl sie noch nicht abgebrannt war, und Durant neigte fragend den Kopf.
»Ich fände es natürlich gut, wenn wir beide ein Team blieben. Eben so, wie es jetzt ist«, begann er etwas unbeholfen. »Doch wenn ich mir vorstelle, dass sie uns irgendeinen Grünschnabel da hinpflanzen, oder einen Korinthenkacker, der keinen Schimmer hat, wie es hier draußen abgeht …«
»Oder eine Marionette«, übernahm Durant, »die nach den Pfeifen der Obersten tanzt.« Sie wollte es sich nicht ausmalen, winkte ab und schloss: »Na ja. Wird schon nicht so schlimm werden.« Dann schmunzelte sie. »Soll ich mich lieber doch bewerben?«
»Untersteh dich!«
Sie schwiegen für einen Moment, und irgendwo in der Ferne läutete es sechs Uhr. Doris wartete.
»Wenn ich Glück habe, erwische ich die beiden beim Abendessen«, dachte Hellmer laut und deutete in Richtung des Hauses.
»Ja, ich muss auch los«, nickte die Kommissarin, als ihr siedend heiß etwas einfiel. Schnörkellos setzte sie Frank über ihre frühere Verbindung zu Mario Sultzer ins Bild.
»Potz Blitz!« Hellmer kicherte. »Deshalb habt ihr euch so aufgespielt.«
»Quatsch. Am Taunusblick habe ich es doch noch gar nicht gewusst.«
»Meinst du, er hat?«
»Darüber will ich gar nicht nachdenken.«
»Ändern kannst du's eh nicht.« Hellmer zwinkerte ihr zu. »Wir sind nicht die Einzigen, die sich hin und wieder eine anonyme Affäre gönnten, hm?«
»Trotzdem. Du bist jetzt verheiratet, und ich bin ebenfalls in festen Händen. Was soll ich Sultzer denn sagen, wenn er mir

Avancen macht? ›Hey, nur zur Info, das mit dem One-Night-Stand damals war eine einmalige Gelegenheit‹?«
Hellmer hob demonstrativ seine Linke. »Ein Grund mehr, einen Ehering zu tragen«, grinste er. »Der schützt einen vor so einigem.«
Julia zog eine Grimasse. »Blödmann.«
Jetzt fing *er* auch noch mit dem Thema Heiraten an.

MONTAG, 18:35 UHR

Doris Seidel hatte sich Hellmers Bürostuhl herangezogen. Gemeinsam mit Julia Durant ging sie die Fakten durch, die sie über Matilda zusammengetragen hatte. Durant versuchte, die Gedanken an Oskar Hammer beiseitezuschieben, was ihr nicht leichtfiel. Hellmer hatte angerufen, noch bevor sie die Stadtgrenze passiert hatte. Er habe die Pflegerin abgepasst und erfahren, dass der Aufenthalt von Hammers Mutter in der noblen Residenz von einem Konto bezahlt würde, auf das die Verwaltung eine Vollmacht hielt. Was man so munkele, mehr wisse sie auch nicht. Doch im Haus sei sehr wohl bekannt, um wessen Mutter es sich handele. Dann war von alten SS-Schergen die Rede, von denen es naturgemäß nicht mehr viele gab. Der Grundsatz lautete, dass nur *der Mensch im Jetzt* betrachtet werde. Die Einrichtung arbeite weder konfessionell noch juristisch. Mit Schuld und Sühne, welcher Art auch immer, wolle man nichts zu tun haben.
»Bei hundertfünfzig Euro Tagessatz würde ich mir auch 'ne rosarote Brille zulegen«, hatte Hellmer gemurrt. Er ver-

sprach, sich gleich am nächsten Tag hinter das Konto zu klemmen.
»Kann man Demenz vorspielen?«, fragte Julia in den Raum, als Doris sich eine Flasche Wasser aus dem Schrank holen ging. Fragend blickte sie zurück, und Durant entschied sich, ihre Freundin Alina Cornelius danach zu fragen. Alina war so etwas wie Julias beste Freundin, zumindest die beste, die in Frankfurt lebte. Eine Psychologin mit eigener Praxis. »Um wen geht es?«
»Frau Hammer. Bei ihr fiel genau dann, als ich ans Eingemachte wollte, der Vorhang.« Julia schnippte mit den Fingern.
»Angeblich gibt es das. Es ist ein Fluch.«
»Jetzt bist erst mal du dran, entschuldige.«
Durant hatte geduldig zugehört, was mit Matilda geschehen war. Sie hatten ein Foto aufgerufen, eine hübsche Frau, mit entschlossenen Augen. Klare Konturen, die ihr den Anschein einer starken Persönlichkeit gaben. Und doch stand nun der Suizidversuch im Raum.
»Ich zermartere mir den Kopf, aber ich sehe es nicht«, stöhnte Doris und fuhr sich durchs Haar. »Sie ist eine junge, toughe Frau. Keine, bei der man auch nur ansatzweise an Selbstmord denkt.«
Durant schaute auf Matildas Geburtsjahr. »Für manche ist der dreißigste Geburtstag eine globale Krise.« Es war mehr ein lauter Gedanke, den Seidel aber sofort aufgriff.
»Mein Dreißigster war der Horror für mich«, erinnerte sie sich. »Schwups – und man ist alt. Der vierzigste tat da bei weitem nicht mehr so weh.«
Durant lächelte zurück. »Wart's mal ab, bis die große Fünf kommt.« Sie kratzte sich am Kinn. »Aber jetzt mal ernsthaft. Ich werde das Ganze mit Alina besprechen, wenn du nichts

dagegen hast. Denn ich zweifle daran, dass eine Frau mit Matildas Habitus in eine Midlifecrisis verfällt und sich spontan die Pulsadern aufschneidet.«
»Dann sind wir uns ja einig«, nickte Doris. »Sie hat einen liebenden Mann, der nicht bloß Fassade zu sein scheint. Ich kenne Frederik von früher. Dann das Kind. Eine neue Eigentumswohnung. Und finanziell stehen sie auch recht gut da. Das einzig Störende ist der Job. Frederik jedenfalls ist davon überzeugt.«
»Auf den ersten Blick gebe ich dir recht«, stimmte Durant zu, »doch wir sollten den Rest zumindest im Auge behalten.«
Sie brauchte nicht zu erwähnen, dass sich hinter den scheinbar harmonischsten Fassaden oft die tiefsten Abgründe auftaten. Die Kommissarin las weiter in den Unterlagen. »Matilda hat eine ganz schöne Karriere hingelegt«, schloss sie dann, und Seidel räusperte sich. Sie trank einen Schluck und wischte sich einen Tropfen aus dem Mundwinkel. »Auf Kosten ihrer Familie.«
Durant schüttelte den Kopf, sie war noch nicht überzeugt. »Wie viele Partner hattest du schon, die mit deinem Beruf nicht klarkamen?«
Seidel stöhnte und winkte ab. »Frag lieber nicht. Wieso?«
»Auf unseren Job, so mistig er auch manchmal sein mag, schiebt es sich leicht. Klar, er ist ein Beziehungskiller, aber doch nur, weil Außenstehende sich nicht vorstellen können, was mit uns passiert. Frank und Nadine sind da eine Ausnahme. Bei dir und bei mir funktioniert es doch bloß, weil unsere Partner ebenfalls bei der Kripo sind.« Durant machte eine kurze Pause, dann sagte sie: »Für Matildas Selbstmordversuch genügt mir das jedenfalls nicht als Erklärung. Wie genau hat dieser Frederik sich denn ausgedrückt?«
»Frederik erwähnte so etwas wie eine Einheit«, erinnerte sich Seidel und blätterte in den Papieren. »Doch davon steht hier

nichts. Sie hat in verschiedenen Abteilungen gearbeitet, Sitte, Rauschgift, da gibt es nichts Auffälliges.«

Durant ging die Zeilen durch. Matildas Werdegang war ähnlich steil wie ihr eigener. Nur ohne Scheidung, Umzug, Neuanfang. Sie stieß einen Seufzer aus und rief am Computer ein Verzeichnis der Mitarbeiter von Matildas derzeitiger Abteilung auf. Der Weg in ihr berufsbezogenes Innenleben führte über Matildas Kollegen. Ihr Mann, das wusste Durant, konnte da nicht viel beitragen. Wahllos rief sie einige Fotos auf, unwissend, wonach sie eigentlich suchte. Und dann stockte ihr der Atem, als sie in eine Boxervisage blickte, deren Konterfei ebenso gut ein Plakat der Olympischen Spiele 1936 hätte zieren können. Stiernacken. Zwei Fotos weiter fand sie auch seinen Partner, der auf dem Schrottplatz neben ihm gestanden hatte. Eine verdeckte Einheit. Das passte zu Matildas Geheimniskrämerei. Dazu, dass man auf ihrer Dienststelle auswich, wenn nach ihr gefragt wurde. Sensible Ermittlungen. Plötzlich schien alles einen Sinn zu ergeben. Nicht jeder hielt dem Druck stand, den ein solcher Einsatz erforderte. Doch war das schon die ganze Wahrheit?

MONTAG, 19:40 UHR

Peter Brandt telefonierte mit Dieter Greulich. Von ihm ließ er sich die Nummer eines Bekannten geben, der Lkw fuhr. Er war spät dran, Elvira hatte nicht mit Begeisterung darauf reagiert, dass er sich für den Abend entschuldigte. Im Kino lief ein Film, den sie gerne sehen wollte. Brandt konnte sich den

Titel nicht merken und hatte seine geringe Begeisterung, so gut es ging, zu verbergen versucht.

»Die Durant macht mir die Hölle heiß, wenn ich meine Agenda nicht abarbeite«, argumentierte er, auch wenn es eine maßlose Übertreibung war. Doch er setzte noch eins drauf: »Du weißt doch, wie elitär die da drüben sind.«

»Dann frag ich Andrea«, war Elviras patzige Reaktion darauf, und für Brandt kam diese Antwort einer Bestrafung gleich. Ausgerechnet Andrea. Er hatte zwei Teenager-Töchter großgezogen, jahrelang, auf sich allein gestellt. Die Scharfzüngigkeit des weiblichen Geschlechts war ihm kein Geheimnis.

»Gibt es keine Spätvorstellung? Oder vielleicht morgen?«, versuchte er es versöhnlich. Doch Elvira wiegelte ihn ab.

Frustriert legte er auf und bestellte sich eine Pizza. Dann sprach er mit dem Lkw-Fahrer über die Widersprüche in den Aufzeichnungen des Fahrtenschreibers.

»Gäbe es nicht verdammt gute Kohle, hätte ich es längst an den Nagel gehängt«, murrte dieser. »Solange mein Kreuz es aber noch mitmacht ... Was genau ist das Problem?«

Brandt beschrieb ihm den Sachverhalt, ohne Ermittlungsdetails zu verraten. Er fuhr mit dem Finger über die Landkarte, die im Büro an der Wand hing. Von Rodgau zur Tank- und Rastanlage waren es knapp zwanzig Kilometer, dazu lag das Ziel in falscher Richtung. Um zurück auf die A5 zu gelangen, kamen weitere zehn Kilometer hinzu.

»Er hätte ebenso gut übers Offenbacher Kreuz fahren können«, schloss Brandt. »Tankstellen gibt es überall genügend.«

»Die nächste Raststätte mit Tankmöglichkeit in nördlicher Richtung ist Wetterau Ost«, dachte sein Gesprächspartner laut. »Taunusblick ist ja nur südwärts zu erreichen.«

»Dort haben wir den Laster aber schließlich aufgebracht«, ließ Brandt verlauten.

»Das ist in der Tat sonderbar. Die Raststätte Weißkirchen Nord wäre ein Umweg gewesen. Für die paar Kilometer jedenfalls hätte ich die Autobahn überhaupt nicht angesteuert. Wir Trucker sind da etwas eigen. Außerdem ist die Polizei empfindlich, wenn wir unsere Standzeiten nicht akkurat einhalten. Nicht persönlich nehmen, aber das grenzt schon ans Kleinkarierte.«
»Kein Problem«, erwiderte Brandt. »Ich mache die Gesetze ja nicht.«
Er war noch immer missmutig und vergrub sich mitsamt der Pizza in den Akten. Bruno Feuerbachs Klienten lasen sich wie das Einmaleins der hiesigen Mafia. Ein Schmugglerring, der bereits vor Jahren zerschlagen worden war. Man hatte die Obersten, von denen einige im Gefängnis waren und andere sich in den Ostblock abgesetzt hatten, einfach ausgetauscht. Die Dealer waren dieselben wie damals, die Lieferwege offenbar auch. Hin und wieder gelang ein Erfolg. Die drei wichtigsten Männer, die man an der Spitze vermutete, wurden durch Feuerbach vertreten. Ebenso zwei Bordellkönige und ein Casino-Betreiber, der seine eigentlichen Einnahmen mit Schutzgeld machte.
Der Metallhandel Scholtz stand als vermeintlicher Knotenpunkt für Schmuggler schon länger im Fokus der Ermittler. Das erklärte zumindest, weshalb der Fahrer seine Pause nicht unmittelbar in der Nähe abgehalten hatte. Die Info über zurückliegende Ermittlungen hatte Greulich ihm gegeben. Leider half es bei der Suche nach den Personen, die kürzlich ins Land geschmuggelt worden waren, nicht weiter. Wie viele es auch sein mochten. Brandt stieß einen kehligen Seufzer aus und bereute, dass bei der Pizza keine Flasche Billigwein dabei gewesen war. Ohne nachzudenken, wie spät es war, wählte er Andrea Sievers' Nummer.

»Peter!«, rief sie freudig. Andrea war trotz ihres Berufs ein lebensfreudiger Mensch geblieben. Einer der Charakterzüge, für den er sie geliebt hatte. Den er nicht hundertprozentig teilte und der womöglich auch eine Rolle bei ihrer Trennung gespielt hatte. Derweil redete sie schon weiter: »Dreimal darfst du raten, mit wem ich …«
Verdammt. Das Kino. Brandt hätte am liebsten sofort aufgelegt, doch das war keine Option mehr. »Entschuldigung, ich habe nicht nachgedacht, wie spät es ist.«
»Macht nichts. Noch habe ich das Handy ja auf Empfang. Was liegt an?«
»Es ging mir um die Spuren aus dem Lkw.«
»Um die Hinterlassenschaften des Campingklos, nehme ich an?«
»Mhm. Kann man rückschließen, wie viele Personen befördert wurden?«
»Du glaubst gar nicht, was ich alles könnte … aber sicher nicht jetzt. Außerdem habe ich meinen Bericht längst nach Frankfurt gefaxt. Ruf mich morgen früh an, dann bereden wir alles. Jetzt kümmere ich mich erst mal um eine Freundin, die versetzt wurde.«
Sie sagte es betont ironisch, nicht bösartig, das lag Andrea Sievers fern. Doch es traf Brandt doppelt. Prompt rief er Julia Durant an. Wenn er noch arbeitete, tat sie es vielleicht auch. Nach drei Versuchen gab er auf. Heute war nicht sein Tag.

MONTAG, 20:05 UHR

Verbissen sortierte Durant die Gurken, nachdem sie sie unter kaltem Wasser abgespült hatte. Dabei verfluchte sie das Glas, welches in unzähligen Scherben auf den Küchenfliesen lag. Im Wohnzimmer hallte die Stimme des Tagesschausprechers. Zwei Scheiben Brot lagen vor ihr, dick mit Butter beschmiert und mit Salamischeiben belegt. Julia prüfte die aussortierten Gurken ein weiteres Mal darauf, ob sie auch wirklich ohne Glassplitter waren. Dann tupfte sie sie ab und legte sie mit auf den Teller.
Die Nachrichten waren fast am Ende angelangt, schon wurde über Sport geredet, als sie endlich auf dem Sofa ankam und es sich mit einer Dose Bier und dem Essen bequem machte. Sie wollte nur in Ruhe essen, ein wenig herumzappen und dann ein paar Notizen durchgehen.
Prompt klingelte das Telefon.
»Hallo, Paps«, begrüßte Durant ihn kauend.
»Du isst erst jetzt?«, fragte er überrascht. »Ich wollte dich nicht beim Essen stören.«
Sie verdrehte die Augen und musste lächeln. »Ich bin vorher nicht dazu gekommen.«
»Soll ich später anrufen?«
»Nein.« Sie zog die Knie an und richtete sich auf. »Hast du noch mal über alles nachgedacht?«
Es dauerte zwei Sekunden, dann kam ein leises Räuspern.
»Mein Entschluss steht fest, Julia. Ich möchte hier nicht weg.«
Offenbar ahnte er, dass sie sofort mit Einwänden kommen würde, also sprach er schnell weiter: »Lass mich bitte ausreden, ja? Ich verlange, nein, ich erwarte von dir, dass du in Frankfurt bleibst. Frau Kästner kann mir zu Hause helfen, ich bin immerhin kein Pflegefall. Und wenn das einmal nicht

mehr reicht, dann hole ich mir jemanden. Wir haben uns schon informiert, das ist überhaupt kein Problem. Ich möchte, wenn Gott mich zu sich ruft, in denselben Wänden sein, in die ich einmal hineingeboren wurde. Bitte lass mir diesen Wunsch, Julia. Ich verlange nicht, dass du es jetzt verstehst, aber irgendwann wirst du es ganz sicher. Ja?«
Es dauerte einen Moment, bis sie das verdaut hatte. Doch was konnte sie dieser Argumentation schon entgegensetzen? Ihr Vater war ein bescheidener, gütiger Mensch. Er hatte im Leben mehr gegeben als bekommen, und vielleicht machte genau das ihn so frei. War es nicht egoistisch, von ihm zu verlangen, dass er für seinen Lebensabend nach Frankfurt kommen sollte, nur, damit sie in seiner Nähe war, wenn es dem Ende zuging? Sie fröstelte.
»Ist in Ordnung, Paps«, murmelte sie schließlich.
Er war einer von wenigen, wenn nicht der Einzige, bei dem Julia Durant sich nicht schämte, einen Fehler einzugestehen.
»So habe ich das nicht gesehen«, fügte sie hinzu. »Ich wollte einfach in deiner Nähe sein.«
»Das wirst du. Immer. Egal, wo wir beide uns befinden.«
Krampfhaft unterdrückte Durant eine Träne. Herrgott noch einmal, schalt sie sich im Stillen. Paps ist wieder kerngesund, es könnte um einen fast Neunzigjährigen weitaus schlimmer stehen. Heul jetzt bloß nicht rum.
Pastor Durant erkundigte sich nach der aktuellen Ermittlung. Das lenkte ab. Es gab Menschen da draußen, die *wirkliche* Probleme hatten. Und es war eine beschissene, gottverlassene Welt. Das allerdings sagte sie nicht, denn sie wusste, dass Paps ihr vehement widersprochen hätte.
»Gott hat uns die Verantwortung überlassen, und manche Menschen treten sie mit Füßen.« So lautete seine Einstellung. »Du gehörst zu den anderen.«

Aber ob das reichte?
Sie verabschiedeten sich. Julias Gedanken kreisten längst wieder um Oskar Hammer. Sie überlegte, ob sie Alina Cornelius anrufen sollte, doch bevor sie dazu kam, funkte das Handy dazwischen. Peter Brandt.
»Führst du Dauergespräche?«, fragte er mürrisch und machte aus seiner schlechten Laune keinen Hehl.
»Ja, und sogar privat«, konterte Durant schnippisch. »Um diese Uhrzeit sollte einem das vergönnt sein, hm?«
Brandt nuschelte eine Entschuldigung. »Beschissener Tag.«
Dem hatte sie nichts entgegenzusetzen. Er erkundigte sich nach einem Fax von Andrea, doch davon wusste sie nichts. Da sie Hellmers Platz im Blick hatte und auch Doris nichts gesagt hatte, musste es bei Berger gelandet sein. Weshalb hatte er nichts gesagt? Die Kommissarin war loyal genug, um gewisse Dinge zu übersehen. Doch wenn die Arbeit davon betroffen war ...
»Ich kümmere mich sofort darum«, sagte sie.
»Morgen früh reicht auch.«
»So hatte ich es eigentlich auch gemeint. Ich werde sicher nicht rüberlaufen.« Dann kam ihr ein Gedanke. »Weshalb fragst du Andrea nicht direkt, ob sie es noch mal sendet?«
Brandt murmelte etwas, von dem sie nur die Hälfte verstand. Sie erzählte ihm kurz von Frau Hammer, dann legte sie auf.
Ohne große Lust tippte sie Alinas Nummer an. Diese wusste zu berichten, dass es bei Demenz durchaus möglich sei, dass eine Person wie auf Knopfdruck von »klar« auf »Blackout« wechseln konnte. Und umgekehrt.
»Dann funktioniert es tatsächlich wie im Fernsehen?«, hakte Durant nach.
»Kann sein, muss nicht. Aber ja«, Alina seufzte, »Demenz wird in Filmen erfreulich oft ganz realistisch dargestellt. An-

ders als Autismus oder Schizophrenie. Da gibt's eine Menge Schrott zu. Aber Demenz ... egal. Du hattest noch etwas anderes auf dem Herzen?«
Julia erzählte ihrer Freundin von Matilda Brückner. »Es ist so eine beschissene Welt da draußen«, griff sie ihren Gedanken von vorher wieder auf. »Dennoch schneidet man sich doch nicht einfach die Pulsadern auf, nur weil's im Job mal klemmt.«
»Höre ich da eine Prise Selbstmitleid?«, fragte Alina.
»Wie meinst du das?«
»Du zählst all die tollen Dinge auf, die du nicht hast. Die ich, mal so am Rande, auch nicht habe. Familie. Kind. Das hat heutzutage längst nicht mehr jeder. Und ich behaupte, dass die Mehrzahl der Menschen, uns beide eingeschlossen, unter Stress im Beruf leiden. Hast du etwa Suizidgedanken? Ich jedenfalls habe keine.«
»Keine Psychomaschen bei mir, bitte«, wehrte sich Durant, »darauf habe ich jetzt keine Lust.«
»Ich will damit sagen, dass es eine Krise, vielleicht sogar ein Trauma gegeben haben *muss*. Du vermutest also richtig. Krankheitsdiagnosen, es könnte auch etwas Familiäres sein, oder eben berufliche Dinge. Du sagtest, da wäre etwas?«
»Ihr Mann behauptet das, aber ich habe das nicht zu hoch bewertet.«
»Ich würde trotzdem in diese Richtung forschen, und natürlich, ob es in ihrer Vorgeschichte Depressionen oder dergleichen gab. Zum Selbstmord auf diese Weise gehört ein gewisser Vorsatz. Die Klinge muss bereitliegen. War die Badezimmertür abgeschlossen? Hat sie sich vorher berauscht? Die Einstiche tun höllisch weh, und man trifft nicht automatisch beim ersten Mal die Blutgefäße. Das hat schon so manchen in letzter Sekunde bewahrt.«

Nach dem Gespräch notierte sich Julia einige Punkte, denen sie am nächsten Tag nachgehen wollte. Weil im Fernsehen nichts von Interesse lief, schaltete sie ab und legte eine CD ein. Bon Jovi, Lost Highway. Es war etwas ruhiger als die letzten Alben, genau richtig, um im Hintergrund zu spielen, während sie im Badeschaum versank.

MONTAG, 20:20 UHR

Peter Brandt ließ sich in Offenbach, gerade noch rechtzeitig, bevor Andrea Sievers im Kino ihr Handy abschaltete, mitteilen, dass es in dem organischen Material verwertbare Rückstände für eine Genanalyse gab. Berger indes hatte das Fax vollkommen verdrängt. Er saß in seinem Arbeitszimmer, einem Raum, der im Laufe der Jahre mehr und mehr zur Abstellkammer verkommen war. Zahllose Bücher stapelten sich vor den gefüllten Regalen, und aussortierte Kleider und Bettwäsche lagen auf einer Couch, die zugunsten einer neuen Sitzecke aus dem Wohnzimmer verbannt worden war. Monatelang hatte er sich vorgenommen, hier gründlich auszumisten, damit er im Ruhestand ein gemütliches Ersatzbüro habe. Doch bis dorthin dachte er momentan nicht mehr. In der Spirituosenklappe des Wandregals wartete eine halbvolle Flasche Whiskey. Eine edle Sorte, er hatte sie vor Jahren geschenkt bekommen und seither nichts angerührt. Bis vor ein paar Tagen.
Marcia, seine zweite Frau, hatte ihm wie so oft ein herzhaftes Abendessen zubereitet. Er hatte sie schroff abgewiesen, er

habe keinen Appetit. Sie war beleidigt zu einer Freundin gefahren, während ihn das Gewissen quälte. Marcia hatte ihn nicht verdient. Nicht, wenn er so war wie eben. Sie hatten Pläne geschmiedet, sie wollten eine Kreuzfahrt machen und die USA und Kanada erkunden. Doch statt das zu planen, stand er nun allein hier und betrachtete sein Spiegelbild im dunklen Glas der Vitrinentür. Er hatte Ränder unter den Augen, und seine Falten schienen tiefer zu sein denn je. Außerdem machte der Rücken sich bemerkbar, was ihn in eine leicht gebückte Haltung zwang. Seine Faust schloss sich um den Flaschenhals der fünfzig Euro teuren Flasche. Doch statt sie an den Mund zu führen, schmetterte er sie mit einem heulenden Schrei gegen das Glas.

Er eilte an Fotos vorbei, die Marcia zeigten, teils mit ihm, auf anderen war seine Tochter Andrea zu sehen. Eine einzelne, rotstichige Aufnahme zeigte Familie Berger Anfang der Neunzigerjahre. Die Kinder waren klein, seine Frau hielt den Sohn auf dem Arm. Es war der Sommer nach der Wiedervereinigung gewesen, erinnerte er sich. Berger fuhr den PC hoch, der seit neuestem mit zwei Passwörtern gesichert war. Seine Hand lag zitternd auf der Maustaste, während er wartete, bis das Betriebssystem arbeitsbereit war. Längst bereute er, dass ein Haufen Scherben inmitten eines nach Alkohol stinkenden Flecks lagen. Er konnte den Whiskey riechen, und unter seiner geschwollenen Zunge brannte das Verlangen.

Er konzentrierte sich auf das E-Mail-Fenster, das sich eben geöffnet hatte. Scrollte über den kurzen Text hinab zu den Bildern. Sie zeigten einen älteren Mann, der nichts als eine graue Jogginghose trug. Das Gewebe um die nackte Taille deutete darauf hin, dass er einst sehr voluminös gewesen sein musste, aber deutlich abgenommen hatte. Das Gesicht war zu einer Grimasse verzogen, die Augen zu Schlitzen verengt. Unter der

Nase waren Rückstände weißen Pulvers zu sehen, und im Hintergrund räkelte sich eine nackte Frau, deren Gesicht unkenntlich gemacht worden war. Ein weiteres Foto hatte auf einen Teil des Gesichts gezoomt und den Glastisch fokussiert, auf dem Linien, offensichtlich Kokain, gezogen waren. Außerdem standen darauf ein fast leeres Champagnerglas und diverse Glasränder. Daneben ein benutztes Kondom. Eine andere Perspektive zeigte die Hose in Nahaufnahme. Er musste, wie es aussah, die Kontrolle über seine Körperfunktionen verloren und sich eingenässt haben. Und immer wieder waren Teile des Frauenkörpers zu sehen. Jung, wohlproportioniert, in willigen Posen. Berger fiel das Schlucken schwer. Er hatte keine Ahnung, wer diese Frau war, sosehr er seine Erinnerungen auch durchforstete. Aber er wusste, um wen es sich bei dem Mann handelte. Es war niemand anders als Berger selbst, daran gab es keinen Zweifel. Er musste den Dreizeiler nicht lesen, den der Absender in die E-Mail getippt hatte. Die Sätze hämmerten wie auswendig gelernte Verse durch Bergers Gehirn.

> Wie besprochen eine Auswahl von Bildern.
> Wir finden, Sie sind gut getroffen.
> Es gibt davon noch einige mehr.

MONTAG, 21:40 UHR

Frederik hielt Matildas Hand. Er hatte die Dunkelheit nicht kommen sehen, wusste nicht, wie viel Zeit vergangen war. Eine Krankenschwester hatte ihn gefragt, ob er etwas zu es-

sen haben wolle. Sie hatte ihm daraufhin zwei Scheiben Brot und eine Portion Geflügelwurst und Butterkäse hereingebracht. Weder das Essen noch den Pfefferminztee hatte er angerührt. Sein Kopf ruhte müde auf einem Kissen, das er neben Matildas Hüfte plaziert hatte. Frederiks Genick schmerzte, als er aufschreckte, weil eine Stimme in sein Ohr drang.
»Tilda!«, rief er, hastig gedämpft, es glich einem Quieken. Ihre Stirn war schweißnass. Die Augen waren zur Hälfte geöffnet. Blinzelten, geblendet von der Nachtbeleuchtung. Scheinbar suchend, wo sie sich befand. Als sie spürte, dass er ihre Hand umklammerte, begann sie panisch zu keuchen. Frederik wusste nicht, was geschah. Warum es geschah. Er angelte sich das Kabel mit der Ruftaste und drückte den Daumen so fest auf den roten Knopf, dass es im Inneren knackte.
»Geht weg von mir«, wimmerte sie. »Warum tut ihr das? Ich will das nicht.« Ein Schluchzen ließ ihren Körper erzittern. Matilda ruderte mit den Händen. Erwischte dabei Frederiks Schulter und wiederholte ihre Worte: »Weg von mir. Ich will das nicht.«
Die Schwester kam ins Zimmer und griff nach Matildas Schultern, um sie zu beruhigen. Ihr Halt zu geben, wie Frederik vermutete. Doch seine Frau reagierte mit einem markerschütternden Schrei und strampelte mit den Beinen. Polternd fiel das Tablett mit dem Abendessen zu Boden.
»Ihr Schweine, ihr gottverdammten Schweine!«
Matildas Hand kratzte über den Verband, als wollte sie ihn abreißen. Oder als wollte sie sich erneut ihre Adern verletzen. Frederik war verzweifelt, er verstand nicht, was dieses Wesen, das er so liebte, derart quälte. Es dauerte Minuten, bis sie sediert war und einen frischen Verband hatte. Er hörte, wie beim Personal der Begriff »Psychiatrie« fiel, und verließ das Zimmer. Das Atmen fiel Frederik schwer. Er suchte sich ei-

nen leeren Aufenthaltsraum und förderte sein Handy zutage. Kaum mehr Akku. Einige Anrufe, nach denen zu sehen ihm jedoch die Kraft fehlte. Er suchte Doris Seidels Nummer.

MONTAG, 23:35 UHR

Der Bart stand ihm nicht. Er machte ihn älter, auch wenn Peter Brandt mit Sicherheit vom Gegenteil überzeugt war. Das Foto auf dem Monitor war gut und gerne zehn Jahre alt. Der Kommissar lugte mit verkniffenem Blick in Richtung Kamera. Machte einen auf Columbo. Oder Thiel. Gab es die Münsteraner Tatorte tatsächlich schon so lange?
Mit zitterndem Zeigefinger scrollte der Mann sich durch die Personalakte des Kommissars. Er wusste nicht, wonach er suchte. Hatte für Brandt nie viel übriggehabt. Und im Grunde wusste er das meiste über ihn. Kannte Ecken und Kanten, die man nicht irgendwelchen Aufzeichnungen entnehmen konnte. War Peter Brandt ein geeigneter Kandidat? Diese Frage beschäftigte ihn. Er war mit einer Staatsanwältin liiert. Er machte seinen Job manchmal eigenwillig, aber ohne Fehltritte. Seine Grenzen setzte er streng und duldete kein Übertreten.
»Du bist raus«, presste die Stimme hervor, nicht ohne einen genussvollen Unterton. Brandt war ein Arschloch.
Kurzentschlossen klickte er das Fenster weg und wandte sich einer anderen Akte zu.
Das kastanienbraune Haar fiel der Frau in glatten Strähnen auf die Schulter. Ihre Haut war makellos, sie wusste, wie man

sich dezent schminkte. Jahrgang dreiundsechzig, er pfiff durch die Zähne. Die Zeit hatte es gut mit ihr gemeint. Sie versprühte eine Sinnlichkeit, die den meisten jüngeren Frauen fehlte. Seit zwei Dekaden in Frankfurt, geschieden, wohnhaft in einer Villa am Holzhausenpark. Er kniff die Augen zusammen. Die Frau musste Geld haben. Woher? Für einen Sugardaddy war sie zu alt. Ihr Vater war ein unbedeutender Geistlicher. In der Akte war er als ihr einziger lebender Verwandter geführt. Eine Erbschaft vielleicht? Nichts im Profil von Julia Durant ließ den Schluss zu, dass sie mit unlauteren Methoden arbeitete. Doch sie eckte gerne an, war einer Menge Kollegen unsympathisch. Das hatte sie mit Peter Brandt gemeinsam. Doch im Gegensatz zu Brandt, der dem Mann bereits gefährlich nahegekommen war, besaß Julia Durant eine gewisse Distanz zu den Dingen. Und eine prickelnde Erotik, mit ihrem kastanienbraunen Haar und den dunklen Augen, in denen sich neben ihrem klaren Verstand auch eine tiefe Sinnlichkeit spiegelte.
Sie sollte es sein. Im Grunde hatte der Mann es längst entschieden, noch bevor er den Computer hochgefahren hatte. Julia Durant. Jetzt musste er sich einen Weg ausdenken, wie er sie in die Fänge bekam. Am besten so, dass sie hinterher davon überzeugt war, dass es ihre eigene Idee gewesen war. Julia Durant ließ nicht gerne andere für sich entscheiden.
Er schaltete den PC in Standby, knipste das Licht aus und stieg aus der Jeans. Es dauerte eine ganze Weile, bis sein erregter Puls sich beruhigt hatte und er die Augen schloss. Im Hintergrund rauschte der Spätverkehr auf der Bundesstraße. Irgendwann schlief er ein, mit einem zufriedenen Lächeln auf den Lippen.

DIENSTAG

DIENSTAG, 14. OKTOBER, 7:35 UHR

Noch bevor sie im Präsidium ankam, das nur einige Straßen entfernt lag, meldete sich Julia Durants Handy. Früher war sie öfter zu Fuß gegangen, doch seit einigen Wochen (und seit dem neuen Wagen) hatte das nachgelassen. Sie war um sechs Uhr aufgestanden, nachdem sie um fünf aufgewacht war und vergeblich versucht hatte, wieder einzuschlafen. Der Badezimmerspiegel war ihr schlecht gesinnt, er zeigte Krähenfüße, die wie Wurzeln auszutreiben schienen. Du musst was für dich tun, altes Mädchen, dachte sie und verpasste sich eine Gesichtsmaske aus Heilerde.
Sie hatte gefrühstückt, zwei Scheiben Toast mit Butter, und sich dabei gezwungen, nicht über Fett und Kohlehydrate nachzudenken. Danach eine Dusche und früh ins Büro, um vor allen anderen da zu sein. Doris Seidel schien sie dennoch überholt zu haben.
»Ich bin gleich da, was gibt's denn?«, keuchte Durant. Ihr Atem wurde sichtbar, die Nächte waren bereits empfindlich kalt.
»Frederik hat angerufen. Kannst du rüberkommen?« Seidel gab die Adresse am Riedberg durch.
Ein Straßenname, den Durant noch nie gehört hatte, aber das Viertel war praktisch frisch aus dem Boden gestampft wor-

den. Sie fragte sich, ob ihr Navi die Adresse schon kennen würde.

»Klar, ich komme. Ich möchte nur vorher bei Berger reinschauen, ob ein Fax gekommen ist.«

Zehn Minuten später startete Durant ihren Wagen. Das Büro war erwartungsgemäß verwaist gewesen. Sie hatte Hellmer eine Notiz hinterlassen und aus Bergers Büro das einseitige Fax geholt. Es zeigte das Konterfei einer unbekannten Toten, die vor einigen Monaten in der Nähe der Europabrücke gefunden worden war. Durant fädelte sich in den dicht fließenden Verkehr ein, der sie ab der Kreuzung Bertramstraße und Marbachweg erwartete. Dann Richtung Norden, sie rechnete sich aus, dass sie am besten über Heddernheim fahren sollte. Unterwegs rief die Kommissarin im Institut an, ohne große Hoffnung, dass Andrea bereits ihren Dienst begonnen hatte. Zu ihrer Verwunderung nahm diese sofort ab.

»Der frühe Vogel«, unterbrach sie Julias Begrüßung. Im Hintergrund hörte diese das Brummen eines Kaffeeautomaten. Sie erinnerte sich nicht, einen in der Rechtsmedizin gesehen zu haben.

»Wo bist du?«, fragte sie deshalb.

»Rufumleitung. Aber verrat's keinem. Sonst ist mein Privatleben endgültig dahin.« Andrea lachte auf. »Privatleben«, wiederholte sie dann spöttisch. »Schön wär's. Selbst dieser schnieke Forensiker hat ja nur dich im Kopf. Na ja, ich bin ja selbst dran schuld.« Seufzen. »Seit ich Brandt abgesägt habe ...«

»Forensiker?«, hakte Durant nach. »Von wem sprichst du?«

»Seltzer hieß der, glaub ich. Hat mir ein Loch in den Bauch gefragt.«

»*Sultzer?*« Julia stieg im letzten Moment in die Eisen, weil sie vor Schreck fast die rote Ampel übersehen hätte. Ein Rentner schüttelte erzürnt den Kopf und sandte vorwurfsvolle Blicke durch ihre Frontscheibe. »Was hat der denn bei dir zu schaffen?«

»Er hat Zigarettenkippen gebracht und sich erkundigt, ob ich davon Speichelproben nehmen könnte. Aber irgendwie schien er sich viel mehr für dich zu interessieren. Fragte alles Mögliche.«

»Über mich oder über den Fall?«

»Da kamen so Dinge wie ›Sie hat doch sicher auch ein Privatleben‹ oder ›Gibt es überhaupt etwas außer der Arbeit für sie?‹ oder ›Sie ist ja zugezogen, hat sie keine Familie hier?‹. Als Nächstes hätte er wohl nach deinem Zahnarzt oder deinem Fitnessstudio gefragt. Und bevor du fragst: Ich habe ihm ganz dezent nichts verraten.«

»Du bist ein Schatz, Andrea.«

»Danke«, sie lachte spitz, »es kommt sogar noch besser. Ich habe ihm ganz direkt angeboten, ihm deine Handynummer zu besorgen, und ihm, bevor er reagieren konnte, deine Karte in die Hand gedrückt. Da war er dann plötzlich ganz still und hat sich verbröselt.«

Durant lachte ebenfalls und überlegte, ob sie Andrea von ihrem One-Night-Stand erzählen sollte. Die Ärztin war eine Plaudertasche, aber Julia vertraute ihr. Außerdem, was war schon dabei. Sultzer war Vergangenheit.

»Gib ihm, falls er tatsächlich anruft, doch einfach *meine* Nummer«, schlug Sievers vor. »Dann sind wir quitt.«

»Ich überleg's mir«, erwiderte Julia heiter, dann wurde sie wieder ernst. »Wegen deines Fax …«

»Ach ja. Da schickt man mal keine Mail, und schon gibt's Chaos, wie? Na egal. Das Campingklo hat etwas ausgespuckt, das musste ich dir unbedingt mitteilen. Es war ein Tampon, das genetische Material befand sich in bester Verfassung für

einen Abgleich.« Die Kommissarin schluckte. Derweil sprach die Rechtsmedizinerin weiter: »Erinnerst du dich noch an den Jane-Doe-Fall von letztem Jahr?«
Durant nickte stumm, auch wenn Sievers das nicht sehen konnte. Zwischen dem Griesheimer Ufer und dem Bahnbetriebswerk war eine Frauenleiche gefunden worden. Es war im Frühsommer gewesen, an einem nebligen Vormittag. Sämtliche Hinweise, denen sie damals nachgegangen waren, verliefen sich im Nichts. Aufgrund der einsetzenden Verwesung hatte man das Fahndungsfoto per Computer rekonstruiert und es überall verteilt. Im Internet konnte es noch immer abgerufen werden. Doch niemand schien die Frau zu kennen. Mutmaßlich Mitte zwanzig, Merkmale osteuropäischer Herkunft. Schädel- und Kieferbrüche. Die Rechtsmedizin war zu dem Ergebnis gekommen, dass ein Sprung von der Brücke als Todesursache nicht auszuschließen sei. Auf Betäubungsmittel wurde negativ getestet, verwertbare Spuren, die über sexuelle Aktivitäten oder Gewalteinwirkung Aufschluss geben konnten, fand man nicht. Der Ausdruck des Fotos hing wie ein Mahnmal in fast jedem Dienstzimmer.
Durant steuerte den Opel in eine Haltebucht. »Und die DNA von damals stimmt mit der jetzt sichergestellten überein?«
»Nicht eins zu eins. Aber du darfst davon ausgehen, dass es sich um die Schwester der Toten handelt.«
Durant war insgeheim dankbar, dass Andrea es vermied, sie erneut als »Jane Doe« zu bezeichnen. Ihr Gehirn schlug Kapriolen. Auch wenn die Sitte den Verdacht geäußert hatte, dass es sich um eine Hure, möglicherweise eine Zwangsprostituierte, gehandelt hatte, führte das nicht weiter. Wer aus dem Ostblock nach Frankfurt kam, hatte keine Verwandtschaft, keine Lobby und vor allem niemanden, der nachforschte, wenn man verschwand. Die Angst war viel zu groß. Doch

jetzt sah die Sache anders aus. Julia bat Andrea, eine Akte anzufertigen, die man jeder Sonderkommission und Ermittlungsgruppe zukommen lassen würde, die gegen den internationalen Menschenhandel vorging. Man sollte in Litauen, im Radius von dort, wo der Lkw zugelassen war, mit dem Foto losziehen. Irgendwo dort oben mussten Eltern sitzen, die nunmehr zwei Töchter vermissten. Außerdem kam ihr eine verrückte Idee.

»Ich weiß, du hast auch so genug Arbeit, aber ist es dir technisch möglich, ein zweites Foto zu erstellen? Eines, das ein wenig, hm, lebendiger ist. Mit verschiedenen Variationen. Eben so, dass es wie eine mögliche Schwester aussieht.«

Sievers stöhnte auf. »Da verlangst du aber was. Ohne die Eltern zu kennen? Ohne eine dreidimensionale Vorlage? Von der Toten damals ist längst nichts mehr übrig.«

»Versuche es bitte trotzdem. Ich weiß nicht, wen ich sonst danach fragen sollte.«

»Nun gut«, murmelte Andrea. »Die Liste an Gefallen, die du mir schuldest, wächst jeden Tag ein bisschen mehr.«

DIENSTAG, 8:40 UHR

Wo ist Frederik?«, erkundigte sich Julia Durant bei Kullmer, der ihr die Tür öffnete. Sie hatte dreimal um den Block fahren müssen, da die Navigationssoftware tatsächlich »Off Road« anzeigte. Die Häuser wirkten wie aus dem Katalog. Manche Gärten zeigten reine Erdflächen mit frischen Setzlingen, in anderen war Rollrasen verlegt.

»Er bringt Jonathan zur Tagesmutter. Komm rein. Doris spricht gerade mit der Ärztin.«
Durant streifte sich die Schuhe ab, weil ein Holzschild über einem niedrigen Regal darum bat. Kullmer stand ebenfalls in Socken im Flur. Sie ging über das Parkett, die Fußbodenheizung machte es angenehm warm. Die Wohnung war hell, die Räume vergleichsweise hoch. Chromspots mit warmweißen LEDs, an den Wänden moderne Kunst. In Kniehöhe, neben dem Durchgang zur Küche, fanden sich auf zwei Metern Wand bunte Handabdrücke, die in dem Ambiente fast störend wirkten. Eine Fotoplatte mit einer Collage darüber. Familienglück in Reinform. Eine ganz andere Matilda lachte dort. Nicht die Frau, die Durant aus Doris' Beschreibung erwartet hatte.
Sie stellte sich der Ärztin vor, die daraufhin ihren Namen nannte: »Verena Bachmann.«
»Welche Funktion haben Sie, wenn ich fragen darf?«
»Ich bin klinische Psychiaterin und wohne nebenan. Wir sind befreundet, Frederik hat mich um Rat gebeten.«
Durant nahm neben Seidel auf dem schwarzen Ledersofa Platz. Auf dem Tisch lagen Papiere verteilt. Doris war anzusehen, dass sie nicht viel geschlafen hatte.
»Bevor Frederik kommt«, raunte sie, »sollten wir rasch ein paar Dinge besprechen. Es geht ihm sehr schlecht, er hat wegen Jonathan aber abgelehnt, Beruhigungsmittel zu nehmen.«
»In Ordnung. Was ist passiert?«
»Matilda wurde allem Anschein nach vergewaltigt. Sie hatte gestern Abend in der Klinik einen Panikanfall. Frederik hat mich verständigt. Bei ihrer Einlieferung schien es nicht aufgefallen zu sein, weil man sich auf die Schnittverletzung konzentrierte. Doch dann wurden verdächtige Hämatome im Oberschenkelbereich registriert. Sie deuten darauf hin, dass die Beine gewaltsam auseinandergedrückt wurden. Der Farbe

nach dürften sie mindestens zwei, maximal fünf Tage alt sein. Frederik hat darauf gedrängt, sie auf sexuelle Gewalteinwirkung untersuchen zu lassen. Tatsächlich hat man typische Dehnungen und Risse gefunden, sowohl vaginal als auch anal. Sie passen ins selbe Zeitfenster, also innerhalb der letzten drei bis fünf Tage, so die grobe Einschätzung.«
»Hm. Was sagt Frederik dazu?«
»Er bestreitet vehement, jemals Analverkehr gehabt zu haben. Das genügt mir. Warum sollte er lügen? Er hat die Untersuchung schließlich eingefordert.«
Durant überlegte kurz und fragte dann: »Was passiert nun mit Matilda? Wird sie eingewiesen?«
»Nein, ich denke nicht. Ich betreue sie nicht offiziell, aber solange sie auf der Intensivstation liegt, passiert nichts dergleichen. Wenn sich ihr Kreislauf erholt hat, muss man weitersehen. Der Blutverlust war bedrohlich. Das gibt ein wenig zeitlichen Puffer, um darüber nachzudenken, was danach geschehen soll.«

Als Frederik zurückkam, streckte er Durant eine kalte, schweißnasse Hand entgegen. Dass sie als Freundin, aber auch als Kollegin von Doris und Peter hier war, wusste er bereits. Also machte sie nicht viele Worte.
»Wir werden ermitteln, das steht außer Frage. Doch dazu muss ich Ihnen ein paar Fragen stellen. Ihnen und auch Ihrer Frau.«
»Wühlt sie das nicht noch mehr auf?«, fragte Frederik angespannt.
»Kurzfristig vielleicht. Aber sie wird das Ganze in jedem Fall therapeutisch verarbeiten müssen, und die Erfahrung hat gezeigt, dass das Trauma größer wird, wenn man es zu verdrängen versucht.«

Frederik sprach nun sehr leise. »Ich weiß nicht. Sie sind die Fachleute. Ich möchte nichts tun, was Tilda noch mehr schadet.« Er suchte den Blick der Ärztin. »Was meinst du denn dazu?«
Verena Bachmann erhob sich und trat zu den beiden. »Ich bin gern bei den Vernehmungen dabei«, schlug sie vor. Dann, an Frederik gewandt: »Das gilt auch für dich. Du kannst jederzeit anrufen oder eine Nachricht schicken.«
Mit Argusaugen beobachtete Julia Durant den Blickwechsel der beiden. Sie wirkten vertraut, doch nicht mehr. Irgendwo im Graubereich zwischen guten Nachbarn und engen Freunden.
»Es gehören auch unangenehme Fragen dazu«, sagte sie schließlich. »Zum Beispiel die nach dem letzten Geschlechtsverkehr.«
Frederik räusperte sich. »Ich sagte doch bereits …«, begann er trotzig, dann unterbrach er sich: »Was ich meine, ist, dass Matilda in letzter Zeit kaum zu Hause war. Und wenn, dann kam sie so spät, dass Jonathan schon schlief. Manchmal kam sie sogar erst, wenn wir morgens wegmussten. Außerdem«, er hüstelte und sah zu Doris, »schläft Jonathan bei uns im Bett. Das ist so eine Phase … seit August. Aber das kennt ihr doch sicher auch.«
Kullmer verzog nur den Mund, als seine Partnerin ihrem Bekannten schweigend zunickte.
Etwas selbstsicherer fuhr Frederik fort: »Analverkehr oder sonstige Abartigkeiten gibt es hier nicht. Keine Frau kann das schön finden, außerdem ist es ekelhaft.«
»Leider geht es vielen Männern nicht darum, was Frauen schön finden«, ließ Durant verlauten.
»Womit wir beim nächsten Punkt wären«, schaltete sich Seidel dazwischen. »Wer könnte ihr das angetan haben?«

»Und vor allem: wann?«, fügte Durant hinzu. »Wenn wir einen Zeitraum von fünf Tagen, sagen wir sicherheitshalber eine Woche, annehmen: Welche Zeiträume kommen in Frage und welche scheiden aus?«
»Könnte jeder Tag gewesen sein«, sagte Frederik mit versteinertem Gesicht, »inklusive Wochenende.«
»Haben Sie es nicht zusammen verbracht?«, wunderte sich die Kommissarin.
Frederik trat ans Fenster und sah den Wolken nach, die über den Himmel jagten. »Sie hatte einen Einsatz«, murmelte er. »Aber fragen Sie mich nicht nach Details, denn ich weiß absolut nichts darüber.« Er drehte sich um. »Das Wochenende gehört der Familie, das haben Sie doch sagen wollen, stimmt's?«
Durant nickte.
»Diese Einheit, bei der sie gelandet ist. Das ist ihre neue Familie. Eine, gegen die Jonathan und ich keine Chance haben.«
Innerhalb einer Familie, dachte Julia, tut man sich nicht derart weh. Natürlich war das ein Irrglaube. Sie hatte viel zu oft das Gegenteil erlebt. Gerade dort, wo alles unscheinbar, bieder und harmonisch wirkte. In Familien, die ebenso fürsorglich daherkamen, wie dieser Frederik sich aufspielte. Aber spielte er tatsächlich? Oder zeigte er nicht einfach die typischen Signale eines Partners, der die Arbeit und die damit einhergehenden Sorgen des anderen nicht begreifen konnte? War er so frustriert, so hilflos, dass es für ihn schlicht nicht vorstellbar war, dass Matilda von jemand Fremdem vergewaltigt worden war? War es nicht sehr weit hergeholt, dass ausgerechnet ihre Kollegen Schuld tragen sollten? War es am Ende möglich, dass Frederik selbst der Täter war? Dass er sich, womöglich aus Eifersucht, etwas mit Gewalt genommen hatte, was seine Frau ihm verweigerte? Wegen ihres Jobs oder wegen einer Beziehungskrise, von der niemand etwas ahnte?

Durants Handy hatte mehrmals vibriert, sie wollte zurück ins Büro und ihre Gedanken sortieren. Sie entschied, dass Doris Seidel die offenen Fragen mit Frederik durchgehen sollte. Dabei sollte sie insbesondere darauf achten, ob in ihrem Bekannten womöglich etwas gärte, dessen Gestalt sich bislang nicht gezeigt hatte.

DIENSTAG, 9:40 UHR

Hellmer klang aufgebracht, was auf den ersten Blick nichts heißen mochte, denn er regte sich gern über Kleinigkeiten auf. Er hatte um neun Uhr ein leeres Büro vorgefunden. Keiner seiner Kollegen war anwesend, nicht einmal Berger.
»Das ist wirklich ungewöhnlich«, sagte Durant, als er sie endlich zu Wort kommen ließ. Sie war nur noch wenige Minuten vom Präsidium entfernt, doch Frank bestand darauf, seinem Ärger sofort Luft zu machen.
»Krankgemeldet. Ausgerechnet jetzt. Dabei schluckt er doch lieber das Doppelte an Pillen, anstatt zu Hause zu bleiben.«
»Hast du mit Marcia gesprochen?«
»Nein. Ich erreiche sie nicht. Aber es gibt auch Wichtigeres zu tun.«
»Erzähl.«
»Der Fall ist futsch. Taunusblick, Lkw, Rodgau. Alles weg.«
»Was heißt *weg*? Wir haben gerade erst einen wichtigen Anhaltspunkt bekommen.«
»Und wenn schon!«, bellte Hellmer. »Trotzdem wandert das Ganze jetzt über den Main.«

Durant wäre um ein Haar gegen eine Steinmauer gefahren, weil sie die Zufahrt wie gewohnt zügig und in einem engen Radius nahm.
»Offenbach?« Ihr Herz hämmerte. »Warte. Ich bin gleich oben.«

Zeitgleich im Polizeipräsidium Osthessen saß Brandt im Büro seines Vorgesetzten.
»Was bedeutet das, dass plötzlich eine *Sonderermittlungseinheit* den Fall übernehmen will? Stecken da die Frankfurter dahinter?«
Spitzer grinste. »Ich dachte, du hättest dein Problem mit Frau Durant im Griff?«
»Ich habe kein Problem mit ihr«, äffte Brandt ihn nach. »Ich habe ein Problem damit, wenn über meinen Kopf hinweg entschieden wird. Wenn Zuständigkeitspoker meine Arbeit behindert. Du solltest wissen, dass ich kein Problem damit hatte, die Oskar-Hammer-Sache an die Snobs da drüben abzugeben.«
»Wo liegt dann das Problem? Sei doch froh, dass du Feuerbach und seine Mischpoke los bist.«
»Nein!« Brandt schlug auf den Tisch. »Ich habe einen freien Abend geopfert und einen Streit mit Elvira riskiert, nur um mich hinter die Akten zu klemmen. Ich muss Greulich ertragen und, wenn du schon so drauf rumreitest, bei den Frankfurtern gut Wetter machen. Und jetzt kommt irgend so ein Verein, der den Fall an sich reißen will. Das kotzt mich an, verstehst du? Es steht mir bis hier.«
Brandt legte demonstrativ die Hand an die Unterlippe, dann griff er zum Telefonhörer. Es läutete nur zweimal, bevor seine Gesprächspartnerin abhob.
»Durant. Ich wollte dich eben auch anrufen.«

»Ach ja?«, erwiderte Brandt unfreundlich. »Da bin ich aber gespannt. Was soll dieser Heckmeck denn?«
»Das hoffte ich von dir zu erfahren«, bekam er zu hören.
Er setzte gerade an, um Julia Durant eine gesalzene Antwort entgegenzuschmettern, als sie schon weitersprach: »Wenn wir schon eine Soko bekommen, um dieses Wespennest aus Schmugglern und Menschenhändlern auszuräuchern, sollte uns das auch jemand mitteilen.«
»Soko? Ich verstehe nur Bahnhof.«
Durant schnalzte. »Wer ist denn bei euch für Bandenkriminalität zuständig? War das nicht dieser Greulich?«
Erst jetzt begriff Brandt, dass Durant genauso wenig zu wissen schien wie er selbst.
»Moment«, sagte er. »Mir wurde eben gesagt, der Fall ginge an eine besondere Ermittlungsgruppe.«
»Verdeckt!«, zischte Spitzer ihm, den Finger über die Lippen gelegt, zu. Brandt ergänzte das. »Bis eben dachte ich, dass es eine Gruppe aus Frankfurt ist.«
»Das K11 ist es definitiv nicht«, murrte Durant. »Ich dachte nämlich dasselbe von eurem Verein.«
»Von wegen«, sagte Brandt gepresst. »Ich wurde aufgefordert, sämtliche Unterlagen zu überstellen. Greulich hat meines Wissens nichts damit zu tun.«
»Dann sind wir wohl beide angeschmiert. Doch ich werde mir das Ganze nicht einfach so abnehmen lassen. Die DNA-Spuren des Tampons aus dem Lkw verweisen auf einen Fall aus 2013. Nicht identifizierte Leiche Nähe Schwanheim.«
Aufmerksam ließ Brandt sich über die Zusammenhänge aufklären. Auch er erinnerte sich an die Fahndung.
»Was machen wir jetzt?« Brandt seufzte.
»Du versuchst bitte etwas über diese Einheit herauszufinden«, schlug Durant vor. »Es hieß, sie sei auf deiner Seite des

Mains angesiedelt. Mehr weiß ich nicht. Vielleicht erreichst du ja mehr. Ich habe noch ein paar Dinge zu erledigen, dann komme ich rüber.«

Brandt stimmte allem zu. Er ließ sich sonst nicht gerne sagen, was er zu tun hatte, doch in diesem Fall war es in Ordnung. Julia Durant war eben keine echte Frankfurterin. Sie kam aus München. Das machte den gewissen Unterschied.

»Ich werde mir das Ganze nicht einfach so aus der Hand nehmen lassen«, bekräftigte er Spitzer gegenüber. Er wandte sich in Richtung Tür, doch sein alter Freund bedeutete ihm, noch zu bleiben.

»Hör mal«, sagte er und deutete auf seinen Monitor. »Das kam gerade per Mail rein, als du mit der Durant telefoniert hast.«

»Ich bin ganz Ohr.«

»Dimitri Scholtz, der Besitzer des Schrottplatzes, wurde verhaftet. Er ist angeblich bereit, ein umfassendes Geständnis abzulegen.«

Peter Brandt verstand die Welt nicht mehr. Die Durchsuchung des Geländes hatte nichts ergeben, und Scholtz wurde vom gewieftesten Rechtsverdreher der Gegend vertreten. Weshalb zum Teufel ...

»Wer behauptet denn das?«, fragte er stirnrunzelnd.

»Die Mail kam von Greulich.«

»Frag ihn, woher er das weiß«, presste Brandt hervor, schon auf halbem Weg zur Tür. »Ich fahre zu seiner Vernehmung. Das ist verdammt noch mal meine Sache!«

DIENSTAG, 10:15 UHR

Julia Durant erkundigte sich in der Computerforensik, wie es um das Handy des Lkw-Fahrers bestellt sei. Sie verstand nur die Hälfte von Schrecks technischen Ausführungen, aber doch das Wesentliche, nämlich, dass es offenbar keinerlei verwertbare Hinweise gab.

»Die Funkzellen muss ich wohl nicht analysieren, wie? Für die Rekonstruktion seiner Route haben Sie ja den Fahrtenschreiber.«

»Machen Sie es bitte trotzdem«, bat Durant ihn. Es bestand immerhin die Möglichkeit, dass jemand anders am Steuer gesessen oder sich den Truck sogar ausgeliehen hatte. Zumindest zeitweise.

Als Nächstes erkundigte sie sich, ob der Fahrer sich noch im Untersuchungsgewahrsam befand und ob ein Dolmetscher verfügbar war. Sie wollte ihn selbst befragen. Ihm in die Augen sehen und den Ausdruck der unbekannten Toten von damals vor die Nase halten. Ihm mitteilen, was mit den Mädchen geschah, die er ins Land schmuggelte. Dass seine letzte Fuhre eine Schwester der Toten befördert hatte. Ob er selbst Vater war. Oder Onkel. Oder Bruder. Irgendeine Regung hervorrufen. Doch es kam ganz anders.

»Er wurde bereits verlegt«, kam die Info einer ihr unbekannten Kollegin.

»Verlegt? Wohin?«

»Das weiß ich nicht, weil es mich nichts angeht.« Sie klang ziemlich schnippisch. »Er wurde heute Nacht abgeholt, damit endet unsere Zuständigkeit.«

»Aber jemand muss doch Papiere vorgelegt haben«, bohrte Durant nach. »Schicken Sie mir das bitte zu, ich leite die

Ermittlungen der Mordkommission und muss dringend mit dem Mann reden.«
Die Beamtin versprach, sich zu melden, nachdem Julia ihren Namen buchstabiert hatte, damit bei der E-Mail nichts schiefging.

Als Nächstes stand Bergers Dienstzimmer auf ihrem Programm. Durant ging hinein, abgeschlossen war die Tür praktisch nie, und blätterte in seinem Kalender. Für heute waren keine wichtigen Einträge vermerkt außer einige Kürzel, die vermutlich an Telefonate erinnern sollten, die er zu führen hatte. Das Telefon blinkte, Nachrichten waren aber keine auf dem Anrufbeantworter. Die Kommissarin schaltete den Computer an, während sie Marcias Nummer suchte. Bergers Passwort war noch dasselbe wie vor fünf Jahren, was sie nicht weiter wunderte. Ihr eigenes hatte sie, trotz eindringlicher Mahnungen von Michael Schreck, seit einer Ewigkeit nicht erneuert. In den E-Mails fand sich zunächst nichts Ungewöhnliches, bis Julia auf eine Anordnung stieß, die der Chef anscheinend von zu Hause in Kopie an seine Dienstadresse weitergeleitet hatte. Darin stand, dass die Taunusblick-Ermittlung ausnahmslos und mit sofortiger Wirkung an die Sonderermittlungsgruppe 413 übertragen werden solle. Eine Zusammenarbeit mit der Mordkommission werde von dort koordiniert werden.
»Verdammt noch mal«, presste Durant zwischen den Zähnen hervor, als sie Marcias Handy anwählte.
»Bist du im Büro?«, meldete sich Bergers Frau ohne Begrüßung. »Ich habe dich mindestens dreimal dort angerufen.«
»Hier ist Durant.« Julia klang barscher, als sie wollte.
»Oh, verstehe. Haben Sie von meinem Mann gehört?«
»Ich versuche selbst, ihn ausfindig zu machen.«

»*Dios mío*«, seufzte Marcia, »was ist da bloß los? Wäre ich gestern Abend nur zu Hause geblieben!«
»Was war denn?«
Marcia berichtete von einem Streit. Ein Wort habe das andere gegeben, sie könne nicht einmal mehr sagen, worum genau es gegangen war. Er sei seit geraumer Zeit so gereizt. Sie konnte nicht genauer benennen, wie lange dieser Zeitraum schon anhielt. Außerdem habe sie am Vorabend das Gefühl gehabt, dass Berger getrunken hätte, was er praktisch kaum mehr tat. Er habe sich schließlich in sein Arbeitszimmer verschanzt, und sie sei ausgegangen.
»Sein Bett ist unberührt«, schloss sie, »und frische Kleidung hat er sich auch nicht genommen. Das Arbeitszimmer ist abgeschlossen, ich habe keinen Schlüssel finden können.«
Durant schluckte. »Wo sind Sie jetzt?«
»Ich musste zu einem wichtigen Termin ins Büro«, antwortete Marcia kleinlaut.
Die Kommissarin zog eine der Schubladen auf, weil sie wusste, dass Berger seine Ersatzschlüssel dort verwahrte. Erleichtert stellte sie fest, dass sie noch dort lagen.
»Darf ich mich bei Ihnen zu Hause umsehen?«, fragte sie. »Ich fahre gleich rüber.«
»Bitte, ja, danke. Ich könnte hier in einer halben Stunde weg … Ich kann aber auch sofort …«
»Beruhigen Sie sich bitte. Bleiben Sie am besten, wo Sie sind. Ich melde mich bei Ihnen.«
Was Durant jetzt am wenigsten gebrauchen konnte, war eine aufgebrachte, von Selbstvorwürfen zerfressene Ehefrau. Sorgen machte sie sich selbst schon genug. Als sie zum Wagen eilte, wäre sie beinahe mit Hellmer zusammengestoßen, der ihr zu verstehen gab, dass sie sich dringend unterhalten müssten.

»Gleich, Frank. Ich bin, so schnell es geht, wieder da. Irgendetwas stimmt nicht mit Berger.«
»Kann ich etwas tun?«
Durant überlegte kurz. »Du könntest zum Friedhof fahren.« Sie beschrieb ihm die ungefähre Lage des Grabes von Bergers erster Frau. Es war ein Schuss ins Blaue, aber der Todestag lag noch nicht lange zurück. Berger war am Ende, das wurde Durant mit jeder Sekunde klarer. Er hatte im Laufe der Jahre sämtliche Dämonen abgeschworen, doch plötzlich schien alles wieder da zu sein. Dass er sich nicht blicken ließ, war neu. Und es machte ihr Angst.

DIENSTAG, 10:30 UHR

Peter Brandt traute seinen Ohren nicht. »Ich habe keine Vernehmung durchgeführt. Wie kann sie dann schon gelaufen sein?«
Dieter Greulich stand vor ihm wie ein begossener Pudel. »Es ist eben so.«
»Damit gebe ich mich nicht zufrieden! Ich will die Aufzeichnung sehen. Ich will selbst mit ihm sprechen. Ich will …«
»Sachte, Kollege«, unterbrach Greulich ihn mit seiner Hand auf Brandts Unterarm.
Er schüttelte sie ab. »Nix da mit sachte! Ich könnte kotzen! Ich will die Abschriften, nein, ich will die Aufzeichnungen, und zwar pronto.« Ob es nun daran lag, dass er eine italienische Mutter hatte, oder sein Ärger des Vorabends mitspielte: Peter Brandt war kurz vorm Explodieren.

Es wurde nicht besser, als Greulich ihn darüber informierte, dass er selbst schon auf diese Idee gekommen war.
»Und, wo können wir das Ganze abspielen?«
»Gar nicht. Die Anlage hat einen Defekt. Es gibt keinen Mitschnitt.«
Brandt stampfte auf, als wolle er einen Krater in die Fliesen treten.
Fluchend eilte er nach draußen, wo er Spitzer anrief, um seinem Ärger Luft zu machen.
»Mir sind die Hände gebunden, tut mir leid«, verkündete dieser. »Du kennst doch Dieter. Er ist ein Wichtigtuer vor dem Herrn, aber er kniet sich auch ziemlich rein in Sachen organisierter Kriminalität. Das muss man ihm schon lassen.«
Brandt war noch nicht überzeugt. Vor allem, weil es ihn in seiner momentanen Lage nicht weiterbrachte.
Er verabschiedete sich hastig, als er Greulich vor die Tür treten sah.
»Warte mal«, rief er.
»Was?«
»Ehrliche Antwort, keine Spielchen, okay?«
Greulich zog eine Grimasse. »Ja. Sag halt.«
»Hast du Zugang zu Scholtz?«
Greulich fummelte einen Zigarillo aus der knittrigen Packung. »Hätte ich gern. Hab ich aber nicht.« Er zwinkerte, während er den Tabak in Brand setzte. »Da haben wir wohl was gemeinsam.«
Er ließ den Kommissar wortlos stehen und eilte zu seinem aufgemotzten BMW 320i. Kurz darauf brüllte der Motor und Reifen quietschten. Greulich war und blieb ein Arschloch.

DIENSTAG, 10:40 UHR

Julia fuhr direkt in die Garageneinfahrt. Sie eilte zur Haustür und versuchte die verschiedenen Schlüssel, der dritte passte. Sie kannte Bergers Haus, der letzte Besuch lag jedoch schon eine ganze Weile zurück. Im Hausflur war es warm und sauber. Die Schuhe standen säuberlich aneinandergereiht. Andrea Berger, die als Kriminalpsychologin arbeitete, besaß noch immer ein Zimmer hier, obwohl sie in Sachsenhausen eine eigene Wohnung hatte. Zurzeit weilte Andrea jedoch mal wieder auf der anderen Seite des Atlantiks. Sie hatte in den USA studiert und verbrachte regelmäßig Zeit dort. Ihre Mobilbox war deaktiviert und meldete sich nur mit einer Abwesenheitsansage.

Im Vorbeigehen scannte Julia Wohnzimmer und Küche auf brauchbare Hinweise, ohne zu wissen, was sie suchte. Alles wirkte ordentlich, beinahe schon bieder. Ihre Finger umfassten die Klinke zu Bergers Arbeitszimmer. Es war ein Reflex, auch wenn das Ergebnis wie erwartet war. Abgeschlossen. Sie klopfte und rief seinen Namen. Dann suchte sie nach einem Schlüssel, der in das Schloss passte. Doch an dem Bund befanden sich keine Buntbartschlüssel. Sie klopfte erneut, als keine Antwort kam, zog sie den Sperrhaken hervor, den sie mitgebracht hatte. Zwanzig Sekunden später war die Tür offen, und eine Welle kalten Zigarrenrauchs, vermischt mit Alkohol, schlug ihr entgegen. Durant schaltete das Licht an und trat ein, bis es unter ihren Füßen knirschte. Sie entdeckte Glasscherben, dann wurde ihr Blick von der zertrümmerten Vitrinentür gefangen. Der Teppich war nass. Sie erkannte, dass es sich um eine Whiskeyflasche handelte, die ihr zu Füßen lag.

»Berger, Berger«, murmelte sie kopfschüttelnd. »Was ist nur los mit Ihnen?«
Sie rief Marcia an, widerwillig, denn sie hätte ihr gern etwas anderes gesagt, als dass das Büro leer und verwüstet war. Bergers Frau reagierte hilflos.
»Was tun wir denn jetzt am besten? Ich muss versuchen, Andrea zu erreichen.«
»Wir finden ihn«, versicherte Durant. Und sie verbat sich all die aufkeimenden Phantasien darüber, ob und wie sie ihren Chef auffinden würden.

Sie rief Hellmer an, doch dieser hatte entweder keinen Empfang, oder er drückte sie weg. Ohne klaren Plan nahm sie sich Bergers Computer vor. War die E-Mail von ihm verfasst worden? Wann war er das letzte Mal online gewesen? Lag sein Handy hier irgendwo herum? Oder sollte Schreck es zu orten versuchen? Etwas anderes, als auf die technischen Finessen zu hoffen, blieb ihr im Moment nicht. Dann meldete sich ihr Partner.
»Frank, was war eben los?«
»Ich bin auf dem Friedhof.« Er atmete schwer. »Dreimal darfst du raten, wer bei mir ist.«
»Berger?« Durant hielt für einen Moment die Luft an. »Wie geht es ihm? Was ist mit ihm?«
»Er ist sternhagelblau«, antwortete Hellmer mit gedämpfter Stimme. »Ich verstehe nur die Hälfte von dem, was er von sich gibt.«
»Schaffst du es, ihn herzubringen?«
»Denke schon. Was hast du vor?«
»Eine kalte Dusche, eine Ladung Koffein, was auch immer. Oder meinst du, er braucht einen Arzt?«
»Ich denke nicht.« Hellmer war das Ganze hörbar unangenehm. Er war trocken, schon seit Jahren, doch Durant ahnte,

wie schwierig es für ihn manchmal sein musste. Alkohol war überall, der Teufel lachte einem ständig entgegen, sei es in der Werbung oder an der Tankstelle oder bei Feiern. Sprüche wie »Einer geht doch« ließen die Sucht zu einem niemals endenden Spießrutenlauf werden.

Die Kommissarin rief noch einmal bei Marcia an, die erleichtert und schockiert zugleich war. Sie bedankte sich überschwenglich und versprach, umgehend heimzukommen, was Julia für richtig hielt. Dann ging sie in Richtung Bad und seufzte lauthals. Im Präsidium türmte sich die Arbeit. Unabhängig von der Taunusblick-Ermittlung, über deren Abgabe sie plötzlich kaum mehr böse war, gab es noch Oskar Hammer. Die Wellen würden haushoch schlagen, und die Presse würde keine Ruhe geben, bis das Ganze restlos aufgeklärt war. Dabei standen sie noch völlig am Anfang. Und die beiden Kollegen, an denen es nun hing, kümmerten sich um einen Vergewaltigungsfall, der nicht minder wichtig war. Sie überlegte, ob sie Brandt um Unterstützung bitten sollte, oder weiteres Personal aus dem eigenen Haus. Aber wo sollte sie ansetzen? Hatte Hellmer etwas in Sachen des Bankkontos erreicht, von dem der Heimplatz für Hammers Mutter bezahlt wurde? Was war mit der Durchsicht der alten Akten? Sie seufzte ein zweites Mal und rieb sich mit gequältem Gesicht die Schläfen.

Peter Brandts Anruf erreichte sie in dem Moment, als sie sich kraftlos auf einen Sessel fallen lassen wollte. Sie sank in das Polster und nahm das Gespräch an.
»Schon die News gehört?«, fragte er lakonisch.
»Sorry. Kein guter Zeitpunkt.« Sie entschied sich, zunächst nichts von Berger zu sagen. »Was gibt es denn?«
»Dimitri Scholtz hat ein Geständnis abgelegt.«
Durant versteifte sich. »Bei dir?«

Brandt klang beleidigt, als er rückfragte: »Traust du mir das etwa nicht zu?«
»War nicht so gemeint. Aber wieso sollte Scholtz etwas gestehen, wenn Feuerbach ihn als Anwalt vertritt? Was hat er überhaupt gestanden?«
»Er hat gestanden, Mittelsmann für Schmuggler zu sein. Hat Akteneinsicht gewährt, die zwei, drei weitere Verhaftungen ermöglichen dürften. Zwei Zwangsprostituierte wurden benannt, die in dem Lkw nach Deutschland verbracht wurden.«
Durant traute ihren Ohren nicht. Als sie nichts sagte, fuhr Brandt fort: »Harter Tobak, wie? Ich konnte es auch kaum glauben. Spitzer hat mich mit diesen Infos eben am Telefon genauso überfahren wie ich dich gerade.«
Sie pfiff. »Also hast *du* diesen Scholtz nicht befragt?«
»Weder ich noch Greulich.«
Durant schüttelte den Kopf. Sie stand auf und ging hin und her. »Das Ganze stinkt doch zum Himmel. Gestern plustert sich dieser Advokat noch wer weiß wie auf, und heute gesteht sein Mandant Straftaten, für die er ›lebenslänglich‹ kriegen könnte.«
»Na ja, ›lebenslänglich‹ …«
»Du weißt, was ich meine. Es passt nicht ins Bild. Oder erscheint dir das alles plausibel?«
»Nein, und es steht mir auch bis sonst wo, dass die Sache komplett an mir vorbeigeschleust wurde. Keine Protokolle, keine Bänder. Geständnis, Verlegung. Klappe zu, Affe tot.«
»So lief das hier auch«, brummte Durant übellaunig. Dann fiel ihr etwas ein. »Vielleicht bekommen wir ja Zugang zu den beiden Frauen.«
»Vergiss es. Wer weiß, wo die mittlerweile sind.«
Julias Herz hämmerte bis zum Hals. Sie war sich sicher, dass sie es aus dem Fahrer herausgebracht hätte. Doch die Gele-

genheit, ihn zu vernehmen, war dahin. Sie ließ sich zurück in den Sessel fallen und schloss die Augen.
»Wenigstens haben wir von einer der beiden die DNA«, murmelte Brandt, auch wenn es nicht besonders motivierend klang.
Es klingelte an der Haustür, und die Kommissarin beendete das Gespräch. Während sie den Flur entlangeilte, hatte sie den Gedanken, dass wer auch immer dem K11 den Fall entrissen hatte, an Andrea Sievers nicht vorbeikäme. Schon gar nicht, wenn es um DNA-Analysen ging. Und Andrea war ihre Freundin. Sie würde ihr jede Information weiterleiten, wer auch immer offiziell für den Fall zuständig war.
Julia Durant lächelte bitter, dann ließ sie Hellmer herein.

DIENSTAG, 11:45 UHR

Marcia hatte die Kleidung ihres Mannes in die Waschmaschine gesteckt und ihm frische zurechtgelegt. Berger hatte von alldem kaum etwas mitbekommen, er war ausfallend geworden, hatte sich übergeben, und nur mit größter Mühe hatten sie ihn ins Bad bugsieren können. Nun kauerte er im Bademantel dort, wo Durant vor kurzem gesessen hatte. Eine Henkeltasse Kaffee, mit dem man Tote wecken konnte, in der Hand. Julia Durant hatte vergeblich versucht, mit ihm zu sprechen. Hellmer hatte sie wissen lassen, dass Berger in seinem Suff nach ihr verlangt habe. Doch in seiner derzeitigen Verfassung war nichts aus ihm herauszubekommen, also entschieden sie sich, zurück ins Präsidium zu fahren. Marcia wollte versuchen, ihren Mann zu überzeugen, sich für einige Stunden ins Bett zu legen. Sie versprach, sich zu melden, sobald er ausgenüchtert war.

Hellmer sank in seinen Porsche, was ihm ein Stöhnen entlockte.

»Langsam an der Zeit, sich ein altersgemäßes Auto zu kaufen«, neckte ihn Durant, die warten musste, bis er die Zufahrt frei machte.

»So wie du, hm?«, frotzelte er zurück. Ein knallroter Roadster. Irgendwie hatte er ja recht.

Im Büro informierten sie Kullmer und Seidel über ihren Chef, und Durant bat um Diskretion. Berger sollte würdevoll abtreten. Wenn er sich wieder fing, sollte dem nichts im Wege stehen.

»Du hast Besuch gehabt«, grinste Kullmer die Kommissarin an. Sie neigte fragend den Kopf.

»Sultzer. Er wollte nur mit dir sprechen.«

Julia stöhnte auf. Reichte es nicht schon, dass sie ständig an ihn denken musste? Wie sollte sie ihm denn begegnen, wenn sie dienstlich miteinander zu tun bekamen? Ihn einfach duzen? Damals, im Hotel, hatten sie es getan. Doch rechtfertigte die Vergangenheit das Heute? Wie würden die Kollegen reagieren, wenn sie sich zu schnell zu vertraut verhielten? Insbesondere Kullmer, der eine Nase für solche Verstrickungen hatte? Sie versuchte sich an einem Pokerface und nickte.

»Wenn's dringend gewesen wäre, hätte er es auch euch erzählen können. Oder einfach anrufen.«

Dann sprachen sie über den Fall, den sie nach Offenbach verloren hatten. Durant rief Andrea an, um sie darauf vorzubereiten, dass sie demnächst den DNA-Abgleich einer Zwangsprostituierten auf den Tisch bekäme.

»Woher weißt du das?«, wollte die Rechtsmedizinerin wissen.
»Frag besser nicht. Weder Peter noch ich hatten die Gelegenheit, eine Vernehmung durchzuführen. Doch irgendwo dort draußen sind zwei Mädchen, deren Aufenthaltsort ich nicht kenne. Vielleicht kennt die neue Abteilung ihn ja, das weiß ich leider nicht, weil man uns das Ganze entzogen hat. Doch wenn jemand hier auftaucht, dann möchte ich das erfahren, hörst du? Du bist meine einzige Chance, und das Ganze muss unter uns bleiben.«
Ein gedehntes »Hm« war die Reaktion, gefolgt von dem Einwurf, dass es sich immerhin auch nur um ein Speichelstäbchen handeln könnte, das sie zu Gesicht bekam.
»Lebende Probanden, die auf zwei Beinen rein- oder sogar wieder rauslaufen, gibt es hier nur alle Schaltjahre einmal«, zwinkerte Andrea.
»Fallnummer und zuständige Abteilung genügen mir«, erwiderte Julia geduldig. »Irgendjemand muss ja auf dich zukommen und wegen der Ergebnisse erreichbar sein. Vorher wird auch mit den jungen Frauen nichts passieren. Das hoffe ich zumindest.«
»Klingt alles ziemlich dünn«, kommentierte Dr. Sievers. Treffender hätte sie es kaum ausdrücken können.

Hellmer sortierte einen Stapel Papiere, als Durant mit einem Becher Kaffee an ihrem Schreibtisch eintraf.
»Wo wollen wir anfangen?«, fragte er.
»Du hast den Überblick.« Durant hob die Schultern. »Ich habe das Gefühl, als hetze ich bloß hin und her, ohne etwas mitzubekommen.«
»Vergiss den Lkw«, winkte Frank ab, »wir konzentrieren uns erst mal auf Hammer. Wusstest du, dass in dem Jahr zwischen

der ersten Razzia und der zweiten zwei Jungs verschwunden sind? Einer lebte in derselben Straße, sie gingen in die Grundschule.«

»Heiliger Strohsack! Gibt es da einen Zusammenhang? Und wieso weiß ich davon nichts?«

»Es gab nie eine Anklage, ergo gab es keine Ermittlung. Zumindest nicht hier. Sonst wären wir früher darauf gestoßen.«

»Aber in Hammers Akte müsste es doch stehen!«

»Denkste. In den Wiesbadener Akten gab es einen Verweis. Aber das meiste ist geschwärzt oder wurde entfernt.«

»Es wurde rausgenommen?«

»Wäre nicht das erste Mal.« Hellmer zog die Lippen breit. »Aber beweis das mal nach zehn Jahren.«

Durant rieb sich die Hände. »Okay, dann müssen wir eben jeden Beamten befragen, den Staatsanwalt, den Richter und wen auch immer.« Dann stockte sie. »Wieso weiß ich eigentlich nichts von den beiden Jungen?«

»Sagte ich doch. Nicht unser Revier.«

»Hm.«

Durant nahm den Hörer in die Hand und ließ sich mit Elvira Klein verbinden. Ohne den üblichen Smalltalk kam sie gleich zur Sache, nannte die Aktennummer und bat um die Namen der Entscheidungsträger von damals.

»Ermittelt ihr zusammen?«, erkundigte sich die Staatsanwältin und meinte damit fraglos Peter Brandt.

»Das wird sich zeigen. Ich habe so eine Ahnung, dass es sich um ein Wespennest handelt, in das wir da stechen. Da ist mir jede Hilfe recht.«

Es klapperte im Hintergrund. Dann stieß Elvira Klein Luft aus, und im Lautsprecher rauschte es dumpf.

»Hornissennest trifft es wohl eher«, kommentierte sie. »Mit denen würde ich mich an deiner Stelle nicht anlegen.«

Sie nannte Namen, die Durant einen Schauer über den Rücken jagten. Johannes Lambert. Oberstaatsanwalt. Mit Lambert war nicht gut Kirschen essen, zumindest nicht, wenn man nicht auf derselben Seite stand. Den anderen Namen konnte sie nicht auf Anhieb zuordnen.
»Norbert Diestel ist Abgeordneter im Landtag«, erklärte Elvira Klein. »Ein harter Knochen. Vermittelt ein Bild der harmonischen Familie, doch steht politisch für Sicherheitsverwahrung Minderjähriger und das Legitimieren von Folterandrohungen.« Sie schnaubte. »Er stammt aus demselben Wahlkreis wie Hammer. Scheiße, Julia, ich möchte nicht mit dir tauschen. Diestel mischt in zahllosen Bereichen der Justiz mit, er und Lambert sind Busenfreunde. Ich hatte mit beiden schon mehr zu tun, als mir lieb ist. Trotzdem. Wenn ich dir helfen kann ...«
»Danke, das ist nett. Ich melde mich.«
Durant legte auf, fuhr sich über die Stirn und informierte Hellmer.
»Das passt ins Bild«, sagte er. Als Durant ihn fragend ansah, fuhr er fort: »Das Geld für Frau Hammers Heimplatz wird von einer Art Treuhandfonds gezahlt. Über den Eigentümer lässt sich nichts in Erfahrung bringen, auf den ersten Blick handelt es sich um eine Stiftung. Der Sitz ist in Liechtenstein.«
Die Sache stank zum Himmel.
Hellmer versprach, weiterzuforschen, wollte sich außerdem um den Abgeordneten kümmern.
Durant rief bei Brandt an und fragte nach, ob er etwas über die Ermittlungsgruppe in Erfahrung gebracht habe. Der machte keinen Hehl daraus, wie sehr ihm das Ganze gegen den Strich ging. Die Bulldoggentypen vom Schrottplatz Dimitri Scholtz' waren ihm nicht bekannt. Durant bedankte sich und versuchte es über den Vorgesetzten, den sie aber

nicht erreichte. Bevor sie sich darüber ärgern konnte, dass jeder Weg, über den sie sich der Ermittlungsgruppe nähern wollte, in einer Sackgasse zu enden schien, kam Doris Seidel herein. Diese wusste zu berichten, dass Matilda Brückner nun wach sei und im Laufe des Tages eine Aussage machen werde.
»Kannst du das bitte übernehmen?«, bat Julia, deren Kopf fast explodieren wollte. Sie musste sich unbedingt auf eine Sache konzentrieren – auf eine Sache plus Berger.
Seidel bejahte, ohne es zu kommentieren. Bevor sie hinausging, hielt Durant sie zurück. »Du warst doch bei der Sitte.«
Doris nickte. »Weißt du doch.«
»Kennst du jemanden, den ich nach Matildas Kollegen befragen könnte?«
»Ich dachte, wir sollen das übernehmen?«
»Es geht um eine Überschneidung. Einen der Typen habe ich gestern kennengelernt. Ich möchte mit ihm über den Fall mit dem Lkw reden.«
»Die sitzen meines Wissens in Egelsbach«, erwiderte Doris und schlug vor, bei Brandt nachzufragen.
»Hab ich schon«, gab Julia zurück und rollte mit den Augen. Als Seidel das Büro verlassen hatte, suchte die Kommissarin im Internet nach Artikeln über Oberstaatsanwalt Lambert. Ein Star, fünfundvierzig Jahre alt, Bestsellerautor und begehrter Junggeselle. Einer, der in die Kameras grinste mit dem Ausdruck eines Raubtiers. Sein Janusgesicht hatte auch Durant schon des Öfteren erlebt. Ein besonderes Augenmerk hatte er auf die frühe Verurteilung jugendlicher Straftäter. Seine Thesen zur Sicherheitsverwahrung waren umstritten. Ein Mann, der polarisierte, wo immer er auftrat. Und immer wieder tauchte auch der Name Diestel auf. Durant stellte sich vor, wie Lambert und Feuerbach aufeinandertrafen. Der selbsterklärte Saubermann und der

Advokat des Teufels. Sie schüttelte den Kopf. Wahrscheinlich würden die beiden sich duellieren. Doch Feuerbach hielt seine Mandanten ja in der Regel aus den Gerichtssälen fern. Ließ es nicht so weit kommen.
»Frau Durant, noch immer bei der Mordkommission?«
Lambert nahm direkt ab, was sie wunderte.
Sie lächelte ins Mikrofon: »Das wird sich auch nicht ändern.«
»Wie man hört, wird der Platz an der Spitze frei. Eine seltene Fügung.«
»Nicht für mich.«
»Weshalb? Sie haben doch das Zeug dazu.«
»Bitte, mir steht der Sinn nicht ...«
Lambert lachte auf und fiel ihr ins Wort. »Schon gut, ganz wie Sie meinen. Was kann ich denn für Sie tun? Sicher nicht Ihre Karriere diskutieren.« Er räusperte sich vielsagend und senkte seine Stimme. »Wobei ich da mit Sicherheit Einfluss nehmen könnte.«
Aus seinem Mund kam das wie eine Drohung. Sie meinte ihn vor sich zu sehen, wie er die Zähne bleckte. Sie wissen ließ, dass er sie nicht nur nach oben bringen könnte, sondern auch vernichten.
»Danke, kein Bedarf. Wobei ich Ihre Mithilfe im Fall Oskar Hammer sehr schätzen würde.«
»Aha. Dachte es mir, als ich in der Zeitung davon las.« Keinerlei Regung war in seiner Stimme zu vernehmen. »Dann fragen Sie mal los.«
»Warum hat man damals mit einer Anklage gezögert?«
»Wer behauptet so etwas?«
»Es gab Beweise. Internetaktivitäten, Daten.« Durant wollte weiter ausholen, doch Lambert unterbrach sie.
»Eine Zufallsbeobachtung. Die Überwachung galt dem Serverbetreiber, nicht den Besuchern.«

»Wo ist dann der Sinn?«
Lambert kicherte trocken. »Sinnfragen sind etwas für Philosophen. Kennen Sie Kierkegaard?«
Durant schwieg.
»Nein? Dann aber zumindest Platon. Fragen nach dem Sinn können einen zerstören, wenn man es zulässt. Hier geht es um Rechtsfragen.«
»Ich dachte, um Gerechtigkeit«, stichelte Durant.
»Seien Sie nicht albern. Gerecht wäre es im Sinne des Gesetzbuchs jedenfalls nicht, unzulässiges Material zu verwenden. Das wissen Sie ebenso gut wie ich. Ergo gab es keine Anklage.«
»Und im Jahr drauf?«, bohrte sie weiter. »Hammer ist zweimal auffällig geworden.«
Lambert räusperte sich. »Ich muss mich erst einlesen.« Hastig fügte er hinzu: »Meines Wissens war ihm auch da nichts nachzuweisen.«
»So viel weiß ich selbst. Man munkelt, jemand habe Hammer gewarnt.«
»Frau Durant«, kam es gedehnt, als langweile sie ihn. »Was möchten Sie von mir hören?«
Julia Durant atmete langsam durch die Nase ein, um sich die nötige Aufmerksamkeit zu verschaffen. »Ich möchte die Wahrheit herausfinden.«
»Finden Sie lieber seinen Mörder«, sagte Lambert zum Abschied. »Ihre Abteilung kann sich keine schlechte Publicity leisten.«
Da war es, das Janusgesicht. Er musste nicht sagen, dass er die Macht besaß, Köpfe rollen zu lassen. Denn er wusste, dass sich die Kommissarin darüber im Klaren war.
»Arschloch!«, murrte sie, als sie den Hörer aufknallte.
Hellmer schmunzelte. »Von dem werden wir nichts erfahren, das ist alles lupenrein.«

»Lupenreine Manipulation«, ergänzte sie trübsinnig. »Weißt du, was ich glaube?«
»Hm?«
»Hammer hat sich abgesetzt. Und zwar mit Hilfe seiner Parteifreunde.«
Hellmer seufzte. »Die Unkenrufe gab es schon damals, als man keine Leiche fand.«
»Hältst du es für so abwegig?« Durant zählte auf: Das Konto, von dem für die Mutter gesorgt wurde. Die Festplatten, die im richtigen Moment leer waren. Das spurlose Verschwinden. All das musste vorbereitet gewesen sein, unter Zeitdruck. Für eine einzelne Person erschien ihr das nicht möglich.
Aber für eine Person mit Verbindungen in entsprechende Kreise ...

DIENSTAG, 14:07 UHR

Der Streifenwagen kam in der Konstanzer Straße auf Höhe des Gartenbads zum Stehen. Außer dünnem Verkehr und einer Handvoll Radfahrern war nichts los. Sie mussten nicht lange suchen, bis sie die junge Frau gefunden hatten. Weil sie nur ein Unterhemd trug und vor Kälte zitterte, legte die Kollegin ihr eine Decke um die Schultern.
»Gut, dass du dabei bist«, kommentierte ihr Partner. Neben einem blauen Auge tippte er auf weitere Misshandlungen an Stellen, die sich unter der kargen Kleidung verbargen. Es störte sein Empfinden der hiesigen Ordnung massiv, denn Fechenheim war kein Gebiet für Zwangsprostitution. Hier

wurde gestohlen und Hehlerei im großen Stil betrieben, dafür sorgten die unzähligen, teils miserabel gesicherten Handelsunternehmen, die hier ansässig waren. Häusliche Gewalt gelegentlich, aber so etwas?
»Wir müssen sie ins Warme bringen«, sagte die Kollegin und führte das junge Mädchen in Richtung des Wagens.
»Sprechen Sie unsere Sprache?«, erkundigte sie sich. »Haben Sie einen Ausweis dabei?«
Da füllten sich die großen, rehbraunen Augen, die bis dahin ins Leere gestarrt hatten, mit Tränen. Etwas hilflos legte die Beamtin, sie war selbst noch nicht lange im Dienst, tröstend den Arm um sie. Das Kauderwelsch, das nun kam, verstand sie nicht. Erst als die Frau den Kopf hob und sich auf den Mund deutete, begriff sie. Das Mädchen konnte nicht reden. Man hatte ihr die Zunge herausgeschnitten.

Als Julia Durant in Fechenheim eintraf, war Hellmer an ihrer Seite. Er hatte sich vorgenommen, früher nach Hause zu fahren, um noch einen Schlenker zur Adresse des Abgeordneten zu machen. Doch die Meldung veränderte alles. Zwei Dolmetscher – eine Deutschrussin und ein Pole – waren anwesend. Außerdem eine Psychologin, die über den Frauennotruf vermittelt worden war. Sie saß neben dem Mädchen. Beide schwiegen. So viel erkannte die Kommissarin durch den geöffneten Türspalt.
»Konnten Sie etwas herausfinden?«, erkundigte sie sich bei der Beamtin, der anzusehen war, dass sie zutiefst erschüttert war. Sie schüttelte den Kopf und klammerte sich an den Griff ihrer Kaffeetasse.
»Sie spricht eine ganze Menge, wenn man das so nennen kann«, sagte ihr Kollege trocken. »Leider reicht es nicht mal, um die Sprache zu identifizieren.«

»Litauisch«, kommentierte Durant.
»Die haben eine eigene Sprache?«
Hellmer räusperte sich, womöglich hatte er Sorge, dass sie etwas Unfreundliches vom Stapel ließ. Hastig umriss er die Erkenntnisse, die vorlagen. »Haben Sie jemanden, der Litauisch spricht?«
»Woher sollten wir?«
»Anwohner, Aktenkundige, mir egal«, platzte es aus Durant heraus.
Hellmer hatte eine bessere Idee. »Haben die nicht eine Botschaft in Frankfurt?«

DIENSTAG, 15:20 UHR

Der Mann war dunkelhaarig und hager, Julia hätte ihn eher für einen Südeuropäer gehalten. Er war direkt aus dem Konsulat Litauen, das sich in Offenbach befand, nach Fechenheim gefahren, ohne zu wissen, was ihn dort erwartete. Durant hatte Brandt informiert, dieser war jedoch anderweitig in Frankfurt gebunden, wie er sagte. Eine Ärztin hatte nach dem Mädchen gesehen und das Zimmer mit einem betroffenen Gesichtsausdruck verlassen. Sie versprach, den Bericht so schnell wie möglich zu verfassen.
»Prellungen und Striemen, die auf Hiebe mit Fäusten und einem Gürtel hinweisen«, begann sie ihre Aufzählung. Bei der Untersuchung des Unterleibs habe die Patientin massiven Widerstand geleistet. Da jedoch von sexueller Gewalt ausgegangen werden musste, war eine gynäkologische Untersuchung unver-

meidbar gewesen. Es gab Anzeichen häufigen Geschlechtsverkehrs, anal wie vaginal. Risse in der Muskulatur sowie Hämatome. Die Schamlippen wiesen Schwellungen auf. Die Ärztin presste die Lippen aufeinander, atmete tief durch die Nase ein und fuhr fort: »Die Zunge wurde augenscheinlich mit einem Skalpell abgetrennt und die Wunde verödet. Bestenfalls mit Strom, es könnte aber auch mit Hitze gemacht worden sein.«
»Heilige Scheiße.« Julia Durant hatte sofort Szenen vor Augen, die sie aus Filmen kannte, Schusswunden, die man mit Schwarzpulver ausbrannte. »Ich will mir gar nicht vorstellen, was dieses Mädchen durchgemacht hat.«
Die Ärztin seufzte und tippte sich auf die Armbeuge. »Nun ja. Es gibt ein Injektionsmal. Beten wir, dass es von einem Schmerz- oder Narkosemittel stammt.«
Die Kommissare sprachen kurz mit dem Dolmetscher, der sich vorstellte, doch Durant vergaß den Namen sofort. Er klang mehr lateinisch als osteuropäisch. Er sprach ein hervorragendes, nahezu akzentfreies Deutsch.
»Verhöre gehören nicht zum üblichen Spektrum«, lächelte er.
»Wir müssen Sie vorwarnen, es geht um sehr sensible Dinge«, warnte Hellmer ihn vor, »Gewaltverbrechen, auch sexueller Art.«
»Das ist nicht gerade das Image, mit dem wir unser Land identifiziert wissen möchten.«
»Leider gehört es zur Realität. Glauben Sie, dass Sie das schaffen?«
»Wenn es Ihnen weiterhilft ...«
Sie setzten sich in einen Warteraum. Die junge Frau blickte unsicher in Richtung der Ärztin, die daraufhin darum bat, bleiben zu dürfen.
Im Folgenden übersetzte der Dolmetscher Julias Erklärungen, wer sie sei und was nun passieren würde. Die Frau bestä-

tigte mit einem Nicken. Sie trank Tee, anstatt der Decke hing eine Polizeijacke über ihren Schultern.
»Können Sie Ihren Namen nennen?«
Kauderwelsch, gefolgt von einem vor Verzweiflung verzerrten Gesicht. Eine Träne löste sich aus den traurigen Augen, während sie es erneut versuchte. Der Dolmetscher machte eine betretene Miene.
»Nijole«, sagte er nach einer Pause, »das Pendant des deutschen Nicole.« Er nannte zögernd auch einen Nachnamen. »Eine Garantie gebe ich aber nicht darauf.«
Durant bat um Stift und Papier. »Fragen Sie bitte, ob sie ihren Geburtstag und ihre Heimatadresse nennen kann.«
»Und ob sie weiß, wo sie sich zuletzt befand, bevor sie an der Bushaltestelle aufgegriffen wurde«, ergänzte Hellmer. »Wer sie hergebracht hat, wie sie ...«
Doch längst hatte der Dolmetscher eine neue Erkenntnis gewonnen. Er räusperte sich.
»Sie kann nicht schreiben«, unterbrach er Hellmer leise.
»*Sie kann nicht schreiben?*« Durant schloss die Augen.
»Leider ein Problem, über das man bei uns nicht gerne spricht.«
»Hier auch nicht«, kommentierte Hellmer. »Es gibt in Deutschland Millionen unerkannter Analphabeten.«
»*Die* müssen sich aber nicht dafür rechtfertigen«, erwiderte der Botschaftsvertreter und klang beleidigt. »Auf uns deutet man, weil wir ein unterentwickeltes Ostblockland sind.«
Julia Durant tippte auf die Tischplatte, sie hatte keinen Bedarf an politischen Diskussionen. »Bitte versuchen Sie trotzdem, sich diese Fragen, so gut es geht, beantworten zu lassen.«
Der Mann seufzte und verfiel in einen Dialog mit dem Mädchen. Zwischenzeitlich hatte Durant das Gefühl, sie kokettiere mit ihm. Doch wahrscheinlich war sie nur dankbar, dass jemand ihr in ihrer Muttersprache begegnete.

»Seit wann ist sie in Deutschland?«
»Können Sie das anders formulieren?«, bat der Dolmetscher, nachdem er die Frage übersetzt und ein hilfloses Achselzucken geerntet hatte.
»Kam sie in einem Lastwagen?«
»Ja.«
Durants Herzschlag beschleunigte sich.
»Kann sie es zeitlich einschränken? Wochen? Oder Tage?«
Nijole gestikulierte verzweifelt. Der Dolmetscher konnte nicht mehr als ein »noch nicht lange her« aus ihr herausbekommen.
»Aus welcher Stadt kommt sie?«
»Ich verstehe es nicht richtig. Nur, dass es sich um ein kleines Dorf in der Nähe von Vilnius handelt.« Er schnaufte kurz. »Wilna. Unsere Hauptstadt.«
Durant dachte an das Foto, das sich in ihrer Tasche befand. Sie wusste, dass sie riskierte, dass das Mädchen sofort zumachte, wenn sie in das Gesicht der Toten blickte. War es tatsächlich ihre Schwester? Dann wusste sie vielleicht noch nichts von ihrem Tod. War sie womöglich nach Deutschland gekommen, um nach ihr zu suchen? Es graute ihr vor den nächsten Minuten.
Doch die junge Frau hielt das Foto, nachdem sie es ihr gereicht hatte, nur stoisch in den Händen. Legte es anschließend auf die Tischplatte, von der das bleiche Konterfei in Richtung Decke starrte.
»Kennt sie die Frau?«
Der Dolmetscher fragte. Keine Reaktion. Er fragte erneut und löste damit ein energisches Kopfschütteln aus.
Durant überlegte, wie ungenau die Gesichtsrekonstruktion womöglich sein könnte. Andrea zufolge, erinnerte sie sich, war es bestmöglich getroffen. Doch die Rechtsmedizinerin

gab auch nur ungern zu, wenn sie an ihre Grenzen kam. Genauso gut konnte es sein, dass sie einen Abwehrmechanismus ausgelöst hatte. Wie viel Hoffnung und Lebenswille mochten bei dieser traumatisierten Persönlichkeit daran geknüpft sein, dass ihre Schwester noch am Leben war?
»Belassen wir es vorerst dabei«, entschied die Kommissarin. »Fragen Sie sie aber bitte noch, ob sie eine Schwester hat.«
»Drei«, war das Ergebnis. Eine ältere, zwei jüngere.
Ob von ihnen welche hier seien.
Das Mädchen blickte stoisch ins Leere.
Die Ärztin deutete an, etwas sagen zu wollen. »Jedes Mal, wenn Sie eine Frage stellen, zeigt sie Angstreaktionen. Soweit jedenfalls meine Einschätzung. Sie sollten die Vernehmung beenden.«
Das deckte sich mit Julias Eindruck. Sie nickte. »Ich würde sie gerne in einem Frauenhaus unterbringen, wo sie unter Beobachtung steht«, schlug sie vor. War es ein Aufblitzen von Neugierde, das sie in den Augen des Botschaftsvertreters wahrnahm? Vorsicht, Mädchen, mahnte sie sich. Keine voreiligen Schlüsse. Julia fragte weiter, wer sie nach Fechenheim gefahren habe. Ob man ihr ein Handy zugesteckt habe, mit dem sie den Notruf gewählt hatte. Detailfragen, die sie möglichst genau beantwortet haben wollte, um zu verstehen, was passiert war. Es schien offensichtlich, dass man die Kleine den Behörden zugeschanzt hatte. Doch warum? Und dann die Grausamkeit mit der Zunge. Doch die Antworten waren praktisch wertlos, eine Mischung aus Unwissen und schmerzerfüllter Blockade.
»Wir geben ihr eine Nacht Ruhe«, entschied Durant nach Rücksprache mit der Ärztin und der Psychologin. Letztere kümmerte sich um einen Platz für die nächsten Nächte und versicherte, dass sie dort bleiben werde. Es gab keinen for-

mellen Einschluss, aber das Haus war ausreichend gesichert. Zudem würde die junge Frau eine hohe Dosis Sedativa bekommen. Sie verabredeten sich, am folgenden Tag noch einmal zu sprechen. Dem Dolmetscher trug die Psychologin auf, der Frau zu übersetzen, was nun geschähe. Die Adresse des Hauses gab sie nicht bekannt, ebenso blockierte sie seinen Vorschlag, vorbeizukommen, falls es Redebedarf gäbe.
»Nehmen Sie es nicht persönlich, aber Männer sind in diesem Haus per se nicht willkommen. Und auch auf Behördenseite weiß man in der Regel nicht, wo man es findet. Wir müssen die Frauen davor schützen, dass gewaltbereite Ehemänner vor der Tür stehen.«
Danach löste die Runde sich auf, und Durant fuhr mit Hellmer zurück in Richtung Innenstadt. Es dauerte, bis sie das Kopfsteinpflaster des Industriegebiets überquert hatten.
Als sie an einer Ampel warteten, platzte Durant der Kragen. »Sie lernen nicht lesen, sie lernen nicht schreiben«, empörte sie sich lauthals und ballte die Fäuste. »Aber ficken, das lernen sie! Mit elf, zwölf Jahren; wenn sie Glück haben, erst mit vierzehn. Es ist zum Kotzen!«
Hellmer nickte stumm. Er hatte zwei Töchter. Steffi, die ältere, war gerade vierzehn. Die Vorstellung, dass ihr das zustieß, was er allzu oft im Dienst mitbekam, war unerträglich. Durant war in diesen Augenblicken froh, keine Kinder in die Welt gesetzt zu haben, auch wenn sie es sonst hin und wieder sehr bereute. Von all den Männergeschichten, die sie gehabt hatte, war nichts geblieben. Prompt dachte sie an die Nacht mit Sultzer und biss sich auf die Lippe. Er hatte ihr eine SMS gesendet, während das Handy lautlos in ihrer Tasche gelegen hatte. Sie wollte sie lesen, wollte jedoch nicht, dass Hellmer blöde Kommentare vom Stapel lassen würde. Also wartete sie lieber.

DIENSTAG, 16:40 UHR
Rechtsmedizin.

Julia Durant hatte Hellmer abgesetzt, damit dieser sich noch um den Politfreund Hammers kümmern konnte. Sie selbst vergewisserte sich zum fünften Mal, dass das Röhrchen mit der Speichelprobe sicher verstaut in ihrer Handtasche lag. Der Plastikbeutel lugte eine Ecke weit heraus. Sie hatte ihren Besuch telefonisch angekündigt, wollte, dass Andrea Sievers das genetische Profil von Nijole mit der des alten Falls sowie dem Material des Tampons abglich.

»Kann sie sich nicht einfach ausweisen?«

Die Frage der Rechtsmedizinerin *konnte* nicht ernst gemeint sein. Durant antwortete dennoch geduldig: »Nein. Ausweise besitzen solche Mädchen in der Regel nicht mehr.«

»Die auf dem Strich schon«, widersprach Andrea.

»Diese Frauen gehen nicht anschaffen«, konterte die Kommissarin gereizt. »Sie leben eingepfercht wie Tiere und dienen den perversen Gelüsten einer ganz bestimmten Kundschaft. Bitte frage jetzt nicht nach Detail...«

»Ist schon gut, sorry. Ich kümmere mich um ein schnelles Ergebnis.«

»Hast du schon Fortschritte bei den Fahndungsfotos?«

Sievers schnalzte mit der Zunge. »Es ist noch sehr vage, also versprich dir nicht zu viel. Personen virtuell altern zu lassen ist einfacher, als ihnen eine Verjüngungskur zu verpassen.« Sie zwinkerte. »Kennen wir ja nicht bloß von der Software, nicht wahr?«

Julia folgte ihr in den Glaskasten, der vom Untersuchungsraum getrennt lag. Dort rief Andrea eine Bilddatei auf. Das Gesicht wirkte gleichgültig, der Blick leer. Augen, wie man

sie von Frauen kannte, deren Wille und deren Würde gebrochen waren.
»Erkennst du eine Ähnlichkeit?«, erkundigte sich Andrea.
Julia Durant war sich nicht sicher. »Fifty-fifty.« Sie hob die Achseln.
»Morgen wissen wir es genau.«
»Melde dich bitte sofort bei mir. Jederzeit.«
Andrea nickte. Dann hüstelte sie. »Im Grunde gehören die Ergebnisse doch gar nicht mehr auf deinen Schreibtisch. Oder irre ich mich? Ist die Ermittlung nicht abgegeben?«
Julia lachte freudlos. »Das interessiert mich herzlich wenig. Ich untersuche den Tod einer Unbekannten vor einem Jahr. Das ist ein anderer Fall, so einfach ist das.«
»Okay, kapiert.« Die Rechtsmedizinerin zwinkerte. »Du hörst von mir.«

DIENSTAG, 21:30 UHR

Der *Horst,* wie man das Gebäude intern nannte, befand sich auf dem Fundament eines alten Luftschutzbunkers. Die darauf errichtete Backsteinvilla ließ keinen Rückschluss darauf zu, dass sich darunter ein baufälliger und seit Jahrzehnten vergessener Keller befand. Bis auf wenige Räume war er unzugänglich und wurde die *Gruft* genannt.
Rings um einen runden Raum, sechs Meter im Durchmesser, warfen Fackeln einen flackernden Schein an die Wände. Der Geruch, die springenden Schatten und der gelbrote Glanz verliehen dem Treffen die Atmosphäre eines mittelalterlichen

Zirkels. Mit gesenktem Haupt trottete eine Gestalt vor das Dutzend strammstehender Personen, deren Gesichter keine Regung zeigten. Das Weiß ihrer Augen stach ihr im Schein des Lichts entgegen, sie wirkten allesamt einen Kopf größer. Einen Meter abseits wartete mit verschränkten Armen der, den sie ehrfürchtig als *den Magnus* bezeichneten. Hierhin lenkte der junge Mann seine Schritte, vorbei an all den anderen, von denen keiner ihn grüßte oder auch nur eine freundliche Miene bereithielt. Er hob dennoch die Hand, neunmal, bis er vor seinem Meister zum Stehen kam.

»Kameraden«, polterte dieser über den Jungen hinweg, als wäre er Luft, »vor euch steht ein Wurm. Unwürdig, zu diesem Zirkel zu gehören. Eine Schande für uns alle.«

Hinter ihm hörte er, wie einige auf den Boden spuckten.

»Abschaum«, zischte es aus derselben Richtung. Es war die Stimme eines Freundes.

Im Folgenden ratterte sein Meister eine Litanei aus Vorwürfen und Anschuldigungen herunter, die wie Maschinengewehrfeuer durch den Raum hallte. Die tiefe Stimme des Magnus machte ihm Angst. Was in der normalen Welt wie väterliche Fürsorge klang, trieb ihm hier unten den Schweiß aus allen Poren. Er wünschte sich, unsichtbar zu werden, als würde ihm das die folgenden Minuten ersparen.

»Du kennst das Procedere«, schloss der Magnus und sah ihm zum ersten Mal in die Augen. Stumm nickend begann er, sein Hemd zu öffnen. Seine Taschen zu leeren. Alles, was ihm etwas bedeutete, was ihn ausmachte, was ihn definierte, warf er in eine rostige Metalltonne. Nicht wissend, ob er es wiederbekommen würde.

»Auf die Knie«, forderte der Magnus, als auch das letzte Stück mit einem Rasseln im gähnenden Schlund des Fasses verschwunden war. Gelächter erfüllte das Gewölbe, als er seinem

Magnus die Stiefel leckte. Sie waren fleckig, auf der Zunge schmeckte er modrige Erde.
Hinter seinem Rücken waren Schritte zu hören und das Schmatzen einer Tube, die reihum gereicht wurde. Als der Magnus ihn von sich stieß, um den Spießrutenlauf zu beginnen, erhaschte er einen Blick auf die Reihe Schlagstöcke, deren Ende man mit Gleitmittel bestrichen hatte. Das Schlimmste stand ihm erst noch bevor.

MITTWOCH

MITTWOCH, 15. OKTOBER, 10:00 UHR
Dienstbesprechung.

Julia Durant hatte ihren Kollegen die Fotos gezeigt. Kullmer war der Meinung, dass die beiden Frauen einander ähnlich sähen. Seidel widersprach ihm. »Für euch Kerle zählen doch nur Augen, Lippen, Busen.«
»Busen sieht man ja überhaupt keinen«, empörte er sich.
»Leute, bitte.« Durant klopfte auf den Tisch. »Wir bekommen eine Frau präsentiert wie auf dem Silbertablett. Im entlegensten Revier, an einer Bushaltestelle abgesetzt. Mit herausgeschnittener Zunge.«
»Mafia-Methoden«, schnaubte Seidel. »Kann sie sich überhaupt nicht mehr artikulieren?«
»Es geht mäßig«, erklärte Hellmer. »Schätzungsweise hat sie noch Schmerzen.«
»Es ist noch etwas anderes«, übernahm Durant wieder das Wort. »Die Kleine hat panische Angst. Das lag in ihren Augen, unmissverständlich. Sie wird ein paar Tage im Frauenhaus bleiben und danach vermutlich in Richtung Wilna geschickt werden. Doch was dann, frage ich euch? Dort erwarten sie dieselben Fänger, dieselbe Mafia, und am Ende wird sie wieder hier enden.«
Hellmer nickte. »Nicht lesen, nicht schreiben, und sprechen kann sie auch nicht mehr. Da bleibt nicht viel.«

»Verdammte Welt«, stieß Doris Seidel aus.
»Was gibt es denn bei dir Neues?«, erkundigte sich Julia.
Seidel berichtete von ihrem letzten Gespräch mit Matilda Brückner. Fast zwei Stunden lang, aber mit mehreren großen Unterbrechungen, hatte sie sich mit der befreundeten Psychiaterin in dem Krankenzimmer befunden. Matildas Werte waren stabil, die Wunde verheilte ohne Entzündung. Wäre nicht der Suizidversuch gewesen, würde man wohl bald auf eine Entlassung drängen.
»Ich möchte mich noch mit ihrer Freundin unterhalten«, schloss Doris. »Sie kennt Matilda einfach besser, ich erhoffe mir weitere Details. Wir treffen uns nachher.«
»Okay, bleibt am Ball. Solange wir nicht mehr haben, beißen Frank und ich uns alleine durch. Aber die Hammer-Sache wächst.« Sie erzählte von den prominenten Freunden des Toten, und Kullmer verdrehte die Augen.
»Viel Spaß dabei.«
Als die Runde sich auflöste, verabschiedete Hellmer sich, um in die Stadt zu fahren. Er hatte den Abgeordneten am Abend nicht angetroffen, obwohl er sicher war, dass er sich schlicht hatte verleugnen lassen. Dafür hatte man ihm einen Gesprächstermin eingeräumt, in einem teuren Restaurant nahe der Alten Oper.
Julia Durant wollte sich mit Peter Brandt treffen. Die Eltern der verschwundenen Jungen lebten im Stadtgebiet, genauer gesagt: eine der Familien. Die andere war zerbrochen, von der Frau wusste man nur, dass sie sich in die USA abgesetzt hatte. Die Meldeadresse des Mannes hatte sich als falsch erwiesen, das hatte Kullmer am Vortag in Erfahrung gebracht.
»Was ist eigentlich mit Berger?«, raunte dieser der Kommissarin zu, als sie auf den Gang traten. Er nickte in Richtung seiner Bürotür, die geschlossen war. Julia hatte das Thema be-

wusst umschifft, doch sie fand, dass ihre Kollegen eine Erklärung verdienten. Etwas unbeholfen formulierte sie: »Er hatte so etwas wie einen Zusammenbruch, schätze ich.«
»Ich glaube, der Abschied fällt ihm ziemlich schwer.«
Dankbar für Kullmers Erklärung, die sie aus der Pflicht nahm, sich etwas anderes auszudenken, nickte Julia.
»Ja, das kann gut sein. Geben wir ihm einfach etwas Zeit. Ich stehe mit Marcia in Kontakt.«

Zurück in ihrem Büro, erkundigte sich Durant in der Rechtsmedizin, wie es um die Analyse stünde.
»Ich wollte dich gerade anrufen«, verkündete Sievers, die gehetzt klang.
»Das heißt, du hast etwas für mich?«
»Allerdings, aber es wird dir nicht gefallen. Zwischen dem genetischen Profil von damals und heute besteht keinerlei Verwandtschaft.«
Julia versteinerte für einige Sekunden. »Verflixt! Sicher?«
»Du weißt genau, ich bin in puncto meiner Analysen unfehlbar«, frotzelte Andrea. »Sonst weniger, das mag sein«, warf sie lachend ein, »aber wenn ich's doch sage: Die beiden Frauen sind etwa so sehr verwandt wie du und ich.«
»Verdammt!« Durant hieb auf die Tischplatte, dass ihr die Handfläche schmerzte. Mit verzogenem Mund konstatierte sie, dass sie verladen worden seien. Vorgeführt.
»Wieso?«
»Sie geben uns ein x-beliebiges Mädchen. Die Zunge entfernt, um ein Exempel zu statuieren. Vermutlich wurde sie bedroht, ihre Familie oder irgendwelche Freundinnen abzuschlachten, wenn sie etwas auspackt. Wir werden nichts aus ihr herausbekommen, gar nichts.« Durant hatte sich in Rage geredet. »Ich könnte kotzen, Andrea, verstehst du das?«

»Auch ich hätte den Fall lieber gelöst gesehen«, seufzte Dr. Sievers. »Jane Doe hat jeden meiner Arbeitstage mit ihrem leeren Blick begleitet. Ich werde sie wohl wieder aufhängen.«
»Hm.« Dann zuckte Durant zusammen. »Hör mal, mir kommt da eine Idee. Wer ist dein Ansprechpartner bei dieser Ermittlungsgruppe?«
Es raschelte. »Holger Hinrichs.«
Julia Durant überlief ein kalter Schauer. Stiernacken. Sie fragte sich, weshalb sie ihn nicht längst kontaktiert hatte. Er kannte Matilda Brückner, ein ausreichender Grund, ihn zu befragen, auch wenn die Taunusblick-Ermittlung für das K11 keine Rolle mehr spielen durfte. Sie legte auf und suchte nach dem Eintrag, den Doris Seidel aus dem Personalregister gezogen hatte. Zwei Minuten später wählte sie eine Handynummer, wurde jedoch zu einer Mailbox weitergeleitet. Eine Frauenstimme sagte die gewählte Nummer an. Standardansage mit Aufzeichnung.
»Hier ist Julia Durant vom K11. Wir sind uns auf dem Schrottplatz Scholtz in Rodgau begegnet. Bitte rufen Sie mich zurück, sobald Sie diese Nachricht abhören.«
Sie legte auf. In diesem Moment betrat Hellmer das Büro.
»Schon was Neues vom Alten?«, erkundigte er sich. Durant schüttelte nur stumm den Kopf. Hellmer betrachtete sie mit prüfendem Blick, während er umständlich aus seiner Jacke schlüpfte und ihr gegenüber Platz nahm. Er seufzte.
»Mensch, Julia, was ist denn bloß los? Du siehst aus, als würdest du auf deiner eigenen Beerdigung stehen.«
»Na danke.« Nachdem sie ihn auf den neusten Stand gebracht hatte, nickte er mitfühlend.
»Ich wurde ebenfalls versetzt«, erzählte er dann.
»Wie bitte?« Durant hob ungläubig die Augenbrauen.
»Der werte Abgeordnete Diestel zog es vor, seine Zeit anderweitig zu verbringen. Ich war bereits vor Ort, da kam der

Anruf. Von irgendeiner Bürotussi. Tausend Entschuldigungen, er schaffe es nicht. Wichtige Verpflichtungen. Ein Ersatztermin würde gefunden werden.«
»Mir platzt gleich der Kragen«, schimpfte sie, verkniff es sich aber, erneut auf den Tisch zu schlagen. »Was glaubt der, was wir hier tun? Das Treffen war kein Kaffeekränzchen, es geht hier um Mord! Ich hätte nicht wenig Lust, den werten Herrn orten zu lassen und ihn zu überraschen.«
»Warum nicht gleich verhaften?«, konterte Hellmer.
»Vergiss es. Dazu lässt es der Oberstaatsanwalt nicht kommen.«
»Ich bleibe an der Sache dran«, versprach Hellmer und sah auf die Uhr. »Wolltest du nicht längst bei Brandt sein?«
Verdammt.

MITTWOCH, 10:47 UHR

Peter Brandt las Zeitung und aß ein dreieckiges Sandwich, aus dem Schinken und Salami lugten. Mayonnaise klebte in seinem Bart, und als er die Kommissarin erblickte, wischte er sich hastig über den Mund.
»Entschuldigung, wartest du schon lange?«
»Ja. Aber wann kommt man sonst schon zum Sportteil und einer derartigen Delikatesse?« Mit einem Grinsen verbannte er den Rest des Brotes in den Papierkorb.
»So übel?«
Brandt zuckte mit den Schultern. »Müssen die italienischen Gene sein. Was einem hier als Salami, Schinken und Käse auf-

getischt wird ... grausam. Na, reden wir nicht mehr drüber. Was hat dich denn aufgehalten? Oder habt ihr hier jetzt auch eine eigene Zeitzone?«
Durant lachte auf. »So weit kommt's noch. Ich fühle mich wie Don Quichote.« Von dem Mädchen hatte sie Brandt bereits erzählt. Die Information mit der DNA war ihm neu.
»Und jetzt?«
»Der Fall ist passé. Aber ich habe noch das eine oder andere, dem ich nachgehen werde. Lass uns aber mal umschalten auf Oskar Hammer. Und sorry noch mal.«

Die Adresse befand sich in Seckbach, Auerfeldstraße, es war ein Mehrfamilienhaus unter vielen. Blumenkästen vor den Fenstern, gepflegte Fassaden mit zum Teil frischen Anstrichen sowie die im Umfeld geparkten Autos deuteten darauf hin, dass es sich nicht um Sozialwohnungen handelte.
»Gibt es noch etwas, das ich wissen sollte?«, erkundigte sich Durant, während sie die dreißig Meter zur Einfahrt abschritten. Brandt verneinte. Die Familie hatte einige Monate nach dem Verschwinden ihres Sohnes die Zelte im Taunus abgebrochen. Der Mann hatte seine Stelle als Lehrer aufgegeben, was die Frau derzeit machte, war den Akten nicht zu entnehmen. So viel wusste auch Durant. Hellmer hatte nur wenige Anhaltspunkte in den Akten gefunden, die Oskar Hammer in Verbindung mit dem Verschwinden der beiden Jungen brachten. Auch in Wiesbaden hielt man sich bedeckt. Doch seltsamerweise schien sich auch niemand daran zu stören, dass Hammer als der Vergewaltiger und Mörder galt. Sein Verschwinden war gemeinhin als Schuldgeständnis betrachtet worden. Es war die Rede von persönlichen Gegenständen der Jungen, die im Müll gefunden worden seien. Doch nirgendwo tauchten diese Beweisstücke auf. Hinweisen auf andere Tat-

verdächtige ging man nicht oder nur halbherzig nach. Scheinbar war man sich zweier Dinge sicher: Erstens war Hammer der Schuldige, und zweitens würde er niemals wiederkehren. Das spiegelte sich auch in den Pressemeldungen von damals wider. Oskar Hammer, Pädophiler und Kindermörder, hatte das Weite gesucht. Seither war weder in seiner Heimatgemeinde noch ringsum etwas Vergleichbares geschehen. Fall abgeschlossen.
»Gibt es keine psychologischen Unterlagen?«, erkundigte Durant sich. Die Nachbetreuung von Eltern vermisster Kinder wurde in der Regel dokumentiert. Doch Brandt wusste davon nichts. Sie klingelten, und sofort waren Schritte zu hören. Hinter dem Milchglas der Tür zeichnete sich eine schlanke Kontur ab.
»Guten Tag.« Mit fragender Miene stand er da. Abgetragene Jeans. Haussandalen. Ein in Ockertönen gestreiftes Hemd mit Halsbändeln.
»Herr Burg?«, vergewisserte sich Brandt und nannte ihre Namen. »Kriminalpolizei. Wir waren verabredet.«
»Ja, kommen Sie.« Beinahe gleichgültig trat der Hausherr zur Seite und winkte die beiden durch einen hellen Flur, der in ein geräumiges Wohnzimmer mündete. Die hohe Glasfront und Dutzende exotischer Pflanzen verliehen dem Raum das Flair eines Wintergartens. Es roch nach Erde. Zwischen den Kissen einer drei Meter breiten Couch wartete eine Frau. Ungeschminkt mit hennaroten Haaren und einer Schlange um den Hals.
»Igitt«, entfuhr es Brandt, der abrupt stehen blieb. Auch Durant kam aus dem Staunen nicht heraus. Eine Dschungellandschaft inklusive Schlange hätte sie nach dem biederen Eindruck, den das Haus von der Straßenseite aus machte, nicht erwartet.

»Warten Sie, ich bringe Seth weg«, vernahm sie eine angenehme Stimme. Behende entfernte die Frau sich, barfuß, und kehrte kurz darauf zu ihnen zurück.

»Sie haben eine Schlange, die Seth heißt?« Sosehr das Ambiente sie an eine Mischung aus Hippie-Kommune und Dschungelcamp erinnerte, Durant hatte sich vorgenommen, sich nicht ablenken zu lassen. Aber das meterlange Ungetüm bereitete ihr Unbehagen.

»Ein Tigerpython«, sagte Herr Burg. »Legal«, fügte er mit einem Augenzwinkern hinzu.

Brandt verschränkte die Arme und kniff die Augen zusammen. »Ich bin kein Experte, aber ...«

»Seth ist neunzehn Jahre alt«, sagte Frau Burg und deutete auffordernd in Richtung einer Wasserkaraffe, neben der zwei unbenutzte Gläser standen. »Wir haben ihn damals, als der Hype um den Film *From Dusk Till Dawn* losging, als Jungtier gekauft. Es ist dieselbe Rasse, wie Salma Hayek eine um den Hals trägt.«

Julia registrierte ein Aufblitzen in Peters Augen. Sie konnte es verstehen. Hayek war unwesentlich jünger als sie selbst und hängte die Messlatte für Fünfzigjährige ziemlich weit nach oben.

»Er hat Bestandsschutz«, durchdrang Frau Burgs Stimme ihre Gedanken, »trotz der neuen Gesetzgebung. Ihm geht es hier bei uns sicher besser als in einem engen Terrarium im Zoo.«

»Hauptsache, er kriecht mir nicht über die Füße«, brummelte Brandt.

»Unterhalten wir uns über die Vergangenheit«, leitete Durant über, nachdem sie einen Schluck getrunken und sich über die bunten Steine auf dem Boden der Karaffe gewundert hatte. Sofort trübten sich die Augen der beiden ein.

Der Mann reagierte zuerst. »Was möchten Sie wissen?«

»Ich nehme an, Sie haben die Nachrichten verfolgt?«
»Sie sprechen von Oskar Hammer?«
Durant nickte.
»War ja nicht zu übersehen«, murmelte Frau Burg.
»Verzeihen Sie meine Direktheit«, schaltete sich Brandt dazwischen, »aber Sie wirken weder erleichtert noch schockiert.«
Durant passte dieser Einwurf nicht, denn wie sollten die beiden schon darauf reagieren? Etwas gestelzt fügte sie hinzu: »Was haben Sie gefühlt?«
Herr Burg fuhr sich durch die grauen Locken. »Was sollen wir schon gefühlt haben? Er ist tot. Ende. Was ändert das schon?«
»Und Sie?«
Frau Burg hob die Achseln und seufzte. »Na ja, wie gesagt, was soll es schon ändern? Patty bringt es uns nicht wieder.« Sie schniefte kurz und drehte den Kopf zur Seite.
»Weshalb befragen Sie uns denn dazu?«, erkundigte sich ihr Mann. »Verdächtigen Sie uns etwa?«
»Wir ermitteln in alle Richtungen«, kam es von Brandt. »Dazu gehört leider auch, dass wir das Umfeld und Ihr Alibi prüfen.«
Mit finsterer Miene versicherte Herr Burg, dass weder er noch seine Frau ein Interesse am Tod Oskar Hammers gehabt hätten. Ein Alibi könnten sich beide bestenfalls selbst geben.
»Wir arbeiten von zu Hause.«
»Was machen Sie denn beruflich? Ich hatte in Erinnerung, dass Sie Lehrer waren?«
»Kinder unterrichten?« Herr Burg atmete schwer, während er den Kopf schüttelte. »Das kann ich nicht mehr. Jeden Tag in heranwachsende Gesichter schauen und sich dabei fragen, wie wohl Patrick aussehen würde.« Er verstummte.
Durant gab ihm einige Sekunden, bevor sie weiterfragte. »Was machen Sie stattdessen?«

»Internethandel. Webdesign. Reisevermittlung. Versicherungen.«
»Und damit lässt es sich gut leben?«
»Wer sagt denn, dass es ein gutes Leben ist?«, erwiderte Frau Burg spitz. »Wir hätten uns beide etwas anderes erhofft.«
»So habe ich das nicht gemeint, Entschuldigung«, sagte Durant beschwichtigend. »Sie sind also vom Taunus in die Stadt gezogen. Um dem Umfeld zu entfliehen?«
»Es war unerträglich«, nickte sie. Bevor Durant nachhaken konnte, begann der Mann zu sprechen.
»Der ganze Ort.« Er winkte ab. »Ein einziger Moloch von Korrupten und Perversen. Und dann die Blicke. Ich war Lehrer an Pattys Schule. Hatte an diesem Tag erst zur Dritten. Das Mitleid, das wir anfangs erhielten, verwandelte sich relativ schnell in Vorwürfe. Ich habe im Bett gelegen und meinen Sohn mit dem Bus fahren lassen, anstatt ihn zu bringen. Oder, noch schlimmer, hätte ich ihn und Lukas gefahren, würden beide Jungen noch am Leben sein.«
»Glauben Sie, dass Patrick und Lukas tot sind?«
Die beiden wechselten einen schnellen Blick. Unschlüssig antwortete Frau Burg: »Wir wollten ihn für tot erklären lassen, aber das geht bei Kindern nicht. Die Vorstellung, er könnte noch leben … in einem Bunker, wie dieses Mädchen in Österreich …« Ein Schluchzen und Zittern unterbrach ihre Worte. Herr Burg legte den Arm um sie, doch sie wehrte sich dagegen.
»Stochern wir nicht zu tief, bitte«, verlangte er daraufhin. »Wir werden uns niemals von der Vergangenheit lösen können. Davon, unseren Sohn verloren zu haben. Weitere Kinder waren uns leider nicht vergönnt, weil die Geburt Komplikationen machte. Damit müssen wir leben. Heute und auch zukünftig. Der einzige Weg, um nicht durchzudrehen, ist, das Ganze zu begraben. Sonst passiert uns dasselbe wie Lukes Eltern.«

Durant kniff die Augen zusammen, und Burg sprach weiter: »Die Frau ist abgehauen, nach Lateinamerika. Er ist ihr nachgezogen. Hat aber nichts gebracht, heißt es. Der totale Absturz. Wir haben das Ganze seit unserem Wegzug aber nicht mehr verfolgt.«
Brandt beugte sich nach vorn. »Was meinten Sie vorhin mit Moloch?«
Burg schlug sich auf die Knie. »Ach, kommen Sie. Die reichste Region des Landes. Saubere Fassaden, doch dahinter geht es schmutzig zu. Ich habe die Eltern allesamt gekannt. Geld, Macht, Politik. Entweder man gehörte dazu – oder man ordnete sich unter. Warum, glauben Sie, ist Hammer nie verhaftet worden? Weil sein Vater, eigentlich nur eine kleine Leuchte, der beste Freund des Bürgermeisters war.«
Durant räusperte sich. Es widerstrebte ihr, doch sie musste es ansprechen: »Gegen Hammer lagen seinerzeit nur Verdachtsmomente in Sachen Internetpornografie vor.«
»Ach, kommen Sie! Haben Sie eben nicht zugehört?« Burg lief in Richtung einer Wurzelholzschrankwand, deren beste Jahre lange vorüber waren. Durant folgte seinen Schritten und erschrak, als sie einen Leguan erblickte, der obenauf thronte. Es raschelte. Burg kehrte zurück und knallte einen Stapel Papier auf den Glastisch. »Hier, hier und hier!« Seine Fingerkuppen donnerten wie ein Pfeilhagel darauf. »Unser Nachbarort. Acht Kilometer entfernt. Roter Porsche mit verdächtigem Mann. Plattgedrückte Haare, Sonnenbrille. Drei Monate später, in einer Gemeinde in entgegengesetzter Richtung. Ein Fremder. Dunkle Haare, stämmig, Brillenträger. Lungerte im Park herum. Sprach eine Gruppe Kinder an, wer Lust auf ein Eis hätte. Am Waldschwimmbad wurde mehrfach von verdächtigen Fahrzeugen berichtet, in denen, je nach Augenzeuge, ein Spanner saß oder einer, der Kinder zum Ein-

steigen verleiten wollte.« Burg keuchte vor Erregung. »Soll ich weitermachen?«
Durant hob einige der Blätter hoch, es waren zumeist handschriftliche Notizen auf Ringbuchpapier. »Und Sie glauben, dass Oskar Hammer dahintersteckte?«
»Keiner wichst auf ewig bloß vor dem Monitor.«
»Baby!«, entfuhr es Frau Burg.
»Ist doch wahr! Ein paar Wochen bevor Patty verschwand, wurden schon mal zwei Kids in den Wald gelockt. Eins überlegte es sich anders und rannte zurück. Das andere erzählte zu Hause, ihm sei weh getan worden. Es wurde totgeschwiegen.« Der Unterton wurde zynisch, als er fortfuhr: »An dem Tag hatte eine Gruppe Behinderter ihren Ausflugstag. Es hieß, einer von denen sei schuld und man müsse Verständnis haben. Es sei ja zum Glück nichts Schlimmes passiert. Verstehen Sie, was ich meine, Frau Durant?«
Julia Durant *wollte* es nicht verstehen. Sprach Burg von einer gezielten Vertuschung? War es Hammer gewesen, der die Kinder angelockt hatte? Es mochte unglaublich erscheinen, doch sie erinnerte sich an Fälle, in denen noch schlimmere Verbrechen verschleiert worden waren. Um die Fassade einer heilen Welt zu wahren. Um politische oder finanzielle Größen zu schützen. Durant spürte, dass auch Brandt diese Verhaltensmuster kannte.
»Haben Sie die Namen der Kinder parat?«, fragte sie schnell. Sie musste mit ihnen persönlich sprechen, wenn sie die ungefilterte Wahrheit erfahren wollte.
Burg raschelte mit seinen Papieren und zog die Lippen in die Breite. Er murmelte etwas zu seiner Frau, diese schüttelte den Kopf.
»Ich such's Ihnen raus«, versprach er. »Irgendwo müsste ich es haben.«

»Ich würde es vorziehen, darauf zu warten«, antwortete Durant.
»Wie Sie meinen.« Burg geriet ins Schwitzen, was an der tropischen Atmosphäre des Raumes liegen konnte. Oder war er nervös? Schneller als erwartet zückte er ein Papier und hielt es triumphierend nach oben. Er las die beiden Namen vor, schlug sich an die Stirn und sagte, dass er da auch selbst hätte draufkommen können. Frau Burg lachte spitz auf.
Die Kommissarin notierte sich die Namen der Kinder und bedankte sich. Sie sortierte ihre Gedanken. Einer der Namen war weiblich.
»Laura?«, fragte sie nach. Bislang war nur von Jungen die Rede gewesen. Es wunderte sie, doch niemand ging auf ihren Einwand ein.
»Wir werden dem nachgehen«, kommentierte Brandt schließlich.
Julia Durant warf einen Blick auf ihre Aufzeichnungen.
»Wenn ich Sie nun nach Johannes Lambert oder Norbert Diestel frage«, begann sie nach fast einer Minute Schweigen, in der sie Burg unauffällig beobachtete. Er schien sich zwar langsam zu entspannen, aber noch immer schwebte Unbehagen im Raum. Etwas, dass sie nicht greifen konnte.
Burg vollendete ihren Satz aus heiterem Himmel: »Dann werden Sie von mir nichts dazu hören.«
»Wieso nicht?«, wollte Brandt wissen.
»Weil es nichts bringt. Damals wie heute. Hammer ist tot. Prima. Lambert, Diestel, diese ganze Mischpoke, können nun aufatmen. Ein Schandfleck weniger. Offiziell werden sie kein Aufhebens um die Sache machen. Schärfere Gesetze fordern und einen Haken dran machen. Danach verscharren sie ihren Parteifreund klammheimlich in einem edlen Grab. Ende der Geschichte.«

Draußen drehte Durant sich noch einmal um. Von außen war tatsächlich nicht zu erahnen, welchen Grundriss das Erdgeschoss nach hinten raus hatte.
»Kommt dir das nicht komisch vor?«, fragte sie.
»Worauf spielst du an? Den Leguan, die Schlange, den Urwald da drinnen? Oder darauf, dass die beiden null Trauma zeigen?«
»Ich sprach von der Hütte«, brummte Durant. »Sie erscheint mir ziemlich teuer für zwei Personen, die keinen vernünftigen Job haben. Aber egal. Was meintest du mit Trauma?«
Brandt, der, wie sie wusste, zwei erwachsene Töchter hatte, tippte sich empört auf die Brust. »Wenn Sarah oder Michelle etwas zugestoßen wäre, würde *ich* nicht so gleichgültig dahocken. Auch nicht zehn Jahre danach.«
»Hmm. Vielleicht ein Schutzmechanismus. Ich kann gerne Alina Cornelius dazu befragen.«
»Habt ihr immer noch Kontakt?« Brandt zog die Augenbrauen hoch. Kannte Alina als Zeugin in einem Fall, der beinahe so lange zurücklag wie die Sache mit Hammer.
»Das werden wir auch weiterhin, wir sind gute Freundinnen geworden.« Mehr war sie nicht bereit, dazu zu sagen. »Ich hake mal nach. Doch auch wenn ich keine Kinder habe, ich glaube, ich kann mich ein Stück weit einfühlen. Ein Trauma ist nicht allgegenwärtig, jedenfalls nicht im Bewusstsein. Sonst dreht man durch. Man darf die Vergangenheit nicht unter den Teppich kehren, aber man darf sie nicht die Kontrolle über die Gegenwart erlangen lassen.«
Julia Durant wusste, wovon sie sprach. Sie war entführt und vergewaltigt worden, vor Jahren, und es hatte sie fast zerstört. Doch das Leben hatte nicht haltgemacht, es wartete nicht. Und Julia hatte einen Weg gefunden, damit klarzukommen.

»Vielleicht betäuben sie sich auch«, folgerte Brandt. »Es schwang eine Menge Esoterik im Raum, wer weiß, welche Pflanzen sie dort anbauen.« Er zwinkerte. »Deshalb habe ich auch kein Wasser getrunken. Hast du die Klunker darin nicht gesehen?«
»Reine Deko«, lachte Julia. Sie kannte das von Alina. Sie bewegten sich langsam in Richtung ihrer Fahrzeuge.
»Ich möchte trotzdem etwas über die wirtschaftliche Situation der beiden wissen«, entschied die Kommissarin. »Von Internetgeschäften allein kann sich das nicht alles finanzieren, selbst wenn da noch eine Lehrerpension mitschwingen würde.«
»Soll ich mich drum kümmern?«, fragte Brandt.
»Gerne. Was ist mit dem anderen Opfer?«
»Lukas?«
»Nein. Ich meine das Kind, bei dem man es auf die Behinderten geschoben hat. Ich dachte, ich höre nicht richtig, wollte mir aber vor den Burgs nichts anmerken lassen.«
Brandt neigte den Kopf. »Glaubst du seine Verschwörungstheorien denn?«
»Nicht alles vielleicht. Aber er hat eine Menge an Material gesammelt. Zusammenhänge, die Hammers Freunde, wäre es zu einer Verhandlung gekommen, geleugnet und zerredet hätten. Ich würde mir das gerne genauer ansehen, Herrn Burg dazu ins Boot holen, wenn's sein muss. Oder verrenne ich mich da?«
»Mach nur«, lächelte Brandt. Er wusste es offenbar zu schätzen, dass Durant seinen Rat einholte und nicht während der Befragung derart vorgeprescht war. Sie wunderte sich über sich selbst, denn viel zu oft übernahm sie ungefragt die Führung und ließ sich nur ungern in Frage stellen. Aber so war das nun mal als Leiterin der Mordkommission. Vielleicht dachten deshalb alle, dass sie Bergers Posten übernehmen sollte. Sie schob den Gedanken beiseite.

»Über den Verbleib von Lukas' Vater sollten wir ebenfalls reden«, sagte sie schließlich. »Wenn nicht im Melderegister grober Unfug getrieben wurde, muss er doch zu finden sein.«
»Dann klemme ich mich mal dahinter«, schlug Brandt vor, während er sie zum Auto begleitete. Doch Durants Gedanken waren plötzlich weit entfernt. Beinahe panisch tastete sie ihre Jacke ab.
»Was ist denn?«, hörte sie den Kommissar fragen.
»Nichts«, knurrte sie verbissen. Wo um alles in der Welt ... Doch sie fand nicht, wonach sie suchte.
»Mein Schlüssel ist weg.«
»Hast du ihn bei den Burgs liegen lassen?«
»Nein.« Sie erreichten das Auto. »Ich hatte ihn überhaupt nicht in der Hand.«
Brandt umrundete den Roadster. Zweifelsohne gefiel ihm, was er sah. Dann lachte er auf.
Durant wollte ihm gerade einen vernichtenden Blick schenken, da sah sie, worauf er deutete. Der Schlüsselbund steckte im Zündschloss. Sie schluckte.
»Scheiße, wie konnte das denn passieren?«
»Vielleich warst du so überwältigt, mich zu sehen«, scherzte Brandt.
Sofort lag Julia ein bissiger Kommentar in puncto Frankfurt und Offenbach auf der Zunge. Doch sie schluckte ihn hinunter und zwinkerte. »Das wird's wohl gewesen sein«, erwiderte sie stattdessen. Denn nichts nervte sie mehr als der immerwährende Konflikt zwischen den beiden Städten.

Durant drehte einen Schlenker zum Hessencenter. Sie hatte Appetit auf teuren Kaffee und einen Kalbfleischdöner mit Käse. Auf ihrem Handydisplay fand sie drei Anrufe ohne Sprachnachricht von derselben Nummer. Sie kam ihr bekannt vor, tauchte aber nicht in ihren Kontakten auf. Julia kratzte sich am Kinn. Sie sprach selbst ungern auf Mailboxen, wunderte sich dennoch, weshalb jemand, der dreimal anrief, keine Nachricht hinterlassen hatte. Als sie zurück am Auto war, legte sie die Plastiktüte mit dem Essen auf den Beifahrersitz. Sofort strömte der Geruch von Knoblauch und Fett durch den Wagen und vermischte sich mit dem Kaffeeduft. Durant stieg ein, startete den Motor und tippte die Nummer an.

»Na endlich!«, schnauzte es ihr entgegen. Berger. Es musste sich um einen anderen Anschluss in seinem Haus handeln, deshalb war die Nummer nicht gespeichert.

»Geht es Ihnen besser?«, erwiderte die Kommissarin irritiert. Offenbar ja, dachte sie insgeheim. Oder eben nicht.

»Sie sollten sich raushalten«, empörte er sich weiter. »*Raus!* Was ist denn daran so schwer zu begreifen?«

Sie hielt das Gerät eine Handbreit weg vom Ohr. »Entschuldigen Sie, wovon reden Sie? Geht das auch leiser?«

»Der Taunusblick ist passé, verdammt! Inklusive aller Nebenschauplätze. Ich dachte, ich hätte mich klar ausgedrückt.«

»Meinetwegen«, erwiderte Durant wütend. »Dann zählt das Heraustrennen einer Zunge künftig nicht mehr zu den Gewaltverbrechen, ja? Und uns interessiert es auch nicht, dass die unbekannte Tote von vor einem Jahr da draußen eine Schwester hat, die sich täglich von zwanzig Lustböcken besteigen lassen muss?« Sie lachte bitter. »Prächtig. Dann fahre ich zurück ins Präsidium und kaufe mir unterwegs eine Sudoku-Zeitschrift.«

»Spielen Sie nicht die Naive«, murrte Berger, »das steht Ihnen nicht.« Dann, versöhnlicher: »Ihr Problem ist, dass Sie nicht abgeben können. Geht mir auch zuweilen so. Doch in dem Fall wird ermittelt, es wird Verurteilungen geben, darauf kön-

nen wir uns verlassen. Nur kümmert sich eben eine andere Abteilung drum. Wer weiß«, schloss er nach einer vielsagenden Pause, »womöglich pinkeln die der ganzen Offenbacher Mafia kräftig gegen's Bein. Das dürfte selbst den Kollegen Brandt erfreuen.«
»Von Freude spüre ich bei ihm herzlich wenig«, hielt Durant dagegen. »Er fühlt sich genauso übergangen wie ich.«
»Da müssen Sie nun mal durch«, war die knappe Antwort, jetzt wieder in unfreundlicherem Ton. »Ich erwarte von Ihnen als Ihr Vorgesetzter, dass Sie meine Weisungen befolgen.«
Dann benimm dich mal wie ein Vorgesetzter, dachte Durant mürrisch, als er die Verbindung abrupt unterbrach. Trotzig drehte sie den Zündschlüssel zurück und blieb auf dem Parkdeck stehen. Sollte sich doch jemand anders um den Drecksladen kümmern. Sie schaltete Radio Bob an, es lief etwas von Alice Cooper, sie drehte lauter. Danach biss sie genussvoll in das Fladenbrot, aus dem die Knoblauchsoße hervorquoll.

MITTWOCH, 11:55 UHR

Er ging in den Keller. Für jede Partei, die hier wohnte, gab es einen separaten Raum. Doch seit einem Wasserschaden waren die meisten Kammern leer. Es roch nach Schimmelentferner und abgestandener Luft. Kam überhaupt jemand außer ihm jemals herunter? Er schloss die erste Tür auf, im Sturz, nur zwei Handlängen weiter, wartete eine zweite auf ihn. Er hatte

diese Schleuse entworfen, um den dahinter liegenden Bereich abzusichern. Gegen Wasser, gegen Feuer, gegen fremde Blicke. Was sich hier unten befand, gehörte ihm allein. War alles, was ihm im Leben etwas bedeutete.
Genauso bedächtig, wie er sie geöffnet hatte, verschloss er die Türen wieder. Die CDs, die er mitgebracht hatte, legte er auf ein schmales Regal. *Mundstuhl* und *Badesalz*, hessische Comedy. Der Junge hatte die Stücke größtenteils auswendig runterspulen können.
»Ich habe etwas mitgebracht«, murmelte er im Flüsterton und näherte sich der hinteren Ecke des drei mal vier Meter messenden Raumes. Seine Hände griffen nach den Silberscheiben. Er hatte sie im Internet ersteigert. Neuwertig. Fast immer brachte er ihm etwas mit, wenn er ihn besuchte. Dinge, von denen er wusste, dass sie ihm gefallen würden. Dinge, die er als Kind besessen hatte.
Der Junge erwartete ihn mit demselben Lächeln, das er immer zeigte. Es wirkte gestellt und trotzdem herzlich, außerdem ein wenig scheu.
So wie er nun mal war.

MITTWOCH, 12:15 UHR

Als die Kommissarin im Präsidium an der Adickesallee eintraf, war sie immer noch missmutig. Sie knallte die Wagentür zu und betrat das Gebäude. Das Büro war leer, und auf dem Schreibtisch sah es wüst aus. Als das Telefon klingelte, musste sie vor dem Abnehmen ihre Hände abwischen, die noch immer klebrig waren von der abgeleckten Soße. Doch der Anrufer, diesmal verriet Bergers gespeicherte Festnetznummer seine Identität, hatte bereits aufgelegt.

Soll er warten, bis er schwarz wird, dachte Durant. Es ärgerte sie, wenn sich jemand, der keine Argumente vorbringen konnte, hinter seinem Dienstrang versteckte. Das passte nicht zu dem Berger, den sie kannte und (noch immer) schätzte. Ausgerechnet jetzt. Besoffen auf dem Friedhof umherzufallen war jedenfalls nicht das Bild, das ein Vorgesetzter vermitteln sollte.

Prompt schnarrte das Gerät erneut.

»Ich kann nicht reden«, hauchte Bergers Frau in den Hörer. Durant runzelte die Stirn, sagte aber nichts. »Er hat geschlafen wie ein Toter, tigert aber seit geraumer Zeit im Haus umher. Er sieht total verkatert aus, ansprechen durfte ich ihn bislang nicht. Er hat sich eingeschlossen.« Sie senkte ihre Stimme noch eine Nuance mehr. »Wenn er mich hört …«

»Was ist denn passiert?«, unterbrach die Kommissarin sie alarmiert.

»Sein Handy war in der Waschküche, in einer der Hosentaschen. Es hat unablässig gepiept, deshalb habe ich es leise stellen wollen. Gerade in diesem Moment platzte er herein und hat mich in den Senkel gestellt. Vertrauensbruch, Privatsphäre, das hat er mir an den Kopf geknallt. Dann ist er mitsamt dem Gerät abgezogen. Ich solle mich nicht einmischen, schrie er noch, bevor die Tür knallte.« Marcia klang den Tränen nah. »So habe ich ihn noch nie erlebt.«

»Einmischen in was?«

»Wenn ich das wüsste. Aber auf dem Display stand Ihr Name. Ich bekomme es nicht mehr ganz zusammen, aber der Text beinhaltete etwas wie ›Halten Sie die Durant fern‹ und ›letzte Warnung‹.«

Durant sprang auf, dabei stieß sie den Pappbecher um, in dem sich noch eine Handbreit Kaffee befand. Sie fluchte leise und presste noch ein »Ich komme vorbei« ins Telefon.
Im Hinauseilen griff sie ihre Jacke mit den Autoschlüsseln.

Marcia Berger stand in der Haustür, dicke Strümpfe an den Füßen. Sie begrüßte Durant mit gedämpfter Stimme. »Ich habe ihm Ihr Kommen nicht angekündigt, wir hatten keinen weiteren Kontakt.«
»Das ist vielleicht auch besser so«, antwortete Durant und berichtete von Bergers letztem Anruf.
»Sie würden mir doch sagen, wenn Sie etwas wüssten?«, vergewisserte sich Frau Berger unsicher. Etwas Flehendes lag in ihren Augen. Julia Durant nickte bloß. In Gedanken war sie anderswo, bei Hellmer, dessen Sauferei und den Ursachen, die es dafür gegeben hatte. Der Job brachte einen regelmäßig an die Grenzen. Manchmal brauchte es nur eine geringfügige Irritation, um das Fass zum Überlaufen zu bringen. Hellmers behinderte Tochter war ein Grund gewesen. Bei anderen war es die Beziehung, der Tod eines Haustiers oder sonst was. Und bei Berger?
»Bevor ich mit ihm rede«, sagte Durant schließlich, »würde ich Sie gerne etwas Persönliches fragen.«
Marcia neigte aufmerksam den Kopf, und die Kommissarin fragte geradeheraus: »Macht ihm sein Abschied sehr zu schaffen? Bis heute habe ich seine Wesensveränderung nämlich vor allem darauf …«
Doch ihr Gegenüber winkte abwehrend mit der Hand. »Nein, das hat damit nichts zu tun, glauben Sie mir. Er freut sich sogar darauf.« Sie stockte, dann aber nickte sie. »Ja, doch, Freude ist das richtige Wort dafür. Wir wollen eine Weltreise machen, außerdem hat er einen Lehrauftrag für übernächstes

Semester an der Hochschule in Wiesbaden. Und er möchte Andrea einmal in die USA begleiten.«
»Danke.« Das alles war Durant neu. Folglich litt Berger nicht an einer Pensions-Depression, sondern es war etwas anderes. Er wurde bedroht. Um sicherzugehen, hakte sie noch einmal nach: »Sie sind sich hundertprozentig sicher, dass die Worte ›letzte Warnung‹ in Verbindung mit meinem Namen auf dem Display standen?«
Marcia nickte.
Ein Schließgeräusch war zu hören, dann knarrte ein Türscharnier. Durant drehte sich um.
»Was wollen Sie denn hier?« Bergers Stimme war kratzig. Seine Augen rot unterlaufen, die Nase geschwollen.
»Mit Ihnen reden«, gab die Kommissarin kühl zurück. Wusste er überhaupt noch, dass Hellmer und sie ihn am Vortag hierhergebracht hatten?
Er schnaubte und trottete in die entgegengesetzte Richtung. »Ich muss pinkeln.« Die Klotür knallte und wurde verriegelt.
Marcia wollte etwas sagen. Doch Julia legte ihr die Hand auf den Arm. »Schon gut. Gehen Sie einen Tee trinken. Ich bekomme das hin, vertrauen Sie mir. Ich habe das leider alles schon mal erlebt.«

Bergers Arbeitszimmer befand sich im selben Zustand wie tags zuvor. Lediglich die Scherben waren zusammengekehrt und der Teppich hochgeklappt. Es roch muffig, also öffnete Julia das Fenster. Sie setzte sich in den Ledersessel, ohne darüber nachzudenken, wie das auf ihren Boss wirken mochte.
Da stand er bereits im Türrahmen. »Sie sind ja immer noch da.«
»Ja, und ich bleibe auch.« Durant verschränkte die Arme. Dann begann sie, sich auf dem Schreibtisch umzusehen. Ber-

ger stampfte heran. Er wischte sich Speichel von der Unterlippe.
»Ich sage es Ihnen jetzt zum letzten Mal ...« Seine Stimme bebte, er geriet ins Stammeln, doch Durant war längst aufgesprungen.
»Nein! Ich rede jetzt, und zwar Klartext.« Ihr Finger schnellte in Richtung seiner Brust. »Sie können sich ins Nirwana saufen, das ist nicht mein Bier, auch wenn ich's schade um Sie fände. Sie können sich hier eingraben, auch gut, und sich zu Tode langweilen. Aber solange Sie mein Vorgesetzter sind, verhalten Sie sich gefälligst auch so. Sie pfuschen mir nicht in meine Arbeit. Sie schwingen Ihren Hintern morgen früh ins Büro. Und bis Weihnachten halten Sie, verdammt noch mal, durch. Ist das klar?«
Bergers Augen glotzten sie an, während sein Mund offen stand. Es hatte fast schon etwas Stupides, und um ein Haar hätte Julia sich geschämt. Doch ihre Erfahrungen hatten ihr ein dickes Fell beschert. Noch bevor Berger ansetzen konnte, etwas zu erwidern, senkte sie ihre Stimme. Außerdem ihren Finger, mit dem sie ihn, wäre er zehn Zentimeter länger, während ihrer Wutpredigt wohl dutzendfach durchbohrt hätte.
»Verdammt, Boss«, sie setzte sich wieder hin, »reden Sie doch mit mir. Ich vertraue Ihnen wie kaum einem Kollegen. Was ist los mit Ihnen? Wer bedroht Sie?«
Berger zuckte zusammen. »Was sagen Sie da?«
»›Letzte Warnung‹«, zitierte Durant, »und Sie sollen mich fernhalten. Was zum Geier soll das?«
Berger hastete zur Tür, stolperte dabei über den Teppich, und der Schwung brachte das Türblatt zum Knallen. Schleichend bewegte er sich zurück und zog sich einen antiken Holzstuhl heran. »Marcia hat also etwas mitbekommen«, raunte er.

Durant zeigte ein schmales Lächeln. »Frauen bekommen in der Regel eine ganze Menge mehr mit, als Männer denken. Also, Karten auf den Tisch.«
Berger kratzte sich mit gequältem Gesichtsausdruck am Ohr. »Frau Durant«, sagte er schließlich, »was Sie nun hören werden, fällt mir verdammt schwer. Schwerer als alles, was Sie bisher von mir gehört haben.«

MITTWOCH, 12:40 UHR

Peter Brandt war zu früh. Es war Spitzers Verdienst, dass er sich mit Dieter Greulich treffen sollte. Um halb eins. Die Ermittlung vertrug keine Animositäten, wie sein Boss ihm klipp und klar zu verstehen gegeben hatte.
Er beschloss, sich etwas zu essen und eine Zeitung zu holen. Greulich hatte ihm mitgeteilt, dass er sich verspäten werde. Somit blieb ihm genug Zeit. Umso erstaunter war er, als er sich dem Hanauer Hauptbahnhof näherte, Dieters aufgemotzten BMW zu sehen, der in Richtung B43a schoss. Greulich hatte ihn nicht gesehen, und der Kommissar zögerte nicht lange und wendete seinen Alfa. Jemand hupte, doch daran störte Brandt sich nicht weiter. Er beschleunigte, gerade rechtzeitig, um zu sehen, welche Richtung der BMW einschlug. Er blieb an ihm dran, nur so viel auf Tuchfühlung, dass Greulich nichts bemerkte. Dieser Geheimniskrämer. Neben seinem Hang zur Gewaltbereitschaft war es der Charakterzug, der Brandt stets am meisten gestört hatte, als sie noch zusammengearbeitet hatten.

In einem Waldweg nahe dem Tierpark Klein-Auheim kam der BMW zum Stehen. Weil er seine Tarnung noch nicht aufgeben wollte, beschleunigte Brandt und fuhr an der Einmündung vorbei. Nach einem Kilometer wendete er und kam am Straßenrand zum Stehen. Weit genug, um nicht in den Graben zu rutschen und den dünnen Verkehr nicht zu behindern. Ein Motorradfahrer war ihm entgegengekommen, bevor er gedreht hatte. Brandt registrierte, dass dasselbe Motorrad nun neben Greulichs Wagen parkte. Der Fahrer nahm seinen Helm ab, und die Männer begrüßten sich per Faustschlag, als seien sie alte Freunde. Die beiden vertieften sich in ein Gespräch, bei dem ab und an gestikuliert wurde, doch es wirkte nicht bedrohlich. Im Gegenteil. Brandt fragte sich, was sein Kollege mit den Bikern zu tun hatte. War der andere ein V-Mann? Ungute Erinnerungen stiegen in ihm auf. Kurzerhand stieg er wieder in den Alfa Romeo und startete den Motor. Mit Karacho fuhr er an und bremste an der Einmündung des Weges so stark ab, dass beim Einschlagen des Lenkrads um ein Haar das Heck ausgebrochen wäre. Eine Pfütze spritzte, am Unterboden war der aufwirbelnde Schotter zu hören. Greulich schaute verdattert, deutete auf ihn und sagte etwas zu dem in Lederkutte gekleideten Mann auf dem Zweirad. Dieser stieg ab. Für den Bruchteil einer Sekunde fragte Brandt sich, ob sein Auftritt eine gute Idee gewesen war. Doch Dieter hätte so tun können, als kenne er ihn nicht. Stattdessen näherte er sich dem Alfa. Brandt ließ die Scheibe hinunter.
»Was machst *du* denn hier?«
»Dito«, erwiderte Brandt. »Selbe Frage geht an dich.«
»Ich habe zuerst gefragt«, murrte Greulich. Im Hintergrund hustete der Biker.
»Ich habe im Vorbeifahren deinen Boliden gesehen«, grinste Brandt – praktisch wahrheitsgemäß. »Was ist das für ein Typ? Outlaw?«

Irgendwie hatte Brandt das Gefühl, als verberge der Mann sein Gesicht vor ihm. Er ließ den Motor laufen und stieg aus.
»Lass uns in Ruhe«, versuchte Greulich ihn wieder zum Einsteigen zu bewegen. »Ich arbeite hier an etwas.«
»Du hast mir noch nicht erklärt, was das ist«, sagte Brandt und drängte unbeirrt in Richtung Harley. Dicke Chromauspuffrohre mit blaugoldenen Hitzeverfärbungen reckten sich ihm entgegen. Brandt wusste, dass der Fahrer in einer Zwickmühle saß. Fuhr er los, wäre das höchst verdächtig. Und sein Kennzeichen prangte auf dem Heck. Blieb er aber stehen und gab damit seine Identität preis …
»Er ist undercover unterwegs«, sagte Greulich, der versuchte, mit Brandt Schritt zu halten. In dieser Sekunde drehte der Mann sich um. Sofort begann das Gehirn des Kommissars zu arbeiten. Es dauerte nicht lang, da hatte er das Gesicht zugeordnet.
Metallhandel Scholtz.

»Rieß, Andreas. Rauschgiftdezernat«, stellte sich der Mann vor. Er trug Handschuhe, die weit über seine Jackenärmel reichten. Eine seiner Pranken streckte er Brandt entgegen. Das Leder war weich, aber kalt.
»Brandt«, brummte der Kommissar. »Wir sind uns vorgestern begegnet.«
»Ich erinnere mich. War ziemlich heiß, das Ganze.«
»Wieso?«
»Du warst nicht hier. Du hast nichts gesehen«, mischte Greulich sich ein, »verstanden?«
»Erklärt mir bitte mal jemand, worum es hier geht?«
Die beiden Männer wechselten einen schnellen Blick.
»Andi ist in der Szene aktiv. Undercover. Je weniger du weißt, desto besser.«

Brandt verspürte nur wenig Lust, sich in Greulichs Machenschaften ziehen zu lassen.

»Ich will wissen, was Sie auf dem Schrottplatz zu tun hatten«, beharrte er.

»Das gehört dazu. Es ist eine ziemlich große Sache«, holte Rieß aus, doch Greulich würgte ihn ab.

»Zu groß, um sie hier zu erklären. Peter«, bat er eindringlich, »vergiss dieses Treffen. Mach dir keinen Kopf. Ich garantiere dir, niemand pfuscht dir herein oder pflastert die Gegend mit Leichen. Doch zurzeit kann ich dir keine Informationen zuspielen.«

Brandt bat Greulich zur Seite, dieser entschuldigte sich bei Rieß, und die beiden Männer entfernten sich. Dem Kommissar war nicht entgangen, dass sein Kollege ihm nur äußerst widerwillig folgte.

»Denkst du, das ist vertrauensfördernd?«, empörte sich Dieter.

»Ist mir schnurzpiepegal. Ich will etwas über eine verdeckte Operation wissen. Spitzer schickt mich, er erwartet Ergebnisse.«

»Dann soll er sich an Ewald wenden«, wehrte Greulich ab. Ewald war Leiter des Rauschgiftdezernats und hatte ihn damals angefordert, als er die Mordkommission verlassen hatte.

»Nein!«, zischte Brandt. Im Augenwinkel registrierte er, dass Rieß den Kopf hob.

»Okay, meinetwegen. Worum geht's?«

»Wer steckt dahinter, dass der Lkw-Fahrer und Scholtz verhaftet wurden? Und wo sind sie?«

»Sie sind passé. Finde dich damit ab.«

Brandt konnte es kaum mehr ertragen. Wütend sog er Luft zwischen den Nasenflügeln ein, um sie sofort wieder auszustoßen. »Verdammt, Dieter! Gib mir *irgendetwas!*«

»Okay. Bitte schön. Die Ermittlung ist Teil eines größeren Ganzen. Ich weiß selbst nur Bruchteile davon. Niemand darf darin herumstochern, sonst ist alles für die Katz.«
Brandt fand diese Erklärung ziemlich armselig. Doch er ahnte, dass Greulich ihm nicht mehr geben würde.
»Bist du Teil davon?«
Greulich nickte. »Bitte frag nicht weiter.« Langsam und jede Silbe betonend, als wolle er es ihm eintrichtern, fügte er hinzu: »Und erwähne um Himmels willen nichts gegenüber Spitzer, Ewald oder der Klein!«
»Das muss ich mir noch überlegen«, murrte Brandt.
»Du gefährdest das Leben von Kollegen.« Es klang ernst.
»Mein Lieber, du stehst mächtig in meiner Schuld«, sagte der Kommissar und hob seine Hand in Richtung Rieß. Er hatte diesen Kollegen in all den Jahren noch nie zuvor gesehen.
Dieter Greulich zuckte mit den Schultern. »Wie du meinst.«
Peter Brandt schritt zurück zu seinem Wagen.
Das kostet dich was, dachte er fast schon genüsslich.

MITTWOCH, 13:25 UHR

Berger hatte rückwärts begonnen. Er hatte Durant die SMS gezeigt, in der wortwörtlich das gestanden hatte, woran Marcia sich erinnert hatte. Eine eindeutige Warnung. Sofort war Durant in den Kopf gekommen, dass sie die IT-Abteilung darauf ansetzen könnte, doch Berger hatte sie harsch unterbrochen. »Erstens erwarte ich von Ihnen, dass Sie nichts Vor-

eiliges unternehmen. Und zweitens«, er räusperte sich, »kenne ich den Absender.«
»Bitte?«
Berger war mit wenigen Klicks zu einer E-Mail gelangt, in der sich Bilddateien befanden. Mit wachsendem Entsetzen beäugte Durant die fast nackte Frau, die Gläser und das Kokain. Dazu der Mann, der sich offenbar eingenässt hatte, wenn er sich nicht gerade Champagner in den Schritt gegossen hatte.
»Scheiße, das sind ja Sie«, hauchte sie mit der Hand vor dem Mund.
»Davon«, Berger deutete auf den Monitor, »darf Marcia niemals etwas erfahren.«
»Hm. Wann und wo war das?« Durant versuchte, ihre Neugier im Zaum zu halten. Viel lieber hätte sie gefragt, weshalb er sich so hatte gehen lassen und ob die Frau im Hintergrund eine Professionelle war.
»Das ist ja mein Problem«, kam es zerknirscht zurück. »Ich weiß es nicht. Weder das eine noch das andere.«
Durant hob ungläubig die Augenbrauen. »So eine Nacht vergisst man doch nicht.«
»Schauen Sie doch einfach mal genau hin«, erwiderte Berger patzig. »Ich bin bewusstlos. Schätze, man hat mir etwas ins Glas gemischt. Und natürlich gibt es einen Zeitraum, aber ich kann es nicht präzisieren. Das Hemd, das ich trage, ist neu. Ich habe es im Sommer gekauft, anlässlich eines Dienstjubiläums, zu dem ich geladen war. Doch seither habe ich es öfter angehabt. Ihnen dürfte nicht entgangen sein, dass ich noch ein paar Kilos runter habe.« Er zwickte sich verstohlen in die Hüfte. »Das Hemd war eine Art Belohnung.«
»Das bringt uns nicht viel weiter«, murmelte Durant. »Wie oft gehen Sie denn aus ohne Ihre Frau? Ich meine, wir spre-

chen von zehn, fünfzehn Wochen, wenn wir es auf den Sommer eingrenzen. Haben Sie ein Kaufdatum?«
»Das habe ich alles schon durch«, knurrte Berger. »Ich bin Bulle, schon vergessen? Das Hemd kam in KW 26, am 28. Juni. Ein Samstag. Die Feier war zwei Wochen später. Seither gab es eine Hochzeit in Andreas Freundeskreis, auf der wir aber auch gemeinsam waren. Alleine war ich bloß auf einem Seminar, dazu kommen drei, vier Treffen auf ein Feierabendbier.« Er seufzte. »Das ist dünn. *Zu* dünn.«
Durant nickte. »Trotzdem sollten Sie den Personen, die Sie zum Bier getroffen haben, hinterhertelefonieren.« Sie räusperte sich. »Wie es auf Seminaren zugehen kann, weiß ich nur allzu gut. Das sollten Sie ebenfalls prüfen.«
»Vergessen Sie's«, wehrte Berger ab. »Das war im hinterletzten Kuhdorf, und außer männlichen Kollegen – allesamt nicht mehr fahrtüchtig – war dort der Hund begraben. Wir haben kiloweise Grillfleisch gegessen, und die meisten haben Doppelkorn getrunken und lagen um halb zehn abends in der Falle. Ich habe alkoholfreies Weizen gekippt, mehr nicht.«
Julia Durant dachte einige Sekunden nach.
»Okay. Dann zu dem Mädchen. Schon mal gesehen?«
Berger verneinte.
»Ich lasse sie erkennungsdienstlich untersuchen.«
»Unterstehen Sie sich!«
»Wir schneiden das Foto ab, so viel beherrsche selbst ich. Und ich impfe Schreck, dass er das Ganze inoffiziell durchführt. Womöglich ist die Frau eine der Prostituierten aus dem Hornissennest, in das wir mit unserer Ermittlung gestochen haben. Vielleicht irre ich mich auch. Aber man erpresst Sie ausgerechnet mit ihr, um die Mordkommission vom Taunusblick-Fall fernzuhalten. Das stinkt. Und zwar nach einem großen Haufen Scheiße.«

Berger stöhnte auf. »Wie oft muss ich das denn noch sagen? Finger weg von dieser Ermittlung! Stochern Sie nicht in diesem Haufen herum.«

»Im Gegenteil«, konterte Julia Durant.

Sie ließ sich gerne Dienstanweisungen geben, kooperierte nötigenfalls mit dem LKA, den etwas speziellen Kollegen am Flughafen oder auch mit Peter Brandt. Doch sie würde sich niemals einer Erpressung beugen. Wild entschlossen funkelte sie Berger an, als sie sagte: »Ich lege jetzt erst richtig los.«

MITTWOCH, 18:30 UHR

Kullmer und Seidel hatten sich längst verabschiedet. Einer von beiden musste nach Hause zu Elisa. Doris, so viel wusste die Kommissarin, würde noch einen Schlenker machen und mit Matilda Brückner sprechen. Die Notizen der Psychiaterin warfen neue Fragen auf. Durant hatte das Ganze überflogen und festgestellt, wie wenig der Fokus auf Fragen gerichtet war, die der Identifizierung des Täters dienen konnten.

»Sie möchte das Trauma bewältigen, nicht in den Wunden stochern«, kommentierte Seidel, die lange genug bei der Sitte gearbeitet hatte, um derartige Aufzeichnungen zu kennen.

»Dann wirst du das am besten übernehmen«, hatte Durant entschieden. »Wir haben eine forensisch eingegrenzte Tatzeit. Verglichen mit der Aussage des Ehemanns kommt nur das Wochenende in Frage. Was hat sie da genau getan, wer war

mit ihr zusammen, wen können wir als Zeugen befragen? Jeder Tag, den wir verstreichen lassen, trübt ihre Erinnerungen. Schlimm genug, dass sie so lange bewusstlos war.«
Alina Cornelius hatte etwas zu bedenken gegeben, das der Kommissarin Sorge bereitete. Personen, die unter Sedativa standen, erlebten die Realität wie einen Traum und erinnerten sich oftmals nur noch an Trugbilder.
»Besonders bei durchlebten Traumata«, hatte Alina betont, da der Körper sich instinktiv davor schützen würde. Statt klarer Bilder würden verzerrte Ängste sich formieren und Vernehmungen, die reine Fakten abrufen sollten, zunehmend schwerer machen. Je mehr Zeit verstrich, desto schwieriger. Die langen Phasen der Bewusstlosigkeit nach dem Selbstmordversuch machten es in Matildas Fall nicht besser.
»Beeilt euch«, so Alinas Ratschlag. Doris Seidel hatte ein Diktiergerät mitgenommen, und Julia Durant vertraute auf ihren scharfen Verstand.
Sie blätterte lustlos in Unterlagen, die sie über den Staatsanwalt erhalten hatte. Sämtliche rechtlichen Schritte im Fall Oskar Hammer waren seitenlang begründet. Juristisches Geschwafel, schwülstig und mühsam zu lesen. Eine probate Strategie, wenn man vermeiden wollte, dass jemand sich inhaltlich damit auseinandersetzte. Mehr als ein Mal griff Durant zum Telefon, um Elvira Klein anzurufen, der die Kommissarin bedingungslos vertraute. Doch das Wissen, dass sie Bergers Erlaubnis brauchte, um sich gegen diesen Halbgott Lambert zu stellen, ließ sie immer wieder zögern. Womöglich würde er ihr ein Nein entgegenbellen, weil ihn eine solche Entscheidung überforderte. Oder aber, was sie sogar für wahrscheinlicher hielt, er würde ihr freie Hand geben. Doch hätte sie dann nicht die Situation ausgenutzt? Ein Piepen aus der Handtasche enthob sie vorerst der Entscheidung.

Julia zog das Handy heraus, eine SMS:

Ich dachte, Du meldest dich mal ;-) Gruß, MS

Sultzer. Kurzentschlossen wählte sie seine Nummer. Noch bevor sie wieder auflegen konnte, weil sie plötzlich kalte Füße bekam, hörte sie seine Stimme.
»Ach, schau an. Das nenne ich prompte Bedienung.«
»Ich tippe nicht gerne auf dem Smartphone.«
»Ich auch nicht«, lachte er auf. »Nur, wenn es wichtig ist.«
Langsam hatte Julia sich wieder gefangen. »Okay. Was willst du von mir?«
Kichern am anderen Ende der Leitung. »Geht das etwas genauer?«
Julia blieb standhaft. »Nein.«
Als das Schweigen unangenehm wurde, räusperte er sich. »Okay. Was will ich von dir? Hm. Ich finde die Frage seltsam.« Seine Stimme wurde leiser. »Aber vielleicht wollen wir ja beide dasselbe?«
»Wohl kaum«, gab Durant unterkühlt zurück, »und ziemlich dreist. Du spielst in unsere Ermittlung hinein und fragst Dr. Sievers über mich aus. Meine Frage ist weniger seltsam als das, was du tust.«
»Ach, komm schon«, erwiderte Sultzer, »warum plötzlich so prüde? Du hast es am Taunusblick doch genossen, mit mir zu flirten.«
»Selbst, wenn ...«
»Also habe ich recht.«
»Nein. Ich ...«
»Hör mal.« Er fiel ihr einfach ins Wort. »Das ist doch blöd, so am Telefon.«
»Allerdings.«

»Wir könnten uns doch irgendwo auf einen Wein treffen. Oder magst du das auch nicht mehr?«
»Was versprichst du dir davon?«
»Einen Tapetenwechsel. Eine angenehme Begleitung. Ein paar scharfe Drinks. Allemal besser als das Fernsehprogramm, nicht wahr?«
»Meinetwegen.« Verdammt. Hatte sie das eben laut gesagt? Anscheinend schon, denn Sultzers Stimme klang zufrieden, als er fragte: »Wann und wo?«
Das Gefühl, überrumpelt worden zu sein, blieb. Auch, nachdem das Telefonat längst beendet war. Wusste Sultzer von Claus Hochgräbe? Nein. Woher sollte er? Warum hatte sie es ihm nicht gesagt? Doch warum sollte sie? Es ging um ein Glas Wein, einen Cocktail unter Kollegen.
Trotzdem wählte Julia die Münchener Telefonnummer. Wenn man selbst einmal betrogen wurde ... Das Gewissen nagte an ihr. Am anderen Ende meldete sich eine Frauenstimme.
»Wo bin ich gelandet?«, erkundigte sich Julia: »Ich habe Kommissar Hochgräbes Anschluss gewählt.«
»In der Zentrale. Ich versuche, Sie zu verbinden.«
Dann meldete sich Kommissar Mayerhofer, ein junger Kollege aus Hochgräbes Team.
»Grüß Gott, Frau Kollegin«, sagte er mit dem typischen Dialekt der Landeshauptstadt. »Womit kann ich dienen?«
»Ich hatte gehofft, Claus wäre am Platz.«
»Der ist unterwegs. Doppelmord in Schwabing. Schon auf dem Handy versucht?«
»Nein. War auch nicht so wichtig. Ich versuche es später noch mal.«
»Mei, das wird mir schon fehlen«, erwiderte Mayerhofer.
»Was meinen Sie?«

»Na, Ihre Anrufe. Außerdem ist der Boss immer so entspannt, wenn Sie übers Wochenende hier waren.«
»Und was genau vermissen Sie daran?«
»In erster Linie natürlich ihn. Aber wo die Liebe hinfällt ...« Er seufzte schwermütig. »Wobei es für mich nichts wäre. Ausgerechnet Frankfurt. Aber wir kennen ihn ja. Er wollte schon lange hinter den Schreibtisch.«
Als Durant zu begreifen begann, worum es ging, klangen die Wortfetzen Mayerhofers nur noch dumpf in ihrem Ohr. Sie verabschiedete sich flüchtig und starrte Löcher in die Luft, während sie nach Luft rang. Claus sollte ihr neuer Chef werden? War es das, wovon Mayerhofer eben geredet hatte? War es das, was Claus ihr am Wochenende hatte sagen wollen? Und Berger? Das Karussell in ihrem Kopf drehte sich mit grellen Lichtblitzen.

MITTWOCH, 18:55 UHR

Peter Brandt saß am PC und durchforstete das Melderegister. Er hatte mit Elvira telefoniert, die am Abend zu ihm kommen wollte. Sie waren Sturköpfe, das wussten sie selbst, aber keiner konnte dem anderen lange böse sein. In solchen Momenten wurde dem Kommissar bewusst, wie sehr er sie liebte. Am liebsten hätte er noch mal zum Hörer gegriffen, um ihr das zu sagen, doch ein Name auf dem Monitor machte ihn stutzig.
»Verdammt noch eins«, entfuhr es ihm. Der Vater von Lukas Walther hieß Oliver Schuster. Nicht Walther, Schuster. Er hatte sich von seiner Frau scheiden lassen, nachdem diese das

Land verlassen hatte. Da er bei der Hochzeit ihren Namen angenommen hatte und nun wieder seinen Geburtsnamen trug, war die Verbindung nicht offensichtlich gewesen. Doch andererseits: Im Raum Offenbach/Hanau gab es diese Namenskombination siebenmal. Wer weiß, wie oft es sie in Frankfurt gab. Also doch ein Zufall?
Brandt griff seine Jacke. Ein Blick auf die Uhr verriet ihm, dass er es rechtzeitig nach Rodgau und dann nach Hause schaffen würde, ohne Elvira Bescheid geben zu müssen. Und eine Julia Durant würde er für diese Stippvisite ebenso wenig brauchen.

Oliver Schuster begrüßte ihn mürrisch. »Sie schon wieder?« Er trug einen grauen Trainingsanzug, wobei er nicht den Eindruck machte, dass er sich sportlich betätigte. Eine selbstgedrehte Zigarette steckte in seinem Mundwinkel, Asche rieselte zu Boden, als er zur Seite trat.
»Ich fasse mich kurz«, sagte Brandt. »Sind Sie der Vater von Lukas Walther?«
Schuster hustete heftig und hielt sich die Faust vor den Mund. »Hm. Und wenn?«
»Ich würde mich fragen, weshalb Sie eine derart wichtige Information verschwiegen haben.«
»Lassen Sie uns erst mal reingehen«, antwortete Schuster, und sie betraten das Wohnzimmer. Es war ebenso unordentlich wie zuvor, eine DVD-Box *Star Wars* lag auf der Tischplatte, daneben ein Pizzakarton. Schuster entschuldigte sich, brachte die Pizza in die Küche, um sie im Ofen warm zu halten, und fragte von dort, ob Brandt ein Bier wolle. Dieser verneinte.
»Alkoholfreies gibt es hier leider nicht«, erklärte Schuster, als er zurückkehrte.

»Ich bin auch nicht für einen gemütlichen Abend vorbeigekommen«, sagte Brandt. »Kommen wir noch mal zurück auf meine Frage: Warum haben Sie nichts gesagt?«
»Hätten Sie etwa damit rausgerückt, wenn Sie die Leiche des Mörders Ihres Kindes gefunden hätten?«
Brandt überlegte, dann nickte er. »Hätte ich. Wissen Sie auch, warum?«
»Hm?«
»Weil die Polizei es, wie Sie sehen, ohnehin herausgefunden hätte. So macht es Sie zum Verdächtigen.«
»Ach Quatsch.« Schuster zog eine Grimasse und ließ die Finger kreisen. »Hätte ich etwas zu verbergen, würde ich mir gewiss ein Alibi zulegen. Aber mal im Ernst: Trauen Sie mir so etwas zu? Mein Leben verläuft nicht gerade so, dass ich stolz darauf wäre. Das ist vorbei. Das wurde mir genommen. Ich sehe das Ganze als ausgleichende Gerechtigkeit. Vielleicht gibt es ja doch einen Gott. Auch wenn ich's wahrhaftig nicht glauben konnte, all die Jahre.«
Schusters Worte berührten Brandt. Er wirkte ehrlich, fast emotionslos, ohne jeden Groll. Er beschuldigte nicht die Polizei, dass sie damals nichts erreicht hatten. Beschimpfte Hammer nicht. Nahm die Realität einfach hin. Doch etwas in dieser Gleichgültigkeit störte ihn, ärgerte ihn sogar.
»Das mag alles sein. Es war, gelinde gesagt, trotzdem unverschämt. Man könnte es Ihnen als Behinderung der Justiz anlasten.«
Schuster sah ihn prüfend an. »Und jetzt?«
»Ich werde Sie nicht festnehmen, aber Sie können sich darauf einrichten, dass Sie eingehend überprüft werden. Alibi hin oder her, denn Sie haben ja offenbar keines. Besitzen Sie eine Waffe?«
Schuster zögerte eine Sekunde zu lang mit seiner Antwort.

»Nein. Ich glaube nicht.«
Brandt räusperte sich. »Herr Schuster, bleiben wir bitte bei der Wahrheit.«
»Habe ich nicht das Recht, mich nicht selbst belasten zu müssen?«
»Also besitzen Sie eine. Nicht registriert, wie ich vermute.«
»Hm. Vielleicht meine Ex.« Schuster verzog den Mund.
»Darf ich sie sehen?«
»Ich weiß nicht, ob sie überhaupt noch da ist«, antwortete Schuster, und plötzlich klang er wieder vollkommen überzeugend. Überzeugt.
Brandt sah sich um. »Dürfen wir das selbst überprüfen?«
»Reden Sie jetzt von einer Hausdurchsuchung?« Schusters Blick fiel auf die DVD-Box. Offensichtlich hatte er sich auf einen Filmabend gefreut, mit geliefertem Essen, was Brandt durchaus nachvollziehen konnte. Er nickte und stieß einen Seufzer aus.
»Ach Scheiße. Sie geben sowieso nicht nach, wie?«
»Nein. Meine Freundin ist Staatsanwältin.« Brandt zwinkerte. »Das verrate ich Ihnen freiwillig und ungefragt. Wenn Sie nicht zustimmen, besorge ich mir einen Beschluss.«
»Wann soll das Ganze stattfinden? Sie suchen ja wohl nicht alleine?«
Brandt prüfte Schusters Mimik aufs genaueste, als er antwortete: »Ich rufe meine Kollegen. Die können in zehn Minuten vor Ort sein.«
Doch da war nichts. Dieselbe Gleichgültigkeit, durchmischt von der gequälten Gewissheit, dass der Fernsehabend nun verspielt war.
Schuster murmelte etwas Unverständliches. Dann öffnete er die Arme, fast schon gönnerhaft, und schnaufte: »Also gut. Bringen wir es hinter uns.«

Brandt wartete, bis die zwei Wagen eintrafen, und gab den Männern genaue Instruktionen. Alles, was auf eine Verbindung zu Hammer hindeute. Eine Waffe. Möglicherweise gut versteckt. Und sämtliche Brücken, die in die Vergangenheit reichten. Wobei Peter Brandt nicht mit Bestimmtheit sagen konnte, was er zu finden hoffte. Nur eines wusste er: Elvira musste heute schon wieder auf ihn warten.

Bevor er sie anrief, um sich den Kopf waschen zu lassen, entschied er sich, Julia Durant in Kenntnis zu setzen.

MITTWOCH, 19:20 UHR

Hinter den breiten Fenstern, die durch Vorhänge und ein weit nach vorn ragendes Dach geschützt waren, flammten Lichter auf. Sekunden später surrten elektrische Rollläden nach unten, bis von der Beleuchtung nur noch Schlitze zu sehen waren und schließlich auch diese hinter den Lamellen verschwanden. Beatrice und Theresa, sieben und neun, gingen zu Bett. Frank Hellmer saß in seinem Porsche und beobachtete rauchend das Anwesen des Abgeordneten Diestel. So gut wie nichts konnte man von außen einsehen, und doch weckte der grundmodernisierte Siebzigerjahrebau nicht den Eindruck, als wolle man sich abschotten. Transparenz und Familiennähe. Die Fassade stimmte. Überwachungskameras fehlten, vermutlich gab es ein unsichtbares Alarmsystem. Hellmer musste an seine Töchter denken, Marie-Therese und Stephanie. Wie oft hatte er bei der einen gesessen, ihr vorgelesen, während Nadine bei der anderen war – und wie oft hatte er es

nicht geschafft, weil er mal wieder Dienst hatte ... Ob es bei den Diestels ähnlich ablief? Oder wartete ein Au-pair-Mädchen im Dachgeschoss?
Er stieg aus.
»Schicker Porsche. Bald ein Oldtimer, hm?«
Hellmer hatte weder die beiden Dackel noch ihren Besitzer wahrgenommen, die wie aus dem Nichts neben ihm aufgetaucht waren. Er wurde beschnüffelt.
»Noch lange nicht.«
»Hm. Trotzdem schick. Ich fahre Jaguar. Einen 1987er XJS. Der ist bald so weit. Was führt Sie her?«
Hellmer hielt sich bedeckt. »Die Diestels.«
»Sie sind aber kein Reporter?« Der Spaziergänger sah aus wie eine Mischung aus Sherlock Holmes und einem Jäger. Olivgrüne Hose, Wanderschuhe und dazu ein kariertes Jackett nebst dunklem Hut.
»Wie viele Reporter dürften wohl Porsche fahren?«, gab Hellmer mit einem Zwinkern zurück.
»Stimmt auch wieder. Dann tippe ich auf Parteifreund.«
»So ähnlich. Wir arbeiten, hm, in derselben Branche.«
»Geht mich ja auch nichts an.« Er zischte seinen Dackeln den Befehl »Aus!« zu, da sie aufgeregt an Hellmers Felgen zu schnuppern begonnen hatten. »Nun ja, ich muss los. Grüßen Sie Maria von mir.«
Hellmer neigte den Kopf und wiederholte: »Maria.«
»Norberts Frau. Sie ist meine Tochter. Grüßen Sie sie.«
Verdutzt schritt der Kommissar über die Straße. Er fragte sich, ob er den Mann hätte ausfragen sollen. Versuchen, etwas über die Familie in Erfahrung zu bringen. Doch dies war keine der Straßen, in denen Nachbarn voller Missgunst darauf warteten, ihren Mitmenschen eins auszuwischen. Erst recht nicht, wenn man miteinander verwandt war. Hier hatte man

es nicht nötig, auf andere zu schauen. Hier blieb man unter sich, und wer von außen kam, fing sich an einer unsichtbaren Wand eine blaue Nase ein.
Frank Hellmer atmete tief durch, bevor er den Finger auf den Klingelschalter drückte.
»Ja?«
Die Stimme kannte er aus den Medien.
»Frank Hellmer, Kriminalpolizei. Wir hätten heute einen Termin gehabt.«
»Haben Sie keinen neuen erhalten?«, kam es zurück.
»Nein. Ich möchte mich ungern durch die Gegensprechanlage mit Ihnen unterhalten.«
»Na gut. Aber halten Sie Ihren Ausweis bitte hoch.«
Hellmer erkannte die hinter Efeu verborgene Linse erst nach mehrmaligem Hinsehen. Er klappte sein Portemonnaie auf und kam sich dabei ziemlich blöd vor. Dann endlich klickte es, und er konnte das Gittertor aufstoßen. Säuberlich verlegte Platten führten ihn über den englischen Rasen zum Hauseingang. Norbert Diestel erwartete ihn im Windfang.
»Meine Kinder schlafen, und meine Frau ist höchst beunruhigt«, schnarrte seine Stimme. Ungeschminkt und schlecht ausgeleuchtet wirkte er gleich weniger perfekt, als seine Wahlplakate es darstellten. Und kleiner. Er maß kaum mehr als Hellmers eins sechzig.
»Wir ermitteln in einem Mordfall«, entgegnete der Kommissar kühl. »Ich habe bereits mehr Rücksicht genommen, als ich es bei den meisten anderen täte. Doch wir können es uns nicht leisten, auf eine Lücke in Ihrem Terminplan zu warten.«
Diestel gewährte Hellmer Einlass, ließ ihn aber spüren, dass er nicht willkommen war. Sie setzten sich ins Wohnzimmer, in dem wertvolle antike Möbel standen. Ein Spielzeugauto lag unter dem Sofa, ansonsten gab es keine Hinweise auf Kinder.

Hellmer wunderte sich. Es hatte Zeiten gegeben, da hatten sich auf dem eigenen Wohnzimmerteppich mehr Spielsachen gefunden als in den Kinderzimmern. Wie oft war er barfuß auf einen Bauklotz getreten. Dagegen wirkte es hier fast schon steril.

Norbert Diestel hatte ein gut gefülltes Glas vor sich stehen, Hellmer schüttelte den Kopf, als der Abgeordnete fragend darauf zeigte. Sie begannen, sich über Oskar Hammer zu unterhalten. Nach den obligatorischen Bekundungen, wie schlimm das Ganze doch sei, lenkte der Kommissar seine Fragen auf die Vergangenheit.

»Oskar und ich sind zusammen aufgewachsen«, begann Diestel. »Sein Vater war ein Choleriker, der typische Verlierer. Ich weiß, dass er Oskar und auch seine Mutter oft misshandelte.«

»Welche Art von Misshandlungen meinen Sie?«

»Schläge, nichts Sexuelles. Zumindest glaube ich das. Ich habe einmal bei Oskar gespielt, da gab es Geschrei in der Küche. Ich selbst war im Kinderzimmer. Aus dem Türspalt sah ich Oskar am Tisch sitzen, er gab Widerworte, obwohl seine Mutter auf ihn einredete. Von hinten, genau habe ich das nicht mitbekommen, muss der Vater gekommen sein. Es klatschte, scharf wie ein Peitschenhieb. Oskar quiekte wie ein Ferkel. Als er kam, tat ich, als hätte ich nichts mitbekommen. Und er sagte nichts. Doch ich werde das niemals vergessen. Es muss ein Gürtel gewesen sein, auf nackter Haut. Es war Sommer, Oskar hatte ohne T-Shirt am Tisch gesessen. Als er ins Zimmer kam, trug er plötzlich eines.«

Diestel hielt inne. Sein Blick wurde leer, er griff nach seinem Glas. Als er es zurück auf den Tisch stellte, betrachtete er es und deutete mit schwer zu deutender Miene darauf.

»Der Alte ertränkte sein Gewissen im Alkohol, manchmal trank er auch, um entspannter zu werden. Doch Sie wissen ja«, an dieser Stelle zuckte Hellmer unangenehm berührt zusammen, »dass Alkohol die Hemmschwelle nur weiter nach unten treibt. Oskar kam mit einem blauen Auge in die Schule. Ein einziges Mal. Sonst hat man ihm nie etwas angesehen. Er behauptete, Mitschüler hätten ihn verdroschen.« Diestel schüttelte lächelnd den Kopf. »Sie haben die Leiche gesehen?« Hellmer nickte, auch wenn er den Körper nur von Fotos kannte.

»Oskar war schon als Kind so hoch wie breit. Er war stark, hat seine Kraft aber nie eingesetzt. Es gab keinen Mitschüler, der sich ihm gegenübergestellt hätte. Selbst die Großen hatten Respekt. Dabei hat er nie etwas getan. Sich immer rausgehalten oder versucht, zu vermitteln. Ich glaube, er wollte anders sein als sein Vater.«

»Welche Rolle spielte seine Mutter für ihn?«, hakte Hellmer nach, und Diestel sah ihn nachdenklich an.

»Gute Frage«, antwortete er schließlich, nachdem er sich Wein nachgeschenkt hatte. »Sie war immer da. Ein graues Mäuschen. Unauffällig. Sympathisch, aber scheu. Ich kenne mich ein wenig mit Psychologie aus, Teil meines Studiums, und würde heute sagen, dass sie resigniert hat. Sie fühlte sich machtlos. Unfähig, etwas zu tun. Unendlich schuldig. Ein Teufelskreis, aus dem sie nicht ausbrechen konnte. Doch Oskar hat ihr nie Vorwürfe gemacht. Nach dem Tod des Vaters – das war kurz vorm Abitur – haben die beiden zueinandergefunden. Sie waren schließlich beide Opfer desselben Täters.«

»Und das sagte Ihnen allein die Psychologie?«, fragte Hellmer. »Oder haben Sie mit Oskar darüber gesprochen?«

»Nie direkt. Es war wie ein Puzzlespiel, dessen Bild ich erst als Erwachsener verstand. Als Studenten teilten wir uns eine Bude in Marburg, da hat er am ersten Todestag des Alten im

Vollrausch die Flasche auf ihn gehoben. ›Auf den alten Säufer‹, lallte er. Dann warf er die Flasche aus dem geöffneten Fenster. Keinen Schluck gönne er ihm, sagte er, und damit war das Thema für ihn erledigt.«
Hellmer notierte sich etwas. Dann sah er Diestel an, der bereits sein zweites Glas leerte. Er hob es kurz an, bevor er es auf den Tisch stellte,
»Auf Oskar«, murmelte er dabei mit einem Blick ins Leere. Dann, an Hellmer gewandt: »Darf ich Ihnen gar nichts anbieten?«
»Nein. Ich bin im Dienst.« Dankbar für diese Möglichkeit, sich herausreden zu können. Dass er trockener Alkoholiker war, schon das neunte Jahr, band er nicht jedem auf die Nase. Auch wenn die Therapiegruppe, zu der er viel zu selten ging, der Meinung war, man solle damit offen umgehen. Konfrontieren statt Verstecken.
»Hören Sie«, sagte der Abgeordnete. »Was auch immer Sie von Oskar Hammer zu wissen glauben: Er ist ... er *war* kein schlechter Mensch.«
»Das habe ich auch nicht behauptet«, erwiderte der Kommissar.
»Weshalb graben Sie dann in der Vergangenheit?«
»Ich untersuche die Umstände seines Todes. Dazu gehört die Frage, wo Hammer sich in den letzten Jahren aufgehalten hat. Und die Frage, was er mit den damals verschwundenen Kindern zu tun hatte.«
Norbert Diestel lachte auf. »Oskar hätte niemals jemandem weh getan!«
»Er hat sich kleine Jungs im Internet angesehen.«
»Was niemals bewiesen wurde.«
Hellmer hob zufrieden die Augenbrauen, denn diese Reaktion hatte er sich erhofft. Er deutete in Diestels Richtung und

fragte, langsam: »Aber warum, das frage ich Sie als seinen Freund, hat er sich dann aus dem Staub gemacht?«
Er hätte sich am liebsten auf die Lippe gebissen, als ausgerechnet in diesem Augenblick Maria Diestel das Wohnzimmer betrat.
»Wer ist das, Schatz?«, raunte sie, nachdem sie Hellmer zugenickt und sich an ihren Mann geschmiegt hatte.
»Kommissar Hellmer von der Mordkommission«, erklärte Diestel und erhob sich. Seine Hand wies in Richtung Haustür. »Ich glaube, wir sind durch. Er wollte gerade gehen.«

MITTWOCH, 19:25 UHR

Julia Durant reagierte wie von einer Spinne gebissen auf die Nachricht, dass ausgerechnet der Vater von Hammers Opfer dessen Leiche gefunden hatte. Sie ließ sich alles haarklein erklären und stellte eine Menge Fragen, bis sie sich allmählich beruhigte. Dass Schusters Wohnung durchsucht wurde, war ihr recht.
»Was sagt dein Bauchgefühl?«, erkundigte sie sich bei Brandt. Nach der Sachlage wäre Oliver Schuster nun der Tatverdächtige Nummer eins, denn dafür war der Zufall einfach zu groß.
»Du müsstest ihn mal sehen«, antwortete Peter. »So ein armes Würstchen. Frau weg, Sohn ermordet, die letzten zehn Jahre ein einziges Versagen. Ich traue ihm nicht zu, dass er derart kaltblütig einen Mord verübt und dann die Stirn besitzt, den Unwissenden zu spielen und die Polizei zu rufen.«

»Wenn du das sagst.« Julia Durant war nicht überzeugt. Doch sie musste sich auf die Einschätzung ihres Offenbacher Kollegen verlassen. Er war vor Ort, sie nicht. Und Peter Brandt war ein hochsensibler Ermittler. Bevor sie noch einmal nachhaken konnte, klopfte ein Anrufer an. Hochgräbe. Julia wies das Gespräch ab, woraufhin er es erneut versuchte. Hastig verabschiedete sie sich von ihrem Kollegen und schaltete um. Dabei entschloss sie sich, bei nächster Gelegenheit die Anklopffunktion auf ihrem Handy zu deaktivieren. Durant konnte es nicht leiden, unterbrochen zu werden.
»Du kommst mir gerade recht!«, murrte sie ins Telefon.
»Wie bitte?«
»Ich hatte vorhin Mayerhofer dran. Was glaubst du wohl, was er mir erzählt hat?«
»Scheiße, nein.« Das klang eindeutig verärgert. Claus räusperte sich und setzte dreimal erfolglos an, etwas zu sagen. Julia kam ihm zuvor.
»Kannst du dir vorstellen, wie dumm ich mir vorgekommen bin? Wie ich nun dastehe, als die Kleine, die als Letztes davon erfährt, dass ihr Mann den Chefposten übernehmen und ihr Vorgesetzter werden will?«
»Entschuldige, Julia, ich habe doch noch gar nichts entschieden«, kam es kleinlaut.
»Und das macht es besser?«, rief sie empört. »Berger, dein Team und wer weiß noch wer wissen Bescheid. Herziehen willst du dann vermutlich auch. Im Büro mein Chef sein und in der Wohnung wird sie ja wohl einen Platz bereitstellen. Kann man ja einfach so voraussetzen.«
»Jetzt hör doch mal«, warf Claus ein. »Irgendwo musste ich doch anfangen. Ich wollte das Ganze mit dir bereden, am Wochenende, in aller Ruhe.«

»Dafür ist es ja nun zu spät«, reagierte Julia patzig. Sie ärgerte sich selbst über ihre Reaktion, doch der Ärger musste irgendwohin.
»Trotzdem sollten wir das Ganze bereden«, beharrte er.
»Ja. Aber nicht jetzt«, entschied sie. Morgen sei auch noch ein Tag, und das Kind sei nun ohnehin in den Brunnen gefallen.
Nachdem sie das Gespräch beendet hatte, wog sie das Handy in der Hand. Überlegte, ob sie Mario Sultzer eine SMS tippen sollte, um das Treffen abzusagen. Doch das wollte sie im Grunde auch nicht. Gerade jetzt, dachte sie trotzig. Sie würde sich ein paar Cocktails gönnen, wie sie es schon lange nicht mehr getan hatte. Um auf andere Gedanken zu kommen und dem ganzen Frust zu entfliehen. Morgen würde sie sich dann wieder mit aller Kraft in die Ermittlung knien. Und bis sie sich für den Abend aufhübschen musste, blieb noch genügend Zeit für ein paar Recherchen. Also widmete Durant sich wieder den Akten über Oskar Hammer. Telefonierte Kollegen hinterher, die anderen Abteilungen angehörten und damals mit dem Fall beschäftigt gewesen waren. Irgendetwas *musste* doch zu finden sein. Wo waren die beiden Jungen abgeblieben? Welche Geheimnisse verbargen deren Eltern? Und wer, verdammt noch mal, hatte Hammer erschossen?
Durant versuchte, Andrea Sievers zu erreichen, wurde aber nur mit dem Anrufbeantworter verbunden. Sie hinterließ eine Nachricht, dass die Kleidung Hammers auf deren Herkunft untersucht werden solle. Wenn es keine Stangenware war, konnte sich eventuell etwas ableiten lassen. Es war ein Strohhalm, nicht mehr als das.

Zeitgleich hatte sich Michael Schreck in der IT mit Bergers Droh-E-Mail befasst. Das Ergebnis war jedoch ernüchternd.
»Alles richtig gemacht«, fasste Schreck mit resigniertem Unterton zusammen. Er hatte den Weg nach oben gefunden –

manchmal vermutete Durant, dass er befürchtete, in seinem High-Tech-Keller zum Sonderling zu mutieren. »Der Absender wusste sehr genau, wie man keine Spuren hinterlässt.«
»Und das Foto?«
»Ich habe das Gesicht der jungen Frau freigestellt, die Auflösung war nicht optimal, aber ein paar Korrekturen an Gamma und ...« Schreck musste die Ungeduld in Durants Augen erkannt haben und ersparte ihr weitere technische Details. »Jedenfalls ist das Ganze bereit, in die Fahndung zu gehen. Ich wollte mir nur dein Okay abholen.«
Durant betrachtete das neue Bild, das wie ein lachendes Porträt aussah. Die Frau blickte in die Kamera, das Lächeln wirkte nicht aufgesetzt. »Raus damit«, sagte sie schließlich, und Schreck nickte.
»Hübsches Ding. Ist sie ... tot?«
»Nein. Ich suche sie als Zeugin. Falls jemand nachhakt, ordnest du das Ganze bitte der Hammer-Ermittlung zu.«
»Ich dachte, der stand auf kleine Jungs.«
»Tu es einfach. Bitte.«
In der Regel wussten Julias Kollegen, wann sie bereit war, sich zu erklären und wann nicht. Sie mochte Michael und vertraute ihm. Deshalb fügte sie hinzu: »Es ist kompliziert. Falls es deshalb Ärger gibt, nehme ich es auf meine Kappe. Mehr kann ich dazu momentan nicht sagen. Aber frag mich in ein paar Tagen, dann erkläre ich's dir vielleicht, okay?«
»Schon in Ordnung«, lächelte er.
»Hat sich in dem Foto sonst etwas gefunden?«
Schreck verneinte. »Keine Geo-Daten, keine Geräteinfos. Es wurde professionell gesäubert, dessen bin ich mir zu 99,9 Prozent sicher. Allerdings«, er zwinkerte, »gibt es noch einen Zeitstempel. Den übersehen die meisten.«
Durant zuckte. »Und?«

»Dreizehnter Juli vierzehn.«
Durant hastete zum Wandkalender. Der Dreizehnte war ein Sonntag gewesen. Das Datum war mit leuchtgelbem Marker eingefärbt. Ein Sammelaufkleber, der einen schussbereiten Mario Götze zeigte, prangte außerdem darauf. Sie erinnerte sich. Das WM-Finalspiel. Hellmer und Kullmer kannten tagelang kein anderes Thema. Auch Berger hatte einen Spielplan bei sich hängen gehabt.
»Ein geschichtsträchtiges Datum«, kommentierte Schreck aus dem Hintergrund.
»Wie man's nimmt«, brummte die Kommissarin, während sie sich umdrehte. »Und das ist alles? Geht es nicht genauer?«
»Bedaure. 13.7., halb eins in der Nacht.« Er grinste und erinnerte sich: »Da steckte ich noch fest, irgendwo zwischen Arena und Museumsufer.«
Doch Julia hatte längst ihre Notizen im Blick. Das Hemd Bergers war zwei Wochen zuvor geliefert worden. Das Dienstjubiläum, zu dem er mit Marcia gegangen war, musste demnach am 12.7. gewesen sein. Sie griff zum Telefon, um den Boss anzurufen. Mit einem Mal schlug sie sich gegen die Stirn. »Verdammt, Mike, wir sind doch bescheuert!«
Schreck hüstelte und verzog empört sein Gesicht. Doch bevor er widersprechen konnte, ereiferte die Kommissarin sich weiter. »Null Uhr dreißig! Am Dreizehnten! Das ist doch die Nacht von Samstag auf Sonntag.«
»Scheiße, ja«, murmelte es. Schreck knetete sich die Unterlippe. »Da siehst du mal, was dieser blöde Fußball im Kopf anrichtet. Der Zeitstempel ist eindeutig. 00:32 Uhr. Bis zum Endspiel war es noch lange hin.«
Blieb herauszufinden, was auf der Feier am Vorabend geschehen war.

Nachdem Schreck sich in den Feierabend verabschiedet hatte, informierte sie Berger. Zu Julias Erstaunen war er im Präsidium aufgeschlagen, angeblich, weil ihm zu Hause die Decke auf den Kopf fiel. Sie unterhielten sich über den besagten Abend im Sommer. Er erinnerte sich daran, dass Marcia wegen einsetzender Migräne gegen halb zehn gegangen sei. Sie hatte darauf gedrängt, dass Berger dort bleiben und sich mit seinen Kollegen amüsieren solle. Er könne ihr ohnehin nicht helfen, eine Migräne müsse ausgelegen werden.
»Tags darauf bin ich in meinem Auto aufgewacht«, schloss Berger, etwas mürrisch, »unten, in der Garage. Machen Sie da jetzt bloß keinen Bohei darum. Sie wissen genau, wie ich es mit der Sauferei halte. Ich genehmige mir hin und wieder etwas, früher habe ich es nicht selten übertrieben. Als ich in meiner Garage zur Besinnung kam, ging mir der Arsch auf Grundeis. So ein Absturz ist mir seit Jahren nicht mehr passiert. Ich stieg aus und befürchtete schon das Schlimmste, doch der Wagen war unbeschädigt, und es gab, wie ich später prüfte, keine Unfallmeldungen in der Nacht auf der Route. Marcia hat geschlafen wie ein Stein, als ich ins Haus kam. Also habe ich meine Klamotten in die Wäsche geworfen und mich ins Gästezimmer verzogen, damit ich sie nicht aufwecke. Wenn sie ihre Migräne hat…« Er winkte ab. »Sie können sich vorstellen, dass ich nicht besonders stolz darauf bin«, fügte Berger nach einigen Sekunden hinzu und verzog gequält den Mund. »Ich habe danach keinen Tropfen mehr angerührt. Jedenfalls bis neulich.«
Niemand musste es erwähnen. Ein betrunkener Fahrer hatte Berger seine Frau und den Sohn gekostet. Kein Wunder, dass er sich geschämt hatte. Durant vergewisserte sich, dass keiner sie hören konnte. Dann fragte sie mit einem Räuspern: »Was war denn mit der Hose? Sie … ähm …«

»Ich habe mich nicht eingepisst, klar? Alles roch nach Sekt, auch obenrum. Ich ging davon aus, dass ich mir was übergekippt habe. Tut mir leid, dass ich nicht Platzeck und die Spusi habe antanzen lassen.«
»Ich muss das fragen«, gab Durant zurück. »Alles kann wichtig sein. Wo genau war diese Feier? Gibt es dort einen Raum, der so aussieht wie auf den Bildern?«
»Wir waren im Golfclub, nicht im Puff«, sagte Berger patzig.
»Also nein?«, hakte Durant nach.
»Nein. Und ich möchte nicht mehr darüber reden. Ich werde mich selbst darum kümmern. Ich fahre gleich dort vorbei und lasse mir sämtliche Räume zeigen, wenn Sie's glücklich macht.«
Es geht hier nicht um mich, dachte Durant, aber vermied es, in Konfrontation zu gehen. Berger litt, das war in jedem Wort und jeder Geste zu sehen. Wieso war er nicht längst darauf gekommen, dass die Aufnahmen an diesem Abend entstanden sein könnten? Seine Angst hatte offenbar das kriminologische Denken vollkommen blockiert. Er schämte sich, er litt, er war zornig. Ein Wechselbad der Gefühle. Plötzlich ergab so vieles einen Sinn. Hatte er sich ihr anvertrauen wollen, als er sie zu sich gerufen hatte? Sie wollte ihn gerade fragen, da begann er zu sprechen.
»Frau Durant, es gab noch einen Anruf. Einige Tage her, aber ich höre die Worte, als spiele ein Tonband in meinem Kopf ab.«
Angespannt lauschte Julia.
Wie wollen Sie abtreten? Mit einer Belobigung und einer satten Pension? Oder mit einem Skandal? Mit Anklagen wegen Drogenmissbrauch, Amtsmissbrauch und Vergewaltigung? Was wird der Polizeipräsident wohl dazu sagen? Oder der Innenminister? Wir haben Fotos, DNA und alle Beweise, die wir brauchen. Kein Wort zu niemandem. Sie werden von uns hören.

»Ich verbürge mich nicht wortwörtlich«, sagte Berger, »aber sinngemäß war es so.«
»Scheiße. Männerstimme, Frauenstimme, Akzent?«
»Unbekannter Mann.«
Julia Durant dachte einen Moment nach. »Sie wurden in eine Falle gelockt. Es braucht Vorbereitung, jemandem die Erinnerung zu nehmen und ihn in seinem Auto aufwachen zu lassen. Demnach dürften die Aufnahmen gezielt gestellt worden sein – wo auch immer. Unser Vorteil ist, dass wir den Zeitpunkt nun kennen.«
»Hm. Und jetzt?« Berger hustete. Kein Wunder. Er war völlig verfroren gewesen, als Hellmer ihn auf dem Friedhof gefunden hatte.
»Fahren Sie zum Golfclub, befragen Sie Ihre Kontakte, was auch immer. Außerdem sollten Sie eine eidesstattliche Erklärung verfassen. Am besten sofort und ausführlich.«
»Sonst noch was?«, stöhnte Berger.
»Ja.« Durant hob die Augenbrauen. »Sprechen Sie mit Ihrer Frau. Sie hat es verdient, die Wahrheit zu erfahren. Dann schlafen wir alle über die Sache, und morgen gehen wir damit zu Elvira Klein.«
»Zur Klein?« Berger klang wenig begeistert.
Lag es daran, dass Elvira eine Frau war? Durant entschied sich, nicht darauf einzugehen.
»Es gibt niemanden, dem ich mehr vertraue als ihr«, bekräftigte sie.
Berger setzte sich an den Computer, um mit der Erklärung zu beginnen. Er raufte sich die Haare, hockte da wie ein geprügelter Hund. Julia Durant durchwogte eine Welle Mitleid. Das war nicht der Berger, den sie kannte. Sie wollte den alten Berger wiederhaben. Doch dazu musste der Weg gegangen werden, den sie soeben entschieden hatte.

Sie näherte sich ihm und legte zum Abschied ihre Hand auf seine Schulter. »Wir stehen das durch, Boss.«
Dabei versuchte sie, jeden aufkeimenden Zweifel daran zu unterdrücken.

MITTWOCH, 21:20 UHR

Die Innenbeleuchtung wirkte einladend, die Hälfte der Sitzplätze war frei. Eine Tafel mit dem Logo des Bistros verkündete, dass gefüllte Champignons die Tagesempfehlung seien. Julia Durant kannte die Kneipe noch unter anderem Namen und fragte sich, wie oft diese, seit sie hier im Nordend lebte, ihren Pächter gewechselt haben mochte. Sie hatten sich für halb zehn verabredet, und es wurmte Durant, als sie Sultzer an einem der abgelegeneren Tische erkannte. Sie hatte sich beeilt, um als Erstes da zu sein und sich akklimatisieren zu können. Er winkte ihr strahlend zu. Ihr Herz pochte bis zum Hals.
Den Begrüßungskuss auf die Wange konnte Julia gerade noch so abwehren, eine Umarmung blieb ihr nicht erspart.
»Schön, dich zu sehen«, raunte er ihr zu und bot ihr die freie Platzwahl an, obgleich dort, wo er bis eben gesessen hatte, ein halb ausgetrunkenes Apfelweinglas stand. Er musste ihren Blick bemerkt haben und fügte hinzu, dass er eine frühere U-Bahn genommen hatte. »Besser zu früh als zu spät, wie? Und mit dem Auto fahre ich nicht zu Rendezvous.« Er bedachte Julia mit einem Blick, der ihr durch Mark und Bein ging. Plötzlich war alles wieder da. Die Bar, ihre Cocktails auf dem Tresen. Seine Worte. Er hatte damals gesagt, er benutze kein

Auto. Wenn es zu einem Rendezvous käme (er betonte das Wort heute wie damals), würde die Fahrzeugfrage nur zum Stocken führen.

»Sie sind ziemlich überzeugt von sich, hm?«, hatte Durant seinerzeit gefragt. Ein zermürbender Fall hatte hinter ihr gelegen. Sie wollte Abwechslung, sie sehnte sich nach etwas Sinnlichkeit.

»Wollen wir nicht alle dasselbe?« So unverschämt seine Frage auch gewirkt hatte, so entwaffnend brachte er sie über die Lippen. Sein Finger war über den Rand des Glases geglitten, auf dem ein Zuckerrand klebte. Dann zu seinem Mund. Fuhr über die Lippen, während seine Pupillen sich zu weiten schienen. »Tagsüber treten wir die Mühle. Brav und ohne zu mucken. Die einen legen sich danach ins Bett, weil ihnen die Beine weh tun«, war er fortgefahren.

»Und die anderen?« Durant hatte sich Mühe gegeben, auf Distanz zu bleiben. Doch sie wollte ihn, das ließen die Hormone und der Alkohol sie spüren.

»Die anderen tanzen. Als gäbe es kein Morgen.«

Sie hatten getanzt. Getrunken. Und dreimal miteinander geschlafen.

Heute nippte Sultzer Apfelwein. Sein Gesicht war älter, hatte an Kontur gewonnen, er war nicht mehr bloß der jugendliche Charmeur von damals. Er war ein Kollege, hatte einen Namen, sie hatten gemeinsame Bekannte. Durant versuchte krampfhaft, sich nicht von den Erinnerungen an ihre frühere Begegnung ablenken zu lassen. Hastig bestellte sie sich einen Rotwein, um nicht der Versuchung zu erliegen, die Cocktailkarte zu studieren. Nicht auszudenken, wenn ihr ein Long Island Iced Tea zu Kopf steigen würde.

Sie prosteten einander zu, in seinen Augen lag ein Glanz, der ihr nicht fremd war.

»Ist das noch immer deine Masche?«, neckte sie.

Er stülpte die Lippen nach außen. »Scheint zu funktionieren.«

Durant hob den Finger. »Nur um das klarzustellen«, begann sie, doch er lachte bloß und drückte ihre Hand zurück auf den Tisch.

»Entspann dich mal«, zwinkerte er. »Ein Feierabendbier unter alten Freunden. Was ist schon dabei?«

Doch sein Blick sprach eine andere Sprache. Wie er sie ansah, wie er seine Worte betonte. Wie er seine Augenbrauen nur um den Hauch eines Millimeters anhob und wie seine Pupillen sich weiteten, bevor er ihr Kontra gab. Sie spielten, beide, und Durant musste vorsichtig sein, denn er war ein ebenbürtiger Gegner. Einer, der mehr wollte. Der sie nehmen wollte, mit all seiner Kraft und Leidenschaft, am besten gleich hier auf der Tischplatte.

»Wechseljahre oder Grippe?«

Sie traute ihren Ohren nicht. »*Was* war das eben?«

Er tippte sich an die Stirn und grinste breit. »Du schwitzt. Heize ich dir etwa so ein?«

Reflexartig wischte sie sich über die Haut. »Blödmann!« Ihr *war* heiß, doch das würde sie nicht zugeben. »Einer, der sich aufs Frauenaufreißen verstehen will, sollte wissen, dass man gewisse Dinge lieber nicht anspricht. Wechseljahre, pff. Wäre ich eines deiner Häschen, dann hättest du jetzt das Bier im Gesicht.«

»Bist du ja nicht. Und von Wechseljahren bist du wohl meilenweit entfernt.«

»Themawechsel.« Durant verschränkte die Arme, doch ihre Empörung war zur Hälfte aufgesetzt.

Er spielte mit seinem Glas, dabei fiel Durants Blick auf seinen Unterarm.

»Du bist tätowiert«, stellte sie fest, »das warst du damals nicht.«
»Gefällt's dir?«
»Ich weiß nicht. Hast du noch mehr?«
»Das wüsstest du wohl gern«, zwinkerte er und machte eine anzügliche Miene. »Nicht dort, wo du ohne weiteres hinsehen kannst, jedenfalls.«
Sie winkte lachend ab. »So genau wollte ich's gar nicht wissen.«
Er schwieg für einige Sekunden, sah sie nur an. »Sicher?«, fragte er dann kehlig. Durant überlief ein Schauer. War es der Wein? Dieser Mann brachte sie aus dem Konzept. Ungewollt erinnerte sie sich. In seinen Augen lag dasselbe Feuer wie damals, bevor sie aufgebrochen waren. Wissend, dass sie beide das Gleiche wollten. An seine Hände, die sich in ihren Rücken gruben, als sie auf ihm gesessen hatte. Sie schnellte nach oben und entschuldigte sich. Eilte in Richtung Toiletten, um Abstand zwischen sich und den Mann zu bringen, bevor sie etwas tat, was sie bereuen würde.

MITTWOCH, 21:30 UHR

Berger rief Hellmer an. Er hatte ein langes Gespräch mit Marcia geführt, nachdem er seine Tochter angerufen und tatsächlich ans Telefon bekommen hatte. Sie hatte bestürzt reagiert, gefragt, ob sie nach Hause kommen solle, und ihn darin bestärkt, sich seiner Ehefrau anzuvertrauen. Beim Anblick der Fotos hatte Marcia ihn schockiert angeblickt. Auch für sie setzte sich ein Puzzle zusammen. Ihre Migräne, das Taxi. Er

hatte sie nicht geweckt. Die Wäsche. Doch letzten Endes vertraute sie ihrem Mann. Sie war ein ganzes Stück jünger als Berger und noch immer ungemein attraktiv.
»Du betrügst mich nicht, das weiß ich«, kommentierte sie selbstbewusst und lachte kehlig. »Schon gar nicht mit so einer *Puta* ohne Klasse.«

Gemeinsam mit Frank Hellmer fuhr er in Richtung Golfclub. Berger spielte nicht selbst, war aber zuweilen zum Essen hier. Einige Gesichter der Angestellten hatten sich ihm eingeprägt. Dazu zählte Lisa, eine bildhübsche Blondine, die hier ihre Ausbildung machte. Sie schien ihn ebenfalls zu erkennen, wobei sich hinter dem Lächeln auch trainierte Höflichkeit verbergen mochte.
»Guten Abend.« Erst jetzt bemerkte er, dass ihr Augenmerk Hellmer galt. Er hatte den Porsche direkt vor der Tür geparkt. Vermutlich hielt sie ihn für einen solventen Spieler. »Haben Sie reserviert?«
»Wir kommen nicht zum Essen«, entgegnete Berger.
»Dann darf ich Sie an die Bar bitten?«
»Wir haben ein paar Fragen«, sagte Hellmer. »Es geht um eine Feier.«
Sofort setzte das Mädchen ihr schönstes Lächeln auf.
»Gern. Leider ist der Manager nicht vor Ort, aber wir können schon einmal die Termine einsehen. Ich notiere mir alles, bitte folgen Sie mir.« Im Vorbeigehen zischelte sie einem Kollegen zu, dass er sich vorübergehend um die Theke kümmern solle. Sie führte die Männer zu einem Durchgang, verschwand kurz und kam mit einem ledergebundenen Buch zurück.
»Haben Sie schon einen Termin im Blick?«
»Dreizehnter Juli«, antwortete Hellmer und zwinkerte seinem Chef zu. Sie blätterte bereits, als Berger hinzufügte: »2014.«

Ihr Kopf schnellte nach oben, und sie strich sich eine Strähne aus der Stirn. »Ähm. Wie bitte?«
»Es geht um das Dienstjubiläum. Wenn ich mich recht erinnere, waren Sie auch da«, erklärte Berger. »Leider kann ich meinen Erinnerungen nicht so recht trauen. Deshalb sind wir hier.«
Das Buch klappte zu, und mit dieser Bewegung starb auch die freundliche Unterwürfigkeit der jungen Frau. »Tut mir leid. Auskünfte über andere Personen sind mir nicht gestattet.«
Hellmer winkte mit seinem Ausweis und lächelte müde. »Doch. Keine Sorge. Das sind sie.«
»Aber ...«
»An diesem Abend hat sich ein Verbrechen ereignet«, wetterte Berger, der sich plötzlich nicht mehr zusammennehmen konnte. »Mindestens eines. Sie beantworten unsere Fragen oder begleiten uns aufs Revier. In Handschellen, wenn's nötig ist.«
Er spürte Hellmers Ellbogen, der ihm zu verstehen gab, dass er sich in Zurückhaltung üben solle. Neugierige Blicke trafen sie, was auch dem Mädchen nicht entging. Sie lotste die beiden in den Nebenraum, der sich als enges Büro entpuppte.
»Ich kann nachsehen«, murmelte sie und blätterte mit zittrigen Fingern rückwärts, bis sie das Datum gefunden hatte. Sie tippte darauf. »Hier. Geschlossene Veranstaltung. Und ein Seminar.« Sie las zwei Namen vor. »Welches davon ist Ihres?« Berger sagte es ihr. Anhand ihrer Unterlagen konnte sie ermitteln, wie viele Personen angemeldet waren, welches Buffet aufgefahren worden war und wie hoch die Rechnung des Abends ausgefallen war. Daraufhin zeigte er ihr das Foto. Er hielt den Daumen auf das Gesicht, so dass Lisa nur das Umfeld und die Frau im Hintergrund erkennen konnte. Sie verzog den Mund.
»Was ist das denn?«

»Eine Aufnahme besagten Abends.«
Prüfend wanderte ihr Blick über die Gesichter der beiden Beamten. »Sollte ich einen Anwalt anrufen? Oder den Chef? Ich, ähm ...« Sie geriet ins Stocken.
Hellmer griff nach dem Foto und ließ es verschwinden.
»Sie haben nichts zu befürchten. Wir möchten uns die Räumlichkeiten der Feier ansehen. Erkennen Sie anhand des Bildes, um welchen Raum es sich handelt? Kommt Ihnen die Frau bekannt vor? Wir zeigen Ihnen gerne noch mal einen vergrößerten Ausschnitt.«
Berger prüfte genau, ob in Lisas Blick noch mehr lag. Eine Erinnerung an den Abend vielleicht. Ein flüchtiges Bild von ihm, der besinnungslos auf dem Boden lag. Die Vorstellung war ihm zuwider. Doch die junge Frau wirkte eher überfordert. Fürchtete womöglich, etwas Falsches zu sagen und eine Kündigung zu kassieren. Er nahm sie beiseite.
»Was auch immer passiert ist, Sie brauchen sich keine Sorgen zu machen. Selbst wenn Sie sich im selben Raum befunden haben. Die einzige Bedingung ist, dass Sie kooperieren. Uns alles erzählen, was Ihnen dazu einfällt.« Er rang sich ein Lächeln ab und fügte hinzu: »Sie kennen mich doch. Roastbeef mit Böhnchen. Bratkartoffeln. Zwiebeln statt Speck.«
Lisa musste ebenfalls lächeln und nickte. »Gut. Aber der Raum hatte nichts mit der Feierlichkeit zu tun. Darf ich das Foto noch mal sehen?«
Berger schaute bang zu Hellmer, doch dieser hielt die Aufnahme genauso bedeckt hoch wie er zuvor. Er quittierte das mit einem dankbaren Nicken. Lisa räusperte sich.
»Klar«, sagte sie, »wie ich's mir gedacht habe. Unsere Raucherlounge.« Sie kratzte sich am Kopf. »Seltsam. Sie liegt am anderen Ende des Clubs und ist nur zu den regulären Öffnungszeiten zugänglich.«

Sie durchschritten das Gebäude, während Berger sich erinnerte, dass das Buffet in einem offenen Bereich mit Panoramafenstern aufgebaut gewesen war. Die Türflügel hatten offen gestanden, es war Sommer, lange hell, und die Gäste verlagerten sich nach draußen. Den Bereich, den sie nun betraten, kannte Berger nicht. Ihm zog der Geruch nach kaltem Rauch entgegen. Hellmer nutzte die Gelegenheit, sich eine Zigarette zu entflammen. Lisa schaltete das Licht an, die Musikanlage begann zu spielen. Sie durchquerte den Raum, der in einer ovalen Wand endete, um sie auszuschalten. Bergers Augen wanderten über den Teppich, über die Möbel, er bat Hellmer um das Foto. Mit verbissenem Schweigen erkannte er den Glastisch. Näherte sich ihm, bis er in derselben Position stand, die der Fotograf eingenommen haben musste. Hellmer folgte ihm. Lisa gesellte sich ebenfalls dazu.

»Können Sie sich an irgendetwas erinnern?«, fragte Hellmer erneut. »Jemanden mit einer Kamera. Kollegen, die hier Dienst hatten. Reinigungspersonal. Und, noch mal, was ist mit dieser Frau auf dem Bild?«

Lisa wirkte fast enttäuscht. »Tut mir leid.« Sie hob die Schultern. »Das muss alles über den Chef gelaufen sein. Ich kann mich aber gerne unter den Kollegen umhören.«

»Danke«, murmelte Berger.

»Darf ich das Bild noch mal sehen?«

Um ein Haar hätte er es ihr einfach gegeben. Stattdessen zog er die Vergrößerung der Frau hervor, die Schreck bearbeitet hatte.

»Hm.« Lisa rieb sich am Kinn. »Ich verrate wohl kein Geheimnis, wenn ich sage, dass hier Escortdamen ein und aus gehen. Doch ob ich *sie* eindeutig wiedererkenne ... Ich kann es nicht beschwören.« Sie trat näher an Bergers Ohr. Er verstand und neigte sich ihr entgegen. »Herr Steinfeldt hat eine

Kartei für besondere Clubmitglieder«, raunte sie, »da komme ich nicht ran. Alle von uns wissen aber, dass es sie gibt. Vielleicht hilft Ihnen das ja weiter.«

»Dann unterhalten wir uns mit ihm«, entschied Berger.

Das Mädchen fuchtelte hilflos mit den Armen. »Ich sagte doch, er ist nicht da. Und mein Kollege hatte an dem Abend keinen Dienst.«

Berger kniff die Augen zusammen. Es war nicht zu übersehen, dass Lisa Angst hatte. »Hören Sie«, sagte er behutsam. »Wenn jeder hier weiß, dass Steinfeldt Mauscheleien macht, müssen Sie sich keine Sorgen machen. Wir halten Sie da raus. Doch notfalls krempeln wir den Laden hier von rechts nach links um.«

Was auch immer die Kleine dabei empfinden mochte, Berger selbst graute es allein bei der Vorstellung einer Durchsuchung. Für die Begründung eines solchen Beschlusses würde er die Hosen runterlassen müssen. Erneut. Er wusste nicht, ob er dazu bereit war.

MITTWOCH, 22:40 UHR

Ihre Arme umschlangen ihn, während er sie in die Wohnung schob. Sie schnappte nach Luft, kickte mit dem Absatz die Tür ins Schloss und entledigte sich ihrer Schuhe. Immer wieder wollte er sie küssen, doch sie wich seinen Lippen aus.

»Nicht so hastig, mein Lieber«, stieß sie hervor und wand sich aus seiner Umklammerung. Der Mantel blieb auf dem Boden liegen, einige Meter später folgte ihre Bluse.

»Die Zeit hat es verdammt gut mit dir gemeint«, säuselte Sultzer, und für einige Sekunden musste die Kommissarin überlegen, ob sie es charmant oder überheblich finden sollte.
»Hm. Danke.«
Er musterte die Wohnung, während er seine Schuhe abstreifte. Julia schätzte, er suchte das Schlafzimmer. Schon zog er sich den Pullover über den Kopf. Sie drängte ihn mit einem Griff in Richtung seines Gürtels zum Sofa. Das Bett war tabu. Lüstern schnaufend sank er nach hinten, mit einer Hand nach ihrer Taille greifend.
»Ich will dich. Seit wir uns wiederbegegnet sind, will ich dich.«
Julia lächelte und kniete sich über ihn. Ihr BH schob sich an Sultzers Gesicht vorbei, der sich sofort nach ihren Brüsten reckte und die Zähne bleckte. Mit der Linken wanderte sie einige Zentimeter vom Gürtel abwärts, ebenfalls mit erregtem Atmen. Er war hart, als sei er aus Beton gegossen, und sie konnte die pulsierende Hitze durch die Jeans spüren. Sultzer stöhnte auf und bahnte sich mit der Hand einen Weg in Richtung Gürtel. Er nestelte halbwegs verzweifelt daran herum, während Durant ihm keine Gelegenheit gab, die Schnalle zu öffnen. Stattdessen beugte sie sich vor und vergrub sein Gesicht zur Hälfte in ihrem Dekolleté.
»Ich sitze oben«, hauchte sie ihm ins Ohr, so nah, dass er unter ihrem Atem zuckte. »Ich bestimme, wo es langgeht.«
War es ein Quieken? Sie konnte das Geräusch kaum definieren. Julia gebot ihm, sich hinzulegen, und förderte ein Paar Handschellen zutage. Sultzer ließ sie gewähren. Sie ratschte mit vielsagender Miene die Metallringe um seine Handgelenke, dann zog sie ihm langsam die Jeans hinunter. Er jauchzte auf, als der Hosenbund über seinen Penis glitt. Sie hielt inne, drückte seinen Oberkörper nach unten und dann ging alles ganz schnell.

Mit drei Handgriffen, die sie schon x-mal auf Lehrgängen geübt hatte, schnappten zwei weitere Schellen um Sultzers Fußknöchel. Er konnte kaum strampeln, weil die Jeans ihn hinderte. Empörte sich lauthals, doch schon hatte Durant die Hand- und Fußfesseln miteinander verzurrt, so dass er in unbequemer Krümmung vor ihr lag. Das noch immer erigierte Glied stach wie ein Leuchtturm in ihre Richtung. Mit bitterem Grinsen umfasste sie es und bog es ein wenig nach unten.
»Was soll der Scheiß?«, empörte sich Sultzer.
»Findest du das nicht geil?«
»Nein!«
»Geilt es dich nicht auf, das Spiel mit der Kontrolle?« Ihre Stimme wurde bitter. »Oder turnt es dich nur an, wenn du es mit anderen spielst? Wenn du nicht alleine bist oder dich hinter einer Maske versteckst?«
»Was willst du von mir?«
Als wüsste er es nicht. Durant wurde so unendlich wütend, dass sie ihn am liebsten entmannt hätte. Mario Sultzer, den charmanten Aufreißer. Stellvertretend für all die Monster, die Frauen und Kindern Gewalt antaten. Die Asche verbrannter Seelen zurückließen. Resozialisiert wurden, um anschließend rückfällig zu werden. Sultzer als Sündenbock für den Mann, der sie selbst vor Jahren vergewaltigt hatte. Ein Mann, der nie hatte büßen müssen. Hellmer hatte ihn erschossen. Gerechtigkeit fühlte sich anders an. Sultzer sollte leiden. Der Wunsch loderte so immens, dass Julia es mit der Angst zu tun bekam. Er, den sie seinerzeit so bereitwillig rangelassen hatte. Ihr wurde speiübel. Sein Geruch, seine Berührungen. Sie würde mehrere Bäder brauchen, um sich wieder sauber zu fühlen.
»Du gottverdammtes Arschloch«, presste sie hervor. »Warum ausgerechnet du? Dir liegen die Frauen doch zu Füßen?«

Er glotzte sie mit einer Miene an, die sie kurzzeitig irritierte.
»Verrätst du mir zum Teufel noch mal endlich, worum es hier geht?«
»Matilda Brückner.«
»Was ist mir ihr?«
»Du gibst also zu, sie zu kennen.«
»Kunststück. Wir sind Kollegen.«
»Und das gibt dir das Recht, sie zu ficken? Es dir einfach so zu nehmen?« Durants Hand war gewillt, das Genital zu greifen und wie einen Joystick zur Seite zu biegen. Doch sie zwang sich zur Raison. Was sie hier tat, verletzte auch so schon genügend Grenzen.
»Ich habe sie nicht gefickt. Wie kommst du darauf?«
»Matilda liegt mit aufgeschnittenen Pulsadern in der Klinik. Sie hat versucht, sich dieses verdammte Tattoo rauszuschneiden. Denselben Phönix, den du auch trägst. Es ist mir egal, ob du deinen Schwanz in ihr gehabt hast. Aber ich werde nicht eher Ruhe geben, bis jeder, der daran beteiligt war, zur Rechenschaft gezogen wurde.«
Mario wollte ein »viel Glück dabei« verlauten lassen, doch schon bevor er das letzte Wort aussprechen konnte, verdrehte er schmerzerfüllt den Kopf nach hinten. Durant Faust ließ sofort wieder locker, es war kaum mehr als ein armseliges Würstchen, das schlaff herabbaumelte.
»Die Spielchen sind vorbei, mein Lieber«, funkelte sie ihn an. »Du solltest besser kooperieren, und wenn es um der alten Zeiten willen ist.«
Abrupt stand sie auf und suchte sich ihre Kleidung zusammen. Sultzer verharrte in seiner Lage. Was blieb ihm auch anderes übrig. Julia ging in die Küche und tastete im Kühlschrank nach der letzten Bierdose. Es zischte, sie trank einen Schluck und leckte sich die Lippen. In diesem Moment fragte sie sich, was

Claus wohl denken würde, würde er jetzt im Türrahmen stehen. Doch sie schob den Gedanken beiseite, denn sie brauchte ihre Konzentration. Für eine Sekunde kamen die alten Bilder in ihr hoch, als sie zurück ins Wohnzimmer trat und Sultzer betrachtete, der eine klägliche Figur abgab. Das Bild des charmanten Don Juan war unwiederbringlich zerstört.
»Kann ich auch eins haben?«, fragte er und ließ seine Stimme kratzig klingen.
»Ist mein letztes. Das teile ich nicht mit jedem.«
Er schaute gequält. »Dann mach mich wenigstens los.«
»Vergiss es.« Durant nahm auf dem gegenüberliegenden Sessel Platz, sie war wieder vollständig bekleidet. »Erst lieferst du mir Details, dann kannst du verschwinden.«
»Hältst du mich wirklich für einen Vergewaltiger?«
»Das entscheide ich noch.« Julia war eiskalt und zeigte kaum eine Regung.
Sultzer hatte eine halbwegs bequeme Haltung eingenommen, nicht ohne mehrmals laut aufzustöhnen. Doch die Kommissarin gab nicht nach.
»Ich kenne Matilda erst seit ein paar Wochen«, begann er leise. »Seit sie bei der Einheit ist. Keine Ahnung, mit wem sie da angebändelt hat oder was passiert ist.«
»Wo warst du am letzten Samstag? Besonders nachts?«
»Sachsenhausen.« Sultzer wich ihrem Blick aus. »Ich bin Single, wie du weißt, also bin ich um die Häuser gezogen.«
»Hast du Zeugen?«
»Niemanden, den ich namentlich nennen kann«, erwiderte er. »Du weißt doch, wie das läuft.«
»Hm.« Durant tippte sich auf das Handgelenk. »Was hat es mit dem Phönix auf sich?«
»Den tragen alle von uns. Es ist das Zeichen eines Bundes, einer Gemeinschaft. Der Feuervogel.«

Und das im einundzwanzigsten Jahrhundert? Durant hob zweifelnd die Augenbrauen. »Ziemlich kindisch, wie? Ihr seid immerhin keine Freimaurer oder so etwas.«

»Wir verstehen da keinen Spaß. Ich musste mir dieses Zeichen erst verdienen und trage es mit Stolz.«

»Matilda Brückner denkt da vermutlich anders drüber«, gab Durant zurück. »Erzähl mir von ihr.«

»Ich sagte doch, ich weiß nichts. Es hieß, sie sei krank. Keiner hat gefragt. Und irgendwie wollte auch niemand darüber sprechen. Ich habe mir nichts weiter dabei gedacht.«

»So ganz überzeugt mich das nicht«, brummte Durant. »Gibt es weitere Frauen bei euch?«

Sultzer bejahte. »Eine.«

»Ich will mit ihr sprechen.«

»Du kannst ihre Nummer haben. Doch du musst mir versprechen, dass du meinen Namen da raushältst.«

»Wieso?«, wollte Durant wissen. »Ihr seid doch kein illegaler Club, nehme ich an. Es gibt Dienstakten. Zwei von euch habe ich in Rodgau rumstehen sehen. Wir führen gemeinsame Ermittlungen.«

»Hast du 'ne Ahnung«, prustete Sultzer und schüttelte den Kopf. Sein Unbehagen wirkte ehrlich, und Durant kniff die Augen zusammen.

»Setz mich ins Bild«, forderte sie.

»Nein. Vergiss es. Von mir erfährst du nichts.«

»Ohne eine Liste von Namen lasse ich dich nicht gehen.«

Mario Sultzer brabbelte etwas Unverständliches, dann hob er den Kopf. »Okay, pass auf. Den Namen der Frau und zwei weitere. So viel verrate ich dir, denn auf die könntest du auch selbst gekommen sein. Mehr ist nicht drin. Du glaubst gar nicht ...« Er verstummte abrupt.

»Was?«

»Ach nichts.«
»Spiel nicht mit meiner Geduld. Dein Scheißverein interessiert mich weniger als Matilda Brückner. Ich werde jemanden für diese Vergewaltigung verhaften, koste es, was es wolle.«
»Zwei Namen«, bekräftigte Sultzer. »Mehr ist nicht drin, egal, was du mit mir anstellst. Damit solltest du etwas anfangen können. Doch du musst mir *garantieren*, dass du mich da raushältst.«
»Vorausgesetzt, ich komme mit deinen Infos weiter.« So viel war Julia bereit, ihm zuzugestehen. »Ansonsten habe ich ja deine Nummer.«
Sie zwinkerte ihm zu, während sie aufstand und aus dem Wohnzimmerregal die Schlüssel für die Handschellen griff.
»Ich weiß nicht, was ihr da treibt«, sprach sie weiter, als sie sich ihm näherte, »und es ist mir auch egal, bis auf zwei Dinge. Solange niemand zu Schaden kommt und mir keiner in die Ermittlung pfuscht, könnt ihr euch Tattoos stechen oder Pfadfinderspielchen abhalten, soviel ihr wollt.« Das Metall der Schelle knarrte. Durant schob den Kopf noch einmal direkt vor Sultzers Nase. »Aber untersteht euch, mir in die Quere zu geraten. Und jetzt verschwinde aus meiner Wohnung. Mein Freund ist ebenfalls bei der Mordkommission, und er ist einen Kopf größer als du.«

Eine Stunde später saß Julia alleine im Dunkel ihres Wohnzimmers. Keine Musik lief, eine einzelne Kerze flackerte. Sie trank Cola, wollte sich nicht weiter benebeln, alles fühlte sich taub an. Hatte sie eine Grenze überschritten, die sie nicht hätte überschreiten sollen? Wäre es nicht so spät, sie hätte Pastor Durant angerufen, um sich seinen Rat zu holen. Doch stattdessen starrte sie auf den Block mit Karopapier, dessen aufgeschlagene Seite vollgekritzelt war mit Notizen.

Sultzer hatte geredet, auch nachdem sie ihn befreit hatte. Sie wollte wissen, weshalb er Hellmer das Handy zugespielt hatte. Warum er ihr nachspionierte. Ob er gewusst habe, dass sie mit dem Münchner Claus Hochgräbe liiert war.
Er hatte herumgedruckst. Das mit dem Handy sei ein Fehler gewesen. Er habe darüber versuchen wollen, mit ihr in Kontakt zu kommen. Es klang nicht überzeugend, doch er rückte nicht davon ab. Noch immer drucksend hatte er gestanden, dass er auf dem Taunusblick überrascht gewesen war, Julia gegenüberzustehen. Er habe von ihrer Karriere bei der Kripo gewusst, nun hatte sich eine Gelegenheit ergeben, wieder in Kontakt zu treten. Das Handy hätte er lieber ihr statt dem Kollegen in die Hand gedrückt.
Durant hatte sich einiges notiert und das meiste ohne Gegenfrage abgenickt. Sie hatte ihre Hormone gut genug im Griff, um nicht alles für bare Münze zu nehmen. Sultzer war kein Teenager, und das Gesagte passte nicht zu ihm. Doch anstatt Details in Frage zu stellen, konzentrierte sich Durant auf den für sie wichtigsten Punkt. Wie konnte sie an die Vergewaltiger herankommen? Sie hatte schonungslos nachgebohrt, sosehr Sultzer sich auch dagegen sträubte. Ihm war anzusehen, dass er Angst hatte. Ein Bröckeln in der Fassade des agilen Machos, der er vorgab zu sein. Er hatte ihr versichert, kein Vergewaltiger zu sein, aber gleichzeitig bekräftigt, dass er sich nicht gegen seine Einheit stellen würde. Stellte sein Versprechen in Frage, mit Namen herauszurücken. Doch Durant entließ ihn nicht aus der Pflicht. Ein eigenartiger Glanz hatte dabei in seinen Augen gelegen. Durant wusste, dass es bei Ermittlungsgruppen, die undercover arbeiteten, auf Verschwiegenheit ankam. Ein Fuhrpark aus Alltagsfahrzeugen, unauffällige Einfamilienhäuser und Mietwohnungen und, im Kontrast dazu, das modernste

Equipment, das man sich vorstellen konnte. Es musste wie ein Magnet auf junge Beamte wirken, einer solchen Truppe anzugehören. Sie waren so etwas wie die Fallschirmjäger oder die Kampftaucher bei der Bundeswehr. Elite. Und darin lag wohl die größte Gefahr. Sie konnte es nachvollziehen, dass Sultzer ihr keine weiteren Namen nannte. Von den beiden, die er sich abrang, kannte sie einen bereits. Sie hatte darauf beharrt, mehr zu bekommen. Eine Kontaktmöglichkeit. Einen Ansatzpunkt. Doch stattdessen hatte sie etwas ganz anderes bekommen. Eingekringelt in Kuli-Ellipsen prangte die Adresse einer Firma in Offenbach in der Nähe des Kaiserlei-Kreisels auf dem Papier.

MITTWOCH, 23:57 UHR

Schweißgebadet schnellte sie nach oben, die Augen im Dunkel weit aufgerissen.
Julia Durant hatte sich gegen elf Uhr bettfertig gemacht, ein neues Schlafshirt aus dem Schrank geholt und sich mit einer Portion gesalzener Cashewkerne ins Schlafzimmer begeben. Das Bett musste abgezogen werden, doch sie entschied, damit bis zum Wochenende zu warten. Hausarbeit war und blieb der Kommissarin ein Greuel. Gegen halb zwölf hatte sie das Licht gelöscht und sich unter ihrer Decke eingerollt.
Julia warf die Decke beiseite, völlig von Sinnen. Die Beine fühlten sich taub an und versagten ihr den Dienst. Mit der Hand an ihrer Brust, die krampfte, so dass sie nach Luft ringen musste, robbte sie ans Ende der Matratze. Stolperte über

die Bettkante, spürte einen stechenden Schmerz in der Hüfte und schrie einen heiseren Hilferuf in die Schwärze.
Doch wer sollte sie hören?
Und selbst wenn – wer sollte ihr zu Hilfe eilen? Der einzige Ersatzschlüssel befand sich im Präsidium, und nur Hellmer wusste von ihm. Susanne Tomlin, der die Wohnung einst gehört hatte, besaß keinen mehr. Außerdem würde das nichts nützen, denn sie lebte an der französischen Riviera. Und Claus …
Julia versuchte mit letzter Kraft, den Lichtschalter zu erreichen. *Das Telefon,* dachte sie dabei. *Der Notruf.*
Dann erkannte sie die an die Decke projizierten Digitalzahlen des Weckers, der soeben auf 23:59 sprang. Rote Lettern mit verwaschenen Konturen. Sie fühlte das Fenstersims. Wurde sich dessen bewusst, dass sie auf der völlig falschen Seite des Raumes stand. Sie zerrte am Rollladengurt, sofort fiel das Licht der Straßenbeleuchtung ins Zimmer. Und plötzlich konnte sie wieder atmen, auch wenn sie keuchte, als habe sie einen Sprint hinter sich gebracht.
Sie verharrte für einige Sekunden, bis das Hämmern unter ihrem Brustbein nachgelassen hatte, und wischte sich die Stirn trocken. Dann wankte sie zurück zum Bett. Die Decke und das Kissen lagen auf dem Boden. Ihre Hüfte (es war die Kommode gewesen, deren Ecke sie gerammt hatte) fühlte sich heiß an. Lange, sehr lange saß Julia einfach nur da. Im Haus war alles ruhig. Niemand hatte ihr Schreien oder das Gepolter gehört, zumindest regte sich nirgendwo etwas.
Schließlich stand sie auf, wechselte das Shirt und bezog das Bett neu. Versuchte, nicht darüber nachzudenken, was eben passiert war. Denn sie wusste es, sie hatte all das schon viel zu oft erlebt, aber gehofft, es endgültig begraben zu haben. Doch wie hatte Alina Cornelius einmal gesagt?

»Wenn du glaubst, du hast sie besiegt, kommen sie wieder. Stärker als zuvor. Wie Freddy Krüger in *Nightmare on Elm Street*.«
Panikattacken.
Sie litt unter ihnen, seit sie nackt in einem Verlies gesessen hatte. Sie hatte eine Therapie gemacht, um das Erlebte zu verarbeiten, doch nur halbherzig. Sie wollte kein Opfer sein, nicht stets aufs Neue durchleben, was sie durchgemacht hatte. Julia war eine starke Frau, die mit ihren Problemen alleine zurechtkam. Und genau dort lag ihr größter Irrtum. Sie hatte die Angst nie erfolgreich bekämpft, hatte sie ignoriert und kleingeredet, aber sich ihr nicht ausgesetzt.
Noch immer rann Schweiß unter ihren Haaren den Nacken hinab. Es dauerte bis nach zwei Uhr, bis Julia endlich wieder eingeschlafen war.

DONNERSTAG

DONNERSTAG, 16. OKTOBER, 6:15 UHR

Sie erwachte nach einer kurzen, unruhigen Nacht. Die Decke lag neben dem Bett, das Shirt war nassgeschwitzt. Julias Zunge fühlte sich geschwollen an. Obwohl sie sich am Abend noch eine ausgiebige Dusche gegönnt hatte, trottete sie erneut in das große Bad und schaltete die Brause ein. Sie wollte jede der Berührungen Mario Sultzers von sich abwaschen. Auch wenn er nicht zu den Vergewaltigern gehören mochte, sie ekelte sich. Am meisten aber wohl vor sich selbst.
Ihr Gehirn kam nur langsam in die Gänge. *Verdammt, was ist mit dir los?* Ihre Bewegungen waren zäh, als hielte ein Gummiseil sie zurück. Nachwirkungen einer Nacht, die von einer Panikattacke unterbrochen worden war. Julia schäumte sich mit einem Badeschwamm ein, zweimal, und ließ sich zehn Minuten lang das Wasser über den Körper rinnen. Dabei dachte sie an Claus. Sie hatte ihn nicht betrogen, aber was, wenn der Anruf von Doris Seidel nicht gekommen wäre? Hätte sie Sultzer nach ein paar weiteren Drinks mit zu sich nach Hause genommen? Es bereitete ihr Magenschmerzen, dass sie über die Antwort nachdenken musste, anstatt es vehement verleugnen zu können.
Hatte sie denn überhaupt eine Wahl gehabt? Sie hatte ihm gegenübergesessen, in dieser Bar, ständig kamen die Erinnerungen hoch. Beim Zuprosten, wenn er sich über die Lippe

leckte, als sie nach seiner Hand griff, um die Tätowierung anzusehen. Das scheue Zurückziehen. Die Gewissheit, dass heute nicht damals war. Dass es jemanden gab in ihrem Leben. Dazu der Alkohol. Und die Ungewissheit darüber, welche Begierden ihr Gegenüber womöglich hegte.
Auf der Toilette hatte sie mit Doris Seidel telefoniert. Wie eine Seifenblase war alles zerplatzt. Wie eine eiskalte Dusche hatte das kurze Gespräch gewirkt. Seidel berichtete, was Matilda ihr erzählt hatte. Von Männern, die dasselbe Tattoo trugen. Von der Gruppenvergewaltigung. Grausame Dinge. Draußen, wenige Meter entfernt, hatte das Monster hinter seinem Apfelwein gesessen und auf sie gewartet. Lüstern, wie sie vermutete. Nein. Sie hatte keine andere Wahl gehabt.
Irgendwo zwischen dem prasselnden Regen ertönte das Telefon. Julia griff zum Handtuch und wickelte sich ein, ein zweites schlang sie um ihre Haare. Hellmer.
»Wir sollen ins Frauenhaus kommen«, sagte er. »Nijole möchte eine Aussage machen.«
»Weshalb hat hat sie ihre Meinung geändert?«
»Mehr weiß ich nicht«, erwiderte Hellmer. »Soll ich dich abholen?«
»Gern.«
Sie trank einen starken Kaffee und war froh, heute nicht selbst hinters Steuer zu müssen. Anschließend trottete sie nach unten und wartete vor dem Haus. Von der Straße konnte sie hinüber zum Holzhausenpark sehen, der zu dieser Stunde nur spärlich bevölkert war. Sie konnte die frische Luft schmecken, das Rauschen in den Bäumen. Langsam fühlte sie sich besser.

Die Fahrt dauerte über eine Viertelstunde, was am Berufsverkehr lag. Es schien, als habe man eine rote Welle geschaltet – vielleicht lag es auch an Hellmers ständigem Beschleunigen

und Abbremsen. Er liebte es, die Muskeln seines Porsche zu zeigen, besonders im zähen Stadtverkehr. Durant nutzte die Gelegenheit, um über Sultzer zu sprechen. Um ein Haar wäre Hellmer die Kinnlade auf die Brust geklappt.
»Du hast *was?*«
»Ich habe ihn abgeschleppt«, wiederholte Durant mit einem Augenrollen. »Um ihn in einer Situation, die ich kontrolliere, zu konfrontieren.«
»Weiß Claus davon?«
»Ich bin Claus keine Rechenschaft dafür schuldig, wie ich meinen Job mache«, antwortete sie gereizt. Es stieß ihr bitter auf, als ihr in den Sinn kam, dass sich das bald ändern konnte. Doch auf dieses Thema hatte sie momentan keine Lust. »Erzähl mir lieber mal von gestern Abend.«
Hellmer berichtete von seinem Treffen mit dem Abgeordneten.
»Ein Saubermann, wie er im Buche steht, wie?«, kommentierte Julia, und ihr Kollege nickte grimmig.
»Dem pinkelt man nicht so leicht ans Bein.«
In einem gekonnten Manöver schwang Frank den 911er in eine Parklücke. Es rumpelte. Er fluchte über die hohen Bordsteine. Als müsse sie sich vergewissern, dass niemand ihnen gefolgt war, blickte Durant sich in der Straße um, bevor sie den Torbogen zu der alten Stadtvilla durchtraten, in der sich das Frauenhaus befand. Das Haus war in die Jahre gekommen, zum Teil bewuchert, an anderen Stellen lagen die Steine blank. Die Gardinen waren blickdicht, es gab eine Gegensprechanlage mit Kamera, die man aber nur erkannte, wenn man genau hinsah.
»Durant und Hellmer, Kriminalpolizei, wir werden erwartet«, sagte Julia in das Mikrofon. Eine Frau, etwa im Alter der beiden Kommissare, öffnete ihnen. Sie stellte sich ihnen als Ursula Peters vor.

»Uschi reicht auch«, lächelte sie. »Niemand nennt mich hier anders.«

Sie leitete das Haus, zu ihrem Team gehörten drei weitere Frauen, die sich in Schichten abwechselten. Meistens seien zwei vor Ort, sie selbst habe eine Wohnung unter dem Dach.

»Das Haus gehört mir, ich bin hier aufgewachsen«, erklärte sie. An den Wänden ihres Büros hingen Flyer der hiesigen Sozialdienste, Seelsorgeanbieter und Notrufnummern. »Ich möchte Sie bitten, die Vernehmung in meinen Privaträumen durchzuführen. Einige Frauen hier könnten sich durch Ihre Anwesenheit gestört fühlen.«

»Wir stehen doch auf der Seite der Opfer«, widersprach Julia, doch Frau Peters lächelte nur müde.

»Das mag sein. Doch hier geht es nicht um Schuldzuweisungen. Nicht in erster Linie. Viele unserer Gäste müssen zu sich finden. Störungsfrei. Müssen akzeptieren, dass ihr Schritt zu uns der richtige war. Die meisten fühlen sich schuldig, dass sie weggegangen sind. Ihre Familien verlassen haben. Es plötzlich nicht mehr ertragen haben, verprügelt und missbraucht zu werden.« Sie seufzte. »Es ist immer wieder derselbe Teufelskreis. Viele gehen zurück, weil sie es nicht aushalten. Die meisten kommen nie wieder. Doch ich habe Frauen gesehen, die zurückgingen und zwei Tage später wieder an meiner Tür klingelten. Sexuell gedemütigt, mit dem Gürtel geschlagen, mit Zigarettenglut gequält. Von der Kriminalpolizei will dennoch keine etwas wissen. Denn wer seinen Mann anzeigt, für den gibt es kein Zurück. Davor kuschen neunundneunzig Prozent.«

Obwohl das meiste für Julia Durant nicht neu war, hörte sie der Dame geduldig zu. Sie respektierte die Arbeit, die hier geleistet wurde. Wusste, dass es, egal wie viele Frauenhäuser es gab, immer zu wenige sein würden.

»Wollen wir?«, fragte sie, als Frau Peters eine Pause machte, um sich Tee nachzuschenken.
»Ja. Möchten Sie auch etwas?«
»Später vielleicht.«
»Frau Durant?« Ursula Peters legte ihren Arm auf den ihren und blickte die Kommissarin sorgenvoll an.
»Ja?«
»Nijole hatte heute Nacht einen Zusammenbruch. Die Wunde an der Zunge droht sich zu entzünden, sie steht unter starken Schmerzmitteln und Antibiotika. Das sollten Sie wissen.« Sie pausierte. »Sie hat zwar nach Ihnen verlangt – Gott weiß, was sie durchgemacht hat –, aber bitte überfordern Sie sie nicht.«

Nijole saß auf dem Sofa, die Beine angewinkelt. Der Fernseher lief. In der Küche, die unter die Dachschräge gebaut war, wartete außerdem eine unbekannte Frau mit osteuropäischen Zügen. Blond, hochgewachsen, markante Wangenknochen. Sie erhob sich, als die Hauseigentümerin mit den beiden Besuchern die Wohnung betrat. Frau Peters stellte sie als Helena Pardeikute vor, so zumindest verstand Durant den Nachnamen. Sie sei Dolmetscherin für Litauisch und vertrauenswürdig. »Eine ehemalige Bewohnerin«, erklärte Peters, ohne Details zu nennen. Sie wies darauf hin, dass es am Vortag äußerst ungünstig gewesen war, ihr einen Mann an die Seite gestellt zu haben. Dabei warf sie Hellmer einen vielsagenden Blick zu, der daraufhin fragte, ob er draußen warten solle. Durant nahm ihn beiseite, weil sie nicht wusste, ob seine Frage sarkastisch gemeint gewesen war, doch er lächelte nur und zog seine Zigaretten hervor.
»Ich reiß mich nicht drum«, gestand er. »Was immer dem armen Ding widerfahren ist, ich bin froh, wenn mir diese Ver-

nehmung erspart bleibt. Mein Kopf ist voll mit diesem Kinderficker Hammer, ich konnte kaum schlafen.«
Er ging in Richtung Küche, wo ein Aschenbecher stand, und die Frauen betraten das Wohnzimmer.

Das Gespräch verlief zäh. Julia Durant stellte eine Frage, die Dolmetscherin übersetzte. Das Mädchen gab sich große Mühe, halbwegs verständliche Worte zu artikulieren. Doch, wie der Kommissarin erklärt wurde, war das sowohl aufgrund der Schwellung als auch wegen der Lautsprache des Litauischen ein doppelt anstrengender Prozess. Hinzu kamen diverse Pausen, in denen sie Kamillentee trank oder stumm ins Leere blickte. Julia versuchte, ihre Fragen so dezent wie möglich zu stellen, doch merkte schnell, dass es sich nicht vermeiden ließ, das Trauma ständig aufs Neue aufzuwühlen.
»Sie haben Schlimmes durchlebt, doch Sie sind nun in Sicherheit«, betonte sie. »Ich gebe Ihnen mein Wort, dass wir die Männer, die dafür verantwortlich sind, zur Rechenschaft ziehen werden.«
In Julias Blick, auch wenn die Dolmetscherin ihre Worte weniger leidenschaftlich übersetzte, als sie sie aussprach, erkannte die Kleine zweifelsohne, dass sie es ernst meinte. Durant würde auf niemanden Rücksicht nehmen. Nicht auf Sultzer, nicht auf Berger, nicht auf bürokratischen Hickhack.

DONNERSTAG, 10:30 UHR
Polizeipräsidium, Dienstbesprechung.

Julia Durant bat Doris Seidel, für das Team zusammenzufassen, was sie von Matilda Brückner erfahren hatte. Sie selbst entschuldigte sich für einen Moment, um zur Toilette zu gehen. Eine bessere Ausrede fiel ihr nicht ein. Sie kannte durch Seidels Anruf am Vorabend alle nötigen Informationen und wollte vermeiden, dass sie über Sultzer sprechen musste. Über das, was in ihrer Wohnung geschehen war. Sie verharrte vor dem Spiegel und rieb sich kaltes Wasser in den Nacken und hinter die Ohren. Es fröstelte sie, als die Tropfen über ihre Handgelenke rannen. Wenn Matildas Erinnerung zutraf, hatte man sie betäubt und mehrfach vergewaltigt. Mehrere Personen. Eine Gruppenvergewaltigung. Als wäre ein Mal nicht schon schlimm genug. Unwillkürlich verkrampfte Julia sich. Rieb sich die Haut trocken, dabei grub sich ihr Fingernagel so tief ein, dass auf dem Gelenk ein roter Streifen verblieb. Sie kehrte zurück ins Konferenzzimmer, wo sie rechtzeitig eintraf, um das Wort wieder zu übernehmen.

»Kommen wir nun zu Nijole. Die Aussage des Mädchens deckt sich mit den Erkenntnissen, die uns durch die bisherige Untersuchung und die Auswertung des Fahrtenschreibers bekannt sind«, begann die Kommissarin ihren Bericht. »Irrtum natürlich vorbehalten.«

»Taugen die Daten denn was?«, erkundigte sich Kullmer. »Oder kann man sie manipulieren?«

»Ich glaube in diesem Fall nur noch das, was ich sehe.« Es war ihr anzusehen, dass sie es genau so meinte. Julia hob ihre Papiere wieder an und fuhr fort.

»Der Truck fährt dieselbe Route, wöchentlich. Es gibt zwei identische Auflieger, und es ist immer derselbe Fahrer. Nijole wurde vor zirka zehn Wochen eingeschmuggelt, sie befand sich zuerst alleine in dem Verschlag. Sie stammt aus einem kleinen Dorf. Sie ist siebzehn. Ihre Familie hat sie dazu genötigt, für ein Jahr nach Deutschland zu gehen. Es gibt eine Prämie, die vorab bezahlt wird, und eine weitere Rate, die man hinterher erhalten soll. Über die Höhe konnte sie nichts sagen.« Durant schluckte bei dem Gedanken, wie Eltern ihre Tochter verkaufen konnten. Wie sie in Kauf nahmen, dass ihr eigen Fleisch und Blut ihren Körper feilbot und ihre Seele verbrannte. Hastig fuhr Durant fort, denn das Schlimmste stand noch bevor. Mit der Begründung, dass falsche Papiere zu teuer seien und dies der Familie in Rechnung gestellt werden müsse, habe man nach einer halben Stunde Fahrt im Niemandsland angehalten und Nijole in den Verschlag verfrachtet. Ein dunkles Begleitfahrzeug sei mit von der Partie gewesen, doch hierzu hatte das Mädchen nicht viel sagen können. Sie habe sich nur widerwillig nach hinten begeben. Der Fahrer sei dicht hinter ihr gelaufen. Seine Hose war verräterisch ausgebeult, das hatte sie gespürt, als sie gestolpert sei und er sie auffing. Er hatte den Verschlag geöffnet, sie hineingeschoben und lüstern die Zähne gebleckt. Er nehme sich seinen Anteil, hatte er gesagt. Sie solle sich nicht zieren. Deshalb sei sie doch schließlich unterwegs nach Deutschland. Dann habe er ihr die Hose runtergezogen und sie begrapscht, während er von hinten in sie eindrang. Mehr habe er nicht gesagt, nur zum Abschied habe er ihr übers Haar gestreichelt und ihr einen Kuss gegeben. Beim nächsten Halt sei ein weiteres Mädchen dazugekommen. Diese habe sie gedämpft schreien hören, bevor sie in den Geheimraum gekommen war. An ihrem Gang war zu erkennen gewesen, dass der Fahrer sich auch an

ihr vergangen hatte. Sie hatte sich weinend gesäubert und aus ihrer Reisetasche einen neuen Slip genommen, weil der andere blutig war. Sie habe ihre Tage gehabt.
»Scheiße noch mal«, rief Hellmer, »*das* ist die gesuchte Schwester!«
»Davon ist auszugehen«, nickte Durant.
»Ist dieser Bastard noch im Land?«, wollte Kullmer wissen.
»Hast du eine Ahnung, wo die Mädchen abgeliefert wurden?«, erkundigte sich Seidel.
»Dazu komme ich gleich noch. Wir mussten die Vernehmung unterbrechen, weil der Kleinen das Reden immens schwerfällt. Ich habe sie nach dem Schrottplatz gefragt, außerdem nach Anhaltspunkten, die uns verraten könnten, wo sie untergebracht wurden.«
»Und?«
»Da kam nicht viel. Sie stammelte ein Wort, aber der Dolmetscher verstand es nicht. Es schien etwas mit P zu sein, man konnte ihr ansehen, dass das Sprechen ihr Schmerzen bereitete. Womöglich meinte sie Tollwut, oder Nachkomme, oder Vogel.« Julia seufzte und hob die Schultern. Etwas in ihrem Unterbewusstsein regte sich, doch sie konnte es nicht greifen.
»Armes Ding«, kommentierte Seidel.
»Sie schläft nun erst mal für ein paar Stunden. Danach fahre ich noch mal hin. Diesmal würde ich gerne alleine fahren, vor allem ohne männliche Begleitung. Kollegen.« Julia blinzelte in Franks Richtung. »Mit Männern hat Nijole ein Problem, das war deutlich zu spüren.«
»Kein Wunder«, nickte Hellmer düster. »Gut möglich, dass sich diese Einstellung nach allem, was sie erlebt hat, nie wieder ändern wird.«
Seidel stimmte ihm zu. »Was in dem Lkw passiert ist, war vermutlich noch harmlos im Vergleich zu allem, was in den

Wochen danach mit ihr geschah.« Sie blickte zu Julia und deutete auf ihren Mund. »Konnte die Ärztin denn wenigstens ein Sedativ nachweisen?«
»Ja. Man kann davon ausgehen, dass die Operation – wenn man das in diesem Zusammenhang überhaupt so sagen darf – halbwegs ordentlich und unter örtlicher Betäubung durchgeführt wurde.«
Wenigstens etwas.

»Erzähl mal was von gestern«, forderte die Kommissarin, als Hellmer und sie am Schreibtisch saßen. Frank war erst auf der Rückfahrt vom Frauenhaus auf seinen Ausflug zum Golfclub zu sprechen gekommen.
»Gibt nicht viel«, brummte Hellmer und fasste in wenigen Sätzen zusammen, wie der Besuch abgelaufen war. »Berger checkt, welche Gelder geflossen sind. Er wollte mich da raushaben. Seit wir herausgefunden hatten, dass die Fotos ohne jeden Zweifel im Clubhaus entstanden sind, war er wie ausgewechselt.«
»Bedeutet im Klartext?«
»Verschlossen und in sich gekehrt. Vielleicht beschämt. Aber auch wild entschlossen, dem Ganzen ein Ende zu setzen.«
Julia Durant war sich nicht sicher, was sie davon halten sollte. Doch es war, auch ohne sich um Berger zu kümmern, mehr als genug zu tun.
In ihrem Postfach fand sich eine Notiz zu Dimitri Scholtz und dem Fahrer des Lastwagens. Beide seien in unterschiedlichen Haftanstalten. Der Zugang sei jeweils streng beschränkt, so die Anordnung. Einzig der Anwalt und die unmittelbar mit der Ermittlung beauftragten Beamten seien zugelassen. Brandt und Durant gehörten nicht dazu. Dafür aber Mario Sultzer und ein paar andere.

Durant notierte auf gelbe Klebezettel jeweils einen Namen. Dabei ärgerte sie sich, dass sie Sultzer viel zu glimpflich hatte davonkommen lassen. Letztlich hatte er ihr lediglich Hinrichs und Rieß genannt. Ob die Adresse des Stützpunkts das alles wert gewesen war?

Mario Sultzer
Matilda Brückner
Holger Hinrichs (Stiernacken)
Andreas Rieß (Stiernackens Kollege)
N.N. (weiblich)

Hellmer reckte den Hals. »Was machst du da?«
»Ich spiele Puzzle«, antwortete sie geistesabwesend. Wenn sie die Namen der Sondereinheit nicht im Ganzen erhalten konnte, musste sie sich das Bild eben selbst zusammensetzen. Dann wählte sie Frederiks Nummer. Dort wurde sie abgewiegelt. Matilda schlafe gerade. Sie wolle auch nicht mehr über den Vorfall reden. Durant wollte sich gegen den besorgten Ehemann aufbäumen, ließ es aber fürs Erste auf sich bewenden. Dann suchte sie Dieter Greulichs Nummer.
»Was gibt's?«
Durant schmierte ihm Honig ums Maul. »Sie sind eine Koryphäe in Sachen organisierter Kriminalität, wie man hört.«
»Das haben Sie wohl nicht von Brandt«, lachte es polternd. »Aber man könnte es durchaus so ausdrücken.«
»Wie sieht es mit Ihrem Wissen um Sondereinheiten aus? Verdeckte Ermittlungen? Undercover?«
»Sie wissen genau, dass ich nichts darüber sagen dürfte«, wich Greulich aus. Er atmete plötzlich anders, vielleicht hatte er aber auch bloß einen Zigarillo im Mundwinkel.
»Also wissen Sie etwas.«

»Das habe ich nicht gesagt.«
»Ach, kommen Sie. Ich habe einen Fall eines Übergriffs auf eine junge Kollegin. Einen *schlimmen* Fall.«
»Davon ist mir nichts bekannt«, sagte Greulich. »Wie heißt sie?«
»Habe ich gerade nicht parat«, log Durant. Wenn er ihr nicht helfen wollte, brauchte sie ihm auch nichts zu sagen. »Vergessen Sie's. War nur ein Versuch. Ich werde mal bei Hinrichs nachfragen.«
»Moment, warten …«, hörte sie Greulich hastig aussprechen, während sie das Gespräch mit einem Fingerdruck beendete. Sie wunderte sich nicht, weshalb Brandt ihn nicht leiden konnte.
Holger Hinrichs gehörte zum Sittendezernat in Brandts Präsidium. Im Grunde waren er und Matilda damit direkte Kollegen, nur eben auf unterschiedlichen Seiten des Mains. Unter der Durchwahl erreichte Durant niemanden. Nach endlosem Freizeichen hob eine piepsige Frauenstimme ab.
»Julia Durant, K11 Frankfurt. Ich hatte gehofft, Holger zu erreichen.«
»Der ist nicht am Platz.«
»Wann erreiche ich ihn?«
»Das kann ich Ihnen nicht sagen.«
»Wer kann mir es denn sagen?«
Die Gesprächspartnerin zögerte merklich. »Wenden Sie sich doch bitte an den Vorgesetzten.«
Durant räusperte sich. »Könnten Sie mich vielleicht durchstellen?«
»Warten Sie.« Es knackte. Dann kam das Besetztzeichen. Durant wurde sauer. Hatte man sie aus der Leitung geworfen? Prompt läutete das Telefon. Greulich wollte wissen, warum sie ausgerechnet so scharf auf Hinrichs war.

Sie ignorierte das gekonnt und fragte nur: »Kennen Sie sich?«
»Ja. Wie man sich eben so kennt im Präsidium«, wich er aus.
»Ich habe eben bei ihm angerufen.«
»Und?«
»Er sei nicht am Platz.«
»Was erhoffen Sie sich denn von ihm?«
»Fürs Erste will ich ihn endlich mal an die Strippe kriegen. Den Rest bespreche ich dann direkt mit ihm selbst.«
Dieter Greulich stöhnte auf. Sie hatte ihn auflaufen lassen.
»Okay, passen Sie auf. Es tut mir leid. Ich wollte Sie eben nicht abweisen. Doch erstens weiß ich selbst nicht viel, und zweitens ist das Ganze streng geheim. Ich kann Ihnen über verdeckte Ermittlungen nichts sagen, das würden Sie doch umgekehrt auch nicht. Und Hinrichs ebenso wenig.«
»Ich möchte mit ihm nicht über seine Einheit reden«, wehrte Durant ab, »und ich ziehe es vor, meine Vernehmungen nicht über Mittelsmänner durchzuführen.«
Greulich schien aufzugeben. Er sagte: »Sie sind eine harte Nuss.«
»Das werte ich als Kompliment.«
»Ein Vorschlag. Ich kümmere mich darum, dass er sich bei Ihnen meldet. Einverstanden?«
»Finden Sie das nicht ein wenig übertrieben?«
»Glauben Sie mir«, antwortete Greulich, und es klang beinahe so düster wie eine Unwetterwarnung, »das ist es nicht.«

DONNERSTAG, 12:50 UHR

Als Julia Durant im Frauenhaus eintraf, lief sie der Ärztin in die Arme, die Nijole gerade untersucht hatte.
»Wie geht es ihr?«
»Den Umständen entsprechend. Die Infektion der Zunge scheint im Griff zu sein, ich habe ihr Blut abgenommen. Trotzdem sollte sie sich schonen.«
Julia bedankte sich. Sie hatte den Wink mit dem Zaunpfahl verstanden, dennoch musste sie noch mehr herausfinden. Irgendwo in der Umgebung befanden sich wer weiß wie viele Frauen, womöglich unter üblen Bedingungen eingepfercht, die als Sexsklavinnen dienten. Sie musste herausfinden, wo Nijole festgehalten worden war.
Nachdem sie Nijole, Frau Peters und die Dolmetscherin begrüßt hatte, kam die Kommissarin gleich zur Sache. Auf der Fahrt hatte sie die drei Wörter immer wieder vor sich hergesagt. Tollwut, Nachkomme, Vogel. Ging es um die Brutalität von Männern? Oder hatte sie etwas über ihre Familie mitteilen wollen? Es war wohl kaum sinnvoll, sämtliche Möglichkeiten durchzuspielen, und es war nicht einmal sicher, ob Nijole nicht etwas ganz anderes gesagt hatte. *Vogel.* Durant bat die Dolmetscherin, noch einmal gezielt nachzufragen. Tatsächlich nickte das Mädchen und wirkte dabei erleichtert. Dankbar, fast wie ein Kleinkind, das sich zum ersten Mal mit Worten verständlich gemacht hatte.
Sofort griff Durant nach einem verknitterten Ausdruck, auf dem ein halbes Dutzend Bilder zu sehen war. Sie trug ihn bei sich, seitdem sie im Internet zu dem Suchbegriff »Phönix-Tattoo« recherchiert hatte. Das Spektrum reichte von schwarz-weißen Vorlagen bis hin zu einer farbenfrohen

Zeichnung, die den gesamten Rücken eines Mannes bedeckte. Gebannt wartete sie auf eine Reaktion.
Nijole betrachtete die Bilder ausdruckslos.
»Erkennt sie etwas darauf?«, erkundigte sich Durant bei der Dolmetscherin, die sofort nachfragte.
Kopfschütteln. Die Kommissarin streckte ihr Handgelenk nach vorn und umfuhr den Bereich, in dem Sultzer die Tätowierung trug. »War der Vogel, den Sie gesehen haben, eine Tätowierung? Auf dem Unterarm?«
Die Antwort war wieder Nein.
Durant seufzte.
Nach einem längeren Monolog des Mädchens erklärte die Dolmetscherin, dass sie die meiste Zeit über verbundene Augen gehabt oder in dem dunklen Transporter gesessen habe. Nur einmal, bevor sie eingestiegen sei, war es ihr gelungen, unter ihrer Augenbinde hervorzulugen.
»Und da haben Sie den Vogel gesehen?«
»Ja.«
»Wo genau?«
»Es war ein Bild.«
»Ein Gemälde?«
»Sozusagen. Außen, an einem Haus.«
Durant kniff die Augen zusammen. »Können Sie den Vogel beschreiben?«
Das Mädchen tuschelte etwas.
»Sie bittet um einen Stift«, übersetzte die Dolmetscherin.
Durant hielt ihr einen Kugelschreiber hin. Ihr fiel ein, dass Nijole Analphabetin war. Doch sie wollte nicht schreiben. Sie zeichnete. Unbeholfen, schemenhaft, und doch traf sie den Vogel recht genau. Es war ein schlichtes Piktogramm. Sie zog einen Kreis darum.
»Der Vogel.«

Durant erkannte ihn sofort. Der Kranich der Lufthansa.
»Verdammt noch mal!« Ihre Gedanken begannen zu rasen. Alle anderen im Raum hatten das prägnante Logo ebenfalls erkannt.
Durant spulte einen Fragenkatalog herunter. Wie lange hatte die Autofahrt gedauert, wurde Autobahn gefahren, was war mit Umgebungsgeräuschen?
Die Fahrt habe schätzungsweise eine Viertelstunde gedauert. Immer geradeaus, dann viele Kurven und holprig.
Alles schien zusammenzupassen. Der Flughafen, dann die A3, die A661, das Kopfsteinpflaster in Fechenheim Süd.
»Fragen Sie nach Start- und Landegeräuschen«, fuhr Durant fort.
Doch Nijole schien das Ganze zu schnell zu gehen. Sie hatte Erleichterung gezeigt, als Durant ihre Zeichnung erkannt hatte. Die Lufthansa kannte man auch in Litauen. Doch bei den anderen Punkten konnte sie der Kommissarin nicht folgen.
»Keine Düsenjets«, betonte die Dolmetscherin. »Motorflugzeuge, Propellermaschinen, eher in diese Richtung.«
Für Durant war das kein Ausschlusskriterium. Es gab noch genügend Verkehrsmaschinen, die mit Propellern flogen. Außerdem den militärischen Bereich. Doch dann widersprach die Frau auch der Fahrstrecke.
»Eine Autobahn«, die Dolmetscherin hob den Daumen. »Sie sagt, sie seien nur einmal schnell geworden, dann immer geradeaus und danach wieder abgefahren. Dessen ist sie sich ganz sicher.«
»Scheiße«, brummte Julia kaum hörbar und ging in ihrem Kopf die Möglichkeiten durch. Doch es waren einfach zu wenig Anhaltspunkte.
»Fragen Sie bitte, ob sie etwas wiedererkennen würde, wenn wir an dem Gebäude vorbeifahren«, bat sie schließlich.

Ein zaghaftes Nicken war die Antwort. In den Augen des Mädchens lag Unsicherheit. Allein die Vorstellung, sich dem Haus noch einmal zu nähern, in dem man sie gefangen gehalten hatte, musste ihr eine Heidenangst bereiten.
Julia Durant stellte noch einige Fragen, dann verließ sie das Zimmer, um Hellmer und Brandt anzurufen.

DONNERSTAG, 13:55 UHR
Egelsbach, fünfzehn Kilometer südlich von Frankfurt.

Zwei Wagen eilten durch die Rechtskurve der A661, dort, wo sie in die Bundesstraße überging. Der Flugplatz war ausgeschildert, doch der Alfa Romeo schlug eine andere Richtung ein. Peter Brandt war die Idee gekommen, als Julia Durant ihm von Flugzeugmotoren und dem Lufthansa-Logo berichtet hatte.
»Eine Autobahnstrecke, die ohne Wechsel nach Fechenheim führt, ist nur die 661«, hatte er gewusst. So weit war Durant selbst schon gekommen, doch sie ließ ihn gewähren. »Egelsbach hat den A380-Simulator und alles Mögliche rund um die Lufthansa und Subunternehmen. Ich kenne mich dort gut aus, es ist schließlich mein Revier. Du sagtest, die Zeugin könne sich an das Gebäude erinnern?«
Julia hatte bejaht, im Stillen hoffend, dass Nijole tatsächlich genug gesehen hatte. Das Mädchen saß im Heck des zweiten Fahrzeugs, abgedunkelte Scheiben schützten sie davor, erkannt zu werden. Das hatte die Kommissarin ihr versichert; die junge Frau hatte außerdem darauf bestanden, dass die Kommissarin mit ihr im Wagen saß. Mit dabei waren auch

Uschi Peters und die Dolmetscherin, am Steuer saß Frank Hellmer. Er bremste mit einem Ruck. An einer grauen Wand prangte der sattgelbe Kranich. Im Gesicht von Nijole zeichnete sich Unsicherheit ab. Oder war es aufkommende Panik? Julia war sich nicht sicher. Sie deutete in Richtung des Logos.
»Ist es hier?«
Die junge Frau hob mit flehenden Augen die Schultern und flüsterte etwas.
»Sie ist sich nicht sicher«, gab die Dolmetscherin bekannt. »Das Haus ist mit Holz«, fügte sie nach einem weiteren Tuscheln, hinzu.
Durant stieg aus und klopfte an Brandts Fenster, bis er es hinabließ. »Und?«, erkundigte er sich.
»Gibt es hier ein Gebäude mit Holz?«
»Holzfenster? Holzdach? So genau kenne ich mich dann auch wieder nicht aus.«
»Ich sehe mich mal um.« Julia wies mit der Hand in Richtung eines Innenhofs, in dem weiße Miettransporter parkten. Brandt stieg aus. Die Kommissarin bedeutete Hellmer, im Wagen zu bleiben und das Handy im Blick zu behalten.
Der Hof erwies sich als Sackgasse. Ein verschlossenes Schiebetor, vier Lkw-Rampen. Durch Glasluken konnte man das Innere der Halle beäugen. Kein Licht, keine Menschen. Sie kehrten zu ihren Autos zurück.
»Wo ist sein 911er?«, raunte Brandt mit einem Schmunzeln, als er Hellmer mit trübsinniger Miene hinter dem Steuer des VW sitzen sah.
»Nicht geeignet für mehr als zwei Personen«, grinste Durant. Zwar war ihr Opel auch nur für zwei Personen vorgesehen, doch anders als Frank meckerte sie nicht, wenn sie mal ein Dienstfahrzeug nehmen musste. »Hast du noch mehr Adressen in petto?«

Fünf Minuten später hielt Brandt vor einem ruhig gelegenen Komplex. Durant musste einige Sekunden suchen, bis sie das Firmenlogo neben anderen Schriftzügen und Bildern ausfindig machen konnte. Ein Hummer und ein Audi S8, neuestes Modell, beide in Schwarz metallic, parkten in einem zurückgesetzten Hof. Nijole begann mit den Knien zu wippen. Als Nächstes erkannte Durant ein zweigeschossiges Haus, dessen obere Hälfte in dunklem Holz eingefasst war.
»Taip … čia…«, stammelte das Mädchen, kreidebleich. Es klang wie »ja, hier«, und genau das meinte sie, wie die Dolmetscherin bestätigte.
»Dieses Haus. Ihr Gefängnis.« Uschi Peters beugte sich in Richtung der Kommissarin. »Wie lange muss sie noch bleiben? Wir sollten ihr das Ganze nicht länger zumuten als unbedingt nötig.«
»Wir fordern Verstärkung an«, versicherte Durant, »dann lassen wir Sie zurückfahren.« Ihr Herz pochte vor Aufregung. Was mit dem Risiko begonnen hatte, ein erfolgloser Schuss ins Blaue zu werden, hatte sich als Volltreffer erwiesen. Diesmal war Brandt es, der ausstieg und an ihr Fenster trat.
»Holz«, sagte er nur und nickte in Richtung des Hauses.
Durant lächelte. »Ziehen wir uns ein paar Meter zurück, bis die Verstärkung eintrifft.«

Es dauerte etwa eine Viertelstunde, in der Hellmer drei Zigaretten rauchte und auch Brandt sich eine von ihm geben ließ, bis eine Wagenkolonne sich näherte. Allesamt Zivilfahrzeuge, vier Stück, mit Alltagskennzeichen. Dazu stießen zwei Streifenwagen, die das Blaulicht abschalteten, bevor sie den Treffpunkt erreichten.
Durant kümmerte sich darum, dass eine Beamtin die drei Frauen zurück nach Frankfurt fuhr. Sie bedankte sich bei Nijole und versprach, sich später zu melden.

Nach und nach stiegen alle aus, es waren bis auf eine Ausnahme keine weiblichen Kollegen dabei. Durant schluckte, als sie zuerst den Stiernacken erkannte und unmittelbar darauf Mario Sultzer. Noch etwas anderes fiel ihr auf, es war die Art, wie die Männer miteinander sprachen. Wie sie einander begrüßten. Es war, als hoben sie ihre Tätowierungen nach oben. Für Durant gab es nun jedoch Wichtigeres. »Du also«, begrüßte sie Sultzer.
»Wer sonst?«, entgegnete er achselzuckend. »Es ist schließlich unser Fall.«
»Du wirst mich nicht davon abhalten, mit hineinzugehen.« Sie funkelte ihn an.
»Hatte ich auch nicht vor.«
Instruktionen wurden mit gedämpften Stimmen ausgetauscht. Brandt und Hellmer bewaffneten sich. In der Menge tauchte auch Dieter Greulich auf, was Brandt mit einem mürrischen Gesicht quittierte. Doch es blieb keine Zeit für Animositäten. Schon umstellten die Männer das Gebäude und warteten auf das Signal zum Zugriff.

Es fielen insgesamt fünf Schüsse. Ein Mann hatte sich in einem Zimmer verschanzt und, eine Frau wie ein Schutzschild vor sich haltend, auf die Polizisten geschossen. Viermal. Danach streckte ein Kopfschuss ihn nieder. Fünf andere wurden in Handschellen abgeführt. Zwei von ihnen hatten sich massiv gewehrt, einer blutete aus der Nase und dem anderen schienen einige Zähne zu fehlen. Durant war überrascht, wie effizient, aber auch wie brutal und schonungslos die Einheit vorging. Nicht jeder war so muskelbepackt wie Stiernacken, doch sie strotzten vor Selbstsicherheit und verzogen kaum eine Miene. Sie, Hellmer und Brandt durchschritten das Obergeschoss. Hinter acht Türen, vier auf jeder Seite des Gangs, befanden sich

Zimmer. Vor der Außenwand war jeweils mit einem Meter Abstand eine zweite Wand hochgezogen, in die ein Milchglasfenster eingesetzt war. Vor den regulären Fenstern standen Blumen, es gab Lampen und Vorhänge, so dass von außen der Eindruck entstand, es handele sich um normale, bewohnte Räume. Doch tatsächlich lagen dahinter enge Zellen mit abgeteilter Dusche und WC und einer zwei mal zwei Meter großen Matratze auf dem Boden. Silberpapier von Müsliriegeln lag herum, in manchen Zimmern roch es nach Rauch. In einer Art Küche stieß Greulich auf Spritzen, Ampullen und einige Tüten Kokain.
Der erste Raum war leer. Im zweiten fand Julia eine Frau, die sie mit entsetztem Gesicht anblickte.
»Verstehen Sie mich?«, keuchte die Kommissarin und zog ihren Ausweis hervor. »Polizei. Mein Name ist Julia Durant.«
Das Mädchen begann zu schluchzen. Julia schätzte sie auf fünfzehn, sechzehn Jahre. Maximal.
In den anderen Räumen boten sich den Beamten vergleichbare Bilder. Jeweils ein bis zwei junge Frauen, allesamt osteuropäisch, ausnahmslos bildschön, aber bleich und mit leeren Blicken, erwarteten sie hinter abgeschlossenen Türen. Innen keine Klinken, nur Türknäufe. Von außen hatte man Drehschlösser angebracht. Das Haus war ein ausgeklügeltes Gefängnis. Oben die Zellen und im unteren Geschoss die Lustgemächer. Ein Plüschbett aus dem siebzehnten Jahrhundert. Eines knallrot und in Herzform. Ein Wasserbett. Im Keller eine Landschaft mit Sauna und Whirlpools. Alles schien brachzuliegen, nirgendwo ein Freier. Sämtliche Frauen befanden sich in ihren Zellen. Die Räume wirkten frisch gereinigt, es roch nach Chlor. Peter Brandt machte bei genauem Hinsehen eine diskret angebrachte Überwachungsanlage aus, die Ton und Bilder in einen kleinen, hochmodern ausgestatteten Abstellraum übertrug. Doch keiner der Beamten fand belastendes Material.

Frank Hellmer bot den Frauen, die im Freien auf das angeforderte Transportfahrzeug warteten, Zigaretten an. Es waren insgesamt elf, spärlich bekleidet, zum Glück herrschten milde Temperaturen. Zwei Männer brachten auf Geheiß Durants Laken und Decken, alles, was ihnen brauchbar erschien. Eine Notärztin traf ein, außerdem zwei Rettungswagen, und es wurde überall Blutdruck gemessen und, wo sie sich nicht verweigerten, eine erste Untersuchung vorgenommen. Durant war erleichtert, dass es sich um eine Ärztin handelte und auch zwei der Rettungssanitäter weiblich waren. Sie bat darum, von den Frauen erste Daten zu erfragen, wenigstens den Vornamen und, bei Mehrfachnennungen, einen Nachnamen. Und obwohl die Frauen zutiefst verängstigt waren und teilweise unter Betäubungsmitteln zu stehen schienen, hatte sie am Ende eine Tabelle mit elf Namen und Merkmalen, die sie den Anwesenden eindeutig zuordnen konnte. Die Kommissarin machte ihnen begreiflich, dass eine Blutentnahme und eine Identifizierung wichtig seien, um ihnen helfen zu können. Die meisten verstanden ausreichend Deutsch, um ihr folgen zu können, und übersetzten für die anderen. Als sie auf die Fahrzeuge verteilt waren und Durant mit den Fahrern besprach, wo sie untergebracht werden sollten, rief das Mädchen aus der zweiten Zelle ihren Namen. Ihr Name war Daina.
»Frau Durant!« Sie winkte verhalten.
Julia schritt zu ihr und blickte sie fragend an. In den Augen der Kleinen spiegelte sich Wärme, als sie nahezu akzentfrei sagte: »Danke. Im Namen von uns allen.«
Während ein Raunen einsetzte, aus dem sie noch einige weitere »Danke« identifizieren konnte, überlief Julia ein heißkalter Schauer. Sie drückte dem Mädchen die Hand und nickte nur stumm, dann eilte sie hinaus. Mit zu Boden gerichtetem Blick, damit niemand ihre Tränen sah.

DONNERSTAG, 15:40 UHR

Das Haus wurde versiegelt. Man hatte vereinbart, das Grundstück zu überwachen, was sogleich zwei Männer der Ermittlungsgruppe übernehmen wollten. Sie hatten hervorragende Arbeit geleistet, das musste Durant ihnen zugestehen. Dennoch hatte sie Vorbehalte.
Andrea Sievers traf zeitgleich mit einem Trupp von Forensikern ein. »Was soll ich hier?«, fragte sie flüsternd, nachdem sie Brandt mit einer Umarmung begrüßt hatte, was diesem sichtbar Unbehagen bereitete.
»Es gab einen Toten«, erklärte Durant, »das hat man dir doch sicher gesagt.«
»Ab und an mal ein lebender Mann wäre auch nicht schlecht«, grinste Andrea und deutete über ihre Schulter in Richtung der Traube aus trainierten Männern. »Am besten einen von deren Format. Hast du da keine Telefonnummern?«
»Andrea, bitte.«
»Wieso denn? Dein Mario ist auch dabei, wie ich sehe.« Julia atmete ein, um ihrer Empörung Luft zu machen, doch längst hatte die Rechtsmedizinerin entschuldigend die Hände gehoben: »Okay, okay, gehen wir zum Dienstlichen über. Was liegt an?«
»Ich habe Blutproben für dich, die ich nur dir persönlich aushändigen möchte«, erklärte die Kommissarin leise. »Wir haben elf Frauen aus dem Haus geholt.«
»Heilige Scheiße.« Dr. Sievers schüttelte den Kopf.
Durant überreichte ihr den Plastikbeutel mit den elf numerierten Probenbehältern.
»Professionell geht anders, das weißt du schon?«, fragte Andrea mit hochgezogenen Brauen. Nicht alle Behälter waren gleich groß, die Etiketten zum Teil aus Verbandsmaterial gefertigt.

»Ich weiß«, murmelte Julia. »Aber ich musste die Gelegenheit nutzen, dass die Frauen nur weibliches Personal in ihre Nähe lassen wollten. Ich traue den Kollegen nicht. Irgendetwas ist da faul.«

Andrea begriff. »Handelt es sich um dieselben Kollegen, die dir die Ermittlung abgenommen haben?«

Julia nickte. »Bitte berichte nur mir direkt. Keine Mails im cc, auch nicht an Berger.«

Als Andrea etwas entgegnen wollte, ergriff Julia ihren Arm. »Vertrau mir bitte.«

Danach führte sie die Rechtsmedizinerin zu dem Toten. Die Formalitäten waren bereits von der Notärztin erledigt worden, und Dr. Sievers hatte daran nichts zu bemängeln.

»Was ist denn überhaupt passiert? Finaler Rettungsschuss?«

In der Stirn des toten Mannes war ein Loch. Seine muskulösen Oberarme waren großflächig tätowiert, und auf der Brust lag ein goldenes Amulett mit Doppeladler. Blutspritzer deuteten darauf hin, dass die Kugel hinten wieder ausgetreten war. Der Raum lag im Halbdunkel, die Spurensicherung hatte ihr Equipment noch nicht fertig aufgebaut. Julia Durant mochte den Begriff, den Andrea verwendet hatte, nicht. Ein Todesschuss blieb ein Todesschuss, daran änderte auch das Bestreben, eine Geisel zu retten, nichts. Doch sie bejahte und fasste zusammen, was sie darüber wusste.

»Er hat sich eines der Mädchen gegriffen und hier verschanzt. Vier Schüsse. Die Waffe wurde bereits sichergestellt. Der Beamte hatte seine Waffe ebenfalls gezogen und ›die Gelegenheit genutzt‹, als sie sich ihm bot.«

»Klingt, als hättest du Zweifel.«

Julia atmete einmal tief durch. »Sultzer hat es mir so berichtet. Es gibt keine Augenzeugen außer dem Mädchen, das ich heute aber nicht vernehmen konnte. Sie ist auf irgendeinem Trip. Das Verhör des Kollegen ließ sich die ach so tolle Einheit nicht aus der Hand nehmen.« Sie zuckte die Achseln. »Als Nächstes kommt der Staatsanwalt zum Zug. Viel passieren wird da nicht mehr.«

»Nimm's dir nicht so zu Herzen«, erwiderte Andrea. »Der Typ war einer von den Bösen. Nicht auszudenken, was er der Kleinen angetan hätte ... oder vielleicht angetan hat.«

Julia Durant suchte Mario Sultzer, der einige Meter abseits stand und auf seinem Handy tippte. Als er sie sah, meinte sie, ein Zusammenzucken wahrzunehmen. Sofort verschwand das Telefon in einer seiner Taschen, und er setzte ein kühles Lächeln auf. »Lief doch gut, hm?«

»Wie man's nimmt. Das ist also dein ›Orden des Phönix‹, ja?«

Sultzers Augen verdüsterten sich. »Hör auf, es lächerlich zu machen«, stieß er hervor, »wir haben heute ein Dutzend Sexsklavinnen gerettet.«

»Und einen Mann getötet.«

»Dem trauere ich nicht nach.«

»Das sieht man«, gab Durant schnippisch zurück.

»Bist du gekommen, um mich zu beleidigen? Oder was willst du?«

»Nein.« Die Kommissarin grinste. »Ich wollte nur sichergehen, dass ich deinen Einsatzbericht zeitnah erhalte. Und zwar mit den Namen aller Anwesenden. Da es sich um eine offizielle, gemeinsame Aktion handelte ...«

»Ja, ja, schon gut, ich hab's kapiert.«

Keine Frage. Sultzer wich ihr aus, wie sie zufrieden feststellte. Sie hatte ihn gedemütigt, doch er verhielt sich lammfromm, auch wenn es in seinem Inneren wohl brodelte. Also hat er

etwas zu verbergen, schloss sie, dann bin ich auf dem richtigen Weg.
Durant wandte sich ab und registrierte Dieter Greulich, der mit Peter Brandt zu diskutieren schien.
»Wie kann man so etwas denn übersehen?«, empörte sich Brandt gerade und griff sich an den Kopf.
»Du hast's doch selbst erst in diesem Augenblick bemerkt«, verteidigte sich sein Gegenüber.
Durant erkundigte sich, worum es ging. Greulich deutete nach links, in Richtung des Hauses.
»Der werte Inspektor Columbo ärgert sich darüber, dass ihm der Verlust eines Fahrzeugs entgangen ist.«
Peter Brandt schnaubte. »Wir haben stattdessen elf Menschen gerettet. Was hast du derweil gemacht?«
»Schluss damit«, schnitt Durant mit einer begleitenden Geste das Gespräch ab.
Sie kniff die Augen zusammen und überlegte. Der schwarze Hummer war verschwunden. Nur noch der Audi stand auf seinem Parkplatz. »Verdammt«, knurrte sie, »wann ist das passiert?«
»Keiner der Männer weiß etwas«, erklärte Greulich, einen frisch entzündeten Zigarillo im Mundwinkel. Es roch nach schwerer Süße. »Wir tippen auf den Nebeneingang oder ein Fenster. Im Erdgeschoss ist die Bude ja nicht so verrammelt wie oben. Trotzdem«, er paffte eine dicke Wolke in Brandts Richtung, »ich gebe meinem werten Kollegen recht. Das hätte nicht passieren dürfen.«
»Jetzt ist das Kind im Brunnen«, erwiderte Brandt und wedelte den Rauch beiseite.
»Hellmer hat die Kennzeichen notiert«, erinnerte sich Durant und erntete ein breites Grinsen Greulichs.
»Die haben wir auch«, sagte dieser mit verschränkten Armen.

»Wir sind nämlich Profis. Auch wenn andere hier das vielleicht anders darstellen wollen.«
Während sich Durant noch fragte, wen Greulich mit »wir« meinte, fiel ihr wieder auf, was sie schon zuvor beim Heben seines Armes irritiert hatte. Ein Verband am Handgelenk. Links. Dort, wo man seine Armbanduhr trug. Oder eine Tätowierung.
Sie schluckte. »Ist das frisch?« Die Frage platzte einfach so aus ihr heraus. Greulich überlegte kurz, bevor er kapierte. Er klappte den Unterarm nach oben.
»Das hier?«
»Mhm.«
»Verbrannt«, zwinkerte er. »Sie wissen ja: Messer, Gabel, Schere, Licht …«
»Oder Nadel«, murmelte die Kommissarin, nickte und wandte sich ihren Notizen zu. Nicht wissend, ob Greulich sie verstanden hatte oder nicht.

Die meisten Beamten waren verschwunden. Sultzer sprach noch an einem der Wagen mit zwei Kollegen, ansonsten waren nur noch Hellmer, Brandt und Durant übrig.
»Ich habe die Kennzeichen durchgejagt«, verkündete Frank mit vielsagendem Blick. »Der Hummer gehört einer Frau aus Langen. Svantje Dirlam. Ein unbeschriebenes Blatt, auf den ersten Blick zumindest.« Er hob den Zeigefinger. »Jetzt aber Achtung, es kommt der Hammer!«
Brandt schmunzelte, und Durant wartete gespannt.
»Der Audi«, verlas Hellmer, nicht ohne jedes Wort dramatisch zu betonen, »ist zugelassen auf Bruno Feuerbach.«

DONNERSTAG, 16:20 UHR

Anstatt zurück ins Präsidium zu fahren, gab Peter Brandt die Adresse von Svantje Dirlam in sein Navigationsgerät ein und fuhr nach Langen. Erst, als er sich dem Bahnhof näherte, begriff er, dass er kein Navi brauchte. Der Kommissar sowie wohl jeder, der aus der Gegend kam, kannte das Gebäude. Ein unten grau, in der Mitte gelb und oben weiß angelegter Doppelturm, verschmolzen durch einen Liftschacht. Der Presse zufolge das höchste Wohnhaus Hessens. Das Alpha-Hochhaus. Um die achtzig Meter hoch, knapp dreißig Stockwerke, über zweihundert Wohnungen. Er lächelte schmal, als er das Klingelschild in Augenschein nahm. Es erinnerte ihn an den Abspann eines Films, in dem sämtliche Statisten namentlich aufgelistet wurden. Einheitlich, gepflegt, ganz anders als die Adresse von Schuster. Den Namen Dirlam entdeckte Brandt, nachdem er zwei Minuten lang systematisch mit dem Zeigefinger gesucht hatte. Er hielt den Atem an, als er klingelte. Minuten vergingen, bis er aus dem mittleren Aufzug in einen hellen Gang trat.

Svantje Dirlam zeigte sich skeptisch, bevor sie ihn einließ. Einen Dienstausweis könne man heutzutage schließlich problemlos fälschen. Brandt bot ihr an, im Präsidium anzurufen, und gab ihr dazu seine Visitenkarte.
»Und wer sagt mir, dass die Nummer kein Fake ist?«
»Haben Sie ein derart schlechtes Bild von der Welt?«, gab er zurück.
»Schauen Sie keine Nachrichten?«, lächelte sie müde und entriegelte endlich die Türkette. Dabei hob sie einen Finger. »Ich habe nebenan Bescheid gesagt«, mahnte sie. »Wenn ich mich

nicht binnen der nächsten Minuten melde, rufen sie die Polizei.«
Brandt schmunzelte. »Dann kämen wohl Weber oder Bott aus der Südlichen Ringstraße. Nette Typen. Aber das können wir uns alles sparen. Googeln Sie mich doch einfach.«
Die junge Frau lächelte. »Schon längst erledigt. Glauben Sie, ich gewähre Wildfremden einfach so Zugang?«
Sie war brünett, wuchs ihm über den Kopf und hatte eine natürliche Figur. Nicht mager, keine Modelmaße, sondern sehr weiblich. Ihre Gesichtszüge erinnerten ihn an Michelle. Sie trug Jeans und ein enges Micky-Maus-T-Shirt.
Brandt war verwirrt. »Sie hatten dafür doch überhaupt keine Zeit.«
»Drei Minuten zwischen Ihrem Namen in der Gegensprechanlage und dem Fahrstuhl nach oben.« Sie hob verschmitzt die Augenbrauen und deutete in Richtung zweier Loungesessel. »Machen Sie es sich bequem, ich gieße nur das Wasser auf. Auch einen Kaffee?«
»Ja gerne. Einfach schwarz.« Brandt fühlte sich mit einem Mal müde – und alt. Er sank hinunter in das Möbelstück, dessen Designer auf den ersten Blick mehr Wert auf Optik als auf Bequemlichkeit gelegt hatte. Doch er wurde angenehm überrascht. Brandt sah sich um. Die Einrichtung war im klobigen Bauhaus-Stil gehalten, viel Chrom und Leder. Dazu Designerlampen und bunte Porzellanaccessoires aus den Siebzigern. Dinge, von denen er wusste, dass sie wieder in Mode kamen und entsprechend teuer waren.
»Also. Was führt Sie zu mir?« Sie klapperte mit den Tassen.
»Ihr Fahrzeug wurde heute im Zuge einer Ermittlung auffällig.«
»Ich habe kein Auto.« Svantje Dirlam verzog das Gesicht und fügte eilig hinzu: »Oder sprechen Sie von meiner Vespa?«

»Ich rede von einem schwarzen Hummer.«
Eine leise Schimpftirade ging im Klappern des Löffels unter. Dann brachte sie die Tassen und stellte sie auf den runden Glastisch. Brandt bedankte sich.
»Von was für einer Ermittlung sprechen Sie denn?«
»Sie zuerst«, forderte Brandt und nippte an seiner Tasse.
»Ich hätte mich auf diesen Mist gar nicht erst einlassen sollen«, brummte die Frau und schlürfte ebenfalls.
»Warum erzählen Sie mir nicht einfach, was Sie wissen?«
»Ich möchte mich nicht selbst belasten.«
»Solange Sie niemanden umgebracht haben … Wem gehört das Auto denn nun?«
Svantje stöhnte auf. »Ach, es ist ein Ex von mir. Ich habe ihm tausendmal gesagt, er solle die Kiste ummelden. Dazu ist man doch verpflichtet, stimmt's?«
Brandt nickte und versicherte ihr, dass er ihr keinerlei Schwierigkeiten machen würde. Sie nannte ihm daraufhin einen Namen, den er sich notierte.
»Seit wann sind Sie getrennt?«
»Schon eine ganze Weile. Letztes Jahr.«
Er nickte und beobachtete sie aus zusammengekniffenen Augen. Sie erwiderte den Blick mit einem koketten Augenaufschlag. Brandt hüstelte und ließ seinen Finger kreisen.
»Was machen Sie beruflich?«
In ihren Augen blitzte es auf. »Ich habe einen Antikladen, draußen, am Stadtrand.«
»Und davon kann man leben?«
»Scheint so.«
»Heute schon Feierabend?«
»Bin mein eigener Chef.«
»Hm. Zurück zu dem Hummer. Wann haben Sie ihn zuletzt gefahren?«

Sie kniff die Augen zusammen. »So gut wie nie. Höchstens mal als Beifahrerin. Ich mochte diese Machokutsche nicht.«
»Haben Sie eine aktuelle Adresse von Ihrem Ex?«
»Nein. Ich pflege mit meinen Verflossenen keinen Kontakt. Man trennt sich schließlich nicht ohne Grund, oder?«
Dem konnte Brandt nichts entgegensetzen außer einem zustimmenden Nicken. Er verabschiedete sich und sagte im Hinausgehen: »Sollte Ihnen doch noch etwas einfallen, dann melden Sie sich bitte. Meine Nummer steht auf der Karte.«
»Und im Internet«, zwinkerte Svantje ihm zu.
Brandt trat nach draußen, und die Tür schnappte zu. Von innen hörte er die Kette. Er fragte sich, wie viel die Wohnung und die teure Einrichtung wohl gekostet haben mochten, und entschloss sich, das nachzuprüfen. Irgendetwas stimmte nicht mit Frau Dirlam, die versucht hatte, ihn mit ihrer charmanten Art um den Finger zu wickeln. Doch dazu musste man früher aufstehen.

DONNERSTAG, 16:45 UHR

Beinahe zeitgleich mit Peter Brandt in Langen vernahmen Julia Durant und Frank Hellmer den Anwalt Bruno Feuerbach. Sie hatten längst zurück in Frankfurt sein wollen, doch als Durant den Anwalt anrief, um zu überprüfen, wo sie ihn antreffen würde, hatte dieser lapidar geantwortet: »In Egelsbach? Sind Sie noch vor Ort?«
Als Durant bejaht hatte, drängte er darauf, sich sofort mit den Kommissaren zu treffen. Er benötige eine Viertelstunde. Tat-

sächlich brauchte er kaum zehn Minuten, bis er verschwitzt aus einem Taxi stieg.

»So schnell sieht man sich wieder«, grinste er die Kommissarin an. Sie stellte Hellmer vor.

»Feuerbach«, erwiderte der wie immer teuer gekleidete Anwalt. Er warf einen Blick auf das Haus, vor dem der Audi parkte, umringt von Fahrzeugen der Spurensicherung.

»Kommen wir gleich zur Sache«, sagte Hellmer und deutete in dieselbe Richtung. »Was haben Sie uns zu sagen?«

»Über den Audi?« Feuerbachs Augen blitzten. »Ein scharfes Gerät. Möchten Sie mal eine Runde drehen?«

»Ich fahre einen Carrera«, erwiderte Hellmer unbeeindruckt. Durant musste schmunzeln, als Feuerbach kurzzeitig die Augenbrauen zusammenzog. Doch Hellmer sprach längst weiter: »Es geht mir um die Verbindung Ihres Audi zu diesem Puff. Das würde mich brennend interessieren.«

»Ein Bordell?«

»Sag mal«, wandte Hellmer sich an Durant und griff sich an die Brust, »rede ich heute irgendwie Chinesisch?«

»Nein, ich glaube, das nennt man Hessisch«, grinste Durant. »Vielleicht ist deines ja anders als seines.«

»Okriftel ist schließlich nicht Offenbach«, brummte Hellmer. Dann wandte er sich wieder an Feuerbach, der zwischenzeitlich gelangweilt tat. »Ja. In diesem Haus befand sich eine Art Bordell. Wir haben hier ein Dutzend Zwangsprostituierte rausgeholt, falls es Sie interessiert.«

Der Anwalt machte eine betretene Miene. »Das ist ja schrecklich.«

»In der Tat«, schaltete sich Durant ins Gespräch. »Wollen wir nach oben gehen und uns die Zellen anschauen? Die Jüngste von ihnen sieht aus wie dreizehn. Ich bete zu Gott, dass sie nicht wirklich so jung ist.«

»Ich kenne keine Zellen«, erwiderte Feuerbach.
»Aber Sie kennen Dimitri Scholtz, denn er ist Ihr Mandant!« Duran war laut geworden. »Es sind Männer wie er, die die Mädchen ins Land schleusen und unter solchen Bedingungen festhalten. Einen haben die Kollegen abgeknallt, ich weine ihm keine Träne nach. Der Rest sitzt in Untersuchungshaft. Und jetzt möchte ich wissen, was Ihre Kiste vor der Tür macht, und erzählen Sie mir ja nicht, Sie seien zufällig in der Gegend spazieren gewesen.«
»Das könnte ich zwar tun«, erwiderte Feuerbach mit geschürzten Lippen, »aber keine Angst. Ich stehe im Dienste des Rechtsstaats, ob Sie das nun glauben oder nicht. Deshalb reden wir nicht lange drum herum. Das Gebäude gehört Valery Sobolew. Ich habe ihn in Steuerangelegenheiten beraten, deshalb war ich hier.«
Hellmer ließ sich den Namen buchstabieren und notierte ihn.
»Er ist Dimitris Bruder«, sagte Feuerbach.
Im Grunde hatte der Anwalt nichts erzählt, was sie nicht auch selbst hätte herausfinden können. Sie knirschte mit den Zähnen. Anwälte. Prompt musste sie an Johannes Lambert denken.
»Wie passen Scholtz und Sobolew zusammen?«, fragte Hellmer.
Feuerbach hob die Schultern. »Es klingt halbwegs ähnlich. Vielleicht hat Dimitri deshalb den Namen seiner Frau angenommen.«
»Bei ›Altmetall Scholtz‹ denkt man auch nicht gleich an osteuropäische Menschenhändler«, murmelte Hellmer zynisch.
»Er hatte es womöglich satt, diskriminiert zu werden«, gab der Anwalt herausfordernd zurück.
»Sparen wir uns das«, sagte Durant. »Scholtz ist geständig. Ich bin gespannt, was sein Bruder auspacken wird. Vertreten Sie ihn auch über die Steuer hinaus?«

»Wenn es nötig ist.« Feuerbach klapperte mit dem Schlüsselbund. »Darf ich jetzt gehen?«
»Hm.« Durant wechselte einen Blick mit Hellmer, der ein Nicken andeutete. »Fürs Erste schon«, sagte sie daraufhin, obwohl ihr noch eine Frage auf der Seele brannte. Sie ließ ihn einige Schritte in Richtung seines Wagens laufen, die Absätze seiner Lackschuhe klackerten eilig. Als er nach der Türklinke griff, rief Durant ihm nach: »Warten Sie bitte noch einen Moment!«
Feuerbachs Kopf flog herum.
»Ich frage mich, wo Sie plötzlich mit dem Taxi herkommen. Was Sie ohne Ihren Wagen gemacht haben.«
»Manchmal gibt es Gründe, sein Auto stehen zu lassen«, zwinkerte er, wieder völlig gefasst.
Damit ließ er die beiden Kommissare stehen, verschwand in seiner Edelkarosse und ließ Sekunden später den Motor aufheulen.

Auf der Rückfahrt schwiegen sie lange, bis Hellmer schließlich fragte: »Was wollte er uns damit sagen?«
»Feuerbach?«
»Mhm. Er war einfach zu schnell vor Ort, um zufällig in der Nähe gewesen zu sein.«
Durant wusste nicht, worauf genau ihr Partner hinauswollte.
»Das hat er auch nicht behauptet, oder?«
»Nein. Aber er hat es angedeutet.« Hellmer führte mit der Hand eine Kippbewegung am Mund aus. »Sollten wir das nicht so verstehen, als stünde sein Wagen schon länger da, und er wäre deshalb mit dem Taxi unterwegs?«
»Eine ziemlich faule Ausrede«, fand Durant. Andererseits war es für einen Alkoholtest zu spät, und der Anwalt würde ihn, so wie sie ihn einschätzte, auch zu verhindern wissen. Sie wusste außerdem, dass Feuerbach gewieft genug war, um auf

Details zu achten. »Er wird es nicht ohne Grund so gesagt haben«, schloss sie.
»Ich gehe dem trotzdem nach, wenn's recht ist.«
Sie hatte nichts dagegen einzuwenden.
Als Hellmer sich dem Kaiserlei-Kreisel näherte, bat Durant ihn, die Ausfahrt zu nehmen.
»Wieso das denn?«
»Ich möchte eine Adresse überprüfen.« Sie erzählte von der Anschrift, die Sultzer ihr genannt hatte. Hellmer bog einige Male ab und wäre um ein Haar falsch in eine Einbahnstraße gefahren. »Verdammt, hier war ich noch nie im Leben«, fluchte er.
Das Haus lag zurückgesetzt hinter einem Gitterzaun, der von Kletterpflanzen überrankt war. Hellmer verlangsamte auf Schritttempo, was die nachfolgenden Fahrer zu wütenden Gesten veranlasste. Ein Tor versperrte die Zufahrt. Auf dem Hof parkten Fahrzeuge. Beim genauen Hinsehen glichen sie den Einsatzfahrzeugen, mit denen Sultzers Einheit nach Egelsbach gekommen war. Dann erkannte die Kommissarin einen der Männer, er stand rauchend im Eingangsbereich. Ihre Blicke trafen sich.
»Scheiße, das ist Stiernackens Kollege«, stieß sie hervor. »Fahr noch mal zurück, Frank.«
»Ich kann erst dahinten wenden.« Er beschleunigte und fuhr ein umständliches Manöver. Als sie die Zufahrt passierten, war nichts mehr zu sehen. Sogar eines der Autos fehlte.
»So verhält sich doch niemand, der eine saubere Weste hat«, schloss Durant. »Wollen wir den Typen nicht mal einen Besuch abstatten? So unter Kollegen?«
»Nichts lieber als das«, grinste Hellmer.
Doch Durant kamen erste Zweifel. Blinder Aktionismus war nicht angebracht. Möglicherweise warteten dort dieselben

Kollegen, die über Matilda hergefallen waren. Doch Hellmer hatte den VW längst über den Gehweg gelenkt. Schräg in der Auffahrt kam er zum Stehen.
»Was ist los?«, erkundigte er sich.
»Belassen wir es bei einem Blick von außen«, schlug Durant vor.
»Gut, dass es von dir kam«, entgegnete Hellmer und gab ihr zu verstehen, dass er sich selbst unwohl fühlte. Sie stiegen aus. Steinsäulen fassten ein Gittertor ein, daneben befand sich eine Eisentür. Kein Klingelschild. Kein Firmenname. Dann näherten sich Schritte. Sultzer. Sein Gesicht wirkte alles andere als erfreut.
»Verdammt, Julia, was soll das?«, zischte er sie an.
»Du hast mich doch praktisch eingeladen«, erwiderte sie kühl.
»Verzieht euch, Mensch! Die ganze Basis droht aufzufliegen.«
Durant zuckte mit den Achseln. »Was meinst du, wie egal mir das ist?«
»Scheiße, du bist schlimmer als eine Klette.« Sultzer zog sein Handy hervor. »Kommt meinetwegen rein. Oder verzieht euch. Ist mir egal. Aber seht zu, dass die Karre vom Trottoir verschwindet. Keiner unserer Nachbarn weiß, dass wir dieses Haus hier als Stützpunkt nutzen.«
Durant verdrehte die Augen. »Wir suchen uns einen Parkplatz. Aber wir kommen wieder!«, beharrte sie.
Missmutig startete Hellmer kurz darauf den Motor. »Was bildet sich dieser Typ ein? Hält der sich für einen James Bond und macht hier auf Geheimdienst?« Er warf seiner Partnerin einen prüfenden Blick zu. »Hast du ihm nicht klargemacht, dass du nicht seine Moneypenny bist? Julia, verdammt, sag mir, dass da nicht mehr zwischen euch abgeht als das, was du mir erzählt hast!«

Während sie die Straße entlangfuhren, um eine Parklücke zu erhaschen, biss Julia sich auf die Unterlippe. Vor Frank konnte sie kaum etwas verheimlichen, er war zu gut, seinem messerscharfen Blick entging fast nie etwas.
»Hör zu. Es ist *nichts* zwischen uns am Laufen, Ehrenwort. Allerdings, als wir uns gestern Abend getroffen haben – wie soll ich das jetzt sagen? – verdammt!« Sie atmete angestrengt.
»Sag's doch einfach so, wie es ist«, erwiderte Hellmer trocken.
»Du hast recht. Wir haben keine Zeit für langes Tamtam«, entschied Durant. »Für einen Moment, einen kurzen Moment, wenn ich nicht mit Doris gesprochen hätte …«
Hellmer riss die Augen auf und ließ ein gedehntes »Ja?« verlauten.
»Es war wie damals. Da war irgendwas. Scheiße. Wer weiß, in was ich mich da hätte reinreiten können.«
Hellmer seufzte und winkte ab. »Doch 'ne Moneypenny, ich wusste es. Hoffentlich bist du drüber weg, und das meine ich nicht nur Claus zuliebe. Julia, wir stehen unmittelbar vor einem Einsatz. Wer weiß, was uns da drinnen erwartet!«
Durants Handy begann zu vibrieren und bewahrte sie vor einer rechtfertigenden Antwort. Es war Berger, offenbar befand er sich in seinem Büro. Sie formte den Namen mit ihren Lippen.
»Frau Durant«, hallte der Chef durch das Wageninnere, nachdem die Kommissarin auf Freisprechen geschaltet hatte, »was auch immer Sie vorhaben, lassen Sie es!«
Er klang gehetzt, fast schon panisch.
»Was soll ich denn vorhaben?«, fragte sie irritiert nach.
»Halten Sie sich von dem Haus fern. Sie gefährden ein halbes Dutzend Ermittlungen, wenn Sie dem nicht Folge leisten.«

Julia Durant entfuhr ein empörtes »Aber«, während sie mit weit aufgerissenen Augen auf das Display starrte.

»Keine Zeit für Erklärungen, ich erwarte Sie im Präsidium. Umgehend! Ist das klar?«

Das »Ja, Hoheit« hörte er nicht mehr. Julia Durant kochte innerlich. Sie stampfte in den Fußraum. »Scheiße!«

Hellmer tippte auf das Lenkrad. »Meinst du, der Typ hat uns deshalb auf Parkplatzsuche geschickt? Um Zeit zu gewinnen?«

Durant nickte. »Dieses Arschloch.«

Während sie eine wütende SMS an Mario Sultzer schrieb, fuhr Hellmer zurück in Richtung Kaiserlei-Brücke. Auf der Fahrt berichtete Durant noch einmal in allen Details von der Szene, die sich zwischen ihr und Sultzer abgespielt hatte. Sie betonte besonders die erbärmliche Figur, die er dabei gemacht hatte. Franks Gesichtsausdruck sprach Bände.

»Ich kenne ja viele Seiten von dir«, sagte er kopfschüttelnd, »aber manchmal machst du mir 'ne Scheißangst.«

»Die sollte Sultzer besser haben«, gab Durant schnippisch zurück.

Sie verließen die A661 in Richtung Innenstadt und unterhielten sich über den Chef. Hellmer war längst nicht auf dem neuesten Stand, und Durant wollte seine Einschätzung hören. Sie gefiel ihr nicht.

»Ich suche immer noch nach einer anderen Erklärung«, sagte er. »Erpressung innerhalb der Polizei! Das will mir nicht in den Schädel.«

»Wieso nicht?«

»Es ist absurd! Wir sind *Kollegen*. Klar, es gibt überall mal Hickhack, aber das ist doch nichts Neues.«

»Die Erpressung ist aber real«, widersprach Julia. »Und es geht dabei ganz gezielt um mich und um laufende Ermittlungen.«

»Hören wir uns an, was Berger zu der Aktion zu sagen hat«, schlug Hellmer vor und kramte seine Zigaretten hervor. »Dann wissen wir mehr.«
»Wer's glaubt«, brummte Durant und hätte um ein Haar ihrem Reflex nachgegeben, sich ebenfalls eine anzuzünden. Doch sie widerstand. Im Kopf ging sie das wirre Puzzle noch einmal durch. Frank hatte recht. Das Aufbringen des Lkw am Taunusblick war im Sommer, als die Aufnahmen entstanden waren, noch Monate entfernt gewesen. Trotzdem hatte man Berger ins Visier genommen, wissend, dass seine Amtszeit bald zu Ende gehen würde. Die Fragezeichen tanzten in ihrem Kopf.

DONNERSTAG, 18:05 UHR
Bergers Büro.

Die Phase der Schwäche schien vorbei. Er sah zwar noch immer elend aus, überspielte das aber mit brennender Leidenschaft.
»Ich weiß Ihre Hilfe zu schätzen, Frau Durant«, betonte er überdeutlich, »aber Dienst ist Dienst. Sie haben eine eindeutige Weisung, und dieser ist Folge zu leisten.«
Hatte sie etwas verpasst? Er klang, als wolle er ein Seminar halten. Durant kniff die Augen zusammen. »Geht es hier um Sultzer und Co.?«
»Es geht um den Fall Taunusblick. Das Mädchen aus Fechenheim gehört dazu, ebenso das Haus in Egelsbach.« Berger tippte auf den Schreibtisch. »Alles, was dazugehört, geht uns nichts an. Geht Sie nichts an.«

Durant lachte auf. »Hat Sultzer uns etwa verpetzt?«
Berger guckte fragend.
»Wenn ich als Beamtin des K11 keine Gewaltverbrechen aufklären darf, was mache ich dann hier?«
»Sie haben den Fall Oskar Hammer«, gab Berger angriffslustig zurück. »Die Öffentlichkeit brennt auf Ergebnisse.«
»Wir können keinen Täter aus dem Hut zaubern«, erwiderte Hellmer patzig.
»Wie auch immer.« Berger seufzte. »Ich gebe nur das weiter, was ich von oben mitgeteilt bekomme. Die Abteilung Organisiertes Verbrechen mischt in dem Taunusblick-Fall mit und verfolgt höhere Interessen. Man nennt mir keine Details, Sie wissen, wie es mit verdeckten Ermittlungen läuft. Also halten Sie sich, zum Teufel noch mal, da raus. Egal, wie schwer es fällt.«
»Nein, verdammt!« Durant sprang auf. »Matilda Brückner wurde von einer Horde Kollegen vergewaltigt! Doris hat es wortwörtlich zu Protokoll genommen, haben Sie das nicht gelesen? Vor Verzweiflung hat sie sich die Adern aufgeschnitten.« Sie schnaubte. »Matilda hat ein kleines Kind. Verdammt, da scheiße ich auf übergeordnete Interessen!«
Berger seufzte und blickte zu Boden. Es war offensichtlich, dass er zwischen zwei Stühlen saß, zwischen Pest und Cholera wählen musste. Würde er sich offensiv gegen die Erpresser stellen? Oder würde er einknicken? Prompt dachte die Kommissarin daran, wie es wohl wäre, wenn ihr Liebster ihr nun gegenübersitzen würde. Ihr graute bei dem Gedanken.
Berger indes nutzte die Gelegenheit, um das Thema zu wechseln.
»Was hatten Sie denn vor? Alleine in ein Haus zu marschieren, in dem sich zig gefährliche Männer aufhalten?« Berger verzog das Gesicht.

Sie fühlte sich ertappt. »Es war eine Entscheidung aus dem Bauch heraus«, murmelte sie und nahm wieder Platz.

»Überlegen Sie sich gefälligst etwas anderes«, verlangte Berger. »Etwas, das die Liegenschaft nicht gefährdet. Wir dürften allesamt überhaupt nichts von deren Existenz wissen. Auf wessen Konto, glauben Sie, gehen die größten Ermittlungserfolge im Bereich organisierte Kriminalität? Durant, Hellmer, ich verlasse mich auf Ihre absolute Verschwiegenheit! Davon darf nichts an die Öffentlichkeit gelangen!«

Die beiden Kommissare nickten stumm.

»Unterhalten wir uns über Ihren Einsatz in Egelsbach«, wechselte Berger abrupt das Thema. »Gute Arbeit. Die Frauen werden allesamt gründlich untersucht. Es gibt, wie Sie sich denken können, eine Menge DNA. Um psychologische Betreuung bemüht man sich auch«, seufzte er. Durant wusste, dass dies nicht einfach werden würde. Sie nannte den Namen der Dolmetscherin, die sie im Frauenhaus kennengelernt hatte. Berger bedankte sich und versprach, an der Sache dranzubleiben.

»Kommen wir zu dem Opfer«, sagte er dann. »Der Mann konnte identifiziert werden als Valerie Sobolew, er war der Hausbesitzer.«

Hellmer pfiff überrascht.

»Scheint mir, Sie kennen den Namen bereits?«, hakte Berger nach.

Hellmer nickte. »Er war ein Mandant dieses schmierigen Feuerbach.«

»Feuerbach war ebenfalls vor Ort«, ergänzte die Kommissarin. »Bis kurz vor dem Zugriff.« Sie schüttelte unbewusst den Kopf. Ausgerechnet der Hausbesitzer sollte wie ein Wilder um sich geschossen haben? Das passte nicht. Für so etwas hielt man sich Gorillas, etwa wie die vier, die in Unter-

suchungshaft saßen. Durant wählte Andrea Sievers an, um sich zu vergewissern, dass ihr Ergebnis sicher war.
»Du schon wieder«, frotzelte die Rechtsmedizinerin.
»Tut mir leid, aber ich muss mich wegen der Identifizierung absichern.«
»Der tote Russe?«
Durant bejahte. Erkundigte sich, ob hier womöglich ein Identitätenwechsel stattgefunden haben könnte. Von Bandenmitgliedern aus dem Ostblock existierten in der Regel keine Fingerabdrücke und Zahnunterlagen. Ihre Papiere, wenn man welche fand, ähnelten sich oft wie ein Ei dem anderen. Fotos mit anderen Frisuren, aber denselben grimmigen Mienen.
Doch Andrea Sievers hielt entschieden dagegen: »Der Tote auf dem Tisch ist Valerie Sobolew, darauf verwette ich meine rechte Hand. Soll ich dir sagen, weshalb?«
»Ich höre.«
»Weil er im System ist. Ich habe Fingerabdrücke und zwei Fotos. Aber, wenn es dich glücklich macht, erstelle ich auch noch einen DNA-Abgleich.«
»Das wäre mir wichtig«, gestand Durant ein. Man konnte heutzutage alles fälschen. Auch Datenbanken. Es war nicht leicht, an das Gute zu glauben. Doch Julia war wild entschlossen, solange sie es noch konnte, für das Gute zu kämpfen. Das hatte sie wohl von ihrem Vater. Mit dem sie, wie ihr prompt einfiel, noch telefonieren wollte.
Derweil sprach Dr. Sievers weiter: »Okay. Dann besorge mir bitte eine Vergleichsprobe seines Bruders, dann haben wir absolute Sicherheit.«
»Scheiße!«, entfuhr es der Kommissarin, und sie ballte die Faust. Dimitri Scholtz war, so lautete Brandts letzte Info, nach seinem Geständnis sofort verlegt worden. Kontakt zu ihm sei nicht möglich. Doch Julia Durant gab nicht so schnell

auf. Sie telefonierte einige Male, ohne nennenswerten Erfolg, dann verabschiedete sie sich in den Feierabend. Doch sie fuhr nicht nach Hause, auch wenn sie todmüde war. Sie holte sich einen extragroßen Coffee to go und drei Tüten Zucker und lenkte ihr Auto zielstrebig in Richtung Kaiserlei.

DONNERSTAG, 18:25 UHR

Im Polizeipräsidium Offenbach legte Brandt die Füße auf seinen Tisch und schloss die Augen. Er hatte eben von Julia Durant erfahren, dass der Besitzer des Hummers tot war. Der Wagen war verlassen in der Nähe des Bahnhofs Egelsbach aufgefunden worden. Keine Anhaltspunkte, wer damit zuletzt gefahren war. In Brandts Hand lag das Telefon und wartete darauf, dass er Svantje Dirlams Nummer wählte. Vielleicht ist sie ausgegangen, hoffte er insgeheim. Doch sie nahm sofort ab.
»Es geht um Ihren Ex-Freund, Valerie Sobolew«, begann der Kommissar. Todesnachrichten zu überbringen war eine der undankbarsten Aufgaben.
»Ist etwas passiert?« Frau Dirlam klang nur wenig besorgt, wie er fand.
»Er wurde in einem Schusswechsel mit Polizeibeamten getötet«, antwortete Brandt. »Tut mir leid, Ihnen das sagen zu müssen.«
Sie schwieg für einige Sekunden, druckste zweimal, bevor sie leise reagierte. »Okay. Danke.«
»Ich müsste Sie noch einige Dinge fragen. Darf ich morgen noch einmal vorbeikommen?«

»Geht das auch am Telefon? Zum Beispiel jetzt gleich?«
»Fühlen Sie sich denn dazu in der Lage?«
»Er ist nicht ohne Grund mein Ex, okay? Er war ein Arschloch, um ganz direkt zu sein. Meine Trauer hält sich daher in Grenzen. Fragen Sie also bitte, damit wir das hinter uns bringen können.«
Peter Brandt schluckte. Er wusste, dass sich hinter einer solchen Fassade immer noch Trauer und Verzweiflung entwickeln konnten. Entschied, die Kraft zu nutzen, die seine Gesprächspartnerin an den Tag legte.
»Nun gut. Erzählen Sie mir von ihm. Besonders die Dinge, die mit dunklen Machenschaften zu tun haben.«
Lachen. »Als hätte er mir davon erzählt!«
»Sie wissen nicht, womit er seinen Lebensunterhalt bestritt?«
»Nada. Er hatte Kohle. War ein Großkotz. Diese Karre spricht doch Bände.«
»Dennoch haben Sie sie auf sich zugelassen. Warum?«
»Haben Sie noch nie aus Verliebtheit etwas Dummes getan?«
Brandt fühlte sich durchschaut. Doch er sagte sich, dass er sich das nur einbilde. Er nickte hastig und murmelte: »Das hat wohl jeder schon mal.«
»Ich habe es jedenfalls gehasst, wie eine Barbiepuppe damit durch die Gegend kutschiert zu werden.« Frau Dirlam grinste. »Selbst hinterm Steuer zu sitzen, das muss ich allerdings zugeben, ist schon ziemlich cool. Als es nicht mehr so gut lief zwischen uns, habe ich ihm mal an den Kopf geknallt, dass er sich wie ein Zuhälter aufspiele.«
»Liegt verdammt nah dran«, rutschte Brandt heraus, und sofort klatschte seine Hand auf die eigenen Lippen. Doch es war zu spät.
»Wie meinen Sie das?«, fragte Frau Dirlam prompt. »Was ist passiert?«

»Kennen Sie sein Haus in Egelsbach?« Brandt nannte die Adresse. Dirlam verneinte.
»Nie dort gewesen oder von einem Sauna- oder Massageclub gehört?«
»Scheiße, nein. Valerie hatte ein Haus? Ein Bordell? Verdammt, sagen Sie mir endlich etwas!«
Brandt berichtete oberflächlich von der Razzia und der Schießerei. »Wir vermuten, dass er Liegenschaften und Fahrzeuge ganz bewusst auf unbeteiligte Personen laufen ließ«, schloss er. »Das ist gängige Praxis.«
Er meinte vor sich zu sehen, wie die junge Frau jetzt dasaß. Entsetzen im Gesicht. Er hörte es an ihrer Stimme.
»Und jetzt?«
»Ich müsste Sie bitten, den Toten zu identifizieren. Leider kann ich Ihnen das nicht ersparen. Es gibt keine Angehörigen, auf die wir auf die Schnelle zurückgreifen könnten.«
Für einen Moment war nichts zu hören außer ihrem schweren Atem. Brandt fügte leise hinzu: »Ich kann Sie abholen oder eine Kollegin darum bitten, Sie zu begleiten.«
»Nein, schon gut. Es ist nur …«, sie stockte, »… ich meine, wie sieht er denn aus? Hat er ein Loch im Kopf? Ich glaube nicht, dass …«
»Keine Sorge«, versicherte ihr Brandt. »Ein kurzer Blick wird genügen, und das Gesicht sieht aus, als würde er schlafen.«
Er legte auf und rief sofort bei Andrea an, um sich zu vergewissern, dass das auch stimmte. Sie stöhnte auf, denn das Einschussloch in Valeries Schläfe war nicht zu leugnen. »Ich lasse mir etwas einfallen«, versprach sie. Unter all ihrem Sarkasmus, dass wusste auch Peter, verbarg sich eine einfühlsame Frau.

DONNERSTAG, 20:07 UHR

Die Wagenscheiben waren beschlagen. Zweimal bereits hatte Durant umgeparkt und stand nun fast vis-à-vis der Zufahrt. In der Menge monotoner Fahrzeuge musste ihr roter GT auffällig wie die Nase eines Clowns wirken. Doch kaum jemand interessierte sich für sie. Gelangweilt spielte sie mit dem leeren Pappbecher und überlegte, ob sie sich Nachschub besorgen sollte. Seit über einer Stunde war nichts geschehen. Weder auf dem Grundstück selbst, noch hatte es jemand betreten oder verlassen. Doch im Haus brannte Licht. Irgendwann musste ja mal jemand Feierabend machen. Doch es vergingen weitere zwanzig Minuten, bis endlich etwas geschah.
Durant schreckte auf, als sie den Schatten wahrnahm, der sich durch das Tor quetschte. Sie erkannte, dass es sich um einen jungen Mann handelte, der ihr völlig unbekannt war. Nicht besonders groß, keine Bodybuilder-Statur. Die Kommissarin hatte insgeheim darauf gehofft, die weibliche Beamtin abzupassen, aber rechnete sich ihre Chancen als gering aus. Sie schlüpfte aus dem Wagen, vergewisserte sich, dass ihre Dienstwaffe korrekt am Körper saß, und drückte leise die Tür ins Schloss. Der Mann schritt in Richtung Berliner Straße und bog in diese ab. Etwas an seinem Gang störte sie, doch sie hätte es nicht benennen können. Es war, als habe er eine Blase an der Ferse. Ohne Eile steuerte er die S-Bahn an. Nickte Passanten höflich zu, und Durant bildete sich ein, ein leises Murmeln zu hören. Für einen Moment kam sie ins Zweifeln, ob sie besser umkehren sollte. Der Fremde wirkte so harmlos, doch sie folgte ihm hinunter in den Bahnhof. Er stellte sich an das Gleis, das in westliche Richtung, also nach Frankfurt

führte. Blickte auf seine Armbanduhr, eine KHS Striker. Durant kannte das Modell. Taktische Uhren, wie sie auch von Polizeibeamten getragen wurden. Doch es war etwas anderes, das ihre Aufmerksamkeit weckte. Sie näherte sich dem Fremden.
»Haben Sie eine aktuelle Uhrzeit?«
»Wie bitte?« Sein Kopf flog herum.
»Entschuldigung. Sie haben gerade auf die Uhr gesehen.«
»Ach ja.« Er hob sie erneut, ein typischer Reflex. Durant fokussierte sein Handgelenk. Von der Tätowierung war nur eine Spitze zu sehen, doch das Motiv hatte sich in ihr Gedächtnis gebrannt. Es war der Flügel des Phönix. Sie achtete nicht auf die Uhrzeit, die er vorlas, murmelte ein hastiges Danke, während sie sich auf dem Bahnsteig umsah. Keine Uniformierten, nur eine Handvoll Jugendlicher, die auf den Boden spuckten, und vereinzelte Personen, die sich auf ihre Zeitungen oder Handys konzentrierten.
»Welcher Zug kommt als Nächstes?«, erkundigte sie sich.
»S8 Richtung Wiesbaden.«
Sie warteten schweigend. Julia Durant entschied, ihn erst im Zug zu konfrontieren. Minuten später fuhr die S-Bahn ein.
»Ist auch meine«, lächelte sie, und sie stiegen mit drei weiteren Personen ein. Er wählte einen freien Viererplatz, auf den er unsicher zustakste, obwohl der Zug sich noch nicht in Bewegung gesetzt hatte. Als sie losfuhren, hob er den Kopf, und sie fing seinen Blick ein. Er wirkte unsicher. Ob er sich in seiner Phantasie ausmalte, wie ihn eine um gut zehn Jahre ältere Frau in der Bahn ansprach und verführte? Mädchen, sei nicht so eingebildet, mahnte sich Julia und verkniff sich ein Schmunzeln. Im nächsten Augenblick saß sie vor ihm.
»Nette Tätowierung. Ein Phönix?«

Schweißperlen traten ihm auf die Stirn, und er fasste sich unwillkürlich ans Handgelenk. »Was wollen Sie von mir?«
»Durant, K11, Frankfurt«, erwiderte sie und fingerte ihren Ausweis hervor. »Ich ermittle im Fall Brückner.«
Er zuckte zusammen und fragte dennoch: »Was für ein Fall soll das sein?«
»Matilda Brückner. Ihre Kollegin.«
Die S-Bahn hielt am Mühlberg. Er schaute in Richtung Tür, und Durant fügte scharf hinzu: »Sitzen bleiben!«
»Ich muss an der nächsten Station raus.«
»Dann beeilen Sie sich besser. Ich will Ihren Namen, und ich möchte wissen, wer Frau Brückner sexuell missbraucht hat. Und es ist mir schnurzpiepegal, ob wir das in der S8 oder auf dem Präsidium erledigen.«
Allmählich erkannte ihr Gegenüber, dass er ihr nicht entkommen würde. Doch ihm standen eine Menge Fragezeichen ins Gesicht geschrieben. »Wo kommen Sie plötzlich her? Haben Sie mir aufgelauert?«
»Ich bin Kriminalbeamtin«, lächelte sie unterkühlt. »Und jetzt möchte ich Antworten.«
Sein Name war Bert Langer. Er war vierunddreißig und gehörte zum Betrugsdezernat. Offenbach, wie er ausdrücklich betonte. Matilda kenne er nur flüchtig, behauptete er. Über seine Arbeit dürfe er keine Details verraten. Er gewann im Laufe des Gesprächs an Selbstsicherheit. »Sie dürften im Grunde *gar* nichts über uns wissen«, warf er dazwischen und schüttelte den Kopf. Sie hatten die Bahn mittlerweile im Ostend verlassen und auf einer der Wartebänke Platz genommen.
»Davon will ich nichts mehr hören!«, betonte sie. »Das wird mir ständig gesagt.«
»Nicht ohne Grund, glauben Sie mir«, erwiderte Langer.

»Es geht mir hier aber nicht um irgendwelche verdeckten Operationen. Es geht um einen äußerst ernsten sexuellen Übergriff.«
»Hat Tilda denn Anzeige erstattet?«
Durant wurde hellhörig. »Sie sind also doch miteinander vertraut?«
Langer hatte den Fauxpas längst bemerkt. Er schniefte. »Sie scheinen's ja ohnehin zu wissen. Ja. Wir sind Kollegen. Und nein, ich habe mich nicht an ihr vergangen.«
»Irgendwer hat es aber«, hielt sie dagegen. »Und die Männer trugen dasselbe Tattoo. Was bedeutet es? Ist das nicht etwas albern? Sie sind doch keine Marines oder so.«
Langer umfasste sein Handgelenk, als wolle er es schützen. Als fürchte er, ihre Worte könnten den Phönix verletzen. Ein Gedanke huschte in Julias Kopf vorbei, etwas, das sie am Ort der Razzia gesehen hatte. Doch sie konnte ihn nicht greifen.
»Es ist, was es ist.«
Der Mann wollte abrupt aufstehen.
»Ach, kommen Sie!« Durant griff nach seinem Arm. »Ich will es doch nur kapieren. Ich will Ihnen nichts wegnehmen.«
»Wegnehmen«, spöttelte er und winkte ab.
»Was passiert denn mit dem Tattoo, wenn der Einsatz vorbei ist? Wenn die Einheit aufgelöst wird? Müssen Sie es dann schwärzen, so wie bei einer Biker-Gang?«
Sein Blick weitete sich. »Aufgelöst? Niemals.«
Anscheinend traf sie ihn mit ihren Provokationen an einer empfindlichen Stelle.
Durant setzte nach: »Aber sicher. Entweder, wenn Sie der Mafia ausreichend zugesetzt haben, oder«, sie pfiff, »wenn die Innenrevision den Fall Brückner übernimmt. Dann bleibt kein Stein auf dem anderen.«

»Der ... der Phönix bleibt«, stammelte der Mann. »Es geht gar nicht ohne uns.«
»Ohne eine Handvoll Beamte?«, lachte Durant. »Wie viele gibt es in Hessen? Fünfzehntausend? Jedenfalls genug, um ohne ein paar Vergewaltiger mit Komplexen auszukommen.«
»Red nicht so«, stieß er zwischen zusammengebissenen Zähnen hervor. Seine Unterarme zuckten. Sie standen einander gegenüber, um ein Haar hätte er sie wohl angepackt.
»Was sonst?«, rief Durant. »Fickst du mich dann zur Strafe? Gleich hier? Oder brauchst du dazu deine Kameraden?«
Sie rang angespannt nach Luft. Jede Sekunde erwartete sie seinen Angriff, wissend, dass von den wenigen Menschen, die in der Nähe waren, kaum einer zu Hilfe eilen würde. Doch stattdessen rempelte er sie nur wutschäumend zur Seite. Hastete an ihr vorbei, in Richtung Straße, und verschwand aus ihrem Blickfeld.
Die Kommissarin verharrte einige Sekunden und überlegte, ob sie ihm folgen sollte. Sie entschied sich dagegen, trottete zurück in Richtung Bahn und hing ihren Gedanken nach. Was war eben passiert? Dem Vorwurf einer sexuellen Straftat hatte er sich erstaunlich gelassen gestellt. Selbstsicher, vielleicht, weil alle Beteiligten wussten, dass es für DNA-Proben zu spät war. Oder sogar, dass Matilda nicht gegen sie aussagen würde? Es schien hier eine Gruppendynamik zu geben. Kaum hatte sie die Einheit in Frage gestellt, war die Situation eskaliert. Als bedrohe sie seine Existenzgrundlage. Ihr kam ein irritierender Gedanke. Dieter Greulich. Er hatte einen Verband getragen. Er war gewaltbereit und halbwegs charismatisch, auch wenn seine Ausstrahlung bei ihr nicht verfing. Brandt hatte den Verband ebenfalls registriert, das wusste Durant. Und er kannte sich in der Bandenkriminalität besser aus als die meisten anderen. Sie überlegte, ob es sich noch lohnte, dieser Fährte nachzugehen. Doch es war spät. Sie

musste zu ihrem Auto zurück. Und sie wollte die andere Kollegin dieser Phönix-Einheit abpassen.
Verdammt, schalt sich Durant. Du hättest auf sie warten sollen, anstatt dich an den erstbesten Typen zu hängen. Für heute jedenfalls war es zu spät, um diesen Fehler zu korrigieren.
Sie schrieb Sultzer eine SMS, in der sie ihn aufforderte, ihr den Namen und die Adresse der Frau zu senden.
Seine Antwort kam nach wenigen Minuten:

> Ich kann dir da nicht weiterhelfen, sorry.
> Nichts für ungut – Gruß, Mario

> Okay. Dann komme ich morgen zu Dienstbeginn mal vorbei.
> Oder, noch besser, ich schicke eine Streife mit einer Vorladung. ☺
> Ciao, Julia

Das Display war noch nicht in den Standby erloschen, da vibrierte es erneut. Sultzer versprach, sich noch heute bei ihr zu melden.
»Geht doch«, knurrte Durant und suchte die Umgebung nach einem Imbiss oder einer Pizzeria ab.

DONNERSTAG, 21:40 UHR

Julia Durant kickte die Tür mit dem Absatz zu. Unter ihrem Arm klemmte die Post. Bunte Wurfsendungen und eine Rechnung von der Autoversicherung. Sie dachte daran, dass sie längst einen neuen Aufkleber am Briefkasten anbringen

hatte wollen, der Werbung untersagte. Der Papierwust flog auf den Tisch, wo das blinkende Telefon auf die Kommissarin wartete. Claus. Sie seufzte und eilte in Richtung Küche. Mit zwei Scheiben Salamibrot kehrte sie zurück und nahm den Apparat in die Hand. Wog ihn. Er schien schwerer als sonst zu sein, was natürlich Unsinn war. Claus hatte keine Nachricht hinterlassen. Zögerlich drückte sie die Wiederwahl.
Die Begrüßung fiel kühl aus.
»Lass uns den Freitag bitte verschieben«, fiel Julia mit der Tür ins Haus.
»Ist das jetzt eine Strafaktion?«
»Quatsch. Ich weiß nur nicht, wo mir der Kopf steht.«
»Mmh.« Claus klang alles andere als begeistert. »Können wir uns bitte trotzdem mal ganz zivilisiert über die Sache unterhalten?«
»Willst du mir unterstellen, ich sei nicht zivilisiert?«, entgegnete sie spitzzüngig.
»Julia, ich möchte keinen Streit wegen so einer Lappalie.«
»Lappalie?« Sie lachte auf. Wollte eine Reihe von Vorwürfen folgen lassen, da unterbrach Claus sie abrupt:
»Stopp. Jetzt bin ich erst mal dran, hörst du? Ich möchte das Ganze aufklären. Erklären.«
»Ziemlich spät, finde ich.«
»Darf ich bitte ausreden?«
»Meinetwegen«, gab sie zurück.
»Danke. Bitte lass mich das ohne Unterbrechung erzählen. Hinterher lasse ich mir gerne den Kopf waschen, wenn du das für angemessen hältst. Aber erst, wenn ich fertig bin, okay?«
»Ja, ja, schon gut«, murrte Julia. »Ich bin ja schon still.«
Im Folgenden erzählte Claus von einem Telefonat mit Berger. Es lag einige Wochen zurück. Es sei zur Sprache gekommen, dass die Frage um dessen Nachfolge noch ungeklärt war.

»Damals hat sich dieser Gedanke in mir eingenistet, der mich seitdem nicht mehr losließ«, fuhr Claus fort. »Du weißt selbst, dass es praktisch unmöglich ist. Bayern–Hessen, München–Frankfurt, und dann ausgerechnet als Chef der Mordkommission. Ich wollte nichts sagen, bevor die Chancen nicht wenigstens ausgelotet waren. Wollte nichts riskieren, ohne zuerst die Möglichkeiten zu prüfen.« Er seufzte. »Dass einer meiner Jungs ausgerechnet jetzt quasseln musste, tut mir leid. Ich wollte dich überraschen. Wollte fragen, ob es für dich vorstellbar wäre. Davon würde meine Entscheidung in erster Linie abhängen.«
Julia Durant schluckte schwer, während Claus weitersprach.
»Es geht um die Zukunft. Wir werden älter, nicht nur dein Vater. Auch wenn du das nicht hören magst.«
»Es reicht«, wehrte Julia ab. »Es ist, wie's ist. Ich muss darüber nachdenken.«
»Wie es wäre, unter mir zu arbeiten?«
»Auch«, seufzte sie. »Mein Kopf ist kurz vorm Platzen. Vielleicht wäre es wirklich besser, du kommst einfach nächstes Wochenende.«
»Da habe ich Dienst.«
Er klang plötzlich distanziert. Durant biss sich auf die Zunge.
»Wenn der Fall abgeschlossen ist, könnte ich ja runterkommen«, schlug sie vor.
»Ist denn ein Ende abzusehen?«
Diese Frage hätte sie nur allzu gerne mit einem »Ja« beantwortet. »Hm. Schwer zu sagen.«
»Dann lass uns Pläne schmieden, wenn es so weit ist.«
Claus verabschiedete sich. Ihr war, als habe er sie abgewimmelt, und das tat ihr weh. Doch es geschah ihr recht. Sie hatte ihm unrecht getan. Dies einzugestehen war eine von Julia Durants härtesten Prüfungen.

Eine Viertelstunde später erreichte sie ein weiterer Anruf. Michael Schreck. Sie hatte gerade das Badewasser abgestellt und sich durch den aufgetürmten Schaum gleiten lassen. Neben ihr stand ein Glas Rotwein, in der Hand hielt sie einen Reiseführer über Florida. Sie angelte das Telefon und bedauerte, es überhaupt mit ins Bad genommen zu haben.
»Machst du auch mal Feierabend?«, fragte Durant mit einem Blick auf die Uhr.
»Gern. Wenn ihr mich lassen würdet«, lachte er. Offenbar hatte er ein verräterisches Plätschern gehört, denn er sagte: »Hast du mich etwa mit in die Wanne genommen?«
»Das hättest du wohl gerne!«
»Pff. Ich hätte bloß Skype oder Facetime wählen müssen.«
Bevor sie etwas erwidern konnte, wurde Schreck wieder ernst. »Hör mal. Ich habe Bergers Mails und den ganzen Kram bis aufs Kleinste untersucht. Sparen wir uns die technischen Feinheiten und beschränken uns aufs Wesentliche, okay? Ich möchte nämlich tatsächlich heim.«
Julia hatte keine Einwände.
Entgegen seiner Ankündigung ließ der IT-Spezialist dann doch das eine oder andere Detail fallen. IP-Adresse, E-Mail-Header, Serverlogs. Doch das Ergebnis war verblüffend einfach: »Frankfurt oder Offenbach. Die exakte Bestimmung ist mir nicht gelungen, aber am wahrscheinlichsten ist die Ecke Oberrad/Kaiserlei.«
Durant stieß einen Pfiff aus. Sie bedankte sich überschwenglich, legte auf und wäre am liebsten sofort aus der Wanne gesprungen. Oberrad und Kaiserlei. Ihre Gedanken rasten. Es konnte kein Zufall sein. Alles sprach für die Adresse, die Sultzer ihr genannt hatte. Die ominöse Zentrale. Der verbotene Garten. Auf einmal passte alles zusammen. Besser als zuvor. Bergers Drängen, der Sondereinheit nicht in die Quere zu

kommen. Sein Beharren darauf, dass Durant sich von dort fernhielt.
»Sorry, Boss«, knurrte sie. »Diesen Gefallen kann ich Ihnen jetzt nicht mehr tun.«

Der Dampf war noch immer zu schmecken, als Julia Durant es sich auf dem Sofa bequem machte. In ihren Bademantel gewickelt, blätterte sie den Reiseführer durch, mit dem sie sich abgelenkt hatte, um wieder zur Ruhe zu kommen. Die Haare steckten in einem gewickelten Handtuch. Irgendwann wurden ihr die Lider schwer und fielen schließlich zu.
Sie spürte den kühlen Windhauch nicht, der durch das Zimmer strich. Das Buch war hinabgefallen und zugeklappt, und das feuchte Handtuch hing zur Hälfte auf der Lehne. Nirgendwo war eine Digitalanzeige, die ihr die Uhrzeit verriet, und wo das Telefon lag, konnte das im Halbschlaf gefangene Gehirn nicht beantworten.
Aus der Badezimmertür, die sie zum Lüften aufgelassen hatte, flackerte eine Kerze. Es war der einzige Lichtschein, der vage Konturen in die Schwärze zeichnete. Blinzelnd erkannte sie mit einem Mal einen geduckten Körper, der sich lautlos durch den Raum stahl. Sie glaubte sich in einem Alptraum gefangen, bis sie in der nächsten Sekunde nach oben fuhr. Das Handtuch patschte zu Boden, der Bademantel fiel hinab und gab ihren Oberkörper frei. Bevor Julia sich instinktiv die Arme um die Brust legen konnte, spürte sie seinen Atem. Wollte aufspringen, doch ein fester Griff hielt sie davon ab. Ihre Schultern wurden nach unten gezwungen, dann legte sich ein Arm um ihre Kehle.
»Jetzt bin ich dran«, zischte es. Heiß und feucht drangen seine Worte in ihr rechtes Ohr. Sultzer.
Er drückte ihr derart auf den Hals, dass sie zu kaum mehr als einem Krächzen fähig war. Angestrengt versuchte die Kom-

missarin, sich dem Fanggriff zu entziehen. Versuchte, sich ihm mit den Beinen entgegenzustemmen, doch alles, was sie damit erreichte, war, dass eines der Lehnenkissen nach vorn klappte.
»Spar dir die Kraft.« Es klang höhnisch. Er hielt sie im Würgegriff, ließ ihr keinen Millimeter Spielraum. Dann lachte er auf. »*Tit for tat*. Wie du mir, so ich dir. Jetzt weißt du mal, wie das ist! Nur, dass ich heute obenauf bin.«
Wie zufällig fuhr seine Hand über ihre Brüste. Julias Hände versuchten, den Bademantel zu fassen, doch sie saß darauf und konnte ihn nicht bewegen. Er hielt einen Moment inne, dann ließ er sie wieder los.
»Was willst du von mir?«, stieß sie hervor.
Sultzer lachte. »Das jedenfalls nicht.« Seine Hand griff wieder nach ihrem Arm, um ihr nicht die Chance zu geben, sich zu befreien. »Ich will, dass du mir zuhörst, meine Liebe, und zwar ganz genau.« Dann verfiel er in einen weinerlichen Ton. »Bist du jetzt enttäuscht? Weil der liebe Mario nicht mit dir ficken will? Glaub mir, ich hätte es getan, als wir hier waren. Und es hätte uns beiden gefallen. Aber es gibt manchmal Wichtigeres, auch wenn es deinem Ego vielleicht nicht gefällt.«
Durant wollte etwas erwidern, doch er ließ sie nicht zu Wort kommen.
»Du rückst mir permanent auf die Pelle. Pfuschst uns in die Arbeit. Riskierst, dass wir auffliegen. Glaubst du, du kannst mich erpressen, nur weil du meinen Schwanz in der Hand gehalten hast?« Er lachte spöttisch. »Julia, ich sag dir eines: Du bist bloß eine kleine Leuchte, was auch immer du dir einbildest. Ich würde mir an deiner Stelle gut überlegen, was du als Nächstes unternimmst. Du weißt, wozu wir fähig sind.«

Er sprang auf und saß im nächsten Augenblick auf ihr. Seine Jeans rieb auf ihrer Hüfte, sie spürte, dass etwas Hartes darin war. Er drückte sich tief hinab auf ihren Unterleib, sein Oberkörper lag nach vorn gebeugt auf den Arm gestützt, der Julia unten hielt. Nur wenige Zentimeter trennten ihre Gesichter voneinander. Sultzer stöhnte auf, dann leckte er ihr übers Gesicht.
»Zwing mich nicht dazu, wiederzukommen«, raunte er. Dann ließ er von ihr ab. Schwere Schritte polterten in Richtung Tür, sie fiel laut ins Schloss, noch bevor Julia sich aufrappeln konnte. Benommen lauschte sie, wie das Poltern sich entfernte. Irgendwo heulte ein Motor auf.
Julia taumelte ins Bad, wo ihr Handy liegen musste. Ihr Herz raste, ein faustgroßer Kloß hinderte sie am Schlucken. Sie japste ein paar Male, bis ihr Gehirn verstand, dass die Gefahr vorbei war, und damit aufhörte, Adrenalin auszuschütten.
Dann sank sie zu Boden und kauerte ihren Kopf zwischen die Knie.
Und weinte.

DONNERSTAG, 22:40 UHR

Alinas Klingeln schreckte sie auf. Ihr Herz hämmerte noch immer.
Julia ließ sie herein. Ihre Freundin trug eine kleine Sporttasche, die sie zu Boden fallen ließ, um sie zu umarmen. Zehn Minuten, nachdem Sultzer sie verlassen hatte, hatte Durant bei ihr angerufen und gebeten, ob Alina bei ihr übernachten würde. Es hatte keiner weiteren Worte bedurft.

»Armes Ding.« Alina Cornelius tätschelte ihr den Rücken, und die Kommissarin schluckte schwer. »Was ist da bloß passiert?«
»Er hat mich überrumpelt«, stammelte sie. »Ich war völlig machtlos.« Sie schnaufte und löste sich aus der Umarmung. Ihr Blick war glasig, aber sie weinte nicht mehr.
»Ich kann einfach nicht alleine sein, Alina, ich pack das nicht.«
»Kein Problem«, lächelte diese. »Wo darf ich mich ausbreiten? Ist Claus nicht da? Oder wann wollte der kommen?«
»Habe ihm abgesagt«, antwortete Durant. Bevor ihre Freundin sich empören konnte, erklärte sie ihr hastig, dass es keinen Grund zur Sorge gäbe. Aufgeschoben, nicht aufgehoben. Insgeheim fragte sie sich, ob Alina sich womöglich wünschte, dass sie selbst die Rolle von Claus einnehmen könnte. Doch sie behielt den Gedanken für sich. Ihre Freundschaft war ihr zu wichtig, als sie zu riskieren. Es gab andere Frauen in Alinas Leben. Manche fürs Bett und andere, wie Julia, als Herzensmenschen. Sie bot Alina das Schlafzimmer an.
»Und du?«, fragte Alina stirnrunzelnd.
»Ich schlafe nebenan.« Sie hatte ein Gästebett in dem überflüssigen Zimmer stehen, das sie als Abstellraum nutzte. Julias Fäuste ballten sich. »Doch zuerst habe ich noch etwas vor.«

Kurze Zeit später startete sie den Motor. Vorher hatte sie noch die Eingangstür und die Haustür auf Einbruchspuren überprüft. Doch jemand wie Sultzer verstand sich zweifelsohne darauf, gängige Schließsysteme auch ohne Spuren zu überwinden. Sie entschied, künftig einen Innenriegel anbringen zu lassen. Oder ein Codeschloss. Doch das musste warten.
Alina Cornelius hatte energisch versucht, sie abzuhalten. Doch Julia Durant war an einem Punkt angelangt, an dem sie die Kontrolle wieder selbst übernehmen musste. Ohne Rück-

sicht auf Verluste. Die Abendluft schmeckte nach Frost und frischer Erde. Sie half ihr, die Gedanken an die Ereignisse in der schwülwarmen Wohnung beiseitezuschieben. Mit aufgedrehtem Radio raste sie durch die nachtleeren Straßen der Innenstadt in Richtung Riedberg. Die Hälfte des Areals glich einer Großbaustelle, während dazwischen angelegte Gärten und Terrassen einen Hauch von Gemütlichkeit und Individualität verströmten. Tagsüber wirkten die meisten Häuserreihen weitaus monotoner. Die Kommissarin bog zweimal falsch ab, bis sie endlich die richtige Straße fand. Kurz darauf presste sie ihre Fingerkuppe auf den Taster.
Ein Fenster öffnete sich, und Frederik streckte den Kopf heraus.
»Verdammt!«, zischte er. »Jonathan schläft! Was machen Sie so spät hier?«
»Ich muss mit Ihrer Frau sprechen.«
»Sie liegt auch schon im Bett, und ich ...«
»Darauf kann ich leider keine Rücksicht nehmen.«
»Gehen Sie!«, forderte er eindringlich, anstatt ihr aufzumachen.
»Ist mir egal«, stieß Durant ungeduldig hervor und deutete in Richtung Klingelfeld. »Ich klingele das ganze Haus wach, wenn's sein muss.«
Oben hörte sie es fluchen. Das Fenster wurde zugedrückt, Sekunden später flammte das Licht des Treppenhauses auf.
»Lasst sie doch um Himmels willen in Ruhe«, begrüßte Frederiks steinerne Miene die Kommissarin. »*Wenn* sie schon mal schläft.«
»Es geht nicht anders.« Durant schob sich an ihm vorbei.
»Vielleicht möchte sie ja überhaupt keine Anzeige erstatten«, versuchte er es weiter, ihren schnellen Schritten treppaufwärts folgend. Julia blieb so unversehens stehen, dass Frederik

prompt in sie hineinstolperte. Ungläubig stierte sie ihn an. Doch bevor sie seine Augen sah, schaltete sich die Beleuchtung ab.
»Ist das Ihr Ernst?«
»Sie hat etwas in dieser Art erwähnt«, tuschelte es zurück.
»Wann?«
Frederik stieg an ihr vorbei, bis er den nächsten Taster mit orange glimmendem Licht erreichte.
»Gestern Nachmittag.«
Es wurde wieder hell. Julia blinzelte.
Frederik winkte sie zu sich und lief weiter. »Bitte lassen Sie uns drinnen weitersprechen«, hauchte er.
Sie nahmen im Wohnzimmer Platz. LED-Kerzen flackerten im Regal, die Displays von Fernseher und Receiver leuchteten auf Standby. Außerdem steckten Nachtlichter in einigen Steckdosen. Frederik hatte die Wohnzimmerbeleuchtung auf ein Minimum gedimmt, es reichte, dass Durant seiner Mimik folgen konnte. Sie vereinbarten, von vorn zu beginnen.
»Seit wann ist Matilda bei der Einheit?«
Er zuckte die Schultern. »Schätzungsweise seit Ostern. Genauer weiß ich es leider nicht.«
»Haben Sie sie nicht gefragt?«
»Pff! Ich habe es zufällig erfahren, als ich sie mit Jonathan überraschen wollte. Man sagte mir, sie sei nicht da. Ich fragte, wann sie wiederkäme. Plötzlich waren alle ganz komisch. Da wurde ich misstrauisch.«
»Wieso genau?«
»Ich bin Lehrer. Ich spüre, wenn Leute mir etwas vormachen wollen.«
»Hm. Weiter bitte.«
Frederik berichtete, dass er Matilda am Abend auf das Ganze angesprochen hatte. »Sie fiel aus allen Wolken. Keiner hatte

ihr etwas ausgerichtet. Dann wollte sie, dass ich ihr verspreche, nicht mehr spontan vorbeizukommen. Sie schob es auf ihre Macho-Kollegen. Sie wolle nicht, dass ihre Familie zum Gespräch werde.« Frederik lachte auf. »Fadenscheinig. Ich hab natürlich weitergebohrt, bis sie mir, fast zornig, sagte, dass sie Teil einer verdeckten Operation sei. Höchste Geheimhaltung.« Er machte eine kurze Pause und fügte dann hinzu: »Sie werden sich denken können, dass mich das nur wenig beruhigt hat. Doch sie versicherte mir, dass es ungefährlich sei. Dass sie die Chance ergriffen habe, Teil von etwas zu werden, worauf die meisten Kollegen ihre gesamte Dienstzeit lang erfolglos warten würden. Doch dazu gehöre, dass weder zu Hause noch nach außen auch nur das geringste bisschen erwähnt werden dürfe.«
»Und das war okay für Sie?«
Frederik nickte langsam. »Sie hätten sie mal sehen sollen. So viel Elan habe ich nie zuvor gesehen bei ihr.« Leise und mit verbissener Miene setzte er nach: »Nicht einmal bei meinem Heiratsantrag auf Ko Samui. Nicht einmal, als wir den ersten Ultraschall von Jonathan bekamen.« Er wischte mit der Hand durch den Raum. »Entschuldigen Sie. Das war unnötig.«
»Schon gut.« Durant gewährte ihm einige Sekunden Pause, bevor sie sagte: »Diese Begeisterung wandelte sich ja offenbar irgendwann in Stress um.«
Frederik kniff die Augen zusammen, als erwarte er noch mehr. Durant sagte daraufhin: »Sie haben Doris gegenüber gesagt, dass, ich zitiere, die Einheit schuld sei an Matildas Suizidversuch.«
»Ach so. Ja.« Frederik seufzte. »Es begann mit den unmöglichsten Dienstzeiten. Wochenendeinsätze. Ganze Nächte, ohne das vorher eingeplant zu haben. Matilda beklagte sich zwar nie, aber an ihren Augen konnte ich es sehen. An ihrer

Stimmung. Ich kenne diese Anzeichen von ausgebrannten Kollegen. Unser Frühwarnsystem. Doch wenn ich sie ansprach, fuhr sie mir über den Mund. Es sei nicht für ewig, und ich sei immerhin in Elternzeit. Über den Job selbst, das war wie das elfte Gebot, wurde nicht gesprochen. Also musste ich mich damit abfinden.«
»Und Sie wissen gar nichts weiter?«
»Was soll ich denn wissen? Was wissen *Sie* denn?«
»Ich versuche, mir ein Bild zu machen. Ich möchte das Gewaltverbrechen aufklären, dem Ihre Frau zum Opfer gefallen ist. Und sollte es sich dabei um Polizeibeamte handeln«, Durant wurde heiß und kalt, als sie es aussprach, »dann ...«
»Dann *was*?« Frederik lachte auf, doch es klang zutiefst verbittert. »Wird es dann vertuscht?«
»Oh nein!«, sagte Durant wildentschlossen. »Nicht mit mir!« Und sie meinte es so, wie sie es sagte.
Frederik blickte schweigend zu Boden, bis er schließlich murmelte: »Womit wir wieder beim Thema wären.«
»Hm?«
»Vorhin, im Treppenhaus. Ich sagte, dass wir das Ganze ruhen lassen. Tilda und ich haben darüber gesprochen. Sie ist schwach, fast so, als stünde sie unter starken Medikamenten.«
»Nimmt sie denn etwas ein?«
Frederik nickte. »Die Nebenwirkungen sind eine Katastrophe.«
Durant seufzte. Alina hatte ihr von den Begleitsymptomen erzählt, die einige Angstpräparate auslösen konnten. Sie hatte deshalb nichts davon eingenommen, auch wenn ihre Freundin ihr versichert hatte, dass sich der Körper nach zwei Wochen daran gewöhne und man sich deutlich besser fühle.
»Psychopharmaka sind übel«, murmelte die Kommissarin, mehr zu sich selbst als zu Frederik Brückner.

»Eben.« Er nickte mit schmalem Mund. »Bettruhe, vielleicht eine Kur. Oder eine Therapie. Oder beides. Ein Tapetenwechsel und ein Schlussstrich. Finden Sie nicht, dass das der bessere Weg ist?«
»Redet Ihre Frau denn über das, was geschehen ist?«
Das Nein kam energisch und wie aus der Pistole geschossen. »Ich habe ihr es angeboten, aber sie soll das selbst entscheiden.« Er wurde betrübt. »Ich fühle mich leer und hilflos. Und betrogen. Verstehen Sie das nicht falsch. Matilda hat nichts falsch gemacht, *sie* ist das Opfer. Aber man hat damit auch mich verletzt.«
Julia Durant versuchte, nicht besserwisserisch zu klingen, als sie antwortete: »Genau aus diesem Grund frage ich Sie, ob es nicht besser wäre, der Sache strafrechtlich nachzugehen. Ich muss, allein durch die Kenntnis dieses Gewaltverbrechens, ohnehin weiter ermitteln. Wenn Sie beide mir dabei helfen, geht es womöglich schneller vorbei. Und der Schlussstrich zieht sich leichter, wenn jemand zur Rechenschaft gezogen wird. Glauben Sie mir das.«
Frederik verzog den Mund. »Das müssen Sie vermutlich auch so sagen.«
Durants Gesicht wurde leer. Ihre Augen entglitten in die Ferne. Irgendwo, weit weg, hörte sie sich sagen: »Nein. Das sage ich aus Überzeugung. Aus eigener Erfahrung.«
Sie kehrte erst wieder zurück, als er längst aufgestanden war und in Richtung Schlafzimmer schritt. Sein Finger lag über den Lippen, als er Durant zunickte.

Matilda sah aus, wie aus dem Schlaf gerissen, was sie zweifellos auch war. Dunkle Augenringe, die Haut fast farblos. Ihr Verband war verrutscht, einige Millimeter Tinte lugten heraus. Sie war ohnehin eine zierliche Frau, doch wirkte in dem

weiten Shirt nun richtiggehend abgemagert. Frederik reichte ihr eine Decke, dann verließ er den Raum. An ihren Füßen trug Matilda Strickstrümpfe in Altrosa. Eine Nummer zu groß.
»Noch von meiner Oma.« Das Lächeln kostete sie sichtbar Überwindung. »Was machen Sie so spät hier?«
»Ich möchte über ein paar Namen sprechen«, antwortete die Kommissarin. »Bert Langer, Holger Hinrichs, Mario Sultzer.«
Sie sprach langsam und deutlich, zwischen jedem Namen ließ sie eine Sekunde verstreichen und beobachtete Matildas Reaktion. Deren Knie, die sie unter der Decke angewinkelt hielt und außen umfasste, schienen immer weiter in Richtung Brust zu rutschen.
»Was ist mit denen?«, fragte sie, obwohl ihr klar sein musste, dass die Kommissarin ihre Reaktion mitbekommen hatte.
»Verraten Sie's mir.«
Leises Stöhnen. Sie fuhr sich mit der bandagierten Hand durchs Haar. »Hat Frederik Ihnen nicht gesagt, dass ich das Ganze auf sich beruhen lassen möchte?«
»Möchten Sie das wirklich?«
Ihr Gegenüber hob die Achseln. »Ich glaube schon.«
»Und was dann? Montags zum Dienst antreten und so tun, als sei nichts geschehen?«
Matilda Brückner schwieg.
Durant entschied, etwas zu probieren. Immerhin war Matilda, genau wie sie, Polizeibeamtin. Jemand, dem man trauen konnte. Freundin. Helferin. Kollegin.
»Es ist ein paar Jahre her«, begann sie und schilderte in einer kurzen, wenig reißerischen Zusammenfassung, was im Sommer 2007 geschehen war. Entführung. Vergewaltigung. Angst.
»Ich leide bis heute darunter«, schloss Durant.

Matilda atmete so flach, mit der Hand vorm Mund, als säße sie in einem Horrorfilm und wolle unter keinen Umständen ein Geräusch von sich geben. Ihre geweiteten Augen unterstrichen das Entsetzen, das die Kommissarin in ihr ausgelöst hatte. Diese sprach weiter: »Für mich gab es damals einen Schlussstrich. Der Täter wurde gestellt. Nur deshalb, glaube ich, bin ich nicht kaputtgegangen. Ich nahm mir über ein Jahr Auszeit.«
»So lange? Und danach ging es?«
»Jein. Ich habe, wie Sie, eine Freundin, die Therapeutin ist. Das ... und meine Kollegen.«
»Familie?«
Durant schüttelte den Kopf. »Jedenfalls nicht hier.« Sie deutete in den dunklen Flur. »*Sie* haben eine. Bei Ihnen wird es vielleicht schneller gehen als bei mir. Doch bitte bleiben Sie mit mir an der Sache dran. So etwas darf sich nicht wiederholen!«
Frau Brückner kratzte sich am Handgelenk. Sie griff zu einer beinahe leeren Colaflasche und trank sie aus. Zog eine Grimasse, vermutlich war sie warm und ohne Kohlensäure gewesen. Fragend sah sie Julia an, diese lehnte ab.
»Ich weiß nicht«, sagte Matilda nach einer gefühlten Ewigkeit, in der sie den Lichtpunkt des Fernsehers fixierte. »Was soll ich tun?«
»Sagen Sie aus. Hier und jetzt. Ich versuche, Staatsanwältin Klein ins Boot zu bekommen. Eine Frau. Dazu noch eine Richterin, wenn wir Glück haben. Sie müssen außerdem absolut offen und ehrlich sein, aber das wissen Sie ja selbst.«
»Jetzt?« Frau Brückner gähnte, es schien, als täte sie es demonstrativ laut. Dazu reckte sie sich.
Julia Durant blieb hartnäckig.
»Können Sie es Ihrer Kollegin gegenüber riskieren, zu warten?«

FREITAG

FREITAG, 17. OKTOBER, 9:00 UHR
Dienstbesprechung.

Kullmer und Seidel, Hellmer und Durant.
Ein kleiner Kreis, wie Peter mit bittersüßem Ton kommentierte. Keiner sagte etwas. Niemand fragte nach Berger. Die Dinge würden sich regeln, auf irgendeine Weise. Das Tempo ließ sich nicht beeinflussen.
Julia Durant hatte kaum fünf Stunden geschlafen. Um halb drei erst war sie in ihrer Wohnung gewesen, sie hatte nicht direkt von den Brückners nach Hause fahren können. Erschrocken war sie über Alinas Reisetasche gestolpert. Ein leises Atmen verriet ihr, dass ihre Freundin auf dem Sofa schlummerte. Der Fernseher war im Standby gewesen.
Die Kommissarin hatte für die Besprechung einen etwa fünfminütigen Ausschnitt der Tonbandaufnahme zurechtgespult. Ihre Kollegen hatten mit anerkennendem Entsetzen reagiert, als sie ihnen schilderte, wie es dazu gekommen war. Jeder wusste, dass Julia, wenn sie sich in etwas verbiss, nicht mehr losließ. Mit beeindruckender Kürze hatte sie begründet, weshalb sie spätabends in ihren Aktionismus verfallen war.
»Sultzer stand wie aus heiterem Himmel in meinem Wohnzimmer. Er meinte, mich bedrohen zu müssen. Das war der letzte Tropfen.«

Niemand widersprach ihr. Sie drückte den Startknopf und regulierte die Lautstärke nach oben. Matilda Brückner sprach deutlich, wenn auch mit müder Stimme. Es gab kaum Störgeräusche, außer gelegentlichem Rascheln von Stoff.
»... *ich erinnere mich an Lärm. Dumpf, wie unter Wasser in der Badewanne. Wenn man das Klopfen und die Stimmen des Hauses hört. Doch es tat weh, war gleichzeitig schrill. Es roch nach Feuer. Diese Halle ist immer mit Fackeln beleuchtet. Kalter Ruß, es brennt in der Nase. Der Magnus ... die Symbole sind wichtig. Mmh!*«
Durant unterbrach für ein paar Sekunden und beschrieb, dass Frau Brückner an dieser Stelle zusammengezuckt sei. Sie hatte sich verkrampft und den Unterleib gehalten.
»*Es tat weh. Ich spüre es immer noch. Es muss Tetrazepam gewesen sein, aber ich bin mir nicht sicher. Ich konnte mich nicht bewegen. Doch. Den kleinen Finger. Er zuckte ständig. Und ich spürte, was sich da unten abspielte. Sie kamen der Reihe nach. Sie trugen Masken. Ob es fünf waren oder sechs, ich weiß es nicht. Da war Lachen im Spiel. Und Alkohol. Ich habe den Atem gerochen. Sie ... Der Erste zog meine Hose runter. Er schob den Slip nur zur Seite. Sein Penis drang ein, da war Schmerz, aber er hatte Gleitgel. Jemand rief, dass ich geil sei. Nass. Die Stimmen lachten. Ich erkannte niemanden. Immer wieder nur der Phönix, der nach mir griff. Mein Oberteil öffnete. Ich war in mir gefangen, gelähmt, das Mittel wirkte, aber auch in meinem Kopf. Ich kann nicht unterscheiden, welche Erinnerung zu diesem Abend gehört, oder was von anderen Tagen stammt. Die Gruft, die ganzen Geräusche und Gerüche um mich herum ... Es tut mir leid.*«
Die Kommissarin blickte in die Runde, versteinerte Mienen. Doris Seidel rutschte mit zusammengepressten Knien auf ihrem Stuhl herum. Frank und Peter fühlten sich sichtbar un-

wohl in ihrer Haut. Nach einer Weile sagte Julia: »Matilda redete wie ein Wasserfall. Sprang hin und her, zwischen ihrer Rolle als Beamtin, ihrer Rolle als Frau und ihrer Rolle als Opfer. Man merkte, dass sie ein perfektes Protokoll abliefern wollte. Ich musste sie mehrmals daran erinnern, dass sie sich dadurch nicht einengen lassen solle.« Durant seufzte. »Sie ist noch längst nicht über das Ganze hinweg. Sie möchte fliehen, am liebsten das Land verlassen. Das konnte ich ihr ausreden.«
»Und sie hat niemanden erkannt?«
»Sie hat von mehreren Tätowierungen gesprochen. Von verschiedenen Stimmen. Britta Matthieß fällt raus. Sie war angeblich nicht anwesend. Und dieser Magnus habe nur zugesehen und Stimmung gemacht.«
»Was ist das für ein Typ?«, wollte Kullmer wissen.
»Der Anführer«, erklärte Durant. »Matilda hat sich sehr zurückgehalten, wenn es um die Struktur der Einheit ging. Sie wirkte verängstigt und verschlossen, wenn ich etwas fragte. Mit den bekannten Namen konnte sie etwas anfangen. Ob aber Hinrichs, Langer oder Sultzer zu den Tätern gehören«, sie ließ Luft aus den geplusterten Backen und hob die Schultern, »wir wissen es nicht. Sie meint, der Magnus habe ein paar Männer ausgewählt. Er habe ihnen befohlen – besser gesagt: sie dazu ermutigt –, sexuelle Handlungen an Matilda durchzuführen. Was auch immer der Zweck dieses Rituals war, ich begreife es nicht. Strafe. Züchtigung. Mehr wusste Frau Brückner auch nicht dazu. Leider musste ich das Ganze an dieser Stelle abbrechen.«
»Was ist das bloß für ein kranker Haufen?«, empörte sich Seidel.
»Matilda hat von einem verkorksten Einsatz berichtet, aber ich konnte, wie gesagt, nicht mehr nachhaken. Die Schilderung der Vergewaltigung hatte ihr alles an Kraft abverlangt.«
»Bringt uns das dann überhaupt weiter?«, brummte Hellmer.

»Wir versuchen es später am Tag noch einmal«, entgegnete Durant. »Die Brückners haben um Personenschutz gebeten, allerdings nicht durch Polizeibeamte. Darauf bestanden sie kategorisch, und ich kann es verstehen. Ich habe Alina Cornelius gefragt, sie hat Kontakte zu einer Pension bei Höchst. Völlig anonym. Dem haben sie zugestimmt. Vielleicht kannst du, Doris, dich im Laufe des Tages dort mit ihnen treffen.«
Seidel wechselte einen Blick mit Kullmer und nickte. »Mache ich.«
Durant notierte die Adresse und wies eindringlich darauf hin, dass diese Information den Raum nicht verlassen durfte.
»Wir wissen zu diesem Zeitpunkt nicht, wie weit diese Truppe gehen würde, wenn sie vor derartiger Gewalt nicht zurückschreckt.«
Hellmer knurrte: »Ich würde jetzt gerne in ein paar Ärsche treten.«
Durant musste lächeln. »Beschränken wir uns auf die Füße«, erwiderte sie bitter. »Vorerst. Jeder von uns übernimmt einen. Wir setzen ihnen ein Ultimatum.«
Hellmer und Kullmer waren Feuer und Flamme.
Frank sollte sich um Hinrichs kümmern, Peter um Sultzer.
Peter Kullmer war ein Charmeur und konnte Menschen in seinen Bann ziehen. Genau das passende Gegenstück, um mit einem Typen wie Sultzer zurechtzukommen. Hellmer dagegen sah man sein Boxtraining an. Er trug bei weitem nicht so auf wie Stiernacken, doch Hinrichs würde ihm mit dem nötigen Respekt begegnen. So zumindest waren Durants Hintergedanken.
Für Julia blieb Langer. Um Rieß sollte sich Peter Brandt kümmern, den sie gleich anrief.
Doris versprach, derweil so viel wie möglich über Britta Matthieß in Erfahrung zu bringen.

FREITAG, 10:20 UHR
Institut für Rechtsmedizin.

Die Identifizierung des Toten verlief undramatisch. Svantje Dirlam hatte sich entschlossen, selbst anzureisen. Sie kam mit dem Taxi, weil es kalt und diesig war und sie nur über einen Motorroller verfügte. Dies teilte sie Brandt frühmorgens mit, als sie sich für halb elf in der Rechtsmedizin verabredeten. Peter war früher eingetroffen, hatte aber keine rechte Lust auf einen Kaffeeplausch mit Andrea Sievers. Als er mit Frau Dirlam im Untergeschoss ankam, empfing sie die beiden warmherzig und sprach ihr Beileid aus. Sobolews Leichnam lag zugedeckt da, es genügte ein kurzer Blick, um seine Identität zu bestätigen. Andrea hatte die beiden auf die Seite bugsiert, von der man das Loch oberhalb der Schläfe nicht gleich sah. Im Hinausgehen dankte ihr Peter dafür. Svantje Dirlam hatte sich eine Träne verkniffen, doch ihre Augen waren glasig. Draußen zündete sie sich eine Zigarette an, was Brandt kurzzeitig wunderte. In ihrer Wohnung hatte es nicht nach Rauch gerochen. Sie paffte den Rauch in die feuchtschwere Stadtluft.
»Ich rauche eigentlich nicht«, erklärte sie und warf den Glimmstengel zu Boden.
»Ist mir nicht entgangen«, lächelte Brandt. »Sind Sie okay?«
Sie nickte. »Geht wieder, danke. Ich würde jetzt gerne nach Hause.«
»Darf ich Sie fahren?« Brandt fragte nicht ohne Grund. Er hatte noch die eine oder andere Frage. Unschlüssig trat sie von einem Bein aufs andere.
»Wir können auch einen anderen Termin ausmachen«, fügte er hinzu, um sie wissen zu lassen, dass sie um eine Unterhaltung nicht herumkäme.

»Nein, fahren Sie mich nur«, brummte Svantje. »Das Taxi hat ein Vermögen gekostet.«

»Apropos Vermögen«, sagte Brandt, nachdem sie eingestiegen waren und er sich in den Verkehr eingefädelt hatte. Svantje war mit ihrem Handy beschäftigt und bedachte ihn mit einem abwesenden »Hm?«.

»Ich habe herausgefunden, dass Ihnen vier Wohnungen im Alpha-Hochhaus gehören. Drei davon sind vermietet, eine bewohnen Sie selbst.«

»Stimmt«, grinste sie.

»Und?«

»Was denn?« Sie hob unschuldig die Schultern. »Sie hätten bloß fragen brauchen. Haben Sie mir etwa nachspioniert?« Da war er wieder, dieser kokette Augenaufschlag.

»Für die Abteilung Organisiertes Verbrechen sieht das wie Geldwäsche aus«, sagte Brandt mürrisch. »Ein Luxusauto, vier Wohnungen, kein nennenswerter Job. Verbindungen zur Russenmafia. Das Auto und die Wohnungen laufen zur Tarnung über Sie. Es ist alles ganz typisch.«

»Verdammt!«, unterbrach Frau Dirlam ihn und schlug sich aufs Knie. »Es war ein Lottogewinn, vor vier Jahren. Gerade, als die Wohnungen zum Verkauf standen. Ich habe die Gelegenheit ergriffen, aber über einen Makler, der auch die Vermietung abwickelt.«

Brandt zog die Lippen in die Breite, während sie fortfuhr.

»Keiner weiß offiziell, woher das Geld stammt. Denn es stimmt, was man über Geld und falsche Freunde sagt. Darauf hatte ich keine Lust. Offiziell habe ich ein bisschen geerbt. Sind Sie jetzt zufrieden?«

Er nickte und murmelte eine Entschuldigung. »Sie werden verstehen, dass die Wahrscheinlichkeit für meine Theorie höher lag.«

»Eins zu hundertvierzig Millionen«, feixte sie.
»Reden wir nicht mehr davon.«
Auf dem Park-and-Ride-Parkplatz am Fuße des Hochhauses verabschiedeten sie sich. Vorher hatte sie ihm versprochen, ihren Gewinn zu belegen, damit die Sache endgültig aus der Welt sei. Brandt lenkte den Alfa zurück in Richtung Offenbach. Die Service-Anzeige machte sich bemerkbar, und er seufzte. Die Intervalle wurden kleiner und die Kosten höher. Es war an der Zeit für ein neues Auto. Seine Gedanken wanderten noch einmal zu dem schwarzen Hummer. Er fragte sich, ob das Fahrzeug in Frau Dirlams Besitz übergehen würde. Oder ob Erben auftauchten. Weitere Brüder oder Cousins. Wer konnte das schon vorhersehen. Fraglos würde die Lücke geschlossen werden. Neue Mädchen, neue Zuhälter. Nur weil ein Kopf der Hydra abgeschlagen war, würde die Welt nicht zu einer besseren werden.

An einer Ampel tastete er nach dem Handy. Bernhard Spitzer hatte ihm auf die Mailbox gesprochen, was er nur selten tat. Er solle sich baldmöglichst bei Herrn Schuster melden. Es klänge wichtig, er habe nur mit Brandt persönlich sprechen wollen und warte zu Hause auf dessen Meldung. Der Kommissar sah sich um und rangierte auf die andere Spur. Rodgau lag in unmittelbarer Nähe. Kurze Zeit später erreichte er das Haus. Die Durchsuchung hatte, wenn er sich an den Bericht erinnerte, nichts ergeben, das den Vater von Lukas Walther verdächtig machte. Er besaß Kochbücher, auch eines über Pilze. Fotoalben, die sich aber ganz hinten im Schrank befanden. Aufnahmen von einer intakten, glücklich lachenden Familie. Oskar Hammer hatte diese zerstört, das zumindest war Brandts Überzeugung. Er fragte sich nicht zum ersten Mal, wie er als Vater reagieren würde. Wollte aber nicht darüber

nachdenken. Der Computer war unspektakulär, im Bericht stand eine Notiz, dass Schuster auch pornografische Seiten besucht hatte. Videos geladen, an denen das einzig Illegale jedoch die Urheberrechtsverletzung war, die er damit begangen hatte.
»Wollen Sie mich wegen meiner Downloads verhaften?«, hatte er zynisch gefragt. »Dann säße ich am Ende länger im Knast als irgendein Kinderficker. Oder wie die Typen, die den ganzen illegalen Kram produzieren.«
Er hatte keinen Hehl daraus gemacht, dass er die deutsche Rechtsprechung für lächerlich hielt. Dass Hammers Tod in seinen Augen die einzig gerechte Strafe sei. Auge um Auge. Doch ermordet habe er ihn nicht. Das betonte er mehrfach, und die innere Stimme des Kommissars sagte dasselbe. Und falls ich mich irre, dann kündige ich besser, schloss Brandt, bevor er auf die Klingel drückte.

FREITAG, 10:35 UHR

Julia Durant hatte darauf bestanden, dass keiner ihrer Kollegen ohne Unterstützung losfuhr. Zum einen würde ein Kommissar, der zwei Uniformierte im Schlepptau hatte, den nötigen Eindruck schinden. Ein Bild vermitteln, dass es sich um eine offizielle polizeiliche Ermittlung handele. Spezialeinheit hin oder her – niemand stand über dem Gesetz. Zum anderen hing ihr Sultzers Besuch nach. Er hatte bedrohlich gewirkt. Als habe er nichts zu verlieren und fühle sich dennoch siegessicher. Er war so gänzlich anders aufgetreten als bei ihrem

Treffen zuvor. Als er es zugelassen hatte, dass sie ihn überwältigte. Keinerlei Vergleich mit dem Mario Sultzer von früher, der sie im Hotel verführt hatte. Seiner Aura hatte sie sich damals nicht entziehen können, und die Kommissarin musste sich eingestehen, dass er noch immer über sie verfügte. Maskulin, sinnlich, geheimnisvoll.
Sie ertappte sich bei der Frage, ob Sultzer dieser Magnus war. Laut Internet war der Begriff ein Synonym für Größe, Erhabenheit, Bedeutung und Macht. All dies, dachte die Kommissarin düster, konnte man sich verdienen. Oder einfach nehmen. Sie fröstelte bei dem Gedanken, dass seine Finger und seine Lippen ihren Körper berührt hatten. Eilig wehrte sie die aufkeimenden Erinnerungen ab.

Durant traf die Kollegen des fünften Polizeireviers an der Ecke B3 und Schichaustraße. Langer wohnte in einem der alten Häuser mit Sandsteinornamenten. Mit ihren sandgelben, weißen und altrosa Farben bildeten sie einen deutlichen Kontrast zu den monotonen Mehrfamilienhäusern, die ihnen gegenüberstanden. Einen Steinwurf entfernt warf der Glaspalast der Europäischen Zentralbank seinen Schatten. Durant fröstelte. In den Gewölben der Baustelle, wo einst die Großmarkthalle gestanden hatte, war eine grausam zugerichtete Leiche gefunden worden. Überall in der Stadt gab es diese Stellen düsterer Erinnerungen. Es war der Preis dafür, so lange Zeit am selben Ort zur Mordkommission zu gehören.
Langer gab sich unbeeindruckt, als er die drei empfing. Durant beobachtete das Pärchen vom Fünften, ein junger Soldatentyp und eine burschikose Kollegin Ende zwanzig. Keiner der beiden kannte Langer, und dieser schien sie ebenfalls nicht zu kennen. So weit, so gut.
»Habe ich Sie so beeindruckt?«, fragte er kess.

»Formsache«, entgegnete Durant frostig. »Nach dem, was Sie mit Frauen anstellen ...«
»Fängt das wieder an!«
»Deshalb sind wir hier. Sollen wir uns im Treppenhaus unterhalten, oder gehen wir rein?«
Langer murmelte etwas Unwirsches und ließ die drei an sich vorbei. Die Uniformierten hielten sich, wie abgesprochen, im Hintergrund. Durant führte das Gespräch. Sie saß Langer gegenüber und ließ ihn keine Sekunde aus den Augen.
»Sprechen wir über vergangenen Samstag.«
»Ich habe Ihnen dazu alles gesagt«, wehrte er ab.
Durant schüttelte den Kopf. »So einfach ist das nicht. Mittlerweile weiß ich mehr.«
»Ach ja?«
Er pokerte hervorragend, aber nicht perfekt. Langer hatte Angst, dessen war sie sich sicher. Aber er verbarg sie gekonnt.
»Sie standen im Kreis und spielten Ene mene meck. Wenn es Sie nicht traf, wen traf es dann?«
»Ich kann Ihnen nicht helfen.«
»Sie wollen mir nicht helfen.«
»Nein. Ich kann nicht. Ich werde meine Kameraden nicht verraten.«
»Matilda ist auch eine Kameradin.«
»Sie war es.«
»Was soll das heißen?«
»Matilda wurde ausgeschlossen. Sie hat nicht reingepasst.«
»Nicht reingepasst?« Julia lachte auf. »Und deshalb diese Demütigung? Diese Verletzung? Ist das Ihre Auffassung, wie man mit Kameraden umgeht?«
»Sie ist keine Kameradin. Und ich habe ihr nichts getan.«
»Das können Sie dem Richter erzählen.«
»So weit wird es nicht kommen.«

»Ach nein?« Sie lachte erneut, auch wenn ihr nicht danach zumute war. »Mir liegt die Aussage vor, dass ein Mann mit unverwechselbarer Tätowierung eine Frau vergewaltigte. Sie haben kein Alibi. Den Unterlagen unserer IT-Experten zufolge befand sich Ihr Handy in derselben Funkzelle. Soll ich weitermachen?«
Langer schnaubte verächtlich: »Wertlose Indizien.«
»Mag sein. Doch stellen Sie sich vor, wie Staatsanwältin Klein, Richterin Kovolik und Matilda Brückner sich gegenübersitzen. Und ich natürlich.« Julia knackte mit den Fingern, was sie sofort bereute, denn ihre Knöchel reagierten mit stechendem Schmerz. »Was glauben Sie, wie werden diese energischen, einflussreichen Frauen wohl darauf reagieren, wenn Sie sich hinter Ihren Ausflüchten verstecken?«
Langer wurde unruhiger. Doch es gelang ihm nicht, sich klar zu äußern. Stattdessen wand er sich wegen jeder Formulierung, als fürchte er, für jedes falsche Wort gezüchtigt zu werden. Eine unsichtbare Macht schien es ihm zu verbieten, eine nüchterne Meinung zu vertreten. Zu reflektieren, wo die Grenze zwischen Richtig und Falsch verlief. Durant fragte sich, was es sein konnte, das der Magnus gegen seine Gefolgschaft einsetzte. Keiner von ihnen wirkte mangelernährt oder gehirngewaschen, wie man es von diversen Sekten kannte. Alle hatten eine saubere Vita vorzuweisen, inklusive einiger Ermittlungserfolge. Trotzdem waren sie in ihren jeweiligen Abteilungen nur mehr einer unter vielen. Genügte das bereits?
Langer kippte ein Glas Cola ab und goss sich sofort ein zweites ein. Er schwitzte. Sein eng anliegendes T-Shirt färbte sich auf der Brust und unter den Armen dunkel.
Zeit, ihm den Todesstoß zu versetzen, dachte die Kommissarin.
»Was ist?«, fragte sie daher mit einer ungeduldigen Geste. »Wollen Sie es wirklich drauf ankommen lassen?«

Langer schluckte. Es war nicht mehr viel übrig von dem toughen Beamten in passgenauer Uniform. Ein Bild, wie alle es abgegeben hatten, bevor sie das Haus in Egelsbach gestürmt hatten.
»Frau Durant.« Er sprach fast im Flüsterton. »Ich kann nicht. Ich *kann* Ihnen nichts sagen.«
»Sie wollen nicht«, trotzte sie.
Wieder energischer kam sein Nein. »Ich meine es so, wie ich es sage. Verhaften Sie mich, oder lassen Sie mich in Ruhe.«

Eine Viertelstunde später, die Kollegen waren zurück zum Revier gefahren, schlenderte Julia Durant mit einem Pappbecher Kaffee in Richtung Skaterpark. Sie hielt die Nase in den kühlen Wind. Wolkenfetzen jagten an der Herbstsonne vorbei, die das neu aus dem Boden gestampfte Freizeitgelände in diffuses Licht tauchte. Frankfurt veränderte sein Gesicht. Immer wieder.
Sie telefonierte mit Kullmer, dann mit Hellmer. Die beiden hatten kaum bessere Erfolge aufzuweisen.
Frank klang spürbar gereizt, als er berichtete. »Ich habe Hinrichs klargemacht: Wir wissen, dass die gesamte Einheit zugegen war, als Matilda vergewaltigt wurde. Und wenn er seine Mittäterschaft leugne, müsse er sich zumindest wegen Strafvereitelung verantworten. Mindestens.«
»Und?«
»Er sagte, bevor ich ihm jetzt mit einem Aufnahmegerät käme, um seine Kameraden zu verraten, oder ihm sonst wie ans Bein pinkeln wolle, habe er mir etwas mitzuteilen.« Hellmer schnaufte mit einem Kopfschütteln. »Und dann kam Folgendes, ich zitiere: ›Wollen Sie die richtige Version hören? Die Kleine steht auf harte Schwänze. *Das* ist die Wahrheit!‹«

»So ein Arschloch«, kommentierte Durant.
»Es kam noch eine Menge mehr«, erwiderte Hellmer. »Hinrichs behauptete, dass Frederik, ihr ›Waschlappen von Ehemann‹, das Ganze aufbauschen würde. Er ertrage wahrscheinlich die Vorstellung nicht, dass sie mal endlich so richtig durchgefickt wurde. Und es ihr gefallen hat.«
»Genug!«, rief Durant. Sie zerquetschte den Becher, aus dem der restliche Kaffee über ihre Hand quoll. Sie fluchte und warf ihn zu Boden.
Hellmer schloss mit den Worten, dass Hinrichs gelacht habe. So laut und so diabolisch, dass es ihn geschaudert hatte.
»Ich habe schon lange nicht mehr so viel Böses gesehen.«

Als Nächstes rief sie Doris Seidel an. Kaum dass sich die Verbindung aufgebaut hatte, signalisierte das Telefon einen Anklopfenden. Peter Brandt. Doch Julia wollte nicht mit zwei Leitungen hantieren und wies das Gespräch ab.
»Jeder von dieser Truppe weiß Bescheid«, grollte Durant, nachdem sie im Telegrammstil über die Ergebnisse berichtet hatte. »Konntest wenigstens du etwas in Erfahrung bringen?«
»Nun ja. Britta Matthieß wohnt in Seckbach. Ich habe sie nicht persönlich angetroffen, sie geht auch nicht ans Telefon. Ihr Handy ist ausgeschaltet oder hat Rufumleitung.«
»Das wäre was für Schreck«, warf Durant ein, und Seidel versprach, sich darum zu kümmern.
Dann fuhr sie fort: »Ihrer Nachbarin zufolge ist Matthieß momentan nicht häufig zu Hause, auch an den Wochenenden nicht. Sie fährt übrigens einen weißen Ford Fiesta.« Sie gab das Kennzeichen durch. Doris holte Luft, um neu anzusetzen. »Zwei Dinge sind wichtig. Bei ihrer regulären Dienststelle gilt die Kollegin als ›vorübergehend versetzt‹.«

»Hm. Dasselbe Spiel wie bei Matilda. Und zweitens?«
»Zweitens kehrte sie erst am Montag von einer zehntägigen Urlaubsreise zurück.«
»Dann war sie deshalb nicht da!«, rief Durant. Zwei Jugendliche drehten sich nach ihr um, offenbar war es ziemlich laut gewesen. Sie dämpfte ihre Stimme. »Umso spannender wird es, herauszufinden, ob sie über den Vorfall am Samstag Bescheid weiß. Doris, wir müssen mit Britta Matthieß sprechen. Dringend. Tu bitte alles, was in deiner Macht steht.«
»Keine Sorge, ich bleibe dran«, versprach Seidel.
Die Kommissarin wies darauf hin, dass der Name Britta Matthieß vorläufig nirgendwo erwähnt werden dürfe. Dann verabschiedete sie sich.
Kaum, dass sie das Gespräch beendet hatte, schrillte es erneut. Schon wieder Brandt.
Sein Anruf ließ alles andere in den Hintergrund treten.

FREITAG, 10:38 UHR

Das Wohnzimmer war chaotisch, überall standen Kartons aus dem Baumarkt herum.
»Kann ich Ihren Suchtrupp auch als Packer anheuern?«, fragte Schuster und deutete mit sarkastischer Miene auf einige Stapel Zeitschriften und Papiere.
»Ziehen Sie um?«, erkundigte sich Brandt.
»Ich miste aus. Wenn schon mein Leben auf den Kopf gestellt wird, dann nutze ich die Gelegenheit.« Die Miene des Mannes

wurde wieder düster. »Der Mörder meines Kindes ist tot. Meine Frau ist aus meinem Leben verschwunden. Zeit, mit der Vergangenheit abzuschließen.«
Brandt erinnerte sich daran, in den Unterlagen auf Hinweise gestoßen zu sein, dass Schuster einen Privatdetektiv auf den Hammer-Fall angesetzt hatte. Da hatte er noch mit seiner Frau zusammengelebt. Später hatte die Agentur sich an die Fersen seiner Frau geheftet, doch keinen Erfolg erzielt. Es schien selbst in Zeiten der globalen Überwachung noch immer möglich zu sein, von der Bildfläche zu verschwinden. Genau wie einst Hammer.
»Sie sagten, es sei dringend. Und persönlich«, leitete Brandt über, und Schuster verzog den Mund. Offenbar war es ihm eine Hürde, auszusprechen, was nun kam. Er setzte ein-, zweimal an, er druckste und sank dann auf die Couch. Plastikfolie raschelte.
»Eine letzte Frage bleibt«, sagte er leise.
Brandt sah ihn an und war sich sicher, dass es um das Schicksal von Lukas ging. Um die letzte Gewissheit, die nötig war, um mit allem abschließen zu können. »Sie sprechen von Lukas?«, fragte er daher, und Schuster nickte konsterniert.
»Sie sagten eben, Hammer sei der Mörder Ihres Kindes«, entsann sich Brandt. Das Ehepaar Burg hatte ebenfalls von »für tot erklären« gesprochen. »Sind Sie denn davon überzeugt, dass Lukas tot ist?«
»Ich weiß es«, hauchte der Vater, und seine Hand suchte den Eingang seiner Hosentasche. »Ich habe es immer geahnt, je mehr Zeit verstrich. Nicole, meine Frau, hatte dafür kein Verständnis.« Er seufzte. »Vielleicht einer der Gründe für unsere Trennung.«
Er machte eine vielsagende Pause. Dann sprach er leise weiter: »Stellen Sie sich doch nur die Alternative vor. Unser Kind, in

einem dunklen Loch. Oder irgendwo im Ausland. Verschachert an einen notgeilen Scheich. Unter Drogen gesetzt. Monatelang, vielleicht Jahre.« Schusters Gesicht zeigte das blanke Entsetzen, und sein Blick klebte an Brandt. Es war kaum mehr ein Flüstern, als er sagte: »Ich *musste* daran glauben, dass Luke nicht mehr leiden muss. Sonst hätte ich mir eine Kugel in den Kopf gejagt.«
Brandt erinnerte sich. »Sie haben die Waffe also noch?«
Schuster ging nicht darauf ein. »Ich hatte nie den Mut dazu. *Darauf* kommt's doch an. Und seit heute weiß ich, dass es eine Fügung des Schicksals war.«
Brandts Augen verengten sich zu Schlitzen, und er neigte fragend den Kopf. Schuster fummelte ein knittriges Papier aus der Tasche und legte es auf den Tisch, der voll mit angestaubten Flaschen und Gläsern stand. Der Inhalt der Wohnzimmervitrine. Brandt nahm es. Er erkannte Koordinaten und eine handschriftliche Notiz.

Entfernung zu Str.: 300m
Lichtung rechts von Waldweg

Ein Schauer überkam ihn, als stünde er in voller Kleidung unter einer kalten Dusche. »Ist es …«, begann er, das Unheil ahnend, und Schuster nickte.
»Er hat mich angerufen. Es ist im Taunus, nicht weit von Lukas' Schule. Nicht weit von unserem alten Haus.« Seine Stimme zitterte, er war aschfahl. »Er sagte, dort ist er begraben.«
Peter Brandt schluckte, dann nahm er sich zusammen. »*Wer* hat Sie angerufen?«
»Ich weiß es nicht.«
»Wann?«
»Gestern Abend. Nach der Tagesschau.«

Brandts Gedanken rasten. Gestern. Also konnte es nicht Hammer gewesen sein. Wer war es dann?
»Sie haben die Stimme nicht erkannt?«
Schuster verneinte. Alles, was er wisse, sei, dass es eine Männerstimme gewesen war.
»Was hat er genau gesagt? Bitte versuchen Sie, sich möglichst detailliert zu erinnern.«
Schuster lachte auf. »Die Worte sind wie eingemeißelt, glauben Sie mir. Er sagte, es sei sein letzter Anruf und dass ich mir etwas notieren solle. Ich nahm mir einen Kuli und das nächstbeste Papier. Als ich bestätigte, diktierte er die Koordinaten. Ließ sie mich wiederholen. Er sagte, ich könne sie online überprüfen, und beschrieb mir die Gegend. Der Wald sei nicht weit von unserem alten Zuhause entfernt. Nur einen Steinwurf von dort, wo Lukas verschwunden sei.« Die Stimme bebte zunehmend und hatte kaum noch Volumen. »Jetzt, wo sein Mörder gesühnt habe, dürfe er in Frieden ruhen.«
Schuster pausierte und blickte zu Boden. Brandt sah zwei Tränen auf den Teppichboden tropfen, bevor sein Gegenüber sich schniefend übers Gesicht fuhr.
Er schwieg und ließ das Gesagte Revue passieren. Etwas störte ihn.
»Sind Sie hingefahren?«
Kopfschütteln. »Ich habe die halbe Nacht deshalb wachgelegen, aber nein. Nicht ohne Polizei.«
Brandt lehnte sich zurück. »Wann hat er das erste Mal angerufen?«
Schuster zuckte kaum merklich und wich dem prüfenden Blick des Kommissars aus. Doch dann packte er aus. Der erste Anruf sei am Wochenende eingegangen. Wenn er genau täte, was man von ihm verlange, erführe er alles über das Schicksal seines Sohnes. Würde er nicht gehorchen, müsse er

den Rest seines Lebens mit dem Bewusstsein verbringen, die einzige Chance auf Gewissheit vertan zu haben. Ob er das verstanden habe. Ob er bereit sei, sich bedingungslos darauf einzulassen.

»Was hatte ich denn für eine Wahl?«, fragte er mit gequälter Miene.

»Ich hätte vermutlich genauso reagiert«, gestand Brandt ein. »Bitte fahren Sie fort.«

Schuster berichtete, dass er den Auftrag erhalten habe, zu einer bestimmten Uhrzeit an besagter Stelle zu erscheinen. Dort würde er, so wortwörtlich, »Genugtuung« finden. Er musste seine Handynummer nennen und an Ort und Stelle auf weitere Instruktionen warten.

»Er rief an, noch bevor ich aus dem Auto steigen konnte. Schickte mich zu den Baracken und sagte, dort läge Oskar Hammer. Ich solle ihm, wenn mir etwas daran läge, Auge in Auge gegenübertreten.« Er räusperte sich. »Ich musste es tun. Bitte verstehen Sie das. Ich musste es wissen.«

»Schon gut«, nickte Brandt ihm zu.

Er habe einige Minuten dagestanden. Er könne nicht sagen, wie lange. Angst, Zweifel, aber auch eine seltsame Erleichterung habe er verspürt. Dann tippte er den Notruf. Dies habe ihm die Stimme ausdrücklich befohlen. Er solle, falls ihn jemand fragte, angeben, dass er pinkeln gewesen sei. Oder Pilze suchen.

Brandt machte sich Notizen, bis Schuster zum Ende gelangt war.

»Und jetzt sitzen wir hier«, schloss dieser mit ausgebreiteten Händen. Noch immer zitternd.

Brandt wählte Julia Durants Nummer. Doch er hatte kein Glück. Also rief er im Frankfurter Präsidium an, um keine weitere Zeit zu verlieren. Man versicherte ihm, sofort zu reagieren. Er gab die Koordinaten durch. Auf dem Weg nach unten versuchte er es ein weiteres Mal auf Durants Mobiltelefon. Diesmal kam er durch. Sie versprach ihm, sich sofort auf den Weg zu machen.

Peter Brandt konnte nicht im Geringsten erfassen, was im Inneren des Mannes vorgehen musste, der auf seinem Beifahrersitz Platz genommen hatte. Oliver Schuster war zusammengeschrumpft auf ein Häufchen erbärmlicher Existenz. Ihn mussten quälende Ängste plagen. Eine Hoffnung, die nun endgültig gestorben war. Eine letzte Ungewissheit, ob sich an der angegebenen Stelle tatsächlich die Überreste seines Sohnes befanden. Die immerwährende Frage, wie lange und wie sehr Lukas gelitten haben musste.
Brandt wurde immer klarer, wie viel davon abhing, diesen letzten Schritt zu gehen.
»Sind Sie bereit?«, fragte er, als er den Motor startete.
Oliver Schuster nickte schweigend.

FREITAG, 11:55 UHR

Ein Streifenwagen parkte an der Abbiegung der Landstraße. Von dort aus führte ein tieffurchiger Weg hangaufwärts. Der Saum des Waldes lag kaum zwanzig Meter entfernt. Julia Durant zwängte sich in eine asphaltierte Bucht, die auch Brandt genutzt hatte. Er stieg soeben aus, bei ihm der Mann, bei dem es sich zweifelsohne um Lukas' Vater handelte. Die Spuren der Forstfahrzeuge, die den Boden durchpflügt hat-

ten, machten ein Weiterfahren unmöglich. Keiner der Kommissare hatte Stiefel dabei, sie stapften mit Oliver Schuster, der außer einer Begrüßung nicht sprach, einige Minuten in den Wald hinein. Platzeck traf ein, am Rande der Lichtung wartete ein Suchhund, der sich die Lefzen leckte, als hoffe er auf ein frisches Stück Fleisch. Als sie eingetroffen waren – Durant hatte darum gebeten, auf Herrn Schuster zu warten –, ging die Suche los. Brandt kümmerte sich um den Vater, der nervös auf der Stelle trat. Platzeck winkte Durant heran und raunte ihr zu: »Wir sind das Gelände kurz zuvor abgegangen. Dort hinten, mit zehn Metern Abweichung zu den Koordinaten, ist frisch aufgewühlte Erde.«
Durant wurde hellhörig. Sie wusste, wie tief man einen Körper vergraben musste, damit kein Suchhund ihn fand. Damit ihn Wildschweine nicht zutage förderten. Damit es nicht stank. Damit Erde sich nicht verräterisch absenkte. Sie erwartete kaum mehr als skelettierte Überreste, bestenfalls Kleidung.
»Soll das heißen, hier wurde kürzlich etwas eingegraben?«
»Werden wir sehen«, erwiderte der Forensiker achselzuckend. Dann kläffte der Hund.

Es dauerte eine quälend lange halbe Stunde, bis man die Gewissheit erlangt hatte, dass es sich um zwei Skelette von Kindern handelte. Sie waren tief vergraben und größtenteils von festem, lehmigem Boden umschlossen. Dazwischen faustgroße Quarzitbrocken. Eine Wurzel hatte sich den Weg durch die fingerartigen Bögen des Brustkorbes gebahnt.
Andrea Sievers sprach ihre Beobachtungen in ein mattsilbernes Diktiergerät. Immer wieder stoppte sie die Aufnahme. Julia Durant kniete neben ihr auf einer Folie, während Brandt sich um Schuster kümmerte. Irgendwer hatte einen Polizei-

psychologen herbeigeordert, wie die Kommissare dankbar registriert hatten. Die Überreste einer blaugelben Windjacke, deren Fetzen man aus dem Loch geborgen hatte, waren dem Vater Beweis genug.

»Die Leichen liegen dort schon lange, wahrscheinlich handelt es sich um das ursprüngliche Grab«, verkündete die Rechtsmedizinerin und deutete auf die Wurzel.

»Aber der Boden war frisch umgegraben«, widersprach Durant, die noch nicht überzeugt war.

Platzeck, der mit seinem Team bereits zwei Dutzend Beutel mit Beweismaterial gesichert hatte, meldete sich zu Wort: »Die Grabspuren waren trichterförmig, an drei Stellen. Zwei davon wurden festgetrampelt und mit Laub bedeckt. Ein Tag mehr, und man hätte davon nichts mehr gesehen. Meiner Meinung nach hat jemand sich vergewissert, dass die Jungen tatsächlich hier zu finden sind.« Er deutete nach unten. »Die lockere Erde ging genau so weit, bis Knochen und Textil zu entdecken waren. Danach wurde das Loch wieder locker verschlossen.«

Durant schluckte. Es konnte nur bedeuten, dass nicht der Täter nach den Überresten gegraben hatte. Oder war dieser Schluss voreilig? Sie winkte Brandt herbei.

»Was meinst du? Die Leichen liegen hier seit damals. Es wurde offenbar nach ihnen gegraben, um zu prüfen, ob sie noch da sind.«

»Wenn nur Hammer den Ort kannte, warum sollte er das tun?«, wunderte sich der Kommissar, und Durant nickte.

»Sehe ich auch so. Also wurde Hammer dazu gezwungen, diese Information rauszurücken. Womöglich dienten die ersten Schüsse dazu, ihn zum Reden zu bewegen.«

»Folter?« Brandt verzog das Gesicht. »Klingt plausibel, trotzdem sollten wir auch in Betracht ziehen, dass Hammer bei-

spielsweise todkrank gewesen ist. Vielleicht kam er zurück, weil er sein Gewissen erleichtern wollte.«
Julia riss die Augen auf. »Mmh, okay. Spielen wir es mal durch. Hammers Tod ist kein Suizid, absolut unmöglich. Hat er sich Oliver Schuster in den Wald bestellt, um ein Geständnis abzulegen und sich von ihm erschießen zu lassen? Quasi eine Hinrichtung auf Bestellung?«
Es klang halbwegs absurd, doch alle Anwesenden wussten, dass nichts unmöglich war.
»Man hat schon Pferde kotzen sehen«, brummte Brandt, was die Kommissarin zum Lächeln brachte. Dieser Spruch gehörte eigentlich zu Frank Hellmer. Andrea Sievers mischte sich ein: »Hört mal. Ich habe den Guten scheibchenweise untersucht, und zwar auf deinen Wunsch hin«, sie zielte mit dem Finger auf Durant. »Hätte er Krebs oder irgendeine Gefäßerkrankung oder die Windpocken gehabt, dann hätte ich es gefunden. Aber da war nichts. Außer anscheinender Mangelernährung beziehungsweise dem rasanten Gewichtsverlust.«
»Wies er Folterspuren auf?«, fragte Brandt. »Kleine Narben, Einstiche, vielleicht unter den Finger- oder Fußnägeln?«
Durant wartete ungeduldig, doch Sievers schüttelte nach einigen Sekunden des Überlegens den Kopf. »Negativ. Wollt Ihr darauf hinaus, dass er festgehalten wurde und man ihn hungern ließ?«
Die Kommissare bestätigten.
»Es ist die logischste Erklärung, finde ich«, sagte Brandt und Durant konnte dem nur zustimmen. Folter, das wusste sie, brauchte keine körperlichen Verletzungen. Licht und Dunkelheit, Lärm und Stille, Schlaf- und Nahrungsentzug …
»Hast du eine Zigarette?«, keuchte sie abrupt, und Sievers zog erschrocken den Kopf nach hinten.

»Vergiss es!«, wehrte sie dann ab. Brandt sah sie verdattert an. Zweifelsohne fragte er sich, wie lange Julia schon von den Glimmstengeln los war. Ihre Beine und Arme kribbelten, das Herz raste. Sie konnte nicht schlucken, griff sich an den Hals, dann endlich löste sich der unsichtbare Knoten. Sie schüttelte den Kopf und sagte hastig: »Schon gut. Geister der Vergangenheit.«

Platzeck war nicht umhingekommen, den Dialog mit anzuhören. Er wartete geduldig auf eine Pause, bevor er zu sprechen begann. »Ich weiß nicht, ob es euch weiterhilft«, sagte er mit geschürzten Lippen, »aber wir haben Hammers Kleidung untersucht. Zuerst auf organische Spuren, aber dann auch auf andere Indizien. Sie ist abgetragen, keine Frage, und dem Geruch nach könnte es durchaus sein, dass er sie über einen längeren Zeitraum nicht gewechselt hat. Im Gürtel fanden wir einen Aufkleber, außerdem haben wir die Marken überprüft.«

»Und?« Durant spitzte die Ohren, und auch Brandt reckte sich.

»Wir sind noch nicht fertig, Ausschlussverfahren und so«, antwortete Platzeck zu ihrer Enttäuschung. »Doch es läuft wohl darauf hinaus, dass die Klamotten in Belgien gekauft worden sind.«

»Verdammt und zugenäht«, entfuhr es Brandt.

Durant hauchte ihren Atem in die vorgehaltenen Hände. *Belgien*. Oskar Hammer hatte sich abgesetzt. Hatte ein neues Leben begonnen, als wäre nichts geschehen. Bis ihn jemand aufgespürt hatte.

FREITAG, 13:20 UHR

Julia Durant und Frank Hellmer fuhren gemeinsam nach Seckbach, um Familie Burg zu unterrichten. Ein Schlenker bei der Adresse von Britta Matthieß vorbei zeigte, dass sie noch immer nicht zu Hause war. Durant schickte eine SMS an Doris Seidel, die sich weiter darum kümmerte, die Frau ausfindig zu machen.

An der Fundstelle, zu der die Koordinaten sie geführt hatten, hatte Oliver Schuster Kleidungsstücke identifiziert, die er Lukas zuordnen konnte. Von den übrigen Objekten, insbesondere einem Paar Turnschuhen, hatte Durant sich Aufnahmen schicken lassen, um sie den Burgs zu zeigen. Peter Brandt hatte sich dazu bereit erklärt, Herrn Schuster nach Hause zu begleiten. Einen Psychologen ließ er nicht an sich heran, Brandt wollte sich um ärztliche Betreuung kümmern, und wenn es nur eine Gabe von Valium war. Unvorstellbar, was der Mann in diesen Minuten durchmachen musste. Außerdem hatte sie Schreck von der IT darauf angesetzt, die Telefonate zu untersuchen, die bei Schuster eingegangen waren. Auch wenn es nur ein Strohhalm war, nach dem sie griff. Es gab zu viele Prepaid-Handys aus dem Ausland, zu viele Verschleierungsmöglichkeiten. Zu viel Technik.

»Teure Häuser«, brummte Hellmer und unterbrach damit Durants Gedankengang. »Denkt man gar nicht auf den ersten Blick.«

»Das ist mir auch schon aufgefallen«, sagte sie. »Warte mal ab, wie's drinnen ist. Die Burgs müssen einen Goldesel haben, wenn du mich fragst.«

»Spielst du damit auf etwas Bestimmtes an?«, hakte Hellmer nach. Es war kein Geheimnis, dass in Frankfurt mehr als

anderswo mit Macht und Geld manipuliert und vertuscht wurde.
»Ich finde es jedenfalls komisch.« Durant drückte die Klingel. Frau Burg ließ sie herein, warf dabei Hellmer, den sie nicht kannte, einen fragenden Blick zu, bis er sich vorstellte.
»Ist Ihr Mann zu Hause?«
»Nein. Was gibt es denn?«
»Können wir uns setzen?«
Frau Burg schien wie auf Eierschalen ins Wohnzimmer zu staksen. Ahnte sie etwas oder wusste sie längst Bescheid? Durant kam Brandts Theorie in den Sinn. Wenn tatsächlich jemand bei Schuster angerufen hatte – warum nicht auch bei den Burgs? Doch hätten diese nicht sofort die Polizei eingeschaltet? Oder wäre Herr Burg mit der Schaufel in den Wald gefahren? Dann hätten sie ihm vor Ort begegnen müssen. Nein. Nichts deutete darauf hin. Vielmehr lag ein unsicherer Blick in den Augen der Frau. Fast schon ein Bangen. Durant fragte sich, ob sie seit zehn Jahren auf genau diesen Moment gewartet hatte. Gehofft. Gebangt. Sie zog die Beine in den Schneidersitz und blickte die Kommissarin erwartungsvoll an. »Gibt es etwas Neues?«
Julia Durant nickte. »Fühlen Sie sich in der Lage, Kleidungsstücke zu identifizieren? Ich habe Fotos.«
Nicken.
Sie zog die Bilder hervor und legte sie auf den Tisch. Schon beim ersten stiegen der Mutter Tränen in die Augen.
»Das ist Pattys Jacke. Seine Turnschuhe.« Sie schluchzte. »Er hatte sie erst ein paar Tage zuvor bekommen.« Noch während ein Weinkrampf sie schüttelte, fragte sie: »Wo haben Sie ihn gefunden?«
Durant berichtete von dem Wald, nicht aber von den Hintergründen.

»Lukas auch?«
Die Kommissarin bestätigte.
»Weiß Oliver Bescheid?«
Hellmer räusperte sich. Julia bat ihn daraufhin, zusammenzufassen, was über den anonymen Hinweis bekannt war. Wie, Schusters Aussage zufolge, zuerst der Anruf wegen Hammer gekommen sei und später der mit dem Hinweis auf das Grab.
»Können Sie sich vorstellen, wer dahinterstecken könnte?«
»Sie wollen, dass ich Ihnen helfe?«
»Natürlich.«
Das Wimmern wich hysterischem Auflachen. »Helfen, denjenigen zu überführen, der den Mörder meines Kindes erwischt hat?«
Durant antwortete, auch wenn es nicht ihrer Überzeugung entsprach: »Die Schuld Hammers wurde nie bewiesen, auch wenn Ihr Mann zu einer anderen Überzeugung gelangt ist.«
Hellmer gab ihr Schützenhilfe: »Es ist unser Job, diese Dinge zu richten«, betonte er. »Oskar Hammer wird tot bleiben, und Sie können Ihren Sohn beerdigen. Helfen Sie uns, einen Mörder zu inhaftieren.«
Doch Frau Burg blieb eisern. Sie richtete sich auf, dabei merkte Durant, dass sie wacklig auf den Beinen war.
»Bitte, ich möchte erst einmal alleine sein.«
»Haben Sie jemanden, den Sie anrufen können? Wann erwarten Sie Ihren Mann denn zurück?«
Doch die Kommissarin wurde mit einem, zumindest verstand sie es so, »Hoffentlich nicht so bald« abgewiegelt. Sie schaffte es gerade noch so, ihr eine Visitenkarte von Alina Cornelius zuzuspielen. Dann stand sie mit Hellmer auch schon wieder draußen.
»Was war das denn?«, stieß er mit einem Pfeifen aus.

»Redest du von dem Regenwald da drinnen oder von ihrer Reaktion?« Durant grinste schief. Hellmer hatte weder die Schlange noch den Leguan gesehen.

Er murmelte: »Ich würde vermutlich genauso reagieren. Wenn meinen Kindern so etwas zustieße ...«

Durant seufzte. »Das verstehe ich ja alles. Doch mich stört bei den Burgs einfach zu viel. Letztes Mal waren sie noch ein Herz und eine Seele. Jetzt sagte sie etwas im Sinne von ›hoffentlich bleibt er noch eine Weile weg‹. Sie hat ihn weder angerufen noch über ihn gesprochen. Sie hat kaum Fragen gestellt. Und außerdem ...« Durant unterbrach sich. »Weshalb hat man nicht die Burgs angerufen? Sie waren einfacher zu finden als Herr Schuster, allein wegen der Sache mit dem Nachnamen. Oder hat der Unbekannte es am Ende auch bei ihnen versucht?«

»Oder war es dieser Burg selbst?«, steuerte Hellmer bei. »Du sagtest doch, er habe Material gesammelt. Gegen Oskar Hammer. Kann es sein, dass er ihn irgendwie aufgespürt hat?«

»Schreck soll auch die Aktivitäten der Burgs checken«, entschied Durant.

Hellmer hatte das ausgesprochen, was während des Treffens in ihr rumort hatte. Sie hatte es nicht greifen können, dabei lag es offen auf der Hand.

Burg hatte gegen Hammer ermittelt. Als Einziger, schon damals. Womöglich hatte ihm jemand Geld angeboten, damit er aufhöre. Oder man hatte ihn dazu gedrängt, das Dorf zu verlassen, nachdem sein Sohn verschwunden war. Nachdem Hammer sich abgesetzt hatte. Darauf bedacht, dass er nicht herumstochere und keinen Dreck aufwühlte. Doch falls das überhaupt stimmte: Woher war das Geld gekommen? Was hatte er damit gemacht? Weshalb arbeitete er nicht? Spürte er noch immer dem Mörder seines Sohnes nach? War *er* es, der

ihn gefunden hatte? Ihn festgesetzt, ihm die Lage des Grabes der Jungen entlockt? Ihn getötet? Und dann, als Werkzeug, Oliver Schuster benutzt? Einen gebrochenen Mann, der gefügig war, weil er sich nichts sehnlicher wünschte, als Gewissheit über das Schicksal des eigenen Sohnes zu haben?
Julia Durant wollte nicht daran denken, wie es wäre, wenn der Vater eines seit zehn Jahren vermissten Kindes plötzlich in Handschellen abgeführt werden würde. Öffentlich. Wie die Presse lauthals fragen würde, ob es gerecht sei, jemanden zu verurteilen, dem man das Kind genommen hatte. Willkürlich. Aus sexueller Lust. Jemanden, der sich gerächt hatte. Der Opfer seiner Umstände war. Dem damit etwas gelungen war, was die Polizei in all den Jahren nicht zustande gebracht hatte.
Sie kannte solche Fälle besser, als ihr lieb war.
Und sie hasste diesen Gedanken.

FREITAG, 15:50 UHR

Schwer atmend erreichte Durant die Dachwohnung des Frauenhauses. Diesmal erwartete Daina sie auf dem Sofa. Sie hielt eine bauchige Tasse Tee und trug einen weiten Pullover, der ihr sämtliche Form nahm. Dazu Wollstrümpfe. Sie wog unter fünfzig Kilo, schätzte die Kommissarin, vermutlich fror sie unablässig. Durant hatte sich dafür eingesetzt, dass das Mädchen hier Zuflucht fand. Trotz erschöpfter Kapazität hatte Frau Peters zugestimmt.
Als Daina sie erblickte, leuchteten ihre Augen auf. Tiefe Dankbarkeit sprach aus ihnen, als sie »Frau Durant« rief. Sie

ließ den französischen Namen sonderbar fremd klingen. Um ein Haar wäre sie ihr in die Arme gesprungen.
»Daina. Wie geht es Ihnen?«, lächelte Durant.
Das Mädchen erwiderte, sie sei die erste Person, die sie sieze. Sie war mehr Kind als Frau, was der Kommissarin erneut einen Krampf in der Magengrube verursachte.
»Aber es geht gut«, schloss Daina, dann verdüsterte sich ihre Miene. »Nijole ist auch hier. Ihr geht es schlechter als mir.«
Durant nickte und zog das Foto hervor. Es zeigte die Tote, deren Konterfei Andrea Sievers bearbeitet hatte. Auch wenn sie nicht wirklich lebendig wirkte, sah sie wenigstens nicht mehr schaurig aus. Ein spitzer Schrei folgte, aufquellende Pupillen, und ihre Hand klatschte auf die entsetzt verzerrte Mundpartie.
»Grazyna!«, hauchte es zittrig. Tränen schossen in Dainas Augen.
»Tut mir leid, Daina«, sagte Julia und griff nach ihrer Hand.
»T...tot?«
»Vor einem Jahr. Es tut mir wirklich sehr leid.« Die Kommissarin wünschte sich nichts sehnlicher, als weg von hier zu sein. Draußen. Doch keine gute Fee erlöste sie. Noch immer lag die Hand des Mädchens in ihrer, als sie weitersprach: »Sie war deine Schwester, hm?«
Daina nickte. »Lange verschwunden«, sagte sie leise und löste sich dann aus ihrer Haltung, um die Nase zu putzen. »Dann hat es also gestimmt.«
Julia blinzelte sie fragend an. Daina suchte offenbar nach dem passenden Wort. »*Geschichten*«, sagte sie schließlich. »Man hat darüber geredet. Im Haus.«
»Wusste jemand, dass du Gracias Schwester bist?«
»*Grazyna*«, korrigierte Daina. Dann, schulterzuckend: »Ich habe kein Geheimnis daraus gemacht. Ich habe nach ihr gefragt.«

Für einen Moment hing Schweigen im Raum. Daina tastete neben sich, wo ein Päckchen Zigaretten lag. Das Mädchen bot Julia eine an, doch sie lächelte nur und schüttelte den Kopf. Beobachtete Dainas grazile Bewegungen, während sie sich den Filter zwischen die Lippen steckte und Grübchen zog, als sie den ersten Zug inhalierte. Es steckte so viel Kindliches in ihr. Wie ein Jungtier, das man von seiner Herde entfernt hatte, um ihm grausame Dinge anzutun. Dann kam ihr ein Gedanke.
»Darf ich dich etwas Persönliches fragen?«
»Ja.«
»Was hast du gedacht, wo deine Schwester ist? Was hat deine Familie geglaubt?«
Dainas Gesicht schien zu versteinern. Sie rauchte stoisch weiter, als säße sie allein in dem Wohnzimmer. Durant verharrte. Eine gefühlte Ewigkeit später drückte das Mädchen ihre Zigarette auf einem geblümten Unterteller aus. Asche rieselte auf die Spitzendecke, die aussah, als läge sie seit den Fünfzigerjahren dort.
»Familie.« Es klang abfällig. »Sie haben erzählt, Grazyna ist Au-pair. Für ein, zwei Monate habe ich das geglaubt. Aber sie wollte anrufen. Mich. Sie hatte Handy, die Familie wusste nichts. Doch wir beide hatten Geheimnisse. Mussten zusammenhalten.«
»Und eure Eltern?«
Daina berichtete, dass sie auf einem Bauernhof gelebt hatten. Die Mutter sei bei ihrer Geburt verstorben, der Vater ein Säufer. Sein älterer Bruder führte den Hof. Er verging sich an seinen eigenen Kindern und machte auch nicht vor den Zimmern der Mädchen halt. Niemand beschützte sie. Daina erzählte diese Dinge mit einer Gelassenheit, die Julia beängstigte. Sie musste allen Schmerz und die Enttäuschung unter einem Man-

tel der Gleichgültigkeit begraben haben. So hatte sie weiterleben können. Bis zu dem Tag, als ihre Schwester fortging.
»Grazyna wollte in die Stadt gehen«, erzählte sie weiter. »Doch ohne Arbeit in der Stadt, das geht nur als Hure. Dann kam eine Frau von Au-pair.«
Mit bunten Prospekten. Glücklich lachenden Gesichtern. Und einer Anzahlung. In Deutschland suche man Betreuungs- und Pflegepersonal. Fleißig und ordentlich. Grazyna hatte noch gezögert. Dann kassierte der Onkel das Geld und unterschrieb den Vertrag. Entschied über die Zukunft ihrer Schwester.
»*Velnias!*« Daina griff erneut zu den Zigaretten. »Teufel«, übersetzte sie.
»Möchtest du eine Pause machen?«
Sie klickte mit dem Feuerzeug und verneinte. Grazyna hatte versprochen, sich zu melden. Geld zu senden. Sie abzuholen. Hatte ein schlechtes Gewissen, zu gehen, denn die Mädchen wussten, dass der Onkel nun noch öfter zu Daina kommen würde. Der Vater bekam in seinem Dauersuff nichts mit. Oder er bekam es mit und trank noch mehr. Daina wartete bis Weihnachten. Dann beschloss sie, ihrer Schwester zu folgen. Doch ihr Onkel zwang sie, bis zu ihrem Geburtstag im Sommer zu warten. In der Woche vor ihrer Abreise schob er seinen verschwitzten, nach Alkohol und Kuhmist stinkenden Körper jeden Abend über sie. Fuhr mit seinen rauhen Pranken zwischen ihre Schenkel, rieb seinen nach oben gekrümmten Penis mit Melkfett ein, damit es ihm nicht weh tat, wenn er sie anal nahm. Es hatte ihn nie gestört, wenn sie dabei blutete. Sie würde sein Schweinegesicht niemals vergessen. Nie mehr nach Hause gehen.
»Genug«, sagte Durant endlich, setzte sich neben Daina und legte den Arm um sie. »Ich werde nicht zulassen, dass dir wieder weh getan wird.«

Und sie meinte ihr Versprechen wortwörtlich. Uschi Peters hatte ihr bereits zugesichert, dass sie einen Platz bekommen könnte. Dass man versuchen werde, nachdem eine Therapie und die nötigen polizeilichen Untersuchungen erfolgt waren, sich um eine Wohnung und eine Ausbildung zu bemühen. Es stünde nicht zur Debatte, dass das Mädchen zurück in ihr Heimatdorf ginge.
Düsteren Gedanken nachhängend hatte die Kommissarin sich wieder in ihren Wagen gesetzt. Was sollte Daina auch in ihrer Heimat? Früher oder später würde es wieder einen Mann geben, der die Kontrolle über sie erlangte. Dem sie hörig war, weil sie nichts entgegenzusetzen hatte. Es war zum Kotzen. Und ausgerechnet jetzt mischten sich die Gedanken an Matilda Brückner dazu. Macht und Kontrolle gab es nicht nur im Ostblock. Man musste nicht einmal das Stadtgebiet verlassen. Julias Fingernägel gruben sich in das Lenkrad, so fest, dass dort Spuren blieben.

FREITAG, 16:55 UHR

Durant ließ sich gerade einen Kaffee heraus, als Kullmer zu ihr trat. Ihr Kopf dröhnte, als habe man die Autobahn direkt vor ihr Bürofenster verlegt. Sie fragte sich, wie es wohl werden würde, wenn die Baustelle am Erlenbruch fertiggestellt war. Wenn der erhöhte Durchgangsverkehr der Innenstadt noch mehr zusetzen würde. Sie seufzte. Bis dahin waren noch ein paar Jahre Zeit. Wer konnte schon wissen, was dann sein würde …

»Was gibt's denn, Peter?«
»Unser Computergenie hat gerade angerufen«, verkündete Kullmer. »Er hätte was für dich.«
»Und was?«
Er schürzte die Lippen. »Keine Ahnung, was ihr da am Laufen habt, aber er will dich in seinem Keller sehen.«
Durant stand nicht der Sinn nach Späßchen, doch sie rang sich ein Lächeln ab. »Eifersüchtig, wie?«
Damit ließ sie ihren Kollegen stehen und machte sich auf den Weg nach unten.

Michael Schreck thronte vor einer Wand mit drei riesigen Computermonitoren. Einmal, Durant erinnerte sich, hatte sie ihn dabei erwischt, wie er einen Ego-Shooter darauf gespielt hatte. Den passenden Sound gab es aus einem Boxensystem, das auf dem Schreibtisch verteilt war. Sie verstand meist nur die Hälfte von dem, was er sagte, doch sie mochte ihn. Er war ein grundsympathischer Kerl der Sorte Kuschelbär, der stets bereit war, zu helfen. Möglicherweise schwang eine gewisse Dankbarkeit mit, denn die beiden verband ein sehr persönlicher Fall, auch wenn das viele Jahre zurücklag.
»Hast du etwas Neues in Sachen Hammer?«, wollte Durant wissen.
Schreck verneinte. »Ich weiß nur eines. Burg und Schuster hatten keinen Telefonkontakt. Allerdings gibt es auf beiden Seiten ankommende und ausgehende Anrufe, die ich nicht zuordnen kann.«
Das war praktisch nichts, wie Durant zerknirscht hinnehmen musste. Sie erkundigte sich, ob Platzeck sich gemeldet habe.
»Nein.« Michael Schreck schüttelte erneut den Kopf. »Ich wollte dich hauptsächlich wegen dieses Anwalts sprechen.«
»Bruno Feuerbach?«

»Ja. Er hat doch behauptet, mit einem Taxi nach Egelsbach gekommen zu sein.«
Durant überlegte kurz und nickte dann. »Richtig. Und?«
»Ich bin dem mal nachgegangen. Feuerbach hat tatsächlich eine beachtliche Fahrtstrecke zurückgelegt.«
Er betonte den Satz so geheimnisvoll, dass Durant nachrechnete. Feuerbach hatte zehn Minuten gebraucht. »So lange kann die Strecke nicht gewesen sein«, erwiderte sie.
»Zwei Kilometer.« Schreck lachte. »Er ist in der Bahnstraße zugestiegen. Genauer geht's nicht. Aber ein Blick auf die Karte legt die Vermutung nahe, dass er etwas essen oder trinken war.«
Der Kommissarin fehlten für einen Augenblick die Worte. Feuerbach hatte ihnen ins Gesicht gelogen. Doch hatte er das wirklich? Es gab nur einen Weg, das herauszufinden. Sie wollte seine Visitenkarte heraussuchen, da kam ihr ein Gedanke.
»Feuerbach ist ein Anwalt, der auf jedes Detail achtet«, murmelte sie vor sich hin. »Warum habe ich nicht nach der Taxiquittung gefragt? Oder andersherum: Warum hat er sie mir nicht ungefragt gegeben? Einer wie er belegt doch alles, damit ihm niemand an den Karren fährt.«
Schreck griff ihren Gedanken auf. »Er hat sich keine Quittung geben lassen. Doch das Taxameter lügt nicht. Und der Fahrer erinnert sich an ihn. Es gab zudem keine anderen Fahrten, die ins Orts- und Zeitprofil passen. Feuerbach hat bewusst keine Quittung genommen, damit uns nicht auffällt, dass er sich um die Ecke aufgehalten hat.«
Julia Durant umfasste Schrecks Schultern, die unter einem Wollpullover lagen. Ein statisches Bitzeln ließ sie zusammenzucken. »Danke, Mike«, sagte sie und meinte es ehrlich. »Du bist ein Schatz.«

»Man tut, was man kann«, grinste Schreck.
Ausnahmsweise verabschiedete er sich nicht mit einem Filmzitat aus den Achtzigerjahren.

Durant erreichte die Mailbox, sie versuchte es daraufhin in Feuerbachs Büro. Auch dort ging niemand ans Telefon. Deshalb widmete sie sich einem Ausdruck, den Schreck ihr im Hinausgehen in die Hand gedrückt hatte. Es war die Aufstellung der Daten, die sich auf dem Mobiltelefon des Lkw-Fahrers befunden hatten. Durant schätzte, dass sie das Papier überhaupt nicht haben durfte. Doch das konnte sie im Grunde erst wissen, *nachdem* sie den Inhalt zur Kenntnis genommen hatte. Schreck hatte das Gerät in Zusammenarbeit mit der Technischen Überwachung untersucht und war zu dem Schluss gekommen, dass es von außerhalb gelöscht worden war. Einen Zeitindex hierfür gab es nicht, doch es musste zwischen dem Aufbringen des Lkw und der Übergabe des Telefons stattgefunden haben.
»So viel wusste ich auch vorher«, konstatierte Durant zu sich selbst, als das Läuten des Telefons sie hochschrecken ließ.
»Feuerbach«, meldete sich die Stimme. »Sie wollten mich sprechen?«
»Ähm, ja.«
Er ließ ihr keine Zeit, sich zu sammeln, und fragte sofort weiter: »Sind Sie im Büro? Im Präsidium?«
Sie bestätigte.
»Dann bis gleich. Ich bin auf dem Weg.«
Es dauerte keine drei Minuten, schon stand der Anwalt in ihrer Tür. Der Anzug makellos, die Gesichtshaut in perfektem Teint. Der eitle Fatzke musste eine Menge Zeit und Geld in seine Visage investieren, dachte sie bei sich und entschied, baldmöglichst wieder ins Fitnessstudio zu gehen. Auf einen Versuch mehr oder weniger kam es auch nicht mehr an.

»Ich war zufällig im Haus«, erklärte er grinsend und deutete fragend auf Hellmers Stuhl. Ohne ihre Antwort abzuwarten, schritt er darauf zu, klopfte Lehne und Sitzfläche ab und ließ sich darauf fallen. Er deutete in Richtung Decke. »Eine Etage über Ihnen.«

Durant entschied sich für ein unverbindliches Lächeln und kam direkt zum Thema: »Sprechen wir über Ihre gestrige Taxifahrt. Wo genau, sagten Sie, kamen Sie da her?«

Feuerbach grinste. »Ich erinnere mich nicht, überhaupt etwas dazu gesagt zu haben.«

»Keine Spielchen bitte.«

»Das habe ich nicht vor«, gab er zurück und zeigte seine Eckzähne. »Sie hoffentlich auch nicht.«

Seine Prozesserfahrenheit ließ die Antworten pfeilschnell und treffsicher erfolgen, während Durant jedes Mal aufs Neue nachdenken musste. Dazu fixierte der Anwalt sie mit einer Intensität, die ihr den Schweiß aus den Poren trieb. Sie wurde nervös. Er wirkte entspannt.

»Warum haben Sie nicht Ihren Audi genommen?«

»Fahren Sie etwa jede Strecke mit dem Auto?«, hielt er dagegen.

»Herr Feuerbach, wir können das noch stundenlang fortsetzen«, sagte sie gereizt.

Er warf einen betont gelangweilten Blick auf seine Breitling: »Nun ja, sagen wir bis siebzehn dreißig. Dann bin ich mit meinem Flightpartner zu einer Partie verabredet.«

Feuerbach grinste, als er merkte, dass sie nicht sofort verstand, wovon er sprach. »Wir reden von Golf. Jürgen holt mich sicher gerne hier ab.«

»Scheiße!« Julia hieb auf die Tischplatte und fühlte sich, als hätte sie feuerrote Wangen. »Sind Sie nur gekommen, um mich zu verarschen?«

»Nein«, entgegnete der Anwalt gelassen. »Ich sagte doch, ich war bei Brinckhoff. *Er* ist heute mein Partner.«
Bergers Vorgesetzter. Ihrer aller Vorgesetzter.
»Wollen Sie mich damit beeindrucken?«, fragte Durant, die sich allmählich wieder unter Kontrolle bekam.
Feuerbach zuckte die Schultern. »Im Grunde wollte ich Ihnen entgegenkommen. Weil ich gerade einen Plausch mit Jürgen hatte.« Er betonte Brinckhoffs Vornamen überdeutlich.
Durant lehnte sich zurück und betrachtete ihre Fingernägel.
»Ich habe demnächst einen Plausch mit Elvira«, entgegnete sie gedehnt, »also Staatsanwältin Klein. Ich bin gespannt, wie sie es bewertet, dass Sie sich zum Zeitpunkt einer Razzia von einem Grundstück mit Menschenhändlern entfernt haben.«
Feuerbach hob anerkennend die Augenbrauen. »Gut gebrüllt, Löwin.« Er kniff ein Auge zusammen und fragte: »Sind Sie Löwin?«
»Skorpion.«
»Okay, hören Sie zu. Ich war vor Ort. Das habe ich bereits ausgesagt.«
»Ja. Weil Ihr Auto offensichtlich dort parkte«, kommentierte Durant trocken.
Doch Feuerbach schüttelte den Kopf. »Ich habe mich, als Sie mit Ihrer Kavallerie anrückten, durch den Hintereingang entfernt. Ging eine Weile spazieren und trank einen Espresso. Als Sie anriefen, zog ich es vor, das für mich zu behalten.«
»Also ging es Ihnen darum, nicht vor Ort auf uns zu treffen?«
Feuerbach nickte.
»Sie hätten sich auf Mandantenrechte berufen können«, sagte Durant verwundert.
Feuerbach hob die Hand. »Hören Sie. Ich habe Sobolew in verschiedenen Belangen vertreten. Doch – selbst wenn Ihnen

das zu glauben schwerfallen mag – auch ich habe ethische Prinzipien. Wären wir beim Stürmen des Hauses aufeinandergetroffen, hätte mich das als Anwalt tiefer hineingezogen, als ich ohnehin schon bin.«

Für Durants Geschmack was das arg kryptisch.

»Und das wurde Ihnen so mir nichts, dir nichts klar?« Aus ihrem Zweifel machte sie keinen Hehl. »Lag es nicht vielmehr daran, dass Sie nicht erwischt werden wollten, während Sie sich an einer Minderjährigen vergehen? Ihnen muss doch klar gewesen sein, was sich dort abgespielt hat.«

Feuerbach schnaufte. »Ich werde mich hierzu nicht äußern. Doch lassen Sie sich eines gesagt sein, Frau Durant: Wer mit diesen Menschen arbeitet, wacht eines Tages auf und stellt fest, dass es kein Zurück mehr gibt. Die Ostblockmafia saugt einen aus. Sie fressen dich auf, dann spucken sie dich aus. Ich habe eine Menge Geld damit verdient, kleine und mittelgroße Fische gegen die Staatsanwaltschaft zu verteidigen. Über Schuld und Unschuld diskutiere ich nicht. Das Gesetz bietet nun mal eine Menge Möglichkeiten. Doch das hier ist nicht mehr meine Welt.«

Mit zu Schlitzen verengten Augen folgte die Kommissarin seinen Worten. Bruno Feuerbach. Ein Mafia-Anwalt, der vom Saulus zum Paulus wurde?

Sie würde keine Sekunde zögern, wenn er seine Hilfe anbieten würde. Doch seine Motivation nahm sie ihm noch nicht ab. Deshalb fragte sie erneut nach: »Sie behaupten also, wenn unsere Forensiker mit der Auswertung der unzähligen DNA-Proben fertig sind, wird nirgendwo etwas auftauchen, das Ihnen Grund zur Sorge gibt?«

»Ich habe nichts zu verheimlichen.«

»Kondombeschichtungen legen zwar Samenzellen lahm«, feixte sie, »nicht aber das genetische Profil.«

Bruno Feuerbach wischte mit der Handfläche über den Tisch. »Schluss damit. Was auch immer ich dort an Dienstleistungen in Anspruch genommen haben könnte – und ich werde mich nach wie vor nicht dazu äußern –, es gibt *nichts,* vor dem ich mich fürchten muss. Beenden wir diese Drohspielchen.«
Ihre Miene und ihr Ton wurden eisig, doch sie merkte, dass der Anwalt ihr in gewissen Punkten überlegen war. »Meinetwegen. Wechseln wir das Thema. Vorläufig. Helfen Sie mir, verdammt noch mal, diesen Sumpf ein für alle Mal trockenzulegen.«
Feuerbach lächelte müde. »Kein Sumpf. Es ist eher etwas, was darin lebt. Eine Hydra. Haben Sie den Fall einmal«, er suchte nach dem passenden Wort, »historisch untersucht?«
Durant verstand nicht, worauf er anspielte.
Der Anwalt sprach weiter: »Das Haus in Egelsbach. Scholtz und Sobolew. Der Lkw. Arbeiten Sie mit der Technischen Überwachung zusammen?«
Sie nickte. »TÜ und Zoll.«
»Das Netzwerk wurde Ende der Neunziger zum ersten Mal zerschlagen. Zumindest dachten das alle. Ich war damals als Anwalt involviert, mehr sage ich dazu nicht. Das können Sie nachlesen, wenn Sie wollen. Fakt ist, dass eine Menge Schachfiguren vom Brett gefegt wurden. Doch sie kamen wieder. Neue Gesichter, unbeschriebene Blätter. Und sie nutzen dieselben Orte, dieselben Transportwege und«, er lachte auf, »sogar dieselben Telefonnummern. Die TÜ kann da nichts machen. Kein Staatsanwalt genehmigt Abhöraktionen ohne triftigen Grund.«
Durant erinnerte sich. Vor einigen Jahren war ein Drogenkurier überwacht worden. Die Observierung gestattete, seinen Aufenthaltsort zu verfolgen. Nicht aber seine Privatgespräche. So entging ihnen die Verabredung zu einem Mord. Das

Ganze war nie in die Presse gelangt, denn man diskutierte zu dieser Zeit mal wieder über den großen Lauschangriff. Es stieß ihr bitter auf, dass sie überhaupt nicht die Chance bekommen hatte, den Fall tiefergehend zu beleuchten.
»Man hat uns von Anfang an Steine in den Weg gelegt«, sagte sie und überlegte, ob sie die Phönix-Einheit erwähnen sollte. Doch so weit war sie noch nicht.
»Aber Sie kennen doch Dieter Greulich«, sagte Feuerbach, der nicht den Eindruck machte, als wisse er etwas darüber.
»Natürlich«, bestätigte Durant.
»Dann fragen Sie ihn. Er weiß eine Menge über Bandenkriminalität.« Er zwinkerte. »Mehr, als mir zuweilen lieb ist.«
Weil er gegen Feuerbachs Mandanten ermittelt, folgerte die Kommissarin zufrieden. Dafür würde sie diesen aalglatten Anwalt kein bisschen bedauern.
Und sie würde ihm auch nicht trauen.

Bruno Feuerbach hatte die Verabschiedung genutzt, um noch einmal zu betonen, dass er Jürgen von ihr grüßen werde. Begleitet von einem perfekten Lächeln. Doch Julias Gedanken galten längst anderen Dingen. Sie rief Greulich an und bat um ein Treffen.
»Worum geht's?«, wollte er wissen.
»Das sage ich Ihnen dann.«
»Hm. Ist unser werter Kollege Brandt auch mit von der Partie?«
»Das weiß ich noch nicht«, antwortete Durant wahrheitsgemäß, denn darüber hatte sie sich noch keine Gedanken gemacht. Greulich wand sich ein wenig, doch dann schlug er den kommenden Vormittag vor. Das war der Kommissarin nur recht, denn für heute stand noch eine Vernehmung ins Haus. Danach, spürte sie, waren ihre Akkus leer. Dabei hatte

Alina eine SMS geschrieben, und mit Claus sollte sie wohl auch mal telefonieren.
»Eins nach dem anderen«, stöhnte sie und knetete sich die Ohrläppchen. Prompt meldete sich das Telefon erneut.
Julia kannte die Nummer nicht, die auf dem Display erschien, doch das war nichts Ungewöhnliches. Ihre Visitenkarten mit Handynummer und E-Mail-Adresse mussten im halben Rhein-Main-Gebiet verteilt sein.
»Durant«, meldete sie sich.
»Ja, hier ist Langer.« Sie stutzte. Bert Langer? Dieser ließ ihr keine Zeit zum Nachdenken. Seine Stimme klang gedrängt.
»Sie hätten mich beinahe gehabt«, sagte er, »als wir neulich aus dem Zug gestiegen sind.«
Die Kommissarin schnaubte. »Ist das jetzt ein Spiel? Was wollen Sie mir damit sagen?«
»Ich hab 'ne Scheißangst, merken Sie das nicht?«
»Um ehrlich zu sein, nein.« Durant entschied sich für einen zugänglicheren Ton. »Was macht Ihnen denn Angst?«
»Das können Sie sich doch denken.«
»Ist es Ihre Einheit?« Durant hielt inne und fragte sich, ob es eine gute Idee war, dieses Gespräch übers Handy zu führen. Michael Schrecks Seminare über die Möglichkeiten elektronischer Überwachung waren beängstigend.
Langer murmelte etwas Zustimmendes. Dann fügte er hinzu: »Ich wollte das vor den Kollegen nicht sagen.«
»Warten Sie. Sollten wir uns nicht besser treffen?« Sie sah auf die Uhr und dachte daran, dass noch einiges auf der Agenda stand. Doch schon wehrte Langer ab.
»Nein.« Er klang entschlossen. »Ich möchte nicht mehr raus heute.«
»Haben Sie keine Bedenken, ob einer von uns abgehört werden könnte?«

Bert Langer lachte auf. »Wir sind nicht die Stasi!« Dann wurde es für einige Sekunden still, bis er mit bitterem Unterton hinzufügte: »Jedenfalls noch nicht.«
»Ich höre Ihnen gerne zu. Doch Sie müssen verstehen, dass ich mich über Ihren Sinneswandel wundere.«
»Das werden Sie sich gleich noch mehr.«
Dann erzählte Langer ihr eine haarsträubende Geschichte, in der es um einen Kollegen ging, der sich einen Fehler hatte zuschulden kommen lassen. Eine Panne, wie sie jedem passieren konnte. In einer Einheit aber, die auf Perfektion getrimmt war, kamen auch kleine Fehler einer Todsünde gleich. Es brauchte nur wenige Details, in denen Schlagstöcke und anale Vergewaltigung eine Rolle spielten, um Durant vor Entsetzen schaudern zu lassen. Ein Bild stieg in ihr auf. Bert Langer, der durch die S-Bahn stakste, als habe er einen Besenstiel verschluckt.
»Der Kollege waren Sie«, hauchte die Kommissarin ins Telefon.
Langer zog die Nase hoch. »So etwas gesteht man nicht gerne vor männlichen Kollegen.«
»Und jetzt?«, fragte Durant nach einer Weile. »Erstatten Sie Anzeige?«
»Nein. Keinesfalls. Aber ich weiß, dass ich den Fängen der Gruppe nicht aus eigener Kraft entkomme. Also unterstütze ich Sie.« Langer betonte den kommenden Satz mit Nachdruck: »*Nachdem* Sie dem Ganzen ein Ende gesetzt haben.«
Julia Durant stieß angestrengt den Atem aus. Wie half ihr das Ganze weiter? Langers Anruf war mehr, als sie hatte erwarten dürfen. Aber weniger als erhofft. Wie sollte sie der Einheit ein Ende setzen, mit nichts in der Hand als einer Anschuldigung? Sie gegen eine ganze Gruppe von Beamten, die einander allesamt in Schutz nahmen. Die wer weiß wen erpressten, um freie Hand zu haben. Sie hatte nichts in der Hand. Dann

dachte sie an Stiernacken und fragte geradeheraus: »Ist Holger Hinrichs der Magnus?«
»Dazu sage ich nichts«, blockte Langer ab. »Ich werde nicht zum Verräter.«
War er das nicht längst?
Binnen Sekunden wimmelte er die Kommissarin ab. Minutenlang saß sie da und überlegte, was sie als Nächstes tun sollte.
»Heben Sie das Nest aus«, hatte Langer beteuert. »Finden Sie einen Weg, die Gruppe zu zersprengen. Dann helfe ich Ihnen.«

FREITAG, 17:25 UHR

Hellmer steuerte den Porsche in Richtung Königstein. Das Radio lief, Durant hatte für ein paar Minuten die Augen geschlossen, bis ihr Partner das Schweigen durchbrach.
»Erde an Julia.«
Sie schrak auf. »Sind wir schon da?«
»Nein, so schnell bin selbst ich nicht«, grinste er. Dann wurde seine Miene ernst. »Hör mal, ich habe eine Bitte.«
»Hm?«
»Es wäre mir lieb, wenn du bei der Vernehmung die Führung übernimmst«, gestand Hellmer dann.
Durant schürzte die Lippen. Nach dem Gespräch mit Nijole und diesem ganzen düsteren Tag fühlte sie sich ausgebrannt.
»Aber du kannst das doch blendend«, versuchte sie es daher, »du hast immerhin selbst eine Teenie-Tochter.«

Hellmer lachte spöttisch auf. »Eine, die wegen Mobbing ins Internat wechseln musste. Ausgelöst durch einen Alkoholexzess. Prima Referenzen, findest du nicht auch?«
»Komm schon, Frank. Das ist nur eine Seite der Wahrheit. Steffi hat das für sich selbst entschieden. Ihr lasst sie flügge werden, mit dem nötigen Abstand zu allem. Diese Größe zeigen nicht alle Eltern.«
»Trotzdem«, murrte er. »Ich schlafe kaum, mir geht's beschissen mit diesem Fall. Ständig muss ich an meine Mädchen denken. Ich stelle mir vor ...« Er winkte ab. »Ach, egal.«
»Ist okay, Frank, ich übernehme das«, erwiderte Julia. Kullmer kam ihr in den Sinn. Vor ein paar Wochen hatte er eine riesige Szene gemacht um eine Platzwunde, die Elisa sich eingefangen hatte. Sie musste unwillkürlich lachen, so dass Frank sie fragend ansah. »Lass dir eines gesagt sein«, erklärte sie daher. »Du bist ein entspannterer Vater, als Peter es jemals sein wird.«
Hellmer grinste. »Ich stehe schließlich auch besser im Saft«, sagte er, »und habe die bessere Partnerin.«
Mit einem Zwinkern, das Julia im Ungewissen beließ, ob er damit Nadine oder sie meinte, trat er das Gaspedal nach unten. Vom Röhren des Klappenauspuffs begleitet, wurden sie in die Ledersitze gedrückt.

Niemand öffnete die Tür, doch aus dem Haus drang laute Musik. Es war ein Bungalow, zurückgesetzt, unauffällig und weitaus schlichter als die übrigen Häuser des Viertels.
Hellmer hämmerte mit den Knöcheln an das Glasauge in der Tür.
»Da drinnen ist doch auch Licht«, presste er hervor.
Durant umrundete das Haus. Kein Auto parkte in der Einfahrt, die von Haselhecken gesäumt war. Jemand schien sich hingebungsvoll um den Garten zu kümmern. Sie erreichte

einen Rollladen, der bis auf wenige Schlitze herabgelassen war. Die Musik klang dumpf, aber lauter. Hinter dem Fenster musste ihre Quelle liegen. Hellmer kam ihr entgegen. Er war der Hauswand von der anderen Seite aus gefolgt.
»Probieren wir es mal hier«, sagte die Kommissarin. Beide trommelten an die silbergrauen Lamellen, hoffend, dass keiner der Nachbarn auf sie aufmerksam wurde. Tatsächlich rumorte es im Inneren. Die Musik verebbte. Sekunden später hob sich der Laden um eine Handbreit. Das Fenster wurde gekippt.
»Was?«
Durant duckte sich, um etwas zu sehen. Schwarze Haare mit bis über die Augen ragendem Scheitel, kinnlang und nach vorn gekämmt, umrahmten ein blasses Gesicht. In der Nase und der Lippe fanden sich anthrazitfarbene Ringe. Die Augen waren rehbraun, Julia schätzte den Naturton der jungen Frau auf dunkelblond. Sie trug einen Kapuzenpullover, zwei Nummern zu groß, hatte wenig Oberweite oder verbarg diese gekonnt. Die schwarze Cordhose war abgestoßen.
»Julia Durant, Kripo Frankfurt. Wir hätten ein paar Fragen.«
»Keiner da.«
»Wir möchten zu Ihnen.«
Drinnen stöhnte es auf. Durant meinte das Wort Bullen zu hören.
»Muss das sein?«
»Ich fürchte, ja.«
Nur widerwillig stimmte sie zu, den beiden Einlass zu gewähren. Das Haus war weiß angelegt, aber mit dunklen, exotischen Holzmasken und Statuen geschmückt. Trockengestecke, ein Elefantenfuß, auf dem Boden ein Büffelfell. Für Julia Durant, die hohe Räume gewohnt war, wirkte das Wohnzimmer beklemmend niedrig.

»Mom ist Afrika-Fan«, seufzte die junge Frau, die man selbst bei näherer Betrachtung noch immer für einen Jungen halten konnte. Sie wedelte fahrig um sich. »Ist ja wohl nicht zu übersehen.«

Sie plumpste auf ein weißes Ledersofa und zog die Beine an sich, ohne den beiden einen Platz anzubieten. Durant und Hellmer wählten die Sessel gegenüber. Das Weiß war gelbstichig, das feinrissige Leder schrie förmlich nach einer Auffrischung.

»Also«, forderte Laura, »worum geht's?«

»Wir möchten über das sprechen, was vor zehn Jahren passiert ist«, begann Durant.

»Da ist sicher 'ne Menge passiert.«

»Es geht um den Tag im Wald.«

Laura schnaubte. »War ja irgendwie klar.«

Sie zog die Knie noch näher an sich und umfasste sie. Durant hatte diese Schutz suchende Haltung schon oft gesehen.

»Sie haben vom Tod Oskar Hammers gehört?«

Laura zuckte mit den Achseln. »War ja unvermeidlich. Mich juckt's aber nicht.«

»Patrick und Lukas wurden auch gefunden«, gab die Kommissarin bekannt. Davon war noch nichts in den Nachrichten gelaufen, wie sie wusste. Die Augen des Mädchens wurden groß.

»Echt?«

Die Kommissare nickten. Julia nannte keine Details über den genauen Fundort, nur so viel: »Es war der Wald unweit der Schule.«

Laura kniff die Augen zusammen.

»Es war derselbe Wald«, fuhr Durant fort, »in den er Sie gelockt hat. Stimmt's?«

Lauras nervöses Fingerspielen sprach Bände. Trotzdem antwortete sie mit Nachdruck: »Quatsch. Er stand doch außerdem auf Jungs. Lesen Sie Ihre eigenen Akten nicht?«

Hellmer unterdrückte ein Schmunzeln. Er räusperte sich.
»Wir lesen sie sogar recht genau. Und diese Version von«, er formte in der Luft Anführungszeichen, »*Behinderten*, die Ihnen Angst gemacht haben ... hmm ...« Er ließ das Ende des Satzes offen und verzog das Gesicht, während er mit dem Kopf wippte.
»Ach, Scheiße. Meine Mom macht mir die Hölle heiß, wenn ich dazu was sage.«
»Wenn Sie's nicht tun, macht es vielleicht einer von uns«, murrte Hellmer. »Sie sind volljährig. Welpenschutz ist vorbei.«
»Boah, wie abgefuckt Sie sind.«
Julia Durant schaltete sich wieder ins Gespräch. »Ich spekuliere einfach mal. Es ist bekannt, dass Hammer sich damals aus der Affäre gezogen hat. Mit Geld. Dafür haben wir Beweise. Nun ist er aber tot. Was soll schon passieren?«
»Jagen Sie den Mörder?«
»Unter anderem.«
Laura winkte ab und erwiderte schnippisch: »Klar. Wahrscheinlich jagen Sie ihn mehr als damals diesen Wichser Oskar.«
»Nein. Wir möchten das Ganze aufklären. Hammer hatte Hilfe aus höchsten Kreisen. Auch wenn es zu spät ist, um ihn einzubuchten, möchten wir alles ans Licht bringen.«
»Coole Einstellung.«
»So bin ich eben«, schmunzelte Julia und hob die Augenbrauen.
»Meinetwegen. Solange Sie mich nicht bei meiner Alten in die Pfanne hauen ... Obwohl ... auch egal. Was wollen Sie denn wissen? Ist verdammt lang her.«
»Sie haben Hammer eben beim Vornamen genannt. Kannten Sie ihn?«

Laura lachte. »Jeder kannte ihn. Der blasse Klobige mit Brillengläsern aus Panzerglas. Karierte Hosen und Pullunder. Und dann diese seltsamen Gesichtsausdrücke.«
Während sie den Worten Gehör schenkte, fragte sich Julia Durant, wie so jemand zu einem erfolgreichen Politiker aufsteigen konnte. Hammer musste gute Noten gehabt haben und eine überzeugende Rhetorik. Und einen begnadeten Maskenbildner und Fotografen, wenn es dereinst zu Wahlplakaten gekommen wäre. Doch das hatte sich ja erledigt. Sie konzentrierte sich wieder auf die junge Frau.
»Wir hatten jedenfalls Angst vor ihm«, berichtete sie weiter, »aber er hatte halt auch immer den neuesten Technikkram. Klapphandy, Nintendo DS, die neuesten Spiele.«
»Woher wusstet ihr das?«
»Hat man sich so erzählt.«
»Hm. Okay. Was ist an dem besagten Tag geschehen?«
»Na ja, er laberte uns halt an. Wir waren auf dem Heimweg, zu Fuß. Er hatte einen Hubschrauber dabei.«
»Sie waren nicht allein?«
Kopfschütteln. »Janosch, mein früherer Nachbar, war dabei.«
Durant registrierte, dass Hellmer sich den Namen notierte. Also fuhr sie fort.
»Weiter bitte.«
»Er kam den Waldweg runter. Wir hatten noch nie mit ihm gesprochen, kannten ihn halt so vom Sehen. In der Hand den Heli. Janosch, der Spacken, rannte prompt hin. Ich ging halt mit. Dann lockte Oskar uns zu einer Lichtung, wo es windstill sein sollte. Zwischendurch musste er pinkeln. Janosch hat später behauptet, Oskar habe einen Ständer gehabt und sich angefasst. Er also zu mir und gezischt, dass wir abhauen sollen. Doch ich hab meinen Schlüssel fallen lassen, stolperte, und dann hatte er mich. Hielt mir den Mund zu.«

Lauras Blick wurde leer. Julia und Frank ertrugen die Stille schweigend. Warteten, bis das Mädchen wieder bereit war.
»Er hat gesagt, er habe mich nur mitgenommen, weil er den Jungen wollte. Dabei hat er so komisch geschielt, diese Visage werd ich wohl nie vergessen. Er trat auf der Stelle, so wie ein Kind, das nicht weiß, was es mit sich anfangen soll. Er hat innerlich gekocht, das habe ich genau gesehen, dann wollte er mir in die Hose greifen. Er hat etwas gesagt, aber ich kann mich nicht mehr dran erinnern. ›Probieren‹ kam darin vor. Ich glaube, er wollte ihn mir von hinten reinschieben.« Laura schluckte. »Das hat er mit den anderen Jungs doch auch gemacht, richtig?«
Durant kniff die Augen zusammen. »Wir können es noch nicht mit Bestimmtheit sagen. Hat er Ihnen weh getan?«
Laura schüttelte den Kopf. »Plötzlich waren Stimmen zu hören. Irgendjemand sang. Dann tauchten die Bewohner des Heimes auf. Und Janosch kam den Weg hochgerannt. Er sagte, er habe erst unten gecheckt, dass ich nicht bei ihm war. Oskar ließ mich los. ›Ich tu dir nichts. Ich habe dir nichts getan. Wenn du etwas anderes behauptest, hetze ich die Spastis auf dich!‹ Das hat er mir noch gesagt, bevor er mich losließ. Dann bin ich losgerannt.«
Hellmer knurrte etwas wegen ihrer letzten Bemerkung.
Laura tat das Ganze mit einer laxen Handbewegung ab. »So sagt man's halt, was ist denn dabei?«
»Ich habe eine schwerbehinderte Tochter«, antwortete der Kommissar unwirsch.
»Konnte ich ja nicht riechen.«
Durant ergriff wieder das Wort. Sie bedankte sich für Lauras Aussage, deren Worte noch immer auf sie wirkten. Die Kaltschnäuzigkeit, mit der Laura von allem gesprochen hatte, erschütterte sie. Das Mädchen hatte eine Schutzmauer errichtet,

so viel war offensichtlich. Andererseits lagen die Geschehnisse auch viele Jahre zurück, und – im Grunde – war ja nichts *wirklich* Schlimmes passiert. Auch wenn es natürlich falsch war, das zu behaupten. Auch der Versuch konnte einen jungen Menschen traumatisieren. Vielleicht würde sie heute anders aussehen. Andere Beziehungen führen. Ein anderes Menschenbild haben.
»Wo sind deine Eltern?«, erkundigte sich Frank Hellmer, der im Zimmer herumgelaufen war.
Laura stand ebenfalls auf und ging zum Spirituosenschrank. Sie griff eine Flasche Jura, auf der ein goldenes Auge prangte. »*Eltern*«, betonte sie sarkastisch, als sie den Korken herauszog. Sie goss einige Zentimeter der bernsteinfarbenen Flüssigkeit in ein Whiskeyglas. Drehte sich um und schaute fragend zu den Kommissaren. »Auch etwas?«
»Bleiben wir bitte bei der Sache«, antwortete Hellmer ungeduldig und kehrte zu Durant zurück.
»Ihnen entgeht was«, grinste Laura und nippte an dem Glas. Sie verzog das Gesicht. »Fast so alt wie ich und 46 Prozent Alkohol. Ich trinke den Kram nur, weil es die teuerste Flasche ist. Mein Erzeuger soll sich nicht lumpen lassen.«
»Ihr Vater lebt demnach nicht mehr hier?«
»Das tat er nie«, murmelte Laura, während sie sich den beiden wieder näherte. Sie ließ ihren Finger über das Inventar wandern. »Er zahlt. Großzügig. Aber Vorsicht!« Sie legte die Hand vor den Mund und riss die Augen auf. »Niemand weiß, wer er ist.«
Durant kniff argwöhnisch die Augen zusammen.
»Wer ist es denn?«, fragte sie nach einigen Sekunden vielsagender Stille.
»Er wohnt um die Ecke, Sie haben ihn bestimmt schon gesehen«, sagte Laura kokett. »Seine Visage grinst uns immer ent-

gegen, wenn mal wieder Wahlen sind. Im Grunde bin ich also gar nicht allein, ist doch toll.«

Und dann schien Hellmer in ihren Augen, in der Form ihrer Nase und den Gesichtszügen zu erkennen, was schon die ganze Zeit offen vor ihnen gelegen hatte.

»Norbert Diestel«, sagte er baff.

Laura hob die Augenbrauen und grinste, während sie mit Daumen und Zeigefinger über ihre Lippen fuhr, als zöge sie einen Reißverschluss zu.

FREITAG, 19:35 UHR

Frau Burg hatte nicht sagen wollen, worum es ging. Sie hatte jedoch darauf bestanden, dass Julia Durant noch heute zu ihr kam. Müde und abgespannt betrat die Kommissarin das schwülwarme Hausinnere und zog sofort ihre Ärmel hoch. Es roch bittersüß, wie nach frischem Mulch. Ihre Gastgeberin war bis zu den Ellbogen erdverschmiert. Während sie ins Bad eilte, rief sie Julia zu: »Sie kennen ja den Weg.«

Bevor sie Platz nahm, prüfte die Kommissarin, ob nicht irgendwo eines der Tiere lauerte. Dabei machte eine Würgeschlange mit Sicherheit weniger Dreck als ein Hund oder eine Katze. Nicht auf dem Sofa jedenfalls.

»Entschuldigung, dass Sie warten mussten.« Frau Burg ließ sich ihr gegenüber fallen und leerte das Wasserglas in einem Zug.

»Was wollten Sie mir denn so Wichtiges mitteilen? Ist Ihr Mann noch immer nicht zu Hause?«

»Schon wieder weg, aber nur für ein, zwei Stunden. Deshalb ja. Ich möchte mit Ihnen allein reden.«
»Über Ihren Mann?«
Ihr Gegenüber zuckte, also schien sie richtigzuliegen. Frau Burg spielte mit ihren Fingern, während sie zu sprechen begann: »Ich habe mitbekommen, dass Sie selbst keine Kinder haben. Ihre Kollegen schon, das stimmt doch, nicht wahr?«
Sie blickte auf, und die Kommissarin bestätigte. Frau Burg quittierte es mit einem flüchtigen Lächeln.
»Das ist der Grund, weshalb ich mich Ihnen anvertrauen möchte. Sie haben vermutlich etwas mehr Abstand zu allem.«
Erneut griff die nun wieder in wallenden Stoff gekleidete Frau zum Glas und schenkte neu ein. Ihre Hände zitterten. Durant erwischte sich dabei, Anzeichen für häusliche Gewalt zu suchen. Ein frischer blauer Fleck war auf dem Unterarm zu erkennen. Frau Burg fing ihren Blick prompt ein.
»Ich habe mich gestoßen.« Sie lachte kurz auf und fuhr sich durchs Haar. »Die ganze Sache wühlt mich derart auf. Ich habe den halben Garten umgestaltet, gestern ist mir ein Stamm auf den Arm gefallen.«
Durant entschied sich, das vorerst hinzunehmen. Frau Burg fuhr fort: »Haben Sie sich schon gefragt, weshalb wir uns in Bezug auf Oskar Hammer so sicher sind?«
»Ihr Mann hat beträchtliches Material gesammelt«, erinnerte sich die Kommissarin. Das spitze Lachen kam erneut.
»Ach das. Vergessen Sie's. Das sind nachträgliche *Beweise*.« Die Frau malte Anführungszeichen in die Luft. »Haben Sie dafür einen Fachbegriff?«
»Für was genau?«
»Man kennt einen Täter, kann ihm aber nichts nachweisen. Also pickt man sich alles zusammen, was man in die Hand bekommt. Wie bei Kennedy. Oder so.«

Durant unterdrückte ein Aufstöhnen. »Nun ja, diese Praxis ist nicht unser Stil ...«, begann sie etwas gestelzt.
»Eben. Doch ihm blieb nichts anderes übrig.«
»Weshalb?«
»Er wusste es. Und er war nicht der Einzige. Aber er konnte es nirgendwo anzeigen.«
Durant wedelte mit der Hand. »Frau Burg, bitte, können Sie das Ganze so berichten, dass ich Ihnen folgen kann? Von Anfang an?«
Frau Burg schluckte. Sie zitterte, als sie zu sprechen begann: »Mein Mann hat eine Therapie gemacht. In einer privaten, ziemlich exklusiven Einrichtung. Über die Sommerferien, damit niemand etwas mitbekommt. Er ist«, sie druckste und sprach beinahe tonlos weiter, »er ist nämlich pädophil.«
Julia Durant fasste sich mit der Hand vor den Mund. Mit zusammengekniffenen Augen versuchte sie, ein neues Bild aus den Puzzleteilen zusammenzusetzen, die ihr in den Kopf schossen. Doch ihr Gegenüber wartete nicht, bis sie damit fertig war.
»Volker hat sich an Patrick vergangen. Ich habe es mitbekommen, es war die düsterste Zeit unserer Ehe. Er hat sich geschämt, er drohte, sich umzubringen, wenn ich ihn verließe. Er schwor mir, etwas dagegen zu tun, und ich gab ihm diese eine Chance. Das war im Sommer, bevor Patty verschwand.«
Julia begriff. »Und er hat in dieser, hm, Therapie von Oskar Hammer erfahren?«
»Besser. Er ist ihm begegnet. Doch die beiden kannten einander ja nicht, zumindest kannte Hammer nicht meinen Mann.«
»Hatte die Therapie denn Erfolg?«, erkundigte sich Durant nach einer kurzen Pause.

Frau Burg nickte. »Ich denke schon.« Eine Träne löste sich aus ihrem Auge. »Er hatte nicht mehr viel Zeit, das zu beweisen«, schniefte sie.
Jetzt verstand Durant, weshalb sie mit ihr hatte sprechen wollen. So einfühlsam Frank Hellmer auch sein mochte, oder auch Peter Brandt, sie wären vermutlich nicht so ruhig geblieben. Vor allem in dem Augenblick, als Volker Burg plötzlich im Hausflur stand.
»Du!«
Ein wenig bemitleidete Julia die Frau. Die kam aus dem Zittern überhaupt nicht mehr raus. Flehende Blicke trafen Julia, sie machte eine beruhigende Geste. Dann blickte sie in die verwunderten Augen von Herrn Burg.
»Guten Abend«, sagte er mit forderndem Unterton. Als Nächstes erwartete er fraglos eine Erklärung.
»Tut mir leid, das mit Patrick«, sagte Durant zunächst und streckte ihm die Hand entgegen.
»Nun können wir wenigstens Frieden schließen«, erwiderte er lakonisch.
Dann platzte Frau Burg mit der Wahrheit heraus: »Ich habe es ihr erzählt, Baby.«
Er runzelte die Stirn. Sie erklärte daraufhin hektisch, worauf sie anspielte, was das Runzeln nicht besser machte. Er streckte der Kommissarin auffordernd die Hände entgegen: »Nehmen Sie mich jetzt gleich mit? Oder warten wir auf Ihren Kollegen?«
»Haben Sie mit dem Tod der Jungen etwas zu tun?«, fragte Julia kühl.
»Natürlich nicht.«
»Dann hören Sie auf damit. Setzen wir uns noch mal.«
Sie befragte Herrn Burg zu seinen Erinnerungen, es kam nicht viel Neues dabei heraus. Über den Missbrauch selbst redeten

sie nicht. Bei Kindern, auch wenn sie keine eigenen hatte, hörte für Julia Durant das Erträgliche auf. Das würde Burg mit anderen Instanzen ausfechten müssen.
»Hammer wurde zu dieser Therapie genötigt. So viel habe ich mitbekommen«, ließ er verlauten. »Meine Theorie dazu ist ganz simpel. Möchten Sie sie hören?«
»Bitte.«
»Hammer tatscht jemanden an. Er droht aufzufliegen, weil er ohnehin schon einen Skandal an der Backe hat. Seine mächtigen Freunde fädeln einen Deal ein. Er macht eine Therapie, ganz diskret, und wirft seine politischen Ambitionen über Bord. Die Eltern bekommen Geld und verzichten auf eine Anzeige. Und wenn sie nicht gestorben sind – so sieht das Ganze aus.«
»Wie viel Prozent davon können Sie beweisen?«, erkundigte sich Durant und deutete ins Leere, etwa dahin, wo Burg beim letzten Gespräch die Akten geholt hatte. Doch er machte keine Anstalten, aufzustehen. Stattdessen seufzte er.
»Nichts. Wir haben nicht mal mehr den Koffer.«
»Baby!«, zischte es.
»Wieso denn?«, sagte Burg patzig, »es ist doch fast nichts mehr da. Was soll uns denn passieren?«
Durant begriff. »Sie haben also auch Geld erhalten.«
Burg nickte. »Haben Sie sich nicht gefragt, wie wir das hier«, seine Finger kreisten, »alles finanzieren konnten?«
»Doch.« Sie lächelte schmal und hob die Augenbrauen. Burg berichtete ihr in knappen Sätzen, dass man ihnen, als Patrick verschwunden blieb und die Polizei das Ganze als aussichtslos abstempelte, etwas angeboten habe. »Gehen Sie weg, sehen Sie sich nicht um. Es kann nichts getan werden, außer nach vorn zu schauen. Betrachten Sie es als Hilfe, nicht als Schmerzensgeld. Leben Sie, behalten Sie Ihr Kind in Erinne-

rung. Wir alle müssen mit dieser Schande leben.« Er schnaubte. »Zynisch, wie?«
»Hm. Und wer hat Ihnen das nun konkret angeboten?«
»Da lief nie etwas persönlich. Doch uns war klar, woher der Wind weht.«
»Und dass wir keine Chance hatten«, ergänzte seine Frau mit niedergeschlagener Miene. »Es wurde eine Überschreibung abgewickelt, dazu ein erfundenes Erbverfahren, falls jemand es je nachprüfen sollte. Und in dem Haus erwartete uns eine Tasche mit dreihundertfünfzigtausend Euro. Der Gegenwert des alten Hauses und Grundstücks. Wir lösten das laufende Darlehen auf, und die Bank verkaufte es.«
»Nichts davon brachte uns Patrick wieder«, murmelte Volker Burg und versenkte das Haupt zwischen den Händen. Er hauchte: »Kein Tag ist vergangen, an dem ich mich nicht für alles verfluche. Nicht ein einziger.«
Durant beobachtete die beiden. Wie sie tröstend den Arm um ihn schlang. Sie fragte sich, ob sie ihm je verziehen hatte. Ob sie selbst, an Frau Burgs Stelle, dazu fähig wäre. Und ob es überhaupt eine heilende Therapie für Pädophilie gab. Im Hinausgehen bat sie darum, die vorhandenen Unterlagen einsehen zu dürfen. Herr Burg versprach, sie zusammenzusuchen und am nächsten Tag auszuhändigen.

Als sie längst hinterm Steuer saß, konnte sie ihre Gedanken nicht davon lösen, was sie erfahren hatte. Patricks Vater hatte sein Kind missbraucht. Der Junge war sein ein und alles gewesen, aber eben auch mehr. Es gab eine Beziehung zwischen den beiden, die verboten war. Von der niemand etwas wissen durfte, in die niemand sich einmischen durfte. War es das, was Burg gefühlt hatte? Unterlag er einem Kontrollzwang und hatte Patrick als sein Eigentum betrachtet? Etwas, das er, bis

in krankhafte Dimensionen, besitzen wollte? Wenn dem so war, hatte Oskar Hammer ihm viel mehr genommen als seinen Sohn. Er hatte ihm die Macht über das eigene Kind gestohlen. Sein Eigentum zerstört.
Ihr schauderte. Ging dieser Gedanke zu weit? Sie kontaktierte Michael Schreck, um ihn auf sämtliche Spuren anzusetzen, die Herr Burg in der digitalen Welt hinterlassen hatte. Wenn es dort etwas zu finden gab, war Schreck der Richtige dafür.

FREITAG, 20:50 UHR

Julia Durant betrat ihre leere Wohnung. Sie fühlte sich beklommen, noch bevor die Tür ins Schloss fiel. Alina war längst wieder bei sich zu Hause, sie hatten sich verabredet, doch Julia wollte ihr absagen. Sie war todmüde und sehnte sich nach ihrem Bett. Als sie spürte, wie es in ihrer Brust zu stolpern begann, entschied sie sich dagegen.
Auf dem Weg zu Alina sagte ihr eine innere Stimme, dass sie selbst an allem schuld sei. Julia biss sich auf die Unterlippe. Hätte sie Claus nicht einen Korb gegeben, wäre er jetzt hier. Doch sie wusste auch, dass sie mit ihrer Psyche alleine zurechtkommen musste.
Von ihrer Panikattacke hatte sie ihrer Freundin noch nichts erzählt. Alina Cornelius nahm Julias Schilderung mit sorgenvoller Miene auf.
»Nach einem solchen Vorfall ist Angst eine normale Reaktion.«
Durant schüttelte den Kopf. »Diese schlimme Attacke hatte ich schon *vor* Sultzers Überfall.«

Sie hatten auf der ausladenden Couch Platz genommen. In Alinas Wohnung fühlte Julia sich wohl, beinahe schon heimisch.
»Es geschieht ja auch sonst einiges um dich herum, hm?«, vergewisserte sich die Therapeutin. Im Grunde, das wusste Julia, kannte sie alle wichtigen Faktoren. Doch so, wie sie dasaß, wollte sie das Ganze von ihr dargestellt bekommen. Die kleine Psychostunde zwischendurch. Julia stöhnte.
»Ach Gott, wo soll ich anfangen? Zaubere mir eine Handvoll weiblicher Therapeutinnen aus dem Hut, die allesamt Litauisch sprechen und sich sofort um meine Mädchen kümmern. Und dann wäre da noch Berger. Und Claus. Und die Sache mit Sultzers komischer Truppe.« Sie kicherte freudlos. »Das wäre es wohl fürs Erste.«
»Hm.« Alina lächelte warm. »Die meisten wünschen sich eine Zeitmaschine, um einzugreifen, bevor die Dinge eskalieren. Wäre das nichts für dich?«
»Ich wüsste nicht, wie weit ich da zurückreisen sollte.«
Ein kalter Schauer durchfuhr Julia. Sie dachte an ihre Entführung. »Mindestens sieben Jahre«, sagte sie schnell.
Alina schien zu verstehen. Sie teilten das Erlebte. Doch sie ging nicht darauf ein, sagte stattdessen: »Hauptsache, es wird nicht viel mehr.«
»Warum nicht?«
»Weil wir uns sonst vielleicht nicht kennenlernen würden. Wäre doch schade.«
Julia Durant lächelte. Das Eis war verschwunden.
Alina stand auf und eilte in die Küche, aus der sie mit einer Flasche Sekt zurückkehrte. Wasserperlen zogen Bahnen in die beschlagene Oberfläche, es war eine teure Sorte. Alina Cornelius hatte sich zur Maxime gemacht, dass man genießen sollte, was man hatte. Bei einer florierenden Praxis konnte sie sich diese Einstellung leisten.

»So schlimm war's schon lange nicht mehr, hm?«, urteilte sie nach dem ersten Schluck und einigen prüfenden Blicken. Ihre zweite Maxime war, dass sie Dinge direkt benannte. Daran hatte Julia sich erst gewöhnen müssen.
»Ich wollte dir absagen. Doch im Flur überkam mich plötzlich wieder diese Enge. Als lägen Stahlplatten auf meinem Brustkorb.«
»Hm«, murmelte Alina. »Dann vielleicht besser keinen Alkohol? Du weißt ja, Alkohol und Koffein sind gefährliche Stressoren.«
»Nicht für mich«, wiegelte Julia ab und nahm einen großen Schluck. »Ich möchte nichts denken, nichts hören, mich um nichts kümmern. Wie diese drei Affen.«
»Das hat schon mancher versucht«, seufzte Alina.
»Es steht mir einfach bis hier.« Julia hielt ihre Hand, so weit es ging, nach oben. »Die Ermittlung wird permanent boykottiert, Berger wird bedroht, und ich erfahre hintenrum, dass Claus mein neuer Chef werden soll.«
Alinas Augen weiteten sich. Ausgerechnet diese unwichtig erscheinende Sache mit Claus war ihr neu. Sie stellte ein paar vorsichtige Fragen.
»Und da wunderst du dich, weshalb du Panikattacken bekommst«, schloss die Psychologin und füllte die Gläser erneut. Sie saßen eine Weile schweigend da und lauschten der leisen Musik. Julia fragte sich, seit wann ihre Freundin auf Queen stand. »Was ist denn so schlimm an der Vorstellung, dass dein Claus in Bergers Büro zieht?«
»Alles«, knurrte die Kommissarin.
»Das ist keine Antwort. Liegt es am Dienstgrad? Oder ist es dir zu viel Nähe?«
Julia fühlte sich in die Enge getrieben. Sie überlegte, wie lange Alinas letzte längere Beziehung her war, konnte sich aber

nicht genau erinnern. »Was verstehst du denn schon davon«, wich sie aus.

Alina verzog beleidigt den Mund. »Was soll das denn heißen? Nur, weil ich lieber mit Frauen vögele, heißt das nicht, dass ich Männer nicht verstehe! Siebzig Prozent meiner Klienten sind Männer. Und warum ist das so? Weil Frauen lieber zu den männlichen Kollegen gehen. Weil zu einer Therapie gehört, dass man seinen Dr. Freud anhimmeln kann und sich dabei einbildet, man sei seine Nummer eins.«

Julia musterte ihre Freundin, die wie ein Rohrspatz schimpfte, mit irritiertem Blick, bis Alina eine Verschnaufpause einlegen musste.

»War's das?«, grinste sie, und ihr Gegenüber zog eine Schnute.

»Ist doch wahr.«

»Dann sag mir meinetwegen deine Meinung zu Claus. Und danach unterhalten wir uns nur noch über Belanglosigkeiten, abgemacht?«

»Verdammt, Julia, der Typ liebt dich!« Alina wedelte mit dem Arm, als wäre sie fassungslos über Julias Blindheit, dies zu erkennen. »Er weiß, dass du nie hier weggehen würdest. Er würde das niemals von dir verlangen. Doch er hat eine Gelegenheit erkannt, um dir hier in Frankfurt nah sein zu können.«

»Er hätte die Gelegenheit nutzen sollen, mit mir darüber zu reden.«

Alina verdrehte die Augen. »Er musste vielleicht zuerst prüfen, ob das Ganze machbar ist. Irgendwo muss man schließlich anfangen. Mensch! Ich konnte auch nicht an einem Tag meine Praxis von Höchst hierher verlegen.«

Julia drehte das Weinglas in ihrer Hand und beobachtete die Lichtreflexe der Wohnzimmerlampe darin. »Ich wäre einfach

gerne gefragt worden, bevor es die Spatzen von den Dächern pfeifen«, murmelte sie.
»Das verstehe ich ja.« Alina rückte näher und legte den Arm um sie. Es fühlte sich gut an, vertraut, und Julia erinnerte sich, dass sie sich vor Jahren einmal sehr, sehr nahegekommen waren. Es erregte sie. Sie schob es auf den Alkohol und versuchte, sich nichts anmerken zu lassen.
»Wir werden nicht jünger, Mädchen«, raunte Alina ihr ins Ohr und ihr Atem kribbelte an Julias Ohrläppchen. »Vergiss das nicht.« Dann drückte Alina ihr einen Kuss auf die Schläfe und sprang auf. »Wir killen jetzt noch eine Flasche Rosé. Aus der Wetterau. Eines meiner Schäfchen hat Verbindungen zu den Weinfreunden in Bad Nauheim. Es ist nicht ganz leicht, da ranzukommen.«
Durant musterte Alina verwirrt. Und es war nicht die Vorstellung, dass in der Wetterau etwas anderes als Getreide angebaut wurde, die ihr Kopfzerbrechen bereitete. Alina Cornelius war, nach all den gemeinsamen Jahren, noch immer eine Frau voller Rätsel.

SAMSTAG

SAMSTAG, 18. OKTOBER, 7:35 UHR

Der Anruf weckte sie aus einer traumlosen Nacht. Gerädert kämpfte sie sich unter der Decke hervor und nahm das Gespräch an. Es blieb ihr ohnehin nichts anderes übrig, denn einer Ermittlung war es egal, welcher Tag und welche Uhrzeit es war. Im Grunde konnte Julia froh sein, dass auch alle anderen sich so bereitwillig in die Arbeit knieten. Es war Platzeck von der Spurensicherung. Er wartete mit einer Neuigkeit auf: »Das Puzzle passt zusammen. Michael Schreck hat die Daten vorbereitet. Wir haben ihm sämtliches Material zugänglich gemacht. Er wartet bereits.«

Julia Durants Gehirn kam nur langsam in die Gänge. Sie erinnerte sich an das Gespräch am Fundort der beiden toten Jungen. Dr. Sievers hatte das DNA-Material von damals erhalten und einen Abgleich mit den sterblichen Überresten machen wollen. Doch darauf bezog sich Platzeck nicht. Er hatte über die Kleidung Hammers geredet.

Verdammt, was ist mit dir los? Sie fühlte sich wie unter einer Glocke. Ihre Bewegungen waren zäh, als hielte ein Gummiseil sie zurück. Nachwirkungen einer Nacht, die von einer Panikattacke unterbrochen worden war. Julia machte sich einen starken Kaffee, erledigte ihre Morgentoilette und beeilte sich, ins Präsidium zu kommen. Sie entschied sich für einen Fußmarsch, die

frische Luft würde ihr guttun. Sie wählte die Nummer der IT-Abteilung, während sie am Holzhausenpark vorbeilief, der zu dieser Stunde fast menschenleer war. Eine Autohupe ertönte.
»Wo bist du?«, erkundigte sich Schreck.
»In ein paar Minuten bei dir«, keuchte sie.
»Läufst du? Löblich.«
»Ich kann's kaum erwarten, Platzeck hat mich informiert. Was hast du?«
Michael Schreck lachte auf. »Mensch, keinerlei Geduld. Na gut, sagen wir's mal so: Hast du Lust auf einen Trip ans Meer?«
»Wovon redest du?«
»Oskar Hammer. Neunundneunzig zu eins, dass er die letzten Jahre in Belgien verbracht hat. Die Marke der Klamotten, der Beleg in seiner Hosentasche, alles ergibt einen Sinn.«
Julia beschleunigte ihre Schritte und erreichte das Präsidium ein paar Minuten später. Ohne Umwege begab sie sich in den Keller.

Michael Schreck hatte sich nicht lumpen lassen, er musste stundenlang daran gearbeitet haben. Der Beleg stammte aus einem Outlet-Store in Maasmechelen Village, etwa fünfunddreißig Kilometer nordwestlich von Aachen, direkt an der Grenze. Die Kleidung könnte dort gekauft worden sein; er hatte die Marken überprüft. Das Datum war nicht zu entziffern gewesen. Eine Karte legte sich über den Hauptmonitor, auf der rote Marker die entsprechenden Orte hervorhoben.
»Reiß mir nicht den Kopf ab«, kommentierte Schreck, »aber ausgerechnet Belgien?«
Durant verstand sofort. Das »Land der Kinderschänder«. Dieser Ruf würde vermutlich für immer haften bleiben. Dabei waren die Gesetze in den Niederlanden, Dänemark und sogar Frankreich wesentlich laxer.

»Belgien hat von allen europäischen Ländern am härtesten durchgegriffen«, widersprach sie daher. »Vereine, Parteien, Privatpersonen. Verbote und Überwachung.« Sie überlegte kurz. »War das nicht etwa zum Zeitpunkt von Hammers Verschwinden?«
Schreck nickte. Zu Beginn des neuen Jahrtausends waren die Medien voll von Skandalen und Ermittlungspannen. In Belgien hatte man dem durch schärfere Gesetze einen Riegel vorschieben wollen.
»Es hätte genauso gut ein anderes Land sein können«, mutmaßte Durant.
»Sehe ich genauso. Doch es ist nun mal Belgien. Was machst du mit dieser Info?«
»Überlege ich mir noch. Nach der Dienstbesprechung. Du kannst gerne dazustoßen.«
»Sorry, ich muss passen.« Schreck zwinkerte und tippte auf einen leuchtgelben Notizzettel. Durants Augen weiteten sich.

9:30 Uhr
M. Sultzer

»Was willst du denn von dem?«
»Er wollte mich sprechen«, sagte Schreck mit Unschuldsmiene. »Bei der Gelegenheit soll er mir gleich mal erklären, was es mit dem Handy vom Taunusblick auf sich hatte. Und wer es gelöscht hat.«
»Sieh dich lieber vor«, brummte Julia und spielte nervös mit ihren Fingern. »Der Typ ist mit allen Wassern gewaschen. Hinterher stehst du da und hast mehr Fragen als Antworten.«
»Wie soll ich denn das verstehen?«
»Glaub mir. Ich spreche da aus Erfahrung.«

SAMSTAG, 9:30 UHR
Dienstbesprechung.

Peter Kullmer setzte die anderen davon in Kenntnis, dass Janosch Lemmert in Berlin lebe. Die seltene Namenskombination habe die Suche vereinfacht. Janosch machte laut seiner Facebook-Seite ein freiwilliges soziales Jahr bei einer Tierschutzorganisation und spielte Bass in einer Band.
»Vater Lungenfacharzt, Mutter Allgemeinärztin«, las Kullmer vor. »Die beiden haben eine Praxis übernommen.«
»Wann genau?«, erkundigte sich Julia Durant.
»2007.«
»Dann war es keine direkte Flucht«, überlegte sie laut.
»Janosch war ja auch kein richtiges Opfer«, warf Doris Seidel ein.
»Aber er war ein Zeuge«, widersprach Durant. »Jemand, der Hammer als Triebtäter hätte identifizieren können.«
»Zwei Fachärzte vertreibt man aber nicht mit der Aussicht auf ein paar Euros«, brummte Hellmer. »Zumindest nicht so leicht wie die Burgs oder den Schuster.
»Trotzdem möchte ich, dass jemand mit ihm telefoniert.« Sie bat Peter, das zu übernehmen.
Doris Seidel berichtete über die Therapiestätte, in der Burg und Hammer gewesen waren. Es handelte sich um eine private Einrichtung, die einen exklusiven Eindruck machte.
»Die Kirche scheint ihre Finger im Spiel zu haben, wenn auch nur indirekt«, sagte Seidel, was zu einem Aufstöhnen Hellmers führte.
»Ausgerechnet.« Durant erinnerte sich, dass er sich in der Woche zuvor über den Missbrauchsskandal bei den Domspatzen ausgelassen hatte. Mit Frank über Gott zu diskutie-

ren, war stets ein heikles Unterfangen. Egal, wie oft sie darauf beharrte, dass zwischen Gott und seinen irdischen Vertretern ein himmelweiter Unterschied bestand.
Seidel fuhr fort. Die Therapie schien eine Mixtur aus Gesprächen, einer speziellen Diät und Meditationen zu sein. Nirgendwo auf der ziemlich kargen Website wurde von »Beten« gesprochen, doch es wurden Bibelstellen zitiert.
Der Korintherbrief, in dem Unzüchtige, Knabenschänder und Ehebrecher vom Reich Gottes ausgeschlossen werden. Der Römerbrief, in dem der Verkehr zwischen Gleichgeschlechtlichen als Verirrung angeprangert wird.
»Es gibt Therapien gegen Ehebruch, Therapien gegen Sodomie und«, Seidel schnaufte, »Therapie gegen ungewollte Homosexualität.«
»Klar«, kommentierte Hellmer düster. »Das gesamte Spektrum sexueller Verirrungen, die dringend geheilt werden müssen. Ganz die Kirche. Als hätten wir keine anderen Probleme auf der Welt.«
»Genug damit«, wehrte Durant ab. Nicht dass sie nicht selbst schockiert darüber war, wie offensiv die Einrichtung mit diesen Themen umging. Doch das Beiwort »ungewollt« schien rechtlich ausreichend zu sein. Sie hatte von Boot-Camps in den USA gehört, die ihre Homophobie noch weitaus krasser inszenierten.
»Ich fürchte, man wird uns dort nicht freiwillig helfen«, schloss sie. »Zumal es nach zehn Jahren vermutlich keine Akten mehr geben wird.«
»Nicht dass ich diese Gurus gut fände«, warf Hellmer ein, »aber bei Burg scheint das Ganze den gewünschten Effekt erzielt zu haben.«
Seidel zeigte sich weniger überzeugt. »Vielleicht tat er es nur noch heimlich. Oder Patrick verschwand, bevor er rückfällig werden konnte.«

»Bringt uns alles nichts«, schnitt Durant das Spekulieren ab. »Hammer hat das Ganze nicht geheilt.«
Seidel räusperte sich. Es gebe noch mehr. Sie hatte eine ganze Reihe von Telefonaten benötigt, um herauszufinden, dass Hammers Therapie aus Liechtenstein bezahlt worden war.
»Drei Monate später, und die Akten wären im Reißwolf verschwunden«, verkündete sie nicht ohne Stolz.
Durant biss sich auf die Lippe. Seine Therapie. Die Pflegestelle seiner Mutter. Und keine Chance, das Konto von hier aus einzusehen. Sie musste sich vorerst damit abfinden.

Berger hatte die Kommissarin nach der Besprechung in sein Büro gebeten. Er erweckte den Anschein, als verschanze er sich hinter seinem Schreibtisch. Seine Stimme klang trotzdem entschlossen, als er ohne Umschweife sagte: »Frau Durant, ich gehe nachher zu Brinckhoff.«
Julia zog die Augenbrauen in Richtung Decke. Brinckhoff war Bergers direkter Vorgesetzter. Ein Bürokrat, wie er im Buche stand, und jemand, der sein Fähnchen stets in den aktuellen politischen Wind hielt. Trotzdem führte kein Weg an ihm vorbei.
»Ich möchte, dass Sie mich begleiten.« Berger blickte auf seine Uhr. »Um zehn Uhr kommt außerdem Elvira Klein, ich habe sie dazugebeten.«
Jetzt geht er aufs Ganze, dachte die Kommissarin bei sich. Obwohl sie sich überfahren fühlte, schenkte sie ihrem Boss ein Lächeln. »Klar, ich bin dabei. Hat sich denn etwas Neues ergeben?«
Berger schüttelte den Kopf. »Jein. Aber mir bleiben genau zwei Möglichkeiten, wie ich hier abtreten kann. Mit einem Skandal, der unweigerlich in den Medien breitgetreten wird. Oder«, er atmete tief ein, »ich verbringe den Rest meines Le-

bens in dem Wissen, mich zum Werkzeug von Erpressern gemacht zu haben. Und das«, er schnaubte entschlossen, »lasse ich nicht zu!«

SAMSTAG, 10:15 UHR

Julia Durant hatte Elvira begrüßt, zu mehr war sie nicht gekommen, denn Berger nahm die Staatsanwältin sofort in Beschlag. Sie ging an ihren Platz, wo sie noch schnell ein paar Dinge erledigen wollte. Das Telefon hielt sie davon ab.
Dr. Sievers plapperte wie ein Wasserfall. Es ging um die DNA-Ergebnisse, die vor wenigen Minuten auf ihrem Schreibtisch gelandet waren.
»Normalerweise müsste ich das Ganze nun an die betreffenden Stellen weiterleiten«, schloss die Rechtsmedizinerin, und damit war klar, worauf sie mit ihrem Anruf hinauswollte.
»Bitte sprich vorläufig mit niemandem über diese Ergebnisse«, bat Durant.
Andrea räusperte sich. »Ähm, für ein paar Stunden sollte das kein Problem sein. Aber du solltest mir diese Geheimniskrämerei irgendwann schon noch mal erklären.«
Ein Knacken in der Leitung ließ Durant zusammenzucken.
»Nicht am Telefon«, sagte sie hastig, »nicht jetzt. Ich melde mich. Aber bitte …«
»Ja, schon gut. Mach dir keine Sorgen. Kommst du im Laufe des Tages mal vorbei? Dann versauere ich hier nicht unter den kalten Genossen. Ab und zu ein lebender Sozialkontakt tut mir auch ganz gut.«

Durant bejahte und bedankte sich. Sie wischte sich über die Stirn, sie war feucht und fettig. Plötzlich fühlte sie sich beobachtet.
»Frau Durant?«
Sie stieß einen spitzen Schrei aus und fuhr herum. Berger und Klein standen in der Tür. Elvira grinste breit.
»Verdammt, müsst ihr euch so anschleichen?« Die Kommissarin rang sich ein Lachen ab.
»Schreckhaftigkeit ist oftmals ein Zeichen für Schuld«, feixte die Staatsanwältin.
»Du hast ja keine Ahnung«, brummte Durant in Richtung des grau gesprenkelten PVC-Bodens.

Brinckhoffs Büro war um Klassen eleganter als das von Berger. Er war eine Ecke jünger und engagierte sich neben der Arbeit in verschiedenen gemeinnützigen Projekten. Ein Vorzeigemann, mit dem die Politik sich gern schmückte, wenn es um das Image der hessischen Polizei ging. Er machte, das war allen klar, nur Zwischenstation im Frankfurter Präsidium. Sein Ziel war Wiesbaden. Eine plakative Stelle in greifbarer Nähe des Landtags. Oder am besten gleich das Innenministerium, wie manch einer munkelte.
Er trug einen Maßanzug und duftete nach Rasierwasser. Trainiert und agil. Passionierter Golfspieler.
Er bat die drei, Platz zu nehmen, und lächelte sie an. »Was liegt an? In dieser Konstellation haben wir uns noch nie zusammengefunden.«
Berger begann zu berichten. Er tat es auf eine bemerkenswerte Weise. Emotionslos, auf die wenigen Fakten bezogen, ohne Ausflüchte. Brinckhoffs Augen weiteten sich ungläubig.
»Und Sie können sich an nichts erinnern?«
»Zwischen einem Glas Wein auf der Terrasse und meinem Aufwachen in der heimischen Garage? Nein.«

»K.-o.-Tropfen?«, fragte er weiter.
Durant übernahm. »Rohypnol, Tavor, was auch immer. Aber selbst wenn. Man könnte nichts davon mehr nachweisen.«
»Und Sie haben keine Idee, wer oder was dahinterstecken könnte?«, erkundigte sich Brinckhoff.
»Wir wissen, wann und wo die Aufnahmen entstanden sind«, erklärte Elvira Klein. »Es muss innerhalb des Clubs Mitwisser geben, vermutlich auf hoher Ebene. Offiziell war der Raum, in dem das Ganze inszeniert wurde, nicht geöffnet. Eine mutmaßliche Escortdame war zugegen, und irgendjemand des Personals muss ebenfalls da gewesen sein. Jemand muss außerdem dafür bezahlt haben. Eine Durchsuchung der Clubräume erscheint mir ausreichend begründet.«
»Keinesfalls!«, rief Brinckhoff und schien im nächsten Moment selbst darüber zu erschrecken. »Ich bin dort selbst Mitglied«, murmelte er dann. »Ich kann das weder beauftragen noch genehmigen.«
»Dann suchen wir uns jemand anderen«, funkelte Berger ihn an. Sofort hob Brinckhoff beschwichtigend die Hände. »Moment, jetzt warten Sie bitte mal. Ich war am dreizehnten Juli selbst vor Ort. Das wissen Sie doch noch, oder?«
Berger nickte. Jeder aus dem Präsidium, der Rang und Namen hatte und nicht gerade Sommerurlaub machte, war auf der Gästeliste gewesen.
»Ich kenne den Chef, ich kenne den Vorstand«, fuhr sein Gegenüber fort. »Was, wenn ich mich persönlich darum kümmere? Noch heute.«
Durant wechselte einen schnellen Blick mit Klein und Berger. Wortlos signalisierten sie einander Zustimmung. Berger nickte langsam. »Noch heute«, wiederholte er.
Elvira Klein gab bekannt, dass sie sich bis achtzehn Uhr im Büro befände. »Ich kümmere mich um einen Beschluss. Wenn

Sie das Ganze vorher aufklären können, wandert er in den Reißwolf.«

Niemand widersprach, denn alle wussten, dass die Staatsanwältin ihre Entscheidung nicht ändern würde. Und noch etwas anderes stand unausgesprochen im Raum.

Das Foto mit Berger und der Unbekannten würde in die *Bild* wandern. Sein Gesicht würde verpixelt oder mit einem Balken versehen werden. Erkennen würde ihn trotzdem jeder. Der Leitartikel würde über eine Polizei-Orgie berichten. Aufdecken, dass man im Präsidium alles dafür täte, das Ganze zu vertuschen.

Ab diesem Zeitpunkt wäre es gleichgültig, wie das Ergebnis ausfallen würde. Bergers Unschuld wäre dann nur noch eine Farce. Sie mussten schneller sein. Eine bessere Story zutage fördern.

Während sie zurück an ihren Schreibtisch trottete, überlegte Julia Durant, ob sie einen ihrer Pressekontakte einschalten sollte. Hellmer unterbrach ihre Gedankengänge. Er hatte eine außerplanmäßige Vernehmung geführt, wie er es nannte. Durant lauschte ihm, insgeheim erleichtert, für ein paar Minuten nicht grübeln zu müssen.

»Norbert Diestels Schwiegervater wollte mir nicht aus dem Kopf gehen«, begann er, »frag mich aber nicht, warum. Es war so ein unbestimmtes Gefühl. Also ich bin noch mal hingefahren.«

Er nannte den Namen. Edwin Focke. Ungeduldig trommelte Julia mit den Fingerkuppen.

»Spann mich nicht auf die Folter.«

»Ist ja schon gut.« Er streckte Mittel- und Zeigefinger hoch. »Zwei Dinge. Zuerst Hammer oder zuerst Diestel?«

Sie nippte an ihrer Tasse. »Ist mir egal.«

»Gut. Oskar Hammer. Diestels Schwiegereltern, damals noch in spe, haben zwei Häuser neben den Hammers gewohnt. Er erzählte mir ein paar Dinge, die man unter Nachbarn mitbekommt. Vorfälle, die einzeln betrachtet unwichtig erscheinen, aber im Gesamten einen Sinn ergeben.«
»Lass mich raten«, seufzte Durant. »Der kleine Oskar musste unter seinen Eltern leiden, besonders unter dem dominanten Vater. Er bildete eine Symbiose zur Mutter, die es ihm unmöglich machte, andere Frauen zu lieben. So in etwa?« Die meisten Psychogramme von Triebtätern konnte man in entsprechende Schubladen einsortieren. Was Durant daran störte, war, dass in keiner dieser Schubladen Platz war für die Namen ihrer Opfer.
Hellmer verstand. Er legte einen Arm um Julia und sah sie an. »Dir geht das Ganze an die Nieren, hm?«
»Frag lieber nicht«, erwiderte sie trübsinnig.
Sie wechselten einige Worte über Hammers gewalttätigen Vater. Über Focke, der darüber gesprochen hatte, und über Diestel, der es in seiner Kindheit selbst einmal hatte mit ansehen müssen.
»Diestel war zwei Jahre jünger als Hammer«, schloss Hellmer. »Er hat es mit den Augen eines Kindes gesehen. Mich wundert aber, dass seine Eltern ihn dort spielen ließen. Er muss doch mit ihnen darüber geredet haben.«
»Ich weiß nicht. Vielleicht hat man es in der Nachbarschaft auch totgeschwiegen ... oder überhaupt nicht erst wissen wollen.«
»Wie auch immer. Jetzt zu Diestel selbst«, sagte Hellmer und hob vielsagend die Hand. »Focke kann ihn nicht ausstehen, daraus machte er kein Geheimnis.«
Durant grinste. »Typische Schwiegervater-Krankheit, schätze ich.«

Frank lachte nicht. Er brummte: »Besonders, wenn die Schwiegersöhne es zu mehr gebracht haben als man selbst.«
Sie betrachtete ihn prüfend, doch kam nicht dazu, lange darüber nachzudenken, ob Hellmer gerade von sich selbst sprach. Denn dieser fuhr längst fort: »Als das mit Lukas und Patrick passierte, munkelte man im Ort über Hammer. Doch er hatte ein Alibi. Diestel und die Parteiführung haben ihm die Anwesenheit auf irgendeiner Gremiensitzung bestätigt. Niemand konnte etwas Gegenteiliges beweisen. Der Genickbruch für Oskar Hammer war das Internet. Seine Pornos, die er geladen hat. Es gab Protokolle, Netzwerkkram, und weil niemand dafür die Kastanien aus dem Feuer holen konnte, musste er gehen. Knast oder Untertauchen. Hammer verschwand, und seine politische Karriere übernahm Diestel, der nun an die erste Stelle nachrückte. Focke unterstellt ihm ganz unverhohlen, dass er Hammers Abgang mitorganisiert habe. Es war ein Geniestreich, denn was zunächst wie ein Freundschaftsdienst aussah, brachte Diestel auf Hammers Position. Heute ist *er* der Abgeordnete. Und dass er hinter der Pflege für Hammers Mutter stecke, sagte Focke auch. Nicht er allein, versteht sich, dafür gibt es ja die Partei. Aus christlicher Verantwortung heraus sozusagen.«
»Scheiße.« Es war im Prinzip nichts Neues. Die Amt- und Würdenträger gaben sich unantastbar. Jeder Schachzug schien abgesichert. Durant hatte es geahnt, und sie wusste, dass sich diese Affäre niemals aufklären lassen würde. Einen Kampf gegen Lambert und Diestel, gegen die Präsidiumsspitze und ein paar andere hohe Tiere – sie *konnte* ihn nicht gewinnen.
Ohne Berger schon gleich gar nicht.

SAMSTAG, 11:10 UHR

Nicht ohne Bauchschmerzen wählte Julia Durant die Nummer von Schreck. Seit dieser ihr von seinem Treffen mit Sultzer erzählt hatte, hatte der Gedanke daran sie nicht mehr losgelassen. Ihr war übel bei dem Gedanken, dass Mario den gutmütigen IT-Profi über sie ausfragte. Übel, weil in ihrem Unterbewusstsein die Sorge mitschwang, dass Michael in gewissen Punkten eine äußerst berechenbare Persönlichkeit war. Wenn jemand wie Sultzer die richtigen Knöpfe fand, die er drücken musste … Schreck war eben nicht Andrea Sievers. Doch sie versuchte, diese Gedanken nicht zuzulassen. Mike war ein erwachsener Mann in einer Position, die er gerne als seinen Traumjob bezeichnete. Dennoch pochte ihr Herz bis zum Kinn.
»Na, was liegt an?«, begrüßte er sie.
»Das frage ich dich!«
»Fragst du wegen Sultzer? Da kann ich dich beruhigen. Er wollte nichts Besonderes.«
»Verrätst du es mir trotzdem?«
Schreck räusperte sich. »Es ging hauptsächlich um den Taunusblick. Er wollte eine ganze Menge wissen, aber nichts davon war spektakulär. Es ging um meine Arbeit, ein paar technische Details und so weiter.«
Durant dachte an Andrea Sievers' Begegnung mit Sultzer.
»Hattest du das Gefühl, er würde dich aushorchen?«, erkundigte sie sich. »Über mich, über den Fall, in welche Richtung auch immer?«
Michael Schreck ließ eine unangenehme Pause entstehen. Dachte er über eine Antwort nach oder versuchte er, die Frage einzuordnen? Durant bedauerte, dass sie ihm nicht gegen-

übersaß. Deshalb schlug sie vor, sich persönlich zu treffen, anstatt am Telefon zu reden. Doch Schreck wehrte ab.
»Julia, ich muss da erst in Ruhe drüber nachdenken, okay?«
»Worüber denn?«
»Ich soll nicht darüber reden. Das ist die Bedingung.«
»Mike, ich bitte dich«, versuchte sie es. »Es wäre wirklich wichtig. Lass uns einen Happen zusammen essen, dabei tauschen wir uns aus. Es ist ohnehin bald Mittag.«
»Ein anderes Mal, okay?«
Er verabschiedete sich mit den Worten: »Mach dir keine Sorgen.«
Auch ohne selbst Mutter zu sein, wusste Julia Durant, dass dieser Satz hochgradig alarmierend war. Ihr Magen meldete sich wieder. Doch es war kein Hunger, den sie spürte.
Auch Minuten später saß sie noch an ihrem Schreibtisch, zog Kuli-Spiralen über die Unterlage und grübelte.
Bockmist! Wie lange saß Mike schon auf seiner Stelle fest? Leiter der Computerforensik. Waren es acht, neun oder tatsächlich schon zehn Jahre? Was konnte er noch erreichen, außer einer Dozentenstelle an der Polizeihochschule in Wiesbaden? Oder einem Wechsel zum Kriminalamt. Sämtliche Aufstiegschancen würden ihn aus Frankfurt wegführen. Aber vielleicht wollte er das überhaupt nicht. War er nicht mit Sabine Kaufmann in Bad Vilbel liiert? Julias Gedanken rasten. Sie musste sich um Schreck kümmern. Er durfte nicht in Sultzers Fänge geraten.
Nein!, entschied sie dann und pfefferte den Kugelschreiber so hart auf die Platte, dass er auf Hellmers Seite sprang und mit einem Klappern verschwand.
Sultzer war es, um den sie sich kümmern musste. Und zwar schnell.
Sie versuchte es bei Elvira Klein, doch weder im Büro noch auf dem Handy meldete sich jemand. Für einen Moment war

sie dazu geneigt, es über Peter zu versuchen. Doch dann beruhigte Julia sich allmählich wieder. Sultzer, Langer und Konsorten waren immerhin keine Terroristen, keine Amokläufer, bei denen es auf Sekunden ankam. Im Gegenteil. Der Zugriff musste penibel geplant werden.

Ein Telefonat mit Claus Hochgräbe brachte die Kommissarin auf andere Gedanken.
»Du klingst gestresst«, sagte er.
»Das kannst du laut sagen.«
»Was liegt für heute noch an?«
Julia überlegte. Auf ihrer Agenda standen noch die Vernehmungen der befreiten Frauen. Sie wollte jede von ihnen noch einmal persönlich sehen.
»Du allein?«
»Ich muss das tun, Claus«, sagte sie zerknirscht.
Es grenzte an ein Wunder, dass sich für alle von ihnen Unterkünfte gefunden hatten. Und Personen, die bei Bedarf dolmetschen konnten.
Spontan schlug Claus ihr vor, in den Zug zu steigen. Einfach so. Er habe das Gefühl, auch wenn sie kaum Zeit habe, dass er da sein solle.
Durants Magen wurde plötzlich von Wärme durchflutet. Um ein Haar hätte sie geweint. Claus wusste *nichts*. Nichts von ihrer Panikattacke, nichts von Sultzer. Aber er würde für sie da sein, in ein paar Stunden, und er würde nichts dafür verlangen.
»Ich liebe dich«, sagte sie mit bebender Stimme.
Und sie meinte es auch genau so. Selten war ihr das klarer gewesen als in diesem Moment.

SAMSTAG, 11:45 UHR

Auf dem Parkplatz stieß sie auf Frank Hellmer, der rauchend an einer Mauer lehnte und in die Sonne blinzelte. Er hatte Janosch Lemmert erreicht und fasste zusammen, was er in Erfahrung gebracht hatte. Lemmert habe kaum noch Erinnerungen an damals. Als Hellmer jedoch Laura Ullrich erwähnte, sei der Groschen gefallen. Der Tag nach der Schule. Das war Hammer gewesen. Janosch hatte geklungen, als erinnerte er sich nur mühsam an eine längst vergrabene Vergangenheit.
»Er hat mehrmals betont, dass er das alles vollkommen vergessen habe«, sagte Hellmer.
»Und, glaubst du ihm das?«
»Schwer zu sagen.«
»Vielleicht schämte er sich, Laura zurückgelassen zu haben«, mutmaßte Durant.
»Kann schon sein«, brummte ihr Kollege.
Da hatte Julia Durant eine Eingebung. Sie erschrak selbst, als sie sich ihren Gedanken laut aussprechen hörte. »Hast du Lust auf einen Trip nach Belgien?«
Hellmer schreckte auf. »Ernsthaft? Belgien?«
»Wieso nicht? Mit deiner Kiste schaffen wir das in, hm, zweieinhalb Stunden, oder?«
»Was sollen wir da?«
»Ich möchte ein Treffen mit Europol.«
Hellmer griff sich an die Stirn. »Etwa wegen Hammer? Europol hat mit dem Fall doch überhaupt nichts am Hut!«
Doch Durant schüttelte bloß den Kopf. »Glaubst du allen Ernstes, Hammer hat sich zehn Jahre lang an der Erinnerung an Patrick und Lukas aufgegeilt? Nie im Leben! Ich sage dir,

er hat sich weitere Kinderpornos reingezogen. Und wer weiß, was er sonst noch getrieben hat. Damit ist das Ganze durchaus relevant für eine internationale Ermittlung. Ich will wissen, wo er sich aufgehalten hat.«

Hellmer seufzte. Er zündete sich eine weitere Zigarette an und blies Rauch in Richtung Himmel, der sich langsam auflöste, bis er unsichtbar wurde. Wolkenfetzen trieben im Wind vorbei. Durant zog ihre Jacke enger.

»Es kommt mir so vor«, brummte Hellmer zwischen zwei Zügen, »als seist du mehr interessiert an Hammers Leben als an seinem Mörder.«

Durant schluckte. Sie fühlte sich ertappt, auch wenn es nur zum Teil der Wahrheit entsprach. »Die letzten Wochen in Oskar Hammers Leben werden uns Aufschluss über die Umstände seines Todes geben«, wich sie aus. »Doch ohne etwas über die letzten Jahre zu wissen, haben wir keinen Ansatzpunkt.«

»Trotzdem. Sein Mord fand *hier* statt. Das Spinnennetz seiner Parteifreunde ist auch hier gesponnen und nicht in Belgien. Was ist beispielsweise mit Laura? Wie hat ihr biologischer Vater wohl reagiert, als er hörte, dass der künftige Abgeordnete sich um ein Haar an ihr vergangen hätte? Und was ist mit den Burgs? Wer sagt uns denn, dass Patricks Vater nicht hinter der Sache steckt? Er war Hammer doch schon damals auf der Spur.«

»Ist ja gut, hör auf!«, rief Durant. »Als Nächstes willst du mir dann erzählen, dass Burg Hammer abgeknallt hat und ihn zehn Jahre lang im Tiefkühler versteckt hielt.«

Was auch immer sich Hellmer verkniff, es konnte nichts Nettes gewesen sein. Stattdessen zog er eine Grimasse. »Pff!«

Die beiden wechselten mürrische Blicke. Dann zuckten ihre Mundwinkel, und sie mussten unwillkürlich lachen.

»Sorry, Frank. Du weißt, ich mag es nicht, wenn du mich ausbremst.«
»Ist schon gut, Julia. Aber nach Belgien zu fahren ist wirklich ein Schuss ins Blaue.«
Er hatte recht. Das wusste sie selbst. Doch untätig herumzusitzen und darauf zu warten, dass man sich in der Tagespresse über die Unfähigkeit der Polizei ausließ, hatte der Kommissarin noch nie gelegen.

SAMSTAG, 15:30 UHR

Nacheinander hatte Julia Durant die vier Orte angefahren, an denen die Frauen aus dem Haus in Egelsbach untergebracht waren. Als Letztes stand das Frauenhaus auf dem Plan. Erschöpft stieg sie die Treppe nach oben. Daina und Nijole saßen in der Küche. Es duftete nach süßem Teig, offenbar hatten die beiden etwas in den Ofen geschoben. Ein Kichern war zu hören, bevor die Kommissarin sich bemerkbar machte. Julia lächelte. Nach all den Erniedrigungen und Qualen, denen diese Mädchen ausgesetzt worden waren, hatten sie das Lachen noch nicht verlernt. Es gab Hoffnung in dieser finsteren Welt. Vielleicht war es das, was Pastor Durant seit Jahr und Tag in seinem Glauben auf Kurs hielt. Im Gegensatz zu Julia schwankte er nie.
Daina begrüßte sie herzlich, umarmte sie sogar, wenn auch etwas unsicher. Die Kommissarin ließ es geschehen.
»Sie kommen zu früh. Kuchen dauert noch eine Stunde«, sagte Daina, und sofort fragte Nijole: »Bleiben Sie?«

Sie strengte sich sichtlich an, und Durant freute sich, dass sie sie auf Anhieb verstanden hatte. Doch sie schüttelte den Kopf. Zehn Begegnungen, die bereits hinter ihr lagen, waren ihr an die Substanz gegangen.
»Das kann ich leider nicht. Aber hebt mir ein Stück auf, okay?«
Die drei nahmen am Küchentisch Platz. Es gab nur wenige Punkte, die noch offen waren, aber eine Sache, die der Kommissarin unter den Nägeln brannte. Sie zog einige Fotografien aus der Tasche. Sie zeigten Sultzer und seine Kollegen, die man namentlich kannte. Außerdem Greulich und ein paar Gesichter aus der Bikerszene. Durant hatte, scheinbar wahllos, eine Kartei von Männern zusammengestellt, die mit organisierter Kriminalität im Großraum Offenbach zu tun hatten. Doch weder Daina noch Nijole erkannten jemanden wieder. Bei einem Rocker war es Durant, als würde sie ein Wiedererkennen in Nijoles Augen aufflackern sehen. Doch es wurde ihr nicht bestätigt.
Dann kam ein weiteres Foto an die Reihe, und prompt sausten die Finger von Daina auf sein Konterfei. »War immer da!«, erklärte sie mit Nachdruck. »Bei mir und bei anderen auch.«
Julia Durant klappte ihren Ordner zu und schnaubte.
Bruno Feuerbach. Der piekfeine Anwalt, der zu diesem Thema geflissentlich schwieg.
Drei weitere Frauen hatten ihn ebenfalls identifiziert. Er war vielleicht kein perverses Schwein, doch er bevorzugte junge Mädchen. Wohl wissend, dass nicht alle Frauen volljährig waren. Sie erwarteten ihn mit blauen Faltenröckchen, die kaum breiter waren als ein Gürtel. Lederschuhe und Kniestrümpfe. Schulmädchen. Er versohlte ihnen den Hintern, während er sie nahm.

»Er wollte meistens nur von hinten«, gab Daina zu Protokoll, »aber kein Anal. Ich glaube, er wollte kein Gesicht sehen. An jemand anders denken vielleicht.«
Sie berichtete weiter, dass der alte Mann immer recht schnell fertig gewesen sei.
»Kein schlimmer Freier«, schloss sie mit leerem Blick. »Keine Schmerzen wie bei anderen.«

SAMSTAG, 16:35 UHR

Was willst du?«, wunderte sich Dieter Greulich mit einem Stirnrunzeln, als Brandt bei ihm zu Hause vor der Tür stand. Vor einem Jahr hatte Greulich sich im Stadtteil Waldheim eine Doppelhaushälfte gekauft. Gegenüber dem Friedhof, verkehrsgünstig an der B43 gelegen, mit einem Hauch von Ländlichkeit. In der Garagenzufahrt parkte der 3er BMW, rückwärts, und schien Brandt mit bösen Augen anzublicken.
»Du schuldest mir noch was.«
Offenbar passte es seinem Ex-Partner nicht, dass er in sein Privatleben eindrang. Doch hierauf würde er keine Rücksicht nehmen.
Greulich legte das Leder, mit dem er bis eben die Scheibe poliert hatte, auf den Kofferraum und trat näher. Er trug fleckige Jeans und Langarmshirt, dazu Turnschuhe.
»Und deshalb kommst du hierher?«
»Liegt nicht an mir«, gab Brandt zurück. »Du meidest uns ja plötzlich wie der Teufel das Weihwasser.«
»Bullshit.«

»Seit Tagen warte ich auf eine Gelegenheit, Rieß zu vernehmen. Er hat jemanden erschossen, verdammt, das kann doch nicht sein!«
»Habe ich längst erledigt.«
Brandt tippte sich wütend auf die Brust. »Das ist aber mein Ressort. Mordkommission, capisce?«
Greulich lachte auf. »Das war doch kein Mord!«
»Es ist mein Job, das zu beurteilen. Der Boss hat mir das Ganze übertragen, und ich werde dem nachgehen.«
Greulich schien unsicher zu werden. »Wofür brauchst du mich dann?«
»Gar nicht«, grinste Brandt vielsagend und fügte mit einem Zwinkern hinzu: »Aber da ihr euch so gut kennt, hätte ich dich gerne dabei. Und du könntest auch den Kontakt herstellen. Dann muss ich ihn nicht per Streifenwagen abholen lassen.«
Greulich tat so, als interessiere ihn das alles nicht. »Mach du nur.«
Brandt zog den Mund in die Breite, als wundere ihn Greulichs Reaktion.
»Was ist denn?«, fuhr dieser ihn daraufhin an.
»Ihr gehört doch beide zu diesen komischen Vögeln«, antwortete Brandt. »Hält man da nicht zusammen wie Pech und Schwefel?«
Greulich zuckte zusammen. »Und wenn schon.«
Er trug keinen Verband, die Ärmel seines Shirts waren bis zum Ellbogen hochgezogen. Das Tattoo war gut zu sehen. Der Phönix war frisch gestochen, ein roter Schein gereizter Haut umgab die schwarze Tinte.
»Ich frage mich, weshalb ihr so einen Affentanz veranstaltet«, murrte Brandt. »Dass ihr euch kennt, ist mir schon bei der Razzia aufgefallen. Ist es das, worüber du nicht reden kannst? Oder nicht *willst*?«

Dieter Greulich presste die Lippen aufeinander und zog die Augenbrauen hoch, als hindere ihn eine fremde Macht daran, etwas auf diese Frage zu erwidern.
»Verdammt, Dieter! Dieser ganze Geheimhaltungsquatsch geht mir so dermaßen auf den Wecker! Was macht ihr denn, kassiert ihr Schmiergeld? Oder steckt ihr selbst bis zur Halskante in den Machenschaften? Habt ihr die Perspektive verloren, auf welcher Seite ihr steht?«
Brandt wusste, dass dies eine der größten Gefahren war, wenn man verdeckt ermittelte. Irgendwann erreichte jeder eine Grenze, und nicht jedem gelang es, diese nicht zu übertreten.
»Wir kämpfen auf derselben Seite.« Es war kaum mehr als eine Plattitüde, die Greulich zwischen zusammengebissenen Zähnen hervorbrachte. Ihm war anzusehen, dass er Brandt am liebsten eine gescheuert hätte. Peter dachte an die Redewendung, dass nur getroffene Hunde bellen. Er trat einen Schritt zurück und räusperte sich.
»Offenbar nicht mit denselben Waffen.«
Greulichs Augen loderten vor Wut. »Was soll das heißen?«
»Erklär du es mir.«
»Es gibt nichts zu erklären.«
»Ach nein?« Brandt lachte auf und zählte unter Zuhilfenahme seiner Finger auf: »Verdächtige verschwinden, Aufnahmegeräte gehen kaputt, und anstelle einer ordentlichen Soko kocht hier jeder sein Süppchen. Drüber reden darf man auch nicht, weil ja alles ach so geheim ist. Soll ich weitermachen?«
Er verharrte zwei Sekunden. Als sich nichts regte, fuhr er fort: »Das reicht mir nicht mehr! Ich werde meine Antworten bekommen, Dieter, wenn nicht von dir, dann von anderen!«

»Jetzt warte halt«, brummte Greulich. Er fummelte sein Handy hervor. »Ich rufe Andi an, wenn's unbedingt sein muss. Wo willst du ihn denn treffen?«
»Woher der Sinneswandel?«, fragte Brandt überrascht.
»Weil es für mich das kleinere Übel ist.«

Zehn Minuten später saß Peter wieder in seinem Alfa Romeo und informierte Julia Durant. Andreas Rieß hatte zugesichert, sich binnen einer Stunde im Präsidium einzufinden. Die Kommissarin versprach, dazuzukommen. Vorher rief sie – zum dritten Mal und mit wachsender Verärgerung – bei Bruno Feuerbach an. Es klingelte eine gefühlte Ewigkeit. Keine Mailbox, keine Rufumleitung.
Wenn ich bei Brandt fertig bin, entschied sie grimmig, fahre ich bei ihm vorbei. Der wird sich noch wundern.

SAMSTAG, 17:05 UHR
Institut für Rechtsmedizin.

Andrea Sievers hatte Julia ihren Glaskasten zur Verfügung gestellt, in dem sich ein übervoller Schreibtisch und ein nicht weniger volles Bücherregal befanden. Außerdem roch es nach Rauch. Die Kommissarin wusste, dass Andrea sich hier ab und an eine Zigarette gönnte.
Die Tatortfotos und der Abschlussbericht der Obduktion lagen vor ihr. Immer wieder hob sie eine der Aufnahmen hoch, prüfte eine der Notizen. Auf der anderen Seite der Scheibe arbeitete die Rechtsmedizinerin an ihrem Metalltisch. Durant klopfte.

»Schon fertig?«
»Ich habe ein paar Detailfragen.«
»Bitte.« Andrea griff nach einer Wasserflasche und nahm einen Schluck.
»Hammer wurde aufrecht sitzend gefunden. Das wundert mich. Hat er sich während seiner Hinrichtung überhaupt nicht bewegt?«
»Es gibt kaum verwischtes Blut«, antwortete Sievers. »Ergo deutet einiges darauf hin. Er könnte sediert gewesen sein. Du weißt ja, dass man viele Mittel nach einigen Stunden nicht mehr …«
»Laut Bericht saß er an der Stirnseite des Raumes«, folgerte Durant unbeirrt weiter. Sie bekam kein Widerwort zu hören. In ihr formte sich ein Verdacht. »Bist du dir zu tausend Prozent sicher, dass die Projektile aus einer einzigen Waffe stammen?«
»Hundert Prozent genügen«, lachte Sievers. »Und ja. Die Forensik hat eindeutige Kerbenmuster dokumentiert.«
»Wer aus der Forensik?«
»Platzeck persönlich.«
»Das ist gut«, schnaufte Durant.
»Worauf willst du hinaus?«, fragte Sievers irritiert.
»Mich stören die Eintrittswinkel.« Die Kommissarin tippte sich mit dem Finger entlang der Hüfte. »Die beiden äußersten Treffer liegen bestimmt hundertvierzig Grad auseinander. Stört dich das nicht?«
»Der Täter könnte hin und her gelaufen sein.«
»Und warum nicht Hammer?«
»Hast du das Sedieren schon vergessen?«
»Nein. Aber wenn ich jemanden hinrichte, dann sediere ich ihn nicht. Das ist doch vollkommen unlogisch!« Durant umrundete den Sektionstisch und ruderte erregt mit den Armen.

Sie hielt dabei die Fingerspitzen aufeinandergepresst, eine Geste, die sie sich wohl unbewusst von Brandt abgeguckt hatte. »Ich rede von sechs Kugeln, Andrea, abgefeuert von sechs Männern. Verstehst du?«
Dr. Sievers' Augen weiteten sich. »Ein Killerkommando?«
Durant war direkt vor ihr zu stehen gekommen und funkelte sie an. »Möglicherweise.«
»Hat das etwas mit dieser ganzen Geheimhaltung zu tun?«
Durant nickte. Sechs Männer. Ein halbes Dutzend. Die Kommissarin sah sich um, auch wenn hier unten kaum mit Laufpublikum zu rechnen war. Dann berichtete sie Andrea in Kurzform über Sultzer und seine Einheit.
»Sie haben mit den toten Frauen zu tun«, schloss Durant, »und übernehmen Aufgaben, die eindeutig ins Ressort von Peter und mir fallen. Jemand mit Einfluss gibt ihnen Rückendeckung, und man bindet uns die Hände.«
»Wegen des ›größeren Ganzen‹«, kommentierte Sievers mit zynischem Unterton.
»Scheint so. Es kotzt mich an«, stöhnte Durant, »vor allem, weil ich nicht weiß, wem ich noch trauen kann.«
Andrea Sievers tippte auf den Obduktionsbericht.
»Und jetzt glaubst du, dass diese Typen auch Hammer aufgespürt und hingerichtet haben?«
»Ich halte jedenfalls nichts mehr für unmöglich«, erwiderte Durant.
»Viel Spaß, das zu beweisen«, murmelte ihr Gegenüber.
Falls es etwas zu beweisen gab.
Durant verabschiedete sich, frustriert, dass sie im Grunde nicht schlauer war als zuvor.

SAMSTAG, 17:45 UHR

Andreas Rieß gab geduldig wieder, was er bereits zu Protokoll gegeben hatte. Weder Brandt noch Durant konnten in seiner Aussage Widersprüche feststellen. Nachdem das Aufnahmegerät ausgeschaltet war, wartete Rieß einige Sekunden. Er blinzelte in Richtung des Aufnahmeknopfs, als wolle er prüfen, ob dieser wirklich auf Off stand.
»Warum sitzen wir wirklich hier?«, erkundigte er sich dann.
»Wie meinen Sie das?«, wollte Brandt wissen.
»So, wie ich's sage.« Rieß' Gelassenheit verflüchtigte sich. Seine Augenbrauen zogen sich zusammen. »Das alles liegt doch längst bei den Akten. Ein toter Menschenhändler. Wen juckt das schon?«
»Ist das wirklich Ihre Meinung?«, erkundigte sich Durant.
»Der Typ hatte ein Dutzend Mädchen eingepfercht. Es gibt schlimmere Verluste für die Menschheit.«
»Dieses Urteil liegt aber nicht in unseren Händen«, widersprach die Kommissarin. Ihr Vater kam ihr in den Sinn. Genau diese Worte hatte er ihr schon so oft gesagt. Immer dann, wenn sie in ihrem Job dem Teuflischen so nahekam, dass sie alles in Frage stellte. Zu oft.
»Ich kann ihn nicht wieder lebendig machen«, wehrte Rieß ab, »und ich würde es auch nicht. Das ist meine Meinung. Es ändert nichts daran, dass er zuerst auf mich geschossen hat.«
»Ihr Verlust wäre ein größerer gewesen, hm?«, provozierte Brandt ihn.
»Das haben Sie gesagt«, grinste Rieß und knackte mit den Knöcheln. »Nicht dass ich Ihnen nicht zustimmen …«
»Ist das Ihrer aller Masche?«, unterbrach die Kommissarin ihn und deutete auf die Phönix-Tätowierung. Sofort zuckten

Rieß' Hände zurück, und er verbarg sie unter der Tischplatte.
»Darum geht es also«, grunzte er.
»Worum, meinen Sie, ginge es hier?«, gab sie sofort zurück.
Rieß zog die Nase hoch und ließ seine Halswirbel knacken. Dann, entschieden ruhiger, sagte er: »Vergessen Sie diese Tätowierung einfach. Tun wir so, als sei sie nicht da. Das Ganze bekommt viel zu viel Aufmerksamkeit von außen.«
»Sie sind Polizeibeamter«, meldete sich Brandt zu Wort. »Warum sollten Sie etwas verbergen?«
»Weil Ruhe einkehren muss, verdammt! Sonst ist die Arbeit von Jahren dahin.«
Durant winkte ab. »Die Leier kennen wir bereits.«
»Solange Verdächtige verschwinden oder erschossen werden ...«, übernahm Brandt.
»... oder Frauen vergewaltigt«, setzte Durant nach.
»Stopp!«, unterbrach Rieß und knallte die Hand auf den Tisch. »Ich bin hergekommen wegen meiner Aussage zu der Razzia. Thema erledigt.«
»Nein«, herrschte Brandt ihn an. »Wir brauchen mehr. Wir brauchen Hintergrundinformationen über den Menschenschmuggel. Strukturen, Helfer, frühere Verhaftungen. Sonst fängt alles wieder von vorne an.«
»Vergessen Sie's!«, erwiderte Rieß und verschränkte die Arme. »Der Fall gehört uns.«
Durant legte die Unterarme auf die Tischplatte und beugte sich, so weit es ging, nach vorne. Sie fixierte den jungen Mann, er hielt ihrem Blick nur mit Mühe stand. Dann sagte sie, langsam, aber mit Nachdruck: »Solange Sie sich an Kolleginnen vergehen, wäre ich vorsichtig, auf diesem hohen Ross zu sitzen.«
Sie ließ ihre Worte wirken, bevor sie mit ausgestrecktem Zeigefinger nachlegte: »Am Ende wird es zwei Gruppen von

euch geben. Die erste wandert in den Knast. Zwei bis fünf Jahre. Minimum.«
Rieß' Miene blieb steinhart, doch es wirkte, als müsse er sich dafür sehr anstrengen. »Und die zweite?«, fragte er, und es misslang ihm gründlich, dabei selbstbewusst zu klingen.
»Die zweite besteht aus Leuten, die rechtzeitig bereit waren, zu kooperieren.« Durant lehnte sich zurück und hob mit aufgesetzter Gleichgültigkeit eine Schulter. »Denken Sie drüber nach. Ihre Entscheidung.«
Doch ihr Gegenüber schwieg.
Julia signalisierte Peter, dass sie sich draußen mit ihm unterhalten wolle. Nach einigen Minuten kehrte sie allein in den Raum zurück.
»Wo ist Brandt?«, wunderte sich Rieß sofort.
»Ich habe noch eine andere Option, die Gruppe zu teilen«, entgegnete die Kommissarin trocken und zog sich ihren Stuhl heran. Sie nahm, die Lehne vor sich gedreht, darauf Platz. Verschränkte die Arme. Andreas Rieß zuckte mit den Nasenflügeln. Er wartete.
Genussvoll ließ Julia sich Zeit. Die mattsilberne Uhr, deren Radius fast so groß war wie eine Bahnhofsuhr, tickte in die bleierne Stille hinein.
»Zwölf von euch gibt es. Ein Dutzend Dienstwaffen. Sind es SIG oder P30?« Sie wartete nicht auf eine Antwort. »Wie ist es abgelaufen? Sechs Mann im Halbkreis und eine Knarre? Glauben Sie, wenn wir aus allen zwölf den Besitzer ermittelt haben, dass er den Rest beschützen wird?« Sie lachte spöttisch. »Bloß wegen eines Phönix auf dem Arm?«

SAMSTAG, 18:15 UHR

Brandt steckte sich den letzten Bissen eines Snickers in den Mund, als Durant sich zu ihm gesellte.
»Was war das eben?«, fragte er kauend. Durant erzählte von ihrem Besuch in der Rechtsmedizin. Die Schüsse im Halbkreis. »Es war ein Verdacht, mehr nicht«, sagte sie zerknirscht.
»Alles werden wir diesen Typen wohl nicht anhängen können«, erwiderte der Kommissar.
»Sie sollen ruhig wissen, dass wir alle Register ziehen«, murrte Julia und suchte in ihrer Tasche nach Münzen. Sie brauchte jetzt auch einen Schokoriegel.
Peter Brandt hatte noch einige Fragen, über die er sich mit Lukas' Vater unterhalten wollte. Als er sie bat, ihn zu begleiten, zögerte sie nicht. Auch wenn ein Blick auf die Uhr ihr verriet, dass Claus bald am Hauptbahnhof eintreffen dürfte. Oder es bereits war. Aber Hochgräbe besaß einen Schlüssel, und Rodgau lag nur einen Katzensprung entfernt.
»Dir fehlt ein Team«, flachste Durant, als sie nach unten gingen. Obwohl sie damit zweifelsfrei recht hatte, kam Brandts Reaktion für sie unerwartet.
»Ich schaffe es noch immer nicht, eine Partnerin an Nicoles Stelle zu akzeptieren«, gestand er. Nicole Eberl war vor einigen Jahren an einer schweren Krankheit gestorben. Mit dreiundvierzig Jahren. Seitdem war die Arbeit nicht mehr dieselbe, und er auch nicht.
»Macht Spitzer dir nicht Druck?«
»Ich habe ja ein Team«, erklärte Brandt. »Aber so wie früher wird es nie mehr werden. Das ist tot und begraben.« Er stieß angestrengt Luft aus, als habe er gerade Gewichte gestemmt.

»Lass uns fahren, okay?«, schlug er vor. »Dann komme ich auf andere Gedanken.«

Kurz darauf waren die beiden in Oliver Schusters Wohnung. Nichts hatte sich verändert.
Julia Durant stand in der Nähe des Fensters, die Jalousie war heruntergelassen. Sie betrachtete das ausgeblichene Familienfoto. Dann drehte sie den Kopf in Schusters Richtung. Er und Brandt saßen einander am Couchtisch gegenüber.
»Ist das alles, was Sie aufgehoben haben?«
»Ich verstehe die Frage nicht.«
Die Kommissarin winkte ab. »Es fiel mir nur so auf. Bei der Durchsuchung Ihrer persönlichen Gegenstände kamen weder Fotoalben noch Erinnerungsgegenstände zum Vorschein.«
»Ich musste einen Schlussstrich ziehen«, murrte Schuster, »außerdem hat meine Frau einiges mitgenommen.«
Viel kann es nicht gewesen sein, dachte Durant bei sich, wenn es sich tatsächlich um eine Flucht in die USA gehandelt hatte. Bei zwanzig, dreißig Kilogramm Freigepäck …
Peter Brandt setzte die Vernehmung fort. »Haben Sie Kontakt zu den Burgs?«
Schuster schüttelte energisch den Kopf. »Definitiv nicht!«
»Das klingt sehr entschlossen. Darf ich fragen, weshalb?«
»Na klar.« Seine Miene verdüsterte sich. »Burg ist ein Arschloch.«
»Was genau macht ihn denn zu einem?«
»Sie wissen es nicht?« Schuster musterte die beiden mit Argusaugen. Schließlich verzog er den Mund. »Er war nicht besser als Hammer.«
»Sprechen wir von sexuellem Missbrauch?«, warf Durant ein.
»Wovon denn sonst? Als Eltern muss einem doch auffallen,

wenn andere das eigene Kind anglotzen, als wollten sie es mit den Augen ausziehen.«

»Wer wusste noch davon?«

»Keine Ahnung«, schnaubte Schuster. »Bloß wahrhaben wollte es keiner. Über solche Dinge redet man ja nicht. Außerdem«, seine Stimme wurde um eine Nuance entspannter, »nutzt es doch ohnehin nichts mehr. Unsere Kinder sind tot.«

»Herr Burg ist aber ebenso Opfer wie Sie«, hakte Durant ein. »Oder zweifeln Sie an Hammers Schuld?«

Schuster reagierte, als habe man ihn mit einer Nadel gestochen. Er brauste förmlich auf: »Wie? Nein! Oskar Hammer ist der Täter. Volker Burg interessiert mich nicht die Bohne!«

Schrecks Unterlagen bestätigten das, wie die Kommissarin wusste. Es hatte weder telefonischen Kontakt zwischen den beiden gegeben, noch fanden sich in Burgs Unterlagen irgendwelche Querverweise. Allerdings gab es andere Möglichkeiten. Und Reißwölfe. Durant setzte sich so, dass sie Schusters Körpersprache im Blick hatte, bevor sie den nächsten Punkt ansprach.

»Herr Burg hat beträchtliches Material gegen Hammer zusammengetragen. Wussten Sie davon?«

»Und wenn schon.«

»Ich wundere mich nur. Er schien das Ganze fieberhaft verfolgt zu haben, und plötzlich gab er auf.«

»Und?«

»Sie zogen weg. Die Burgs ebenfalls. Verstehen Sie mich nicht falsch«, Durant machte eine vielsagende Pause, »aber die Burgs leben in einer ziemlich teuren Umgebung. *Das* hier«, sie ließ den Finger kreisen, »sieht doch anders aus.«

»Huren!«, stieß Schuster zwischen den Zähnen hervor und sprang auf. Er lief in Richtung Schrank und griff nach dem

Foto, klammerte sich mit beiden Händen daran. »Es sind *Huren*«, wiederholte er ruhiger und lugte dabei durch die Schlitze des Rollos. Irgendwo in dieser Richtung befand sich der Taunus, so weit reichte Durants geografisches Gefühl.
Schuster schien das Gleiche zu denken. »Genauso läuft es da oben«, murmelte er. »Entweder bist du Käufer, oder du bist käuflich.«
»Demnach sind Sie ... was?«, erkundigte sich Brandt.
Schuster stellte das Foto zurück. »Ich bin keins von beidem. Ich bin gegangen. Einfach so. Ich habe mir eine Knarre besorgt, weil ich mir das Hirn wegpusten wollte. Job, Frau, Kind. Alles weg. Doch ich habe es nicht fertiggebracht. Nicht, solange Luke da draußen war. Und ich nicht absolut sicher sein konnte, was mit ihm passiert ist.«

Als er wieder allein war, schlurfte Schuster zum Kühlschrank und öffnete sich ein Bier. Er trank es in wenigen Minuten leer, danach suchte er hinter der Brotdose nach dem Kräuterlikör. Er spülte den säuerlichen Geschmack der Hefe mit einem Fläschchen Fernet hinab und biss in ein Leberwurstbrot. Dann kehrte er ins Wohnzimmer zurück. Er rückte die Fotografie einige Male hin und her, um wenige Zentimeter. Vor der Hausdurchsuchung hatte die Kante des Bilderrahmens eine eindeutige Linie in den Staub des Regals gezeichnet. Nun war alles verwischt.
»Alles«, schnaubte er verächtlich beim Gedanken an die Eingangsfrage der Kommissarin. Seine Mundwinkel zuckten. Dann schritt er in Richtung Flur, wo das Schlüsselbrett angebracht war, und griff nach dem Bund. Er schlüpfte in eine Windjacke und leichte Sneaker. Lautlos wie eine Katze nahm er die Stufen nach unten, bis er den Keller erreichte.

Lukas wartete auf ihn mit seiner üblichen Miene. Unsicher, aber mit einem Lachen auf den Lippen. Als sage ihm jemand, der im Hintergrund stand, er solle freundlich schauen. *Spaghetti. Hier kommt das Vögelchen.*
Schuster konnte sich an den Tag erinnern, als sei es gestern gewesen. Die Diskussionen darüber, dass Lukas sein gutes Hemd anziehen müsse. Und neue Schuhe statt der ausgetretenen Latschen, mit denen er sonst herumtrabte. Nicht die Jeans mit den kaputten Knien. Er musste unwillkürlich lächeln. Im ganzen Kleiderschrank hatte nicht eine unbeschädigte Hose existiert.
»Was war heute in der Schule?«
»Nix.«
»War nicht die Fotografin da?«
Augenrollen. »Voll nervig.«
In der Woche darauf hatten die Eltern die Abzüge bekommen. Schuster erinnerte sich an seine Gedanken.
Ein hübscher Kerl. Er wird die Mädchenherzen reihenweise brechen. Papas Augen- und Nasenpartie, von der Mutter den Mund, das Kinn und die Ohren. Weiche Züge, aber ausdrucksstark. Mit jenem unsicheren, aber gütigen Lächeln.
Der Rahmen war vierzig mal dreißig, aus dunklem Holz. Das Porträt etwa lebensgroß. Schuster lächelte Lukas entgegen.
»Hallo.«
Mit einem Staubläppchen fuhr er über die Scheibe. »Ich habe heute leider nichts. Soll ich die CD noch mal anmachen?«
Er zündete zwei Kerzen an.
Griff zum CD-Player, schaltete ihn aber nicht ein. Stattdessen schwieg er eine Weile, bevor er zu sprechen begann.
»Es wird Zeit, zu gehen«, sagte er leise. Lukas' Miene veränderte sich nicht. Egal, was Schuster tat, sein Sohn quittierte es mit einem Lächeln.
»Ich muss dich loslassen«, fuhr der Vater fort. »Für immer.«

SAMSTAG, 18:55 UHR

Peter und Julia tranken eine Cola zusammen, die der Kommissar von seinem Beifahrersitz geholt hatte. Sie unterhielten sich über das eben geführte Gespräch, während sie an einem Stromkasten lehnten.

»Hast du den Blick in seinen Augen gesehen, als er das Foto betrachtete?«, wollte Brandt wissen.

»Es ist so traurig. Nach all den Jahren. Irgendeine Hoffnung behält man doch in sich, oder?«

Sie dachte an die Nachbarin ihres Vaters, die noch in den späten Achtzigern nicht bereit gewesen war, den Tod ihres Mannes zu akzeptieren. Vermisst in Orel, 1942. Sie war gestorben, ohne Gewissheit erlangt zu haben.

»Hältst du seine Geschichte für glaubhaft?«

Wie oft hatte sie sich das schon gefragt. Brandt offensichtlich auch. Er seufzte angestrengt.

»Irgendwie schon. Warum sollte Schuster sich am Tatort aufhalten und eine derartige Geschichte zusammenbasteln, die er uns preisgibt? Man hätte Hammer auch so entdeckt. Irgendwann. Niemand hätte das Ganze mit ihm in Verbindung gebracht.«

Durant nickte gedankenverloren. »War *das* sein Antrieb?«

»Hm?«

»Das Finden seines Sohnes. Der Schlussstrich.« Durant spreizte die Finger. »Was treibt einen Menschen an, der so von Verlust und Ungewissheit heimgesucht wurde. Zehn Jahre lang.«

Peter Brandt wirkte mit einem Mal abwesend. Durant wechselte zu dem Ehepaar Burg. Was war deren Triebfeder? Selbstverwirklichung? Ein zweites Leben führen, ein neues Kapitel aufschlagen? Oder zeichnete das Material, das Herr Burg zusammengetragen hatte, ein anderes Bild? Befand er sich auf einem Rachefeldzug, um seinen Sohn zu rächen? Um mit sich selbst ins Reine zu kommen. Eigene Vergehen büßen, die er nicht ungeschehen machen konnte. War es das Letzte, das er für Patrick tun musste, um in Frieden weiterleben zu können? Der Kreis begann, sich zu schließen. Wofür lebte Oliver Schuster?

Den Rest ihres Gedankens formulierte Durant wieder laut. »Wofür lebt er *jetzt*? Morgen? Übermorgen?«

»Es gibt kein Morgen«, keuchte Brandt, er war leichenblass. Er riss das Handy hoch und tippte eine Nummer. Bellte ins Telefon, es ging um eine Waffe. Schusters Waffe. Bei der Durchsuchung war nichts dergleichen registriert worden, dabei hatten sie doch darüber geredet. So viel bekam die Kommissarin mit. Und dass solche Fehler die pure Katastrophe seien. Offenbar hatte Brandt denselben Gedanken gehabt wie sie. Lukas' Schicksal war traurige Wahrheit geworden. Der Tod hatte die Hoffnung mit sich in die Tiefe gerissen.

»Ich fasse es nicht!«, empörte sich Brandt mit der Hand an der Stirn. »Wie kann man denn bitte eine Waffe übersehen?« Schon packte er sie unsanft am Arm. »Komm, wir müssen da rein«, drängte er. »Schnell!«

»Was ist passiert?«, fragte die Kommissarin, während sie sich mit einem missbilligenden Blick von ihm löste. »Um welche Waffe geht es hier plötzlich?«

»Bei der Durchsuchung seiner persönlichen Gegenstände wurde nichts gefunden.« Sie näherten sich der Haustür, Brandt stieß keuchend ein paar Sätze zur Erklärung hervor. »Mir gegenüber hat Schuster aber den Besitz einer Schusswaffe bestätigt. Verdammt! So etwas darf nicht passieren!«

Durant schluckte. Eine eiserne Faust griff nach ihrem Herzen. Sie sah ein Bild. Schuster. Die Mündung an der Schläfe. Den Finger am Abzug.
Ihr wurde heiß und kalt. Plötzlich zählte auch für sie jede Sekunde.
Sie hämmerten an die Tür. Auf das Klingeln reagierte Schuster nicht. Bang wartete Durant auf das Geräusch einer Explosion im Inneren. Dann, wenn der Hammer auf das Plättchen traf. Wenn Oliver Schuster seinem Leben ein Ende setzen würde. Erlösung.
Stattdessen quietschte das Fenster der alten Nachbarin, so unerwartet, dass sie zusammenfuhr.
»Was wollen Sie denn?«, erkundigte sie sich und sah prüfend auf die Kommissarin herab.
»Bitte öffnen Sie uns«, stieß Brandt hervor, auf dessen Stirn sich Schweißtropfen gebildet hatten.
»Waren Sie nicht eben erst bei Herrn Schuster?«
»Bitte! Es ist eilig!«
Der Summer ertönte. Durant eilte nach oben, hinter sich hörte sie Stimmen, verstand aber nicht, was gesagt wurde. Schon stand sie vor Schusters Wohnung und trommelte an die Tür. Keine Reaktion. Sie lauschte, drückte auf die Klingel, doch auch jetzt war nicht das Geringste zu hören.
»Komm mal runter!«, drang es von unten zu ihr. Sie beugte sich über das Geländer und nahm Brandts Gesicht wahr, der im Halbdunkel des Parterres stand. Die alte Dame stand neben ihm. Sie deutete in Richtung Keller.
Julia eilte, zwei Stufen auf einmal nehmend, hinab, wo ihr Brandt mitteilte, dass es im Untergeschoss unbenutzte Räume gebe. Räume, von denen bei der Durchsuchung kein Mensch etwas gesagt hatte. Sie hasteten weiter.

Als die Tür aufflog, bewegte sich Schuster keinen Zentimeter. Er kauerte mit dem Rücken zu ihnen. Allein. Durant erreichte ihn als Erste. Sah das Foto, welches er in Händen hielt. Tropfen waren darauf zu sehen. Schuster flüsterte etwas Unverständliches. Es klang wie »Zeit, zu gehen«. Ihr Blick erfasste den Raum, ausgehend von Lukas' Vater. Die Kommissarin gestattete sich einen erleichterten Atemzug. Sie sah keine Waffe. Keine verräterischen Medikamente. Nichts, was auf einen bevorstehenden Suizid hindeutete.
Oliver Schuster drehte sich um.
»Was ist das hier?«, fragte Brandt, der sich umsah.
»Es ist ein Schrein«, dachte Durant laut.
In der Zimmerecke, wo Schuster kauerte, befand sich ein antiker Sekretär. Auf ihm befanden sich ein Steiff-Tier, ein Raumschiffmodell, einige lose Fotografien und andere Gegenstände. Alles Dinge, die Jungen in Lukas' Alter mochten. Kerzen rundeten das Gesamtbild ab. Oben, daran zweifelte Durant nicht, stand üblicherweise der Fotorahmen, den Schuster mit den Händen umklammerte.
»Hier reden wir«, flüsterte dieser. »Hier sind wir beide ganz allein.«
Hier lebte Lukas noch. Für immer der Zehnjährige, der er damals gewesen war.
Dann entdeckte Brandt die Pistole. Er gab Durant ein Zeichen, doch Schuster sah es auch. Die drei standen wie angewurzelt in dem beklemmenden Dämmerlicht des Kellers.
»Bleiben Sie, wo Sie sind«, sagte Durant und ließ Schuster ihre Waffe sehen. Sie bewegte sich seitwärts in Richtung Regal.
»Ich bleibe«, erwiderte Schuster gleichgültig.

Mit einem Ächzen stellte Peter Brandt fest, dass es sich bei der Waffe um eine Spielzeugpistole handelte, die im schummrigen Licht täuschend echt gewirkt hatte.
»Wo ist die richtige Waffe?«, wollte er daraufhin wissen.
»Sie ist weg«, antwortete Oliver Schuster bloß.
Er hob das Foto seines Sohnes vor die Brust und drückte es unter verschränkten Armen so fest an sich, dass das Glas knackte. Erschrocken betrachtete er das Blut, das ihm über den Unterarm lief. Tränen rannen aus seinen Augen, und ein letztes Flüstern schlich durch den Raum.
»Alles ist weg. Es gibt überhaupt nichts mehr.«

SAMSTAG, 20:00 UHR
Die Gruft. Feuerflackern und gespenstisches Schweigen.

Niemand sprach darüber, was hier unten geschah. Niemand stellte in Frage, ob man Wandfackeln brauchte. Ob die Zusammenkünfte denen einer Sekte gleichen mussten. Welchen Symbolcharakter das Ornament des Phönix, der auf den ausgegossenen Boden gepinselt worden war, haben sollte. Parallelen zu einer Freimaurerloge? Oder zur Wewelsburg der SS? Man sprach nicht darüber. Man identifizierte sich damit. Eine Gemeinschaft, über die niemand etwas wusste. Die treu ihre Pflichten erfüllte, deren Mitglieder gelegentlich Ehrungen empfingen, aber die um sich selbst kein Aufhebens machte.
Die Stille wurde durch kein Tuscheln gestört, sie tat schon in den Ohren weh. Ein Gefühl der Beklommenheit schien unter der Decke des Gewölbes zu hängen.

Alle Augen waren auf ihn gerichtet. Auf den Magnus, der seine Augen einmal rundum wandern ließ, bevor er die Stimme erhob.
»Du bist einer von uns.«
Sie standen im Kreis. Zehn Männer, eine Frau.
»Du bist einer von uns«, wiederholten die anderen.
Einer in der Gruppe war neu. Er hielt sich das Handgelenk. Es juckte unter dem cremegetränkten Pflaster. Der Magnus stierte ihn an, als wollte er ihn mit seinem Blick durchbohren. Feine Schweißperlen sammelten sich auf seiner Stirn.
»Du bist würdig, zu unserer Gemeinschaft zu gehören«, fuhr der Magnus fort. »Du hast dich verdient gemacht, du hast unser Vertrauen gewonnen. Nun trägst du unser Zeichen. Zeig es uns!«
Zittrig fummelte der Mann sein Pflaster vom Handgelenk. Feuerrot und etwas milchig prangte der Phönix. Sein Nachbar griff den Arm und zog ihn nach vorn, damit jeder es sehen konnte. Sie klatschten. Auch der Magnus.
Dann winkte er, und es wurde totenstill.

Es gab zwei Regeln, die nirgendwo aufgeschrieben waren, die aber für alle galten.
An erster Stelle kam das Land. Die Menschen, die Bundesbürger, die Gesamtheit der Deutschen. Jeder, der den Schutz vor Gewalt und Verbrechen verdiente. Den Schutz vor Anarchie und grenzenloser Kriminalität. An zweiter Stelle kam die Polizei. Ehrbare Beamte, wie jeder von ihnen einer war. Und dann kam die Einheit. Eine Gemeinschaft im Dienst der Gesellschaft. Die dort agiert, wo andere wegsehen. Die sich nicht rechtfertigt, außer vor sich selbst. Vor einem Anführer. Vor dem Magnus.
»Wir sind die, die sich aus der Asche der Demokratie erheben«, verkündete er. Seine Stimme hallte verzerrt. Er brauchte hierfür weder Mikrofon noch Verstärker. »Ohne uns geht das System vor die Hunde. Das Volk würde verbrennen.«

Dem allgegenwärtigen Raunen folgten Ja-Rufe.
Er heizte der Gruppe allein durch seine Anwesenheit ein. Seine stramme Körperhaltung, der feurige Blick, die paar Zentimeter, die ihn größer machten als alle anderen. Die perfekt sitzende Uniform. Schwarze Hose, schwarzes Hemd. Wie alle anderen auch. Hier unten waren sie eins. Ein präzise abgestimmtes Uhrwerk. Der Magnus war der, der es justierte. Der die Feder aufzog. Der den Takt angab.
Das war Regel Nummer zwei.
Draußen war das Land. Drinnen die Polizei. Aber das Wichtigste waren *sie*.
Und der Magnus stand über allem.

Mario Sultzer trat nach vorn. Auf einer Basaltsäule, die senkrecht auf dem Boden stand, lagen ein schwarzer Revolver und eine Uhr. Das Armband war mit einer unauffälligen Stickerei versehen. Außerdem ein mattsilberner Kugelschreiber, um dessen Korpus sich ein Piktogramm des Phönix rankte. Es waren Insignien, wie sie sonst keiner besaß. Sie verbanden die Gruppe zu einer Einheit, die mehr war als die Summe ihrer Teile.
Der Mann keuchte. Er spürte eine Erregung. Eine unsichtbare Kraft, für die er keine Worte fand. Die ihn sprichwörtlich entflammte.
Sultzer reckte den Arm. In der Hand einen A4-Ausdruck, der das Gesicht von Matilda Brückner zeigte. Sein Blick fing den des Neuen. Er kannte sie. Wusste auch, dass er ihren Platz einnehmen würde. Schauderte beim Gedanken an das Schicksal, das ihr widerfahren war.
»Aus der Asche erhoben«, rief Sultzer. Er zerriss das Foto von oben nach unten.
»*Aus der Asche erhoben*«, hallte der monotone Choral durch den Raum.

»Im Feuer des Verrats gestorben.«
Ein weiteres Mal ratschte das Papier. Ihm folgte wiederum die einstimmige Wiederholung.
»Im Feuer des Verrats gestorben.«
»Zur Asche zerfallen.«
Die Papierfetzen segelten hinab in eine silbrige Metallschale.
»Zur Asche zerfallen.«
Sultzer entflammte einen Holzstab an einer der Fackeln und reichte ihn seinem Gegenüber. Dann nickte er, und der Mann senkte die Flamme. Das Papier ging lautlos in züngelndes Rotgelb auf. Ein bläulicher Rand umspielte es.
»Verrat bedeutet Tod.«
Dieter Greulich schluckte, als er zurück in die Reihe trat und in den Sprechchoral einstimmte:
»Verrat bedeutet Tod.«

SAMSTAG, 20:10 UHR

Durant begrüßte Hochgräbe mit einem flüchtigen Kuss. Er hatte angeboten, sie im Büro zu treffen. Fürs Kino war es zu spät, doch gegen einen Spaziergang durch die Freßgass war nichts einzuwenden. Ein paar Schritte, raus aus allem, vielleicht noch ein Abendessen oder ein Eisbecher bei Häagen-Dazs. Alles, um den Alltag hinter sich zu lassen. Ob ihr das gelingen konnte, bezweifelte Julia indes.
»Schön, dass du da bist«, lächelte sie ihn an. Dann küsste sie ihn richtig. Niemand war in der Nähe, es fühlte sich trotzdem seltsam an, hier an ihrem Arbeitsplatz. Doch auch un-

endlich gut. Sämtliche Anspannung schien sich endlich aufzulösen.

»Ich hatte eben ein Aufeinandertreffen mit Brinckhoff«, zwinkerte Claus schließlich, und sie zuckte zusammen. Auf ihn war sie nicht allzu gut zu sprechen, nicht nur wegen seiner Hinhaltetaktik wegen des Golfclubs. Doch die Ermittlung hatte Claus sicher nicht mit Brinckhoff zusammengebracht.

»Okay«, sagte sie langgezogen. »Wie war's?«

»Später.« Er hob vielsagend die Augenbrauen. »Wollen wir erst mal los?«

In diesem Augenblick schrillte das Telefon. Seufzend wandte Durant sich dem Hörer zu. Oberstaatsanwalt Lambert.

»Ich habe von Ihrem Ermittlungserfolg gehört«, sagte er anerkennend. Zweifelsohne bezog er sich auf Schusters Verhaftung. »Glückwunsch.«

»Danke.« Julia dachte nach. Lambert tat nichts ohne Kalkül. Doch seine Anerkennung schien ernst gemeint zu sein. Sie wunderte sich, dass er so früh davon erfahren hatte. Es war Samstagabend. Schuster war hauptsächlich deshalb mitgenommen worden, damit er sich selbst keinen Schaden zufügen konnte. Die Schnittwunde war versorgt worden. Seine Nerven lagen blank. Ein Zusammenbruch. War das wirklich ein Mann, der auf eigene Faust den Mörder seines Kindes gejagt und hingerichtet hatte?

Lambert unterbrach Durants Sinnieren. »Im Nachhinein betrachtet ist es beinahe schon logisch, nicht wahr?«

»Was meinen Sie genau?«, fragte sie.

»Schuster. Das Rachemotiv. Ich bin erleichtert, dass das Ganze ein Ende gefunden hat.«

Höchste Zeit, auf die Bremse zu treten.

»Oliver Schuster ist in erster Linie ein Opfer«, begann die Kommissarin und sprach im Folgenden ihre Gedanken offen

aus. Es gab zu viele Fragen. Zu viele Ungereimtheiten. Die Kellerräume des Mietshauses mussten untersucht werden, natürlich, aber es gab bislang nicht die Spur einer Waffe.
Doch der Oberstaatsanwalt zeigte sich nicht im Geringsten beeindruckt.
»Kürzen wir das Ganze einmal ab, Frau Durant«, sagte er, als sie fertig war. »Schuster ist mittlerweile geständig. Das Verhör ist kurz vor meinem Anruf zu Ende gegangen.«
Es war wie ein Schlag mit der Keule. Hilfesuchend blickte Durant zu Claus, der aber in eine andere Richtung sah. Sie atmete schwer, während Lamberts Worte eintönig weiterhallten: »Morgen wird Oskar Hammer beigesetzt. Ich habe eine entsprechende Ansprache vorbereitet, die Ihnen als Presseerklärung zukommen wird. Das Urteil für Schuster wird mild ausfallen, so viel kann ich Ihnen versprechen.« Er räusperte sich, um dem, was als Nächstes kam, entsprechendes Gewicht zu verleihen. »Sie, Frau Durant, haben nichts mehr mit der Sache zu tun.«
Sekunden verstrichen.
Claus Hochgräbe trat besorgt näher. Julia spürte, dass ihr Mund offen stand.
»Frau Durant?«
Sie rappelte sich auf. »Ja?«
»Haben Sie mich verstanden?«
»Selbstverständlich«, entgegnete sie frostig. »Sie regeln das Ganze bis zum Schluss in Parteifreundemanier. Bloß keine tiefschürfende Untersuchung. Wie Amigos eben.«
Hochgräbe schmunzelte unwillkürlich. Es gab Momente, in denen man Durant ihre bayerische Herkunft noch anmerkte, auch wenn sie schon so lange weg war.
Wie aufs Stichwort stand Jürgen Brinckhoff in der Tür.
»Gut, dass Sie noch da sind«, sagte er, nachdem er beiden zu-

genickt hatte. Durant sah ihn fragend an. Der Telefonhörer befand sich noch immer in ihrer kaltschweißigen Hand.

»Kommen Sie, um mich auf Lamberts Anruf vorzubereiten?«, fragte sie düster und wackelte mit dem Hörer, bevor sie in auflegte. »Zu spät.«

»Nein.« Er warf Hochgräbe einen missbilligenden Blick zu. Dann wandte er sich wieder an die Kommissarin: »Können wir das bitte unter vier Augen besprechen?«

Durant schluckte, doch Claus gab ihr mit einem Nicken zu verstehen, dass alles okay sei. Er verließ das Zimmer und schloss die Tür hinter sich.

»Das wäre auch freundlicher gegangen«, murrte Durant.

»Noch gehört er nicht zu uns«, gab Brinckhoff gleichgültig zurück. Es schien sinnlos, mit ihm zu diskutieren.

»Also, weshalb wollten Sie mich sprechen, wenn es nicht Lambert ist? Ich muss Ihnen ja nicht sagen, dass mir seine Winkelzüge bis hier stehen.« Ihre Hand an der Nase unterstrich das Gesagte.

»Ich komme wegen Sultzer.«

Durants Augen weiteten sich.

»An der Entscheidung des Oberstaatsanwalts gibt es nichts zu drehen«, begann Brinckhoff, »doch es dürfte Sie wohl freuen, dass wir ihn in der Sache Sultzer auf unserer Seite haben.«

»Inwiefern?« Auf derselben Seite zu stehen sah für die Kommissarin nach dem eben geführten Telefonat anders aus.

»Die verdeckte Einheit wird aufgelöst«, erklärte Brinckhoff. »Berger hat keine Konsequenzen zu erwarten, und wir müssen den Golfclub nicht auseinanderpflücken«, er lachte kurz, »was mir persönlich recht gelegen kommt.«

»Meine Begeisterung hält sich in Grenzen«, brummte die Kommissarin. »Was ist mit den Hintermännern? Helfern? Mitwissern?«

Brinckhoff hob die Augenbrauen. »Lassen Sie mich einfach ausreden, dann wissen Sie's.«
Julia Durant presste die Lippen aufeinander und lauschte. Er sprach davon, die Villa am Offenbacher Stadtrand zu durchsuchen. Verhaftungen vorzunehmen, wenn nötig. Beschlagnahmungen, Vernehmungen, lückenlose Aufarbeitung.
Je länger er sprach, desto enger wurden ihre Augenschlitze. Wo war der Haken? Es musste einen geben.
Wie aufs Stichwort hob Brinckhoff nun den Zeigefinger.
»Es gibt zwei Bedingungen«, betonte er, und sämtliche Freundlichkeit verflog.
War ja klar.
»Erstens wird die Sache leise ablaufen. Dann, wenn Sie grünes Licht dazu bekommen. Es gibt weder Blaulicht noch Feuergefechte. Das Ganze darf um Himmels willen kein Staatsakt werden. Diskretion ist oberstes Gebot.«
Damit konnte Durant leben. Sie nickte langsam und fragte dann: »Und zweitens?«
Brinckhoff zog die Nase hoch und kratzte sich über die Oberlippe. »Nichts von dem, was wir ermitteln, darf nach außen dringen. Und ich meine das genau so, wie ich es sage. *Nichts!*«
Ihrem fragenden Blick zuvorkommend, sprach er eilig weiter: »Was glauben Sie, passiert, wenn die Sache in die Medien gelangt? Das Vertrauen in die Polizei wird nachhaltig erschüttert. Das können wir uns nicht leisten. Sie haben freie Hand, die Vergewaltigung unter Kollegen aufzuklären. Inklusive aller Konsequenzen. Doch weder das noch Bergers Erpressung noch der Todesschuss von Egelsbach oder irgendwelche anderen Details werden den Weg in die Presse finden.«
Brinckhoff machte eine Pause, in der er Durant anstierte, als wollte er hinter ihre Stirn blicken. »Sind wir uns in diesen Punkten absolut einig?«

Sie ballte die Fäuste. »Habe ich eine Wahl?«
Brinckhoff schüttelte den Kopf. »Nein. Das ist alles, was Lambert mir zugestanden hat. Es ist mehr, als ich mir erhofft habe.«
Durant verließ das Präsidium mit einem Knoten im Magen. Sie musste den Hammer-Fall trotz aller Zweifel als abgeschlossen betrachten. Als Entschädigung bekam sie die Auflösung einer korrupten Einheit, von der aber nie jemand erfahren würde. Im Grunde konnte sie froh sein, dass wenigstens Matilda Brückner Gerechtigkeit erfahren würde.
So musste es sich anfühlen, wenn man dem Teufel seine Seele verkaufte.

Auf dem Weg zur Freßgass machten sie halt in Julias Wohnung. Keiner von beiden sprach es aus, doch die Müdigkeit lag überdeutlich in ihrem Gesicht. Trotzdem bestand die Kommissarin darauf, den Abend angenehm ausklingen zu lassen. Gerade jetzt. Claus war einverstanden. Als sie die Wohnungstür abschlossen (Julia rüttelte zweimal, um sicherzugehen, dass sie auch wirklich zu war), meldete sich Michael Schreck. Von einem Moment auf den anderen lösten sich sämtliche Pläne für den Abend ins Nichts auf.

SAMSTAG, 21:10 UHR

Mit einem mulmigen Gefühl verbarg sich die Kommissarin im Halbdunkel einer Hecke. Die Straßenbeleuchtung erlaubte ihr, das Tor im Blick zu behalten. Michael Schreck hatte

eine Handyortung durchgeführt, die bestätigte, dass Britta Matthieß sich in dem Gebäude befand. Sultzer, Rieß und Langer ebenfalls – und mit Sicherheit noch einige Männer mehr. Staatsanwältin Klein hatte keinen Hehl daraus gemacht, dass sie einem Alleingang Durants nicht zustimmte. Julia Durant hatte sie auf ihrer privaten Nummer erreicht, wohl wissend, dass sie ihr damit womöglich den Abend verdarb. Doch sie hatte nun mal einen eigenen Kopf. Es ging ihr außerdem nicht um eine Verhaftungsaktion, wie Lambert sie ihr in Aussicht gestellt hatte. Sie wollte nur endlich diese Frau Matthieß unter vier Augen sprechen. Claus war in ihrer Wohnung geblieben. Sie hatte ihn kurz angerufen, um ihm zu sagen, dass es etwas länger dauern würde. Julia nannte keine Details, um zu vermeiden, dass er ihr seine Unterstützung anbot. So weit war sie noch nicht. Auch wenn sie sich an den Gedanken womöglich würde gewöhnen können.
Als das Metalltor zur Seite rollte und ein Fahrzeug das Gelände verließ, erkannte sie, dass zwei Männer darin saßen. Hinrichs und sein Kollege vom Schrottplatz. Enttäuscht, dass nicht Matthieß nach draußen getreten war, spürte Durant gleichwohl auch eine gewisse Erleichterung. Zwei Schlägertypen weniger.
Fast eine halbe Stunde verging. Dann endlich schabten die Scharniere der Gittertür. Gebannt wartete sie, bis der Körper den nächsten Lichtkegel erreichte. Zweifelsfrei eine Frau. Julias Herz pochte vor Aufregung. Sie schälte sich aus ihrem Versteck und folgte ihr. Dann leuchteten Blinker auf, und es klackte. Matthieß hatte ein Fahrzeug entriegelt. Die Kommissarin begann zu rennen, suchte einen geeigneten Rhythmus zwischen Geschwindigkeit und leisen Schritten, doch fand ihn nicht. Zu groß war die Distanz und zu gering die Zeit. Schon öffnete sich die Fahrertür. Matthieß wandte sich nicht um,

auch nicht, als Durant über die Straße sprintete. Sie sank in den weißen Fiesta und startete den Motor. In diesem Augenblick riss Julia die Beifahrertür auf und warf sich in den Sitz.

Britta Matthieß fuhr mit einem spitzen Schrei zusammen, der im knallenden Einrasten des Türschlosses unterging. Zweifelsohne versuchte sie, die Gefahrensituation zu bewerten.

»Was soll das?«, stammelte sie. »Was wollen Sie?«

»Keine Angst, wir sind Kolleginnen«, erwiderte Durant. Hinter ihrem Rücken spürte sie die kleine Handtasche, in der sich womöglich das Handy und Verteidigungsutensilien befanden. Sie zog die Tasche mit der rechten Hand hervor und schob sie neben den Sitz. »Fahren Sie los, bevor uns jemand sieht.«

Matthieß dachte nicht daran. Sie kniff die Augen zusammen.

»Moment. Sie sind doch die Durant.«

»Hundert Punkte.«

»Was soll das dann, verdammt?«

»Ich werde Sie zu einem Gewaltverbrechen vernehmen«, begann die Kommissarin, doch Matthieß schnitt ihr das Wort ab.

»Sie werden gar nichts. Ich steige aus. Wenn Sie etwas von mir möchten, wenden Sie sich an meinen Vor…«

Nun war sie es, die unterbrochen wurde. Während sie sprach, hatte sie sich abgeschnallt. War mit der Linken in Richtung Türöffner gewandert und wollte die Fahrertür aufstoßen.

»Scheiße«, knurrte sie angestrengt, denn nach wenigen Zentimetern blockierte etwas die Bewegung.

»Nicht so eilig«, drang es von oben durch den Spalt. Dann beugte sich Peter Brandt herunter und lugte durchs Fenster in Richtung der Kommissarin.

»Elvira hat denselben Dickkopf wie du«, meinte er grinsend, während Durant noch nach Worten suchte.

Eine Viertelstunde später befanden sich die drei in Brandts Büro. Er hatte vorgeschlagen, dorthin zu gehen. Das Gebäude war nur dünn besetzt, und er behauptete, den besseren Kaffee zu haben. Durant hatte nichts dagegen gehabt.
Britta Matthieß saß da, eine dampfende Tasse in der Hand, und musterte sie verärgert. Die ganze Fahrt über hatte sie angekündigt, kein Wort zu verlieren, und verlangt, einen Anwalt kontaktieren zu dürfen. Doch keiner der beiden Kommissare war darauf eingegangen. Sie hatten einander bloß angelächelt und wortlos vereinbart, dass es an der Zeit war, böser Bulle und böser Bulle zu sein. Die Zeit für Spiele war vorbei.
»Wir sind unter uns. Kein Anführer, keine Verstärkung, keine Einheit«, begann Durant.
Matthieß stülpte die Lippen ineinander und verschränkte die Arme.
»Fühlen Sie sich behaglich?«, kommentierte die Kommissarin ihre Körperhaltung, »oder zwingt man Sie dazu?«
Die Augen der Frau loderten, und ihr Mund zuckte, als würde sie ihr am liebsten ins Gesicht spucken.
»Wenn Sie hier draußen sind oder im Auto oder zu Hause«, fuhr Julia fort, »was sind Sie dann? Eine Nummer? Ein Organ, das nicht alleine lebensfähig ist? Eine Gefangene auf Freigang?« Sie atmete angestrengt und fügte hinzu: »*Wer* sind Sie dann?«
»Was soll diese Scheiße?«, zischte Britta Matthieß.
»Das möchte ich von Ihnen wissen. Sie sind doch ein Individuum. Ihr ganzer Club da draußen besteht aus Individuen. Oder wollen Sie mir weismachen, Sie gingen auch mit Ihrer Einheit aufs Klo?«
»Ich würde es, wenn ich's müsste«, gab Matthieß giftig zurück. Dann lachte sie spöttisch. »Aber das werden Sie nie begreifen.«

»Ich begreife so manches nicht«, konterte Durant. »Nur das hier«, sie deutete ziellos umher, »ist die reale Welt. Hier wird niemand etwas begreifen, denn die Welt gibt einen Scheiß auf euch. Und warum? Weil sie euch nicht kennt. Weil ihr euer Ding durchzieht, im Geheimen. Weil ihr euch demütigen lasst, eure eigenen Regeln schafft.«
Sie klopfte sich aufs Handgelenk. »Was passiert denn, wenn die Einheit nach Erfüllung ihres Zwecks aufgelöst wird? Dann ist das nur noch ein bescheuertes Tattoo. Ein nutzloses Relikt.«
»Wir brauchen keinen Zweck, um zu bestehen. Wir sind viel zu weit gekommen, um aufzuhören.«
»Dann sind Sie alle nicht besser als eine kriminelle Vereinigung.«
»O nein! Wir schützen die Gesellschaft vor Kriminellen.«
»Pah!« Julia Durant schlug sich auf die Oberschenkel. »Das tue ich auch. Und zwar ohne Phönix auf dem Arm. Ohne mich von meinen Kollegen unter Drogen setzen und bumsen lassen zu müssen! Ich würde ihnen bedingungslos mein Leben anvertrauen, und jeder von ihnen würde es mir gegenüber auch tun.«
»Dann haben Sie ja Glück.« Es war purer Zynismus, der aus Britta Matthieß sprach.
»Wieso?« Durant blinzelte sie fragend an. »Wurden Sie etwa auch …?«
»Gevögelt?« Matthieß winkte ab. »I wo.«
Für Durants Geschmack kam diese Antwort zu lax. »Sie können uns gegenüber ganz offen sein«, betonte sie daher. »Sie sollten es sogar.«
Doch Matthieß lachte nur. »Damit Sie einen Grund haben, uns ans Bein zu pinkeln?«
In diesem Augenblick wurde Durant schlagartig klar, woher sie dieses Gesicht kannte. Die schmale Nase, die anmutigen

Lippen. Sie stellte sich vor, wie diese im Moment fast burschikose Frau mit ihrer schwarzen Kurzhaarfrisur wohl aussehen würde, wenn sie statt Uniform ein Abendkleid trug. Nylons. Eine blonde oder rotwallende Perücke. Lippenstift.
»Gutes Stichwort«, triumphierte sie lächelnd, während ihr Gegenüber sich noch fragte, worauf sich die Kommissarin bezog. »Sie sitzen hier, während alle anderen sich draußen vergnügen. Alle außer Ihnen. Und außer Matilda. Redet niemand darüber, wie sie sich gewunden hat? Wie sie geschrien hat und wie sie sich verzweifelt zu wehren versuchte? Oder gibt es da nichts zu reden? Keine Schreie, weil man ihr ein Sedativ verabreichte. Macht Ihnen das keine Angst? Jetzt, wo Matilda weg ist, gibt es nur noch Sie. Wer hilft Ihnen wohl in die Klamotten, wenn es so weit ist? Wer fährt Sie nach Hause?«
Durant nippte an ihrem Kaffee, bevor sie, weniger energisch, fortfuhr: »Frau Matthieß, Sie kennen das Procedere doch. Mit Berger habt ihr es damals genauso abgezogen.«
»Woher ...« Brittas Augen waren weit aufgerissen. Sofort verstummte sie und presste die Lippen aufeinander.
»Woher ich es weiß? Ich habe Sie erkannt. Trotz der üppigen Schminke, die damals auf Ihrem Gesicht lag.«
»Scheiße«, knurrte es.
»Sie hätten besser jemand anderen engagiert«, sagte Durant trocken.
»Dafür war keine Zeit.«
Durant erinnerte sich, dass Bergers Frau an dem besagten Abend über Migräne geklagt hatte und nach Hause gefahren war. »Eine spontane Aktion?«
»Wir wollten Brinckhoff«, murmelte Matthieß. »Das mit Berger hat sich stattdessen ergeben.«
Peter Brandt hatte die ganze Zeit über mit zunehmend beeindrucktem Gesichtsausdruck im Hintergrund gestanden. Die

junge Polizistin begann sich, vermutlich unbewusst, am Handgelenk zu kratzen. Dort, wo der Phönix sich befand. Als störe er sie plötzlich. Als sie bemerkte, dass die beiden Kommissare ihre Geste beobachteten, zog sie hastig ihren Ärmel hinunter.
»Wohin sollte das alles führen?«, fragte Julia und versuchte, halbwegs verständnisvoll zu klingen.
Doch Britta schob ihre Hände unter die Oberschenkel und wippte bedächtig mit dem Kopf. »Ich möchte nichts mehr sagen.«

Brandt und Durant nahmen sich eine Auszeit, in der die Kommissarin ihm zuerst erläutern musste, was es mit Berger auf sich hatte.
»Dieser Dreckverein«, empörte er sich. Er hielt inne und kratzte sich am Kinn. »Moment mal. Die Fotos von Berger sind doch im Sommer entstanden, wie passt das zusammen?«
»Sie haben gesammelt, vorgesorgt, da gehe ich jede Wette ein«, erwiderte Julia. »Wer weiß, wie viele Kollegen in wichtigen Positionen sie noch auf diese Weise kontrollieren.«
»Sobald Lambert uns den Zugriff erlaubt, werden wir es hoffentlich erfahren«, sagte Brandt.
In Durant regte sich ein ungutes Gefühl. Was, wenn Lambert sie vorführte? Wenn er der Gruppe Vorlauf gab, um Beweise verschwinden zu lassen?
Brandt unterbrach diesen Gedankengang, als er in Richtung Verhörzimmer deutete und fragte: »Meinst du, wir bekommen noch etwas aus ihr heraus?«
»Ich glaube nicht.«
Britta war nicht anders als Langer, Sultzer und die anderen. Sie hatte es geschehen lassen. Kritiklos. Hatte dabei zugesehen, wie Grenzen überschritten worden waren. Irgendwann

hatte sie es selbst getan. Ob es je einen Punkt gegeben hätte, an dem sie eine neue Grenze gezogen hätte? Oder war es längst zu spät für eine Umkehr?

»Sie sind allesamt Gefangene«, sagte Brandt nach einer Weile. »Keiner urteilt mehr darüber, welche Mittel es wert sind, ihrem Zweck zu dienen. Bei all dieser Mitwisserschaft ist ein Ausstieg unmöglich. Er bedeutet Verrat, selbst wenn man schweigt. Die Gruppe besteht nur noch, um sich selbst zu dienen.«

»Matilda hat das erkannt«, raunte Durant, den Blick auf die Tür gerichtet, hinter der ihre Kollegin wartete. Etwas ging ihr durch den Kopf, sie wusste nicht, woher sie diese Worte kannte:

Eine Gemeinschaft, die sich der persönlichen Rechte eines Individuums bemächtigen will, ist keine Gemeinschaft, der man sich verschreiben sollte.

Hatte Britta das, tief im Inneren, auch erkannt?

Ein letztes Mal betrat Julia Durant das Zimmer.

Allein.

SAMSTAG, 22:40 UHR

Sie stapften durch das Gras. Unter den Sohlen quietschten die taunassen Halme. Das dröge Raunen der Stadtautobahn, ab und an durchbrochen von einem Hupen, untermalte die Stimmung. Es war fast dunkel. Alle trugen Grau. Zu den fünf Kommissaren – Durant, Hellmer, Kullmer, Seidel und Brandt – hatte sich eine Handvoll Beamte gesellt.

»Sie sind alle vor Ort«, hatte Durant argumentiert, als sie mit Elvira Klein gesprochen hatte, um ihren Einsatz zu rechtfertigen. Andernfalls hätte sie Britta Matthieß in Haft behalten müssen, doch dafür fehlte die Grundlage. Die Staatsanwältin hatte versprochen, sich um Lambert zu kümmern. So kooperativ sie sich auch zeigte, eines gab sie den Kommissaren mit auf den Weg: »Wenn ihr mich fragt: Es ist der blanke Wahnsinn.«

Das Gittertor war schnell überwunden. Gut möglich, dass man im Haus längst alarmiert worden war. Dann näherten sich eilige Schritte. Durant runzelte die Stirn über den Nachzügler, erkannte erst, als sie nur noch wenige Meter entfernt war, das Gesicht.

Sie stieß entgeistert hervor: »Frau Brückner!«

»Ich bin mit dabei«, erklärte diese und klopfte sich demonstrativ ans Holster.

Durant hatte kein Interesse an dienstrechtlichen Debatten und konnte die Beweggründe der jungen Frau nachvollziehen. Der Schlussstrich. Doch Matilda war auch Mutter.

»Tragen Sie eine Weste?«, fragte sie daher mit prüfendem Blick.

Matilda Brückner nickte.

»Wir sind bereit«, signalisierte Hellmer.

»Es gibt zwei weitere Ausgänge«, tuschelte Matilda in Julias Richtung.

Diese nickte. »Wissen wir.«

Rings um das Gebäude waren Beamte postiert. Durant und Brandt eilten auf den Haupteingang zu, begleitet von einer Ramme und einem weiteren Kollegen. Und Matilda.

Die Tür krachte auf. Lange Splitter des antiken Doppelflügels flogen umher, zeitgleich trampelten Stiefel über das ebenso alte Fliesenornament.

Weitere Beamte folgten. Laute Stimmen verkündeten, dass in einigen Räumen Verhaftungen vorgenommen wurden. Irgendwo klirrte zerberstendes Porzellan. Durant drang derweil weiter vor in Richtung Treppenhaus.
»Der Magnus sitzt im ersten Stock«, wusste Brückner.
»Zeig mir, wo.«
Doch noch bevor die beiden Frauen die gewendelte Treppe zur Hälfte erklommen hatten, baute sich eine Gestalt vor ihnen auf. In der Hand ein Sturmgewehr. Julia Durant stockte der Atem.
Dieter Greulich.

Bert Langer hatte Brandt und Hellmer an einer unscheinbar wirkenden Tür abgepasst. Dahinter verbarg sich ein steiler Abgang, der in eine Art Gruft führte. Ein ehemaliger Eiskeller, der wirkte, als habe man ihn im Krieg zum Luftschutzbunker ausgebaut. In Eisenhaltern staken Fackeln, was dem Ganzen den Anschein von einem Verlies gab. Langer hatte sich geweigert, weiterzugehen. Mit erhobenen Waffen durchschritten die beiden Kommissare einen Gang, der in einen runden Raum mündete. Hektische Geräusche verrieten die Anwesenheit mindestens einer Person. Als der Mann aufschrak und für einen kurzen Moment zur Salzsäule erstarrte, erkannte ihn Brandt sofort. Andreas Rieß. In seiner Hand lag eine Flasche mit klarer Flüssigkeit. Vor ihm ein Metallfass, in das er offenbar Papiere und Gegenstände geworfen hatte, um sie zu vernichten. Eine Flamme züngelte hervor. Als Rieß Brandt ebenfalls erkannte und ihm gewahr wurde, dass es keinen Ausweg gab, richtete er die Plastikflasche drohend nach vorn.
»Nicht!«, schrie Brandt ihn an. Doch Rieß drückte bereits zu. Der Brennspiritus erzeugte einen Feuerball, der bis zur Decke rollte. In weitem Bogen flog die Flasche davon, während

Rieß sich duckte. Doch es war zu spät. Die Flamme war über den Strahl gerast und hatte das Gewebe seiner Jacke erreicht. Schreiend wand er sich am Boden. Hellmer sprang über ihn und drückte sich auf Rieß' Arm. Es stank nach versengtem Haar, doch er hatte Erfolg.
Peter Brandt hielt indes nach einem Feuerlöscher Ausschau, als er registrierte, dass die brennende Flasche an einem Wandteppich lag. Flammen fraßen sich hinauf. Hinter dem Teppich befand sich eine hölzerne Vertäfelung.
»Scheiße«, presste er hervor. Schon knisterte es, und erste Rauchbahnen krochen die Gewölbedecke entlang. Geduckt eilte er zu Hellmer, der Rieß gerade Handschellen anlegte.
»Wir brauchen einen Arzt«, keuchte Brandt, den Geruch von verbrannter Haut in der Nase.
Hellmer blickte auf – und verstand. Es war zu spät, um dem Feuer noch Einhalt zu gebieten.
»Wir müssen vor allem hier raus«, drängte er, während der heiße, scharfe Qualm seine Lungen zum Brennen brachte.

»Gehen Sie uns aus dem Weg!«
Julia Durant hatte die Waffe gezogen und, nach einigen Sekunden des Verharrens, ihren Weg nach oben fortgesetzt. Matilda hatte scheinbar etwas sagen wollen, doch dafür war keine Zeit. Auch sie bewegte sich, zögerlich, voran.
Greulich stand noch immer da wie eine Salzsäule.
Dann aber räusperte er sich. Die Mündung der Heckler & Koch schwenkte nach oben. Ein Schauer jagte über Durants Rücken. Ihr Zeigefinger spürte den Abzug, er lag eisern darauf. Leben und Tod waren nur einen Millimeter voneinander entfernt. Eine Sekunde.
»Sultzer ist eins weiter oben.« Greulich deutete mit dem Daumen hinter sich und trat beiseite.

»Was tun Sie hier, verdammt?«, fragte Durant, als die beiden Frauen ihn passierten. Doch sie blieb nicht stehen, um seine Antwort zu hören. An Greulichs Handgelenk prangte der Phönix. Aus dem Untergeschoss flackerte es plötzlich. Es roch beißend nach Rauch.
»Ich halte Ihnen den Rücken frei«, erklang es hinter ihnen.

Schulter an Schulter schritten sie durch den Gang. Sämtliche Türen standen offen, auf jeder Seite vier Stück. Am Ende drang Licht durch ein buntes Rundfenster. Matilda Brückner atmete angestrengt. Sie fiel eine Schrittlänge zurück. Julia Durant prüfte das erste Zimmer.
Leer, signalisierte sie Matilda. Diese leuchtete den Raum linksseitig aus. Dasselbe Ergebnis.
Mit mulmigem Gefühl ging es weiter. Mario Sultzer hatte keinen Ausweg. Es gab keine Feuerleitern an der Fassade. Auch an Balkons konnte die Kommissarin sich nicht erinnern. Er wartete auf sie. Und er hatte das Überraschungsmoment auf seiner Seite.
Ein Geräusch ertönte.
»Komm raus, verdammt!«, rief Julia. Die Pistole wippte auf und ab. Im Treppenhaus erklangen schwere Schritte und Stimmen. Sultzer regte sich nicht.
Zwei weitere Zimmer wurden geprüft. Die Lichtschalter funktionierten nicht, also wanderten die Strahlen der Taschenlampen über abgedecktes Mobiliar. Es war offensichtlich, dass dieser Bereich der Villa ungenutzt war.
Plötzlich flog eine Tür auf und krachte gegen die Wand. Gerade hatte sie die Lampe heruntergenommen, sie polterte zu Boden. Dann fiel ein Schuss, und Durant flog zur Seite. Ihre linke Schulter begann zu brennen, wie sie im Fallen feststellte. Sie rollte sich über die rechte Schulter ab und riss, am Boden

angekommen, die Mündung nach oben. In dieser Sekunde flammte ein greller Strahl auf und traf Sultzer mitten ins Gesicht.

»Eine Bewegung, und du bist tot!«

Die Stimme von Matilda Brückner hätte kaum eisiger klingen können. Sie musste im Türsturz stehen, Durant blinzelte geblendet in das kaltweiße Licht, doch sie erkannte nichts. Dann zurück zu Sultzer. Er stand da wie versteinert, mit der Waffe noch immer in ihre Richtung zielend, dorthin, wo er sie vermutete. Sie versuchte sich aufzurichten, ohne dabei verräterische Geräusche zu verursachen. Doch der Holzboden knarrte, und ihre Bewegungen froren ein.

Sultzer lachte höhnisch auf. »Zwei meiner Weiber, die plötzlich ihren eigenen Willen entdecken«, schallte es durch den Raum. »Du hättest es noch mal mit mir probieren sollen.« Er meinte Julia, zweifelsohne. Mit zusammengekniffenen Augen fixierte er sie. Ob er ihre Augen sah? Oder erahnte er bloß ihre Konturen?

»Halt die Schnauze«, kam es von Matilda.

»Dasselbe gilt für dich.« Er bewegte sich keinen Millimeter. Doch seine Worte trafen. »Sag bloß, es hat dir nicht gefallen?«

Er lachte. Noch dreckiger als zuvor. Dann krachte ein Schuss. Das Lachen verebbte.

Julia Durant sprang auf. Sie hatte nicht abgedrückt. Aus ihrer Schulter drang Blut, doch es war nur ein Streifschuss, den Sultzers Projektil ihr zugefügt hatte. Die Wunde brannte, und der Schmerz stach bei jeder Bewegung. Doch es pulsierte nicht. All dies schätzte die Kommissarin binnen Sekunden ein, während sie die Muskeln anspannte und ihre Augen auf Sultzer konzentrierte. Er war nicht zu sehen, nirgendwo war eine Kugel eingeschlagen. Also hatte Matilda ihn erwischt?

Sie erreichte ihn mit zwei langen Schritten. Er wand sich auf dem Boden. Also hatte Matilda tatsächlich ... Warmes Blut war zu spüren. Es quoll ungehindert aus ihm heraus. Die Kommissarin konnte die Eintrittswunde nicht auf Anhieb lokalisieren. Sie betete, dass es kein lebensbedrohender Treffer war. Sultzer war ein Schwein, doch er sollte büßen und nicht sterben. Matilda Brückner verdiente kein Ermittlungsverfahren wegen Tötung eines Kollegen.
Sie näherte sich. »Alles okay?«
Julia wusste es nicht, nickte aber und schickte sie zurück in Richtung Tür.
»Überprüfe die anderen beiden Räume, ich bekomme das hin«, trug sie Matilda auf. »Und wir brauchen einen Notarzt.«
Unter ihren Knien hob und senkte sich Sultzers Brustkorb mit einem Röcheln. Das Winseln war verebbt. Stattdessen glaubte die Kommissarin, ein leises Kichern zu hören.
»Ich wusste es ja schon immer.« Er atmete schwer ein. Dann hustete er. Blut kam aus seinem Mund. Trotzdem war da wieder das Kichern. »Du sitzt gerne oben.«
Julia verkniff sich jeden Kommentar, stattdessen drückte sie ihre Kniescheibe mit Nachdruck in Sultzers Niere. Er stöhnte auf. Dann zog sie ihn zur Seite, um ihn in eine stabile Lage zu bringen. Sultzer jedoch schien sich aufrichten zu wollen. Er stemmte sich nach oben.
»Wo willst du hin?«
»Ich krepiere nicht hier auf dem Boden«, stieß er hervor, und in seinen Augen war eine Entschlossenheit zu erkennen, die Julia alles andere als fremd war.
»Du kannst unmöglich stehen!«, hielt sie dagegen und schloss ihre Faust demonstrativ um seine Handschellen. Dennoch folgte sie seinen Bewegungen. Zuerst erhob er sich auf die

Knie. Er verzog das Gesicht. Dann erkannte Durant die Stelle, wo ihn Matildas Projektil getroffen hatte. Unterhalb der linken Brusthälfte, seitlich, auf Höhe der Rippenbögen. Wo auch immer die Kugel stecken mochte – Magen, Lunge oder in einem der Knochen –, Sultzer musste höllische Schmerzen haben.

Durant sah sich um. In der Ecke des Raumes stand ein klobiger Bürostuhl mit Metallrahmen. Beinahe schon störend in dem antiken Ambiente des Hauses, doch stabil genug, schätzte sie, um Sultzer darauf zu plazieren.

In der Ferne erklang ein Martinshorn.

»Du solltest liegen, bis der Arzt eintrifft«, versuchte sie es erneut. »Ich will ebenso wenig wie du, dass du hier draufgehst.«

»Willst mich im Knast haben, wo ich durchgerammelt werde, wie?«, kam es höhnisch zurück.

Durant schnaubte verächtlich.

Dann erklangen schwere, eilige Schritte auf dem Gang. Und aufgeregte Stimmen. In derselben Sekunde schnellte Sultzer nach oben. Bevor sie reagieren konnte, trugen ihn ein paar torkelnde Schritte in Richtung des Fensters. Die Scheibe zerbarst in einen Scherbenregen, eisiger Wind wehte ihr eine Strähne in die Augen. In das Rauschen mischte sich ein Schrei, es war ihr eigener, dann fand Julia sich fassungslos an dem hölzernen Rahmen wieder. Regentropfen trafen ihr Gesicht. Blaue Lichtreflexe spiegelten sich darin. Unten flammten Taschenlampen auf. Schotter knirschte. Feuerwehrmänner hasteten um die Gebäudeecke. Bitter schmeckender Dampf lag in der Luft. Anscheinend hatten sie die Flammen unter Kontrolle. Ihnen folgten Hellmer und Brandt.

Sie fanden Mario Sultzer auf dem Rücken liegend. Die nach hinten gefesselten Handgelenke ließen ihn eigenartig verrenkt erscheinen. Glassplitter lagen überall verstreut. Julia

konnte nicht erkennen, ob seine Augen geöffnet waren, denn das Gesicht war blutüberströmt. Aber sie erkannte seinen Mund.
Er trug das typische, von sich selbst überzeugte Grinsen, das sie vor Jahren einmal so anziehend gefunden hatte.

MONTAG

MONTAG, 20. OKTOBER, 13:50 UHR

Es regnete Bindfäden. Wie an jenem Abend, als Oskar Hammer aus seinem Haus in Belgien verschwunden war, auch wenn das keiner der Anwesenden wusste.
In einem toten Winkel zwischen Friedhofsmauer und Leichenhalle verbarg sich Julia Durant. Sie versuchte, in der kleinen Menschentraube, die sich versammelt hatte, nicht aufzufallen. Das Aufeinandertreffen wirkte wie ein Tête-à-Tête der Politgrößen. Diestel, Lambert und andere hohe Tiere waren da. Frau Hammer senior, begleitet von einer Pflegerin, die den Schirm über ihren geduckten Kopf hielt. Dazwischen Pressevertreter. Auch wenn die Beisetzung unter Ausschluss einer größeren Öffentlichkeit stattfinden sollte – es waren viele Gesichter. Die meisten verbargen ihre Gefühle. Steinerne Mienen, in denen man weder Trauer noch Abscheu lesen konnte. Höchstens mitfühlendes Verständnis für Hammers Mutter. Niemand sollte seine eigenen Kinder zu Grabe tragen müssen.
»Was willst du da?« Die Frage ihres Partners war berechtigt gewesen. Umso mehr, da Julia sie nicht beantworten konnte. Sie wusste nur, dass sie dabei sein wollte.
»Ich komme mit.« Sie hatte Claus' Entscheidung nicht in Frage gestellt. In Wahrheit war sie dankbar dafür.

Nachdem der Pfarrer gesprochen hatte, trat Oberstaatsanwalt Lambert vor die versammelte Menge. Wie auf einen Fingerzeig ließ der Regen nach, so dass er mit beiden Händen seine Notizen halten konnte, die im Wind flatterten. Er trug die Worte vor, die zweifelsohne am nächsten Tag in den Medien zitiert werden würden, mit einer Stimme voller Charisma und Überzeugungskraft.

»Oskar Hammer war unser Freund. Wir trauern um unseren Freund. Wir trauern um den Menschen, der er war. Ihm werden Verbrechen angelastet, die unverzeihlich sind. Nicht nachvollziehbar, gerade, wenn man ihn näher kannte. Unvereinbar mit den Werten, für die unsere Gesellschaft steht, für die wir als Partei stehen. Wir drücken der untröstlichen Mutter unser Mitgefühl aus. Wir wissen, dass diese Verbrechen das Leben der Familien der Opfer für immer geprägt haben. Oskar Hammer hat sich durch seine Flucht einem Prozess und damit der Justiz entzogen. Wir als Gesellschaft und damit auch die Familien der Opfer, keiner konnte ihn seiner gerechten Strafe zuführen. Aber: Würde er noch leben, wenn er einen anderen Weg gewählt hätte?

Einige fragen sich: Hat Oskar Hammer den Tod verdient? Ist das seine gerechte Strafe? Die Menschenrechte, unsere Grundrechte, unsere Rechtsordnung gelten für jeden Menschen, sollen Schutz gewähren, auch einem Täter. Die Würde des Menschen ist unantastbar. Der Tod eines Menschen, auch der Tod eines Verbrechers, ist keine gerechte Strafe.

Man kann hier anderer Meinung sein. Unsere Grundrechte gewähren jedem Einzelnen Meinungsfreiheit, die Freiheit, eigene Gedanken abzuwägen, eigene Urteile zu fällen. Meine Partei und auch ich selbst, wir stehen für eine schonungslose Verfolgung und für die Verhinderung solcher Verbrechen ein, aber immer im Rahmen dieser Grundwerteordnung. Dies

dient letztlich dem Wohl aller und auch derer, die einen besonderen Schutz benötigen: dem Wohl unserer Kinder.
Es ist nun aber auch die Zeit gekommen, die Akte Oskar Hammer zu schließen und im Rahmen des Erträglichen Frieden einkehren zu lassen. Friede den Opfern, die endlich ihre letzte Ruhestätte finden. Friede den Familien, die endlich Gewissheit haben, die einen Ort zum Trauern und zum Abschiednehmen haben. Friede auch für Oskar Hammer, der seinen Lebensweg gewählt und der nun ein gewaltsames Ende gefunden hat.
Es ist nicht die Zeit für Schuldzuweisungen. Nicht die Zeit, um die Vergangenheit bis ins kleinste Detail aufzurollen. Wir, seine früheren Freunde, verleugnen unsere Freundschaft auch zu diesem Täter nicht. Unsere Freundschaft wurde verraten, wir wurden von ihm enttäuscht. Wir konnten oder wollten die Anschuldigungen damals nicht glauben, so wie viele andere auch nicht. Wir haben mit seiner Flucht leben müssen. Mit denselben Fragen, die sich die Öffentlichkeit stellte. Mit der Ungewissheit, ob das alles wahr sein könnte oder nicht.
Wir standen seiner Mutter bei, die er unwissend zurückgelassen hat. Müssen wir uns das vorwerfen lassen? Nein. Dies war und ist unsere christliche, unsere menschliche Pflicht.
Es ist Zeit, abzuschließen.
Mögen alle Opfer, auch Oskar Hammer, ihren Frieden finden.«

MONTAG, 17:10 UHR

Sie waren eine Weile durch den Taunus gekurvt, um anschließend in Okriftel bei Frank und Nadine Hellmer zu landen. Das Präsidium kam, nach dieser Woche, auch mal einen Tag ohne sie aus. Während Claus sich mit Nadine in der Küche unterhielt, brachte Julia die Grabrede Lamberts zur Sprache.
»Ich glaub's einfach nicht«, grollte sie, nachdem sie in groben Zügen zusammengefasst hatte, was Lambert gesagt hatte.
Hellmer pfiff.
»Es wird dir nicht gefallen, Julia«, sagte er mit verzogenem Mund, »aber das Ganze hat Hand und Fuß. Für Außenstehende zumindest.«
»Es muss mir trotzdem nicht gefallen, oder?«, konterte die Kommissarin und knallte ihr Glas so fest auf den Tisch, dass die Cola um ein Haar über den Rand schwappte.
»Nein. Mir auch nicht.« Hellmer seufzte. »Aber das war doch der Deal zwischen euch, hm? Lambert hat das Ganze politisch ausgeschlachtet, die Medien sind glücklich, und bei der nächstbesten Wahl tischt man das Ganze wieder auf, um härtere Gesetzesentwürfe zu begründen. Was sagt denn Peter dazu?«

Brandt wusste von alldem noch nichts, zumindest ging Durant davon aus, bis sie ihn erreichte. Elvira Klein nahm das Handy ab, was sie kurz schmunzeln ließ. Peter hatte Elvira, Julia hatte Claus. Damit hatten sie so deutlich mehr als viele andere. Doch momentan herrschten andere Gefühle vor.
»Peter steht gerade unter der Dusche«, tuschelte die Staatsanwältin. »Er ist am Toben.«
»Wieso?«

»Ich habe Lamberts Presseerklärung hier. Du kennst sie demnach noch nicht?«

»Nein. Aber ich war auf der Beisetzung und habe seine Rede gehört. Vermutlich gleicht sich der Wortlaut. Darüber wollte ich mit Peter reden.« Durant stöhnte und gestand: »Ich bin ziemlich angefressen.«

Elvira Klein las ihr einige Passagen vor, die ab dem kommenden Tag in den Medien zu finden sein würden:

Hammers Mord sei ein Racheakt gewesen. Ausgeführt durch den Vater eines der Opfer, der ihn aufgespürt, getötet und die Polizei zu ihm geführt habe. Vorher habe er den Ort in Erfahrung gebracht, an dem Hammer die beiden toten Jungen vergraben hatte. Der Mörder habe ein umfassendes Geständnis abgelegt.

»Scheiße!«, rief Durant, was ihr einen schiefen Blick von Claus und Nadine einbrachte, die soeben ins Wohnzimmer zurückkehrten. »Schuster ist kein kaltblütiger Killer!«, betonte sie. »Das würde doch bedeuten, Schuster habe Hammer über Monate hinweg eingekerkert und hungern lassen.«

»Folter, auf gut Deutsch«, warf Klein ein.

»Genau. Aber Schuster ist depressiv, er hat resigniert. Er hatte einen Schrein im Keller, wo er seinem Sohn nachtrauerte. Dieser Kontakt zu Lukas war ihm wichtiger als eine derart akribische Such- und Racheaktion. Die einzige Möglichkeit wäre …«

Aus dem Hintergrund ertönte Brandts Stimme, die den Satz vollendete: »… dass er einen Komplizen hatte?«

Offenbar war er aus der Dusche gekommen, und Elvira hatte das Gespräch auf Lautsprecher gelegt.

»Hallo, Peter«, sagte Durant. »Genau das meine ich. Lambert ignoriert seine Aussagen bezüglich des anonymen Anrufers vollkommen! Für ihn scheint die Hinrichtung Hammers

eine Art Soloprojekt gewesen sein, nach dessen Abschluss der Täter sein Werk als getan betrachtet. Alles geplant, alles kalkuliert, alles in kühler Perfektion.« Sie machte eine vielsagende Pause. »Ist das der Schuster, den wir kennengelernt haben?«
»Nein.« Brandts Stimme klang ebenso düster wie ihre eigene. Sie verabschiedeten sich voneinander, und Durant betrachtete für ein paar Sekunden grimmig ihr schwarz werdendes Display.

Brandt war stinksauer. Hoffentlich reagierte Elvira Klein ebenso erzürnt. Hoffentlich machte sie ihrem Kollegen Lambert gründlich die Hölle heiß. Doch im Grunde wusste er, dass sie, wenn es hart auf hart kam, nichts gegen ihn ausrichten konnte. Keiner der Kommissare würde die Chance erhalten, Schuster noch einmal zu vernehmen. Indizien, Geständnis, Verurteilung. Er würde sich nicht dagegen wehren. Die Strafe würde mild ausfallen. Die Öffentlichkeit würde ein paar Tage lang Anteil nehmen, in den sozialen Medien würde er als Held gefeiert werden, der die Welt von einem Kinderficker erlöst habe. Vom Mörder seines eigenen Sohnes. Eine Leistung, zu der die Polizei zehn Jahre lang nicht imstande gewesen war.
Dann würde man ihn vergessen.
Der Fall war abgeschlossen.

MONTAG, 18:40 UHR

Julia Durant las das Protokoll. Dabei überflog sie die Passagen, in denen es darum ging, wie Schuster Hammer in Belgien zufällig wiedererkannt haben wollte.
Es gab Zufälle, zweifelsohne. Auf den Seychellen, es war nicht einmal Hauptreisesaison gewesen und abseits des Touristenrummels, hatte die Kommissarin eine alte Schulfreundin getroffen. Solche Dinge geschahen immer wieder. Doch es ging ihr nicht darum, abzuwägen, wie wahrscheinlich es war, dass Schusters Aussage stimmte. Es ging um einen bestimmten Fakt.
Oliver Schuster beschrieb, wie er Hammer in das Waldstück gefahren habe. Die Schranke an der Zufahrt sei nicht verriegelt gewesen. So habe er fast bis zu dem abgelegenen Gebäude fahren können. Oskar Hammer befand sich im Kofferraum, er war ohnmächtig. Das Mittel habe Schuster sich besorgt. Etwas, das man nicht nachweisen könne. Mehr wollte er dazu nicht sagen.
Durant schüttelte den Kopf bei der Vorstellung, wie ein Mann wie Schuster den stämmigen Hammer durch eine verwucherte Ruine schleppte. Das Ganze erschien ihr wie aus einer billigen Vorabendserie zusammengezimmert.
Sie sprang weiter, bis die Stelle kam, die ihr besonders aufgefallen war.

»Ich habe nicht gezielt. Ich habe nie zuvor mit einer Waffe geschossen. Früher mal, Luftpistole, okay. Aber das zählt ja nicht. Ich drückte ab. Konnte ihm nicht ins Gesicht sehen. Dann schoss ich wieder, bis das Magazin leer war.«
»Und dann?«

»*Ich stand da. Konnte mich für einen Moment nicht bewegen. Dann wurde mir klar, dass es vorbei war. Hammers Kopf war nach vorn geklappt. Ich sammelte die Hülsen ein und ging.*«

Durants Finger huschte einige Zeilen nach oben. Sämtliche Informationen, die Schuster preisgab, hatte er dem Tatortfoto entnehmen können. Die Treffer im Körperzentrum. Der nach vorn gebeugte Kopf. Die fehlenden Patronen.
Doch er hatte nichts davon gesagt, dass Hammer sich bewegt hatte. Wie sollte er auch, wenn er sediert war? Doch dann hätte Schuster sich durch den Raum bewegen müssen. Ein Schuss von links, in die Leber. Einer geradeaus. Ins Genital. Zwei weitere von rechts. Jemand, der wie angewurzelt dasteht und nur grob auf die Körpermitte zielt, konnte nicht in einem derartigen Spektrum treffen.
Frank Hellmer, der ihr gegenüber auf seine Tastatur hämmerte, wusste nicht, womit sie sich gerade befasste. Für einige Sekunden überlegte Julia, ob sie etwas sagen sollte. Ob sie zum Telefon greifen sollte, um sich mit Lambert verbinden zu lassen.
Doch stattdessen schob sie die Papiere in ein braunes Kuvert. Sie zog die oberste Schublade auf, plazierte den Umschlag darin und drückte sie wieder zu.
Johannes Lambert hatte beim Zerschlagen des Phönix geholfen. Berger rehabilitiert. Im Gegenzug hatte sie ihm versprechen müssen, den Fall Oskar Hammer zu den Akten zu legen.
Oliver Schuster hatte sich auf eigenen Wunsch hin den Behörden gestellt. Weil er für einen Selbstmord zu feige war, aber in der Welt nichts mehr hatte, für das es sich zu leben lohnte.

Julia Durant wusste es: Nichts würde geschehen.
Daran vermochte auch die ambitionierte, energische Elvira Klein nichts zu ändern. Für Oberstaatsanwalt Lambert war der Fall abgehakt, ob ihr das nun gefiel oder nicht.

EINIGE TAGE SPÄTER

Brandt, Hellmer und Durant trafen sich im Offenbacher Präsidium. Ursprünglich hatte Greulich noch mit von der Partie sein sollen, doch er erschien nicht. Brandt murmelte etwas von »typisch«. Freunde würden die beiden nie werden.

Durant empfand es als angenehm, dass er nicht zugegen war, denn sie hatte noch einige Fragen. Welche Rolle hatte Greulich bei der Phönix-Einheit gespielt? Seit wann? Wie viel wusste er von den üblen Machenschaften, die sich dort abgespielt hatten? Zu den meisten Punkten konnte Brandt etwas sagen.

»Dieter hat sich über Rieß angenähert, ohne dass dieser davon wusste. Die beiden kannten einander schon länger, sie waren gemeinsam im Bereich Bandenkriminalität unterwegs. Schwerpunkt Rocker.«

»Deshalb auch dieser Auftritt auf dem Schrottplatz bei Scholtz?«, erinnerte sich Durant.

»Mmh. Rieß brachte Dieter im Laufe der Zeit an die Einheit heran. Kein Wunder. Er trug das Tattoo, zog sich aus seiner regulären Dienststelle zurück, da musste ein Vertrauter wie Greulich ja misstrauisch werden. Irgendwann zog er ihn mit hinein.« Brandt hob die Schultern. »Ob Dieter das von vornherein mit dem Ziel tat, die Einheit auffliegen zu lassen – oder ob er im Laufe der Zeit erst seine Meinung änderte … Ich weiß es nicht.« Er seufzte. »Und wir kennen ihn ja. Er wird es uns nicht verraten. Er wird sich als Held aufspielen, Lorbeeren einheimsen und sich nicht weiter in die Karten schauen lassen als unbedingt nötig.«

»Greulich eben«, grinste Hellmer schief.

»Was ist mit mir?«

Die Köpfe flogen herum. Wie lange er bereits dagestanden hatte, niemand konnte es sagen. Doch Greulich stand im Türrahmen, begleitet von Bernhard Spitzer.
»Lasst euch nicht stören«, sagte dieser. »Nur so viel: Die Einheit hat sich vor zwei Jahren formiert. Niemand in Hessen erzielte eine höhere Aufklärungsquote. Sultzer führte das Ganze auf eine sehr demagogische Art. Einfachste Mechanismen, mit denen er wie ein Rattenfänger ein Dutzend Anhänger um sich scharte. Klare Regeln, unerschütterliche Gemeinschaft, Gehorsam und ein klares Prinzip von Lob und Strafe. Dazu ein Symbol, den Phönix, und immer wieder das erklärte Dogma, die wahre Elite zu sein. Es dauerte nicht lang, da wurden Indizien gefälscht. Aussagen erzwungen. Beweisketten manipuliert. Alles, um die Erfolgsquote aufrechtzuerhalten. Um sich unersetzbar zu machen. Und man richtete sich dabei hauptsächlich gegen Verdächtige, denen die Justiz bisher machtlos gegenüberstand. Niemand von uns kann behaupten, auf die plötzliche Anzahl der Verurteilungen nicht insgeheim stolz gewesen zu sein.«
»Scheiße nur, dass ein beträchtlicher Teil davon nun revidiert werden muss«, knurrte Greulich mit düsterer Miene.
Sie saßen für einen Moment schweigend da. Es gab Verurteilungen, die ungerechtfertigt waren. Zweifelsohne. Doch es gab auch Fälle, in denen eine Revision problematisch war. Dimitri Scholtz. Die Männer aus Egelsbach. Mit einem findigen Anwalt würden sie Freisprüche erwirken. Die nächsten Lkw würden rollen. Neue Frauen. Mädchen. Seelen, die in einer Spirale aus sexueller Gier und Gewalt verbrennen würden. Nicht einmal Asche würde von ihnen bleiben. Und kein Feuervogel würde sich daraus erheben.
Das war Sultzers Vermächtnis. Fürwahr keines, auf das er stolz sein konnte. *Insgeheim muss er es gewusst haben*, dachte Julia. War er deshalb gesprungen?

»Wir werden die Sache Stück für Stück aufklären«, meldete sich Spitzer zu Wort und hob den Kopf in Richtung Brandt. »Greulich hatte in Erwägung gezogen, euch früher mit ins Boot zu holen. Doch die Sache war zu heikel. Die Gruppe zu verschworen. Aber niemand weiß besser über alles Bescheid als er, Peter.«
In Spitzers Stimme lag plötzlich etwas Forderndes, was Brandt misstrauisch machte.
»Ich habe kein Interesse, dazwischenzufunken«, sagte er deshalb.
Spitzer seufzte. »Das meinte ich nicht. Es kommt bergeweise Arbeit auf uns zu. Ihr müsst das zusammen angehen. Du und Dieter.«
Peter Brandt ließ seine Stirn zwischen die Hände sinken. Er hatte es nicht zu denken gewagt. Doch Spitzer hatte sich klar und deutlich ausgedrückt. Brandt und Greulich würden Kollegen werden. Wie in alten Zeiten, die für beide nicht gut verlaufen waren. Sie mussten keine Freunde werden, das sicher nicht. Aber Greulich würde wieder Teil seines Lebens werden. Der Kommissar schloss für einen Moment lang die Augen und wünschte sich, dass ihn jemand kneifen würde. Am liebsten Elvira. Dann würde er aufwachen, sie auf die Stirn küssen und den Alptraum einfach beiseiteschieben. Doch diese Hoffnung blieb unerfüllt.

Als Julia und Frank wieder in Hellmers Porsche saßen, passierten sie ein Straßenschild, auf dem »Rodgau« vermerkt war. Unwillkürlich dachte die Kommissarin an Oliver Schuster. Ihr Partner erriet ihre Gedanken.
»Du glaubst nicht, dass er es war«, sagte er, während er sanft um die Kurve schwang und dann in Richtung Frankfurt beschleunigte.

»Ich weiß es, Frank«, murmelte Julia.
Schuster hatte gestanden. Er habe Hammer ausfindig gemacht, er habe ihn im Keller gefangen gehalten, er habe den Ort in Erfahrung gebracht, wo er seinen Sohn verscharrt hatte. Dann habe er ihn erschossen. Er habe so lange abgedrückt, bis keine Schüsse mehr kamen. Seine Waffe blieb verschwunden. Sein Auto verfügte über keine Elektronik, anhand deren man widerlegen konnte, dass er nach Belgien gefahren war. Und dennoch wusste sie es.
»Schuster hat zu Protokoll gegeben, dass er einfach nur dastand und abgedrückt habe«, erklärte sie. »Doch die Eintrittswinkel der Projektile widersprechen dem.«
»Und was wirst du unternehmen?«, wollte Hellmer wissen.
Durant schwieg. Sie beide wussten, dass es nichts gab, was sie tun konnten.
Zumindest für den Moment.

*

Es hatte weder einen Erdrutsch gegeben noch eine Sintflut, nicht einmal eine Woge. Ein Kollege aus Brinckhoffs Riege war versetzt worden. Die Verabschiedung ging sang- und klanglos vonstatten. Doch die Anzahl der Mitwisser war gering. Viele hatten hinter vorgehaltener Hand gefragt, ob bei der hohen Erfolgsquote im Bereich organisierter Kriminalität alles mit rechten Dingen zuging. Doch niemand hielt sich für verantwortlich, niemand für ermächtigt, etwas zu unternehmen. Letzten Endes heiligte der Zweck die Mittel. So entstanden in der Hierarchie der Polizeipräsidien Frankfurt und Offenbach nur wenige Lücken. Sie schlossen sich schweigend, die meisten jedenfalls.

Doch es gab auch offene Positionen, die besetzt werden mussten. Spätestens im neuen Jahr.
Vor Berger saßen Durant und Hochgräbe.
»Das, worüber wir nun reden werden, ist nicht nur unüblich«, begann er umständlich, »sondern eigentlich sogar unmöglich. Das brauche ich Ihnen wohl nicht zu sagen.«
Er brauchte es tatsächlich nicht zu erwähnen. Alle drei waren sich völlig darüber im Klaren, dass eine Versetzung Hochgräbes nach Frankfurt unter normalen Umständen weitaus schwieriger gewesen wäre. Doch die Hierarchie im Präsidium war erschüttert worden, auch wenn man nach außen hin nichts davon merkte. Es hatte keinen Skandal gegeben, keinen Aufschrei in den Medien, und es würde keine öffentliche Aufarbeitung geben. Das Vertrauen der Bevölkerung in die Ermittlungsbehörde war ohnehin schon gespalten. Eine korrupte Einheit, die ihresgleichen sexuell demütigte und unter Druck setzte – niemand würde einen Nutzen daraus ziehen. Im Ganzen hatte es vierzehn Versetzungen gegeben.
»Überlegen Sie es sich, aber überlegen Sie nicht zu lange«, mahnte Berger den Münchner Kommissar an. »Wenn Sie an dem Posten interessiert sind, bin ich jetzt in der Position, dass mir die Verantwortlichen aus der Hand fressen. Sobald die Phönix-Sache abgeschlossen ist, vergisst man die Gefälligkeiten gerne wieder.«
Doch Claus Hochgräbe schüttelte den Kopf, und Julia fragte sich, ob er ihr zuliebe haderte. Würde er in diesem Moment um die Stelle bitten, er bekäme sie. Das war es doch, was er wollte. Oder machte er seine Entscheidung von ihr abhängig? Julia fühlte ein kaltes Kribbeln. Wollte sie, dass er seine Entscheidung von ihr abhängig machte?
»Wir müssen das erst bereden«, beantwortete er die im Raum stehende Frage. »Bislang war es nicht mehr als eine Gedankenspielerei.«

Durant sah betreten zu Bergers Gummibaum. Noch immer hatte sie ein schlechtes Gewissen, dass sie Claus so angegangen war. Er war so gütig. Und sie ging mit ihm ins Bett. Ein Schmunzeln huschte über ihre Mundwinkel. Vielleicht nicht die schlechteste Wahl für ihren neuen Boss.

Eine halbe Stunde später wartete Hellmer an ihrem Schreibtisch mit einer Neuigkeit auf. Hochgräbe hatte sich verabschiedet, um den sonnigen Tag in der Stadt zu verbringen. Am Abend wollten sie dann Nägel mit Köpfen machen.
»Es hat jemand aus Belgien angerufen«, sagte er stirnrunzelnd. Der Name, den er nannte, war Durant sofort präsent.
»Europol«, stieß sie hervor und hastete zum Telefon.
Sie führte ein aufgeregtes Telefonat.
Unweit der belgischen Küste, in einer winzigen Gemeinde, wurde eine Person vermisst. Die Beschreibung der Nachbarn deckte sich mit Oskar Hammer, der dort mit einem geschätzten Dutzend Katzen lebte. Ein scheuer Eigenbrötler, aber tierlieb. Versuchte hin und wieder, am Strand mit Kindern in Kontakt zu treten. Er besaß einen Lenkdrachen und ein ferngesteuertes Boot.
Eine Verkehrsüberwachungskamera hatte in der nächsten größeren Stadt einen Beinaheunfall aufgezeichnet. Die junge Prostituierte, die darin verwickelt war, gab später zu Protokoll, dass es sich bei dem Fahrer um einen eigenartigen Mann gehandelt habe. Er habe sie nach einem kurzen Wortwechsel als Freier in sein Hotelzimmer mitgenommen. Zuerst sei er sehr sanft zu ihr gewesen, habe sie später aber bedroht. Lola, so nannte sich das Mädchen, gab den Beamten eine recht genaue Beschreibung.
Ein Phantombild wurde erstellt, das jedoch nirgendwo in Europa zu einem Treffer führte. Profiler wurden auf die Sache

angesetzt. Das Ergebnis war beunruhigend. Einerseits tauchten ungeklärte Fälle auf, in denen Triebtäter ums Leben gekommen waren. Verurteilte Täter, die nach wenigen Jahren wieder freigekommen waren. Menschen, die rückfällig geworden waren, obwohl man ihnen Heilung bescheinigt hatte. Tatverdächtige, denen man aufgrund verquerer Rechtslage nichts anhaben konnte. Niemand war je auf die Idee gekommen, einen Zusammenhang zu erkennen. Doch irgendwo dort draußen gab es offenbar eine Person, die solchen Personen nachstellte.

Das vorläufige Täterprofil zeichnete das Bild eines Mannes, etwa Mitte vierzig, Nordeuropäer. Vermutlich als Kind missbraucht, entweder vom Vater oder von einem Bekannten. Seither hatte er sich dieser Aufgabe verschrieben.

Ein Rächer. Ein Fänger.

Als Julia Durant auflegte, wusste sie, dass die belgischen Kollegen sowohl das Wohnhaus als auch das Motel bis in den letzten Winkel untersucht hatten. Es waren unzählige DNA-Spuren gefunden worden, das übliche Problem in Hotelzimmern. Zumal Hammers Verschwinden Monate zurücklag.

Es war die Suche nach der Nadel im Heuhaufen. Aber *irgendwann*, das wusste Durant, würde er ihnen ins Netz gehen. Und wenn es bis zu ihrer Pensionierung dauern würde.

Zwei Stunden später kehrte sie in ihre Wohnung zurück. Um ein Haar wäre sie über seine Reisetasche gestolpert, die im Hauseingang stand. Claus Hochgräbe war gerade im Begriff hinauszutreten und drückte ihr einen leidenschaftlichen Kuss auf den Mund.

»Was ist los?« Julia fuhr sich verwirrt durchs Haar. Ihr brannte etwas auf der Seele, was sie die ganze Zeit über ausgeblendet hatte. Sie musste mit Claus über Sultzer sprechen. Musste

ihm erklären, dass die Lust, die Leidenschaft, die sie eingesetzt hatte, nur aufgesetzt gewesen war. Mittlerweile glaubte sie das selbst, zumindest wollte sie das. Sultzer war tot. Er würde nie wieder eine Rolle in ihrem Leben spielen, ganz im Gegensatz zu Claus. Allein deshalb verdiente er es, dass sie mit ihm darüber sprach.
»Die Pflicht ruft.« Seine Worte durchschnitten ihre Gedanken. Er rang sich ein gequältes Lächeln ab. Das war ihrer beider Schicksal. Frankfurt. München. Ein Schicksal, das sie verband, aber das immer wieder einen Graben zwischen sie schlug. Willkürlich.
Claus trat nach vorn, um sie in eine Umarmung zu ziehen. Nach Sekunden des Schweigens raunte er: »Es tut mir leid. Ich nehme den nächsten ICE, das geht am schnellsten. Es heißt, wir hätten einen Serienkiller in der Stadt.«
Niemand konnte ihn besser verstehen als Julia Durant. Aber auch niemand litt so sehr darunter, dass es ausgerechnet jetzt passieren musste. Nur widerwillig löste sie sich aus seiner Umarmung und ließ ihn gehen.

Später am Abend saß sie alleine vor dem Fernseher, den Blick auf eines von Claus' Hemden gerichtet, das er hatte liegen lassen. Julia Durant hatte mit ihrem Vater telefoniert, fast eine Stunde lang, bis er sie abwimmelte, weil das Abendessen wartete und er auf die Toilette musste. Sie hatte ihm alles erzählt, was ihr auf der Seele lag, und wie so oft hatte der Pastor sie allein durch sein Zuhören von einer Last befreit.
»Hast du denn Zeit, zur Ruhe zu kommen?«, war eine seiner letzten Fragen, die er mit einem spürbaren Hauch von Besorgnis stellte.
Durant hatte ironisch aufgelacht. »So lange, bis das Telefon klingelt.«

Das Jahr war beinahe zu Ende, und sie hatte keinen richtigen Urlaub gemacht. Susanne Tomlin fragte schon gar nicht mehr. Dabei war Südfrankreich selbst im Spätherbst noch eine Reise wert.
Vielleicht sollte ich, dachte sie insgeheim. Vielleicht sollten Claus und ich ...
Pastor Durant hatte sich mit einem Satz verabschiedet, der Julia nachdenklich stimmte.
»Es ist an der Zeit, Gräben zu überwinden, findest du nicht?«
Sie reckte sich nach vorn und griff nach dem Hemd. Es roch nach Claus' Rasierwasser, aber vor allem nach ihm selbst. Julia drückte den Stoff an sich und vergrub ihr Gesicht darin. Verlor sich in der Sehnsucht aus blauem Textil und dachte an die Worte ihres Vaters.
Was auch immer er damit gemeint haben mochte, er hatte recht.

EPILOG

Jakob Schneider starb in den Flammen.
Es stank nach Plastik, und das Feuer züngelte in Türkisblau und Orange. Blasen zogen sich über sein Gesicht und platzten auf, während der Rest des Ausweises sich verkrümmte. Den Führerschein fraß die Hitze schneller. Er wählte für seine Identitäten stets das rosa Papier und die großformatigen Ausweise. Sie waren einfacher zu beschaffen und leichter zu fälschen. Die Asche seiner Existenz streute er in die leise Brandung der Nordsee.
Jakob Schneider war tot und würde niemals wiederkehren.
In seinem Ferienhaus schlug er die Zeitung auf und lugte verstohlen in Richtung Kalender. Dreieinhalb Wochen. Dann würde Paul Ottwaldt aus der Haft entlassen werden. Seinen Recherchen zufolge würde er in seine Eigentumswohnung in Schwabing zurückkehren. Dorthin, wo er zwölfjährigen Mädchen Nachhilfe in Mathe und Französisch gegeben hatte. Wo er ihnen die Kindheit nahm und sie wider ihren Willen zu Frauen machte. Vier Jahre Gefängnis. Ottwaldt hatte keine Miene verzogen, als das Urteil verkündet worden war. Er hatte seine Zeit abgesessen, sich vorzüglich geführt und würde bald wieder ein freier Mann sein. Rehabilitiert. Seine Opfer steckten nun gerade in der Pubertät, die Älteste war noch über ein Jahr vom Abitur entfernt. Die meisten von ihnen lebten in derselben Ecke von München. Eine nur zwei Straßen weiter. Sie würden ihm in der

U-Bahn begegnen. In seine Visage schauen. Alles noch einmal durchleben.
Oder auch nicht.
Die Zeitung knisterte, als die muskulöse Hand sich auf sie legte. In seinem Wandsafe warteten ein neuer Ausweis und ein neuer Führerschein.
Paul Ottwaldt wusste es noch nicht, doch er würde seinen perversen Schwanz in niemanden mehr zwingen.

Aber nicht nur Ottwaldt war unwissend.
Sowohl in Belgien als auch in Deutschland und einigen weiteren Staaten surrten die Phantomzeichnungen durch Faxgeräte oder verbreiteten sich durch E-Mail-Verteiler.
Auch in München.
Man würde auf ihn warten. Ihn fangen.
Die Frage war nur, ob es der Polizei vor oder nach seinem nächsten Opfer gelingen würde.

IN EIGENER SACHE

Ohne mich wiederholen zu wollen (auch wenn sie es allesamt überaus verdient hätten!), danke ich zuallererst den wunderbaren Verlagsmenschen, Buchmenschen, KollegInnen, BloggerInnen, FreundInnen und sonstigen BegleiterInnen, die mir zu wertvollen Weggefährten geworden sind. Damit einher gehen alle Menschen, die Bücher lieben. Die dieses Buch bis hierhin gelesen haben – sei es als ErsttäterInnen oder als langjährige Fans von Julia Durant und ihrem Team.
Danke!

Danke auch für die zahlreichen Stimmen, die mir ihr Beileid zum unerwarteten Tod meines Vaters ausgedrückt haben. Für das Verständnis, dass für einen bestimmten Zeitraum das Schreiben vollkommen in den Hintergrund treten musste. Und dafür, dass ich einige Lesungstermine verlegen musste. Die damit verbundene Arbeit lastete im Verlag auf Frau Hartl, Frau Pfaffenwimmer und Frau Schneider. Für die stets großartige Organisation meiner Termine sei ihnen an dieser Stelle ein besonderer Dank ausgesprochen! Dabei könnte ich gleich noch erwähnen, dass meine eigene Kalenderführung eine Katastrophe ist. Es grenzt an ein Wunder, dass ich bislang noch keinen Termin verbummelt habe.
Beschreien wir es besser nicht ...

Ein großer Dank gilt einem (wunschgemäß nicht namentlich genannten) Kollegen, dessen Einblicke in gewisse Bereiche der Kriminaltechnik mir großen Respekt einflößten. Und einem anderen, der mich (zum Glück nur für vergängliche Momente) an allem Guten des Menschen zweifeln ließ. Und

einigen weiteren, die mir gerne geholfen hätten, nun aber geduldig auf Band siebzehn warten.
Ja, es wird mit Julia Durant und ihrem Team weitergehen.

Apropos Julia Durant. Wenn ich mich nun bei Claus Hochgrebe bedanke, dann wundern Sie sich bitte nicht. Es gibt ihn wirklich! Ich lernte ihn erst im Herbst 2015 kennen, und mein Staunen war groß, dass er sich nur mit einem Buchstaben im Nachnamen von Durants Lebenspartner unterschied. Diesen (frei erfundenen) Claus Hochgräbe von der Kripo München gibt es ja schon seit *Todesmelodie*. Der reale begegnete mir als Mediator und Rechtsberater, nur zwei Orte weiter. Und so lag es nahe, dass er mir etwa beim Nachruf der Justiz- und Parteifreunde auf Oskar Hammer sachdienlich zur Seite stand. Und er kann sicher sein, dass ich ihn wieder engagieren werde. Damit schließt sich ein weiterer Kreis. Vermittelt wurde mir dieser Kontakt von meinem Hausarzt, Dr. Wolfgang Pilz, der nicht nur mit meinem Vater befreundet war und mir über die schwere Zeit des Verlusts geholfen hat, sondern dem auch keine Mühe zu viel war, mir medizinische Tipps zu geben. Wann immer ich (literarisch!) Lebensgefährten vergiften, Blutwerte manipulieren oder Todeszeitpunkte nachträglich ändern möchte – er berät mich mit kritischem Sachverstand.

Nachdem ich mich für die *Hyäne* sehr intensiv mit Opfern und Geschädigten beschäftigt habe, war die Arbeit am *Fänger* eine ganz andere. Ich habe mein Netzwerk an InformantInnen ausbauen können und danke jedem alten wie neuen Kontakt für die Bereitschaft, (auch kurzfristig) Hilfe zu leisten. Neben Hinweisen oder dem Prüfen von Handlungssträngen ging diese bis hin zum Durchsprechen ganzer Kapitel.

Die Dinge, die hier geschildert wurden, haben Menschen persönlich betroffen. Betroffen gemacht. Sämtliche Namen, Orte und Verknüpfungen wurden daher so verändert, dass keinerlei Rückschlüsse auf reale Begebenheiten gezogen werden können.

Wie bereits bei den Bänden zuvor begegneten mir auch bei der Recherche zum *Fänger* Einzelschicksale, deren Geschichten mich seit vielen Jahren bewegen. Mit Sicherheit kennen die meisten von Ihnen ähnliche Fälle. Wissen von Angehörigen, die seit Jahren oder Jahrzehnten im Ungewissen leben. So soll dieses Buch auch Tristan, Johanna und all den anderen Opfern gewidmet sein, die aus unserer Mitte gerissen wurden.

Ein mörderischer Song

Todesmelodie
JULIA DURANT ERMITTELT

Eine Studentin, die grausam gequält und ermordet wurde …
Ein Tatort, an dem ein berühmter Song gespielt wird …
Ein Mörder, der vor nichts zurückschreckt …

»Kommissarin Julia Durant ist Kult!«
Alex Dengler, denglers-buchkritik.de

Kultkommissarin Julia Durant ermittelt weiter!

Teufelsbande

Tatort Frankfurt am Main: Auf einer Autobahnbrücke wird ein verbranntes Motorrad gefunden, darauf die verkohlten Überreste eines Körpers. Das Opfer eines Bandenkriegs im Biker-Milieu? Die Ermittler stoßen auf eine Mauer des Schweigens.

Tödlicher Absturz

Frankfurt Neujahr 2011: Zwei grausame Morde erschüttern die Bankmetropole – scheinbar besteht kein Zusammenhang zwischen ihnen.
Eine neue Herausforderung für Julia Durant und ihr Team...

Julia Durants schwerster Fall

Die Hyäne
JULIA DURANTS NEUER FALL

Er mordet scheinbar ohne Plan.
Er weidet seine Opfer aus und schickt ihre Eingeweide an die Frankfurter Polizei.
Wer ist der Serienkiller, der sich »Die Hyäne« nennt?

»So fesselnd, dass man während der Lektüre sogar das Atmen vergisst!« *Literaturmarkt.info*